# 春天记得叫醒我

王耀栋 著

敦煌文艺出版社

**图书在版编目（C I P）数据**

春天记得叫醒我 / 王耀栋著. -- 兰州 : 敦煌文艺出版社，2019. 3(2024.1 重印)
ISBN 978-7-5468-1700-2

Ⅰ. ①春… Ⅱ. ①王… Ⅲ. ①中国文学—当代文学—作品综合集 Ⅳ. ①I217. 2

中国版本图书馆CIP数据核字（2019）第030789号

**春天记得叫醒我**

王耀栋　著

责任编辑：张　桐
装帧设计：李关栋

敦煌文艺出版社出版、发行
地址：(730030)曹家巷1号新闻出版大厦
邮箱：dunhuangwenyi1958@126.com
0931-8152307(编辑部)
0931-8773112　0931-8120135(发行部)

三河市嵩川印刷有限公司印刷
开本 720 毫米 × 1020 毫米　1/16　印张 32.5　插页 17　字数 460 千
2020 年 12 月第 1 版　2024 年 1 月第 2 次印刷

ISBN 978-7-5468-1700-2
定价：88.00 元

# 来自星星的孩子

马宇龙[①]

有些文字，一写就会疼。

2018年6月，父亲突然离开了我，恍恍惚惚的感觉伴随我度过了三四个月，从来没有体会过亲人的突然离去带给人的打击，骨肉分离的感觉抽空了我内心所有的坚硬，我不敢写一个字，有些字，一触就泪，一碰就疼。我由此深深理解了贵龙兄的丧子之痛，也是6月，2017年，贵龙兄寄予厚望又引以为豪的儿子王耀栋不幸意外夭亡。一个才十九岁的大一学生，生命之花刚刚开放就遭遇了一场晴空霹雳的摧折，一个年轻的生命猝然熄灭。逝者逝矣，留给生者的是无尽的伤痛和长久的怔忡。

好在，贵龙兄是弄文字的，儿子也是。从小受父亲影响，王耀栋爱好写作，中学时代就有文章发表，2016年，他以优异的成绩考入中山大学中文系，读书、写作、思考成为少年王耀栋生活的重要部分，如果不是贵龙兄后来整理儿子遗物，他根本想不到他的儿子在短短的十九年的生命历程中，写出了多达200篇20万字的文字。这其中，有散文，有随笔，有诗歌，有小说。一个字一个字读这些诗文，就像触摸孩子的身体

① 马龙宇，中国作家协会会员，平凉市作家协会主席，甘肃省作家协会副主席。

和头发，就像面对面和他安静地交流。读这样的文字，我仿佛能看到贵龙兄佝身陷在巨大的悲痛里，灵魂颤抖，热泪长流，几欲难以为继……儿子走了，留下这些文字与他对话，让他更深地了解了儿子有些陌生的精神世界和小小灵魂的那份重量。

接过这厚厚一本的《春天记得叫醒我》，和贵龙兄一样，我走进了一个与耀栋年龄不太相符的广博的内心世界，在这个世界里，他是奔跑的，甚至是翱翔的，这个世界里，有生活的点滴记录，他《用十三岁眼光看父亲》，他《那年回家》尝《记忆里的味道》；有对文化的品咂和阐释，一边《感受器物之美》，一边《谈美》，留下《初习书法之思考》；也有对社会问题的评判和思考，他读柴静，《〈看见〉能让我看见什么》，直面新闻事件，笔触切入社会现实；更有一些对哲学问题的思辨和读书的体会。他说，读罢《狂人日记》，那狂人以怀疑的目光盯着我似在问："你有自己的光吗？你的灵魂在哪里？"他读《心经》，说出这样的话："我看缘起性空的道理，是所谓无心插柳柳成荫也，否则过分的执念就会变成痴心妄想，阻碍发展。"他的世界是丰富的，丰富得不像是曾经生活在我们身边的一个十九岁的少年。直到读到他的《孤星》一文，我忽然觉得，王耀栋原本就是不属于人间的，他是一个来自星星的孩子，在这个世界游历一番后，又返回了星球。《孤星》的结尾，他这样说："'和光不同尘'，我喜欢这句话蕴含的道理，够人参究一生的。处在红尘习俗中，我们都是孤星，暗夜里发着微光的孤星。"随后，又屡屡看到"星星"这个字眼闪现在全书的字里行间。他读顾城，不断引用这样的诗句："就像星星是理想，那就是我们的方向。"（《"理想"的状态》）看这样的文字，让我的心突然一紧，随后掩卷沉思，良久告诉贵龙兄：走出来吧，你走出来，我也是，他与我们毫无关系，他是一个来自星星的孩子。他，曾经带给我们幸福，带给我们欢悦，还将通过这些文字带给我们无尽的思考和怀念。如是，我们不悲不伤，我们要好好地活着，心满意足地活着。

这本厚厚的书稿，贵龙兄给我很久了，我看了却不敢写任何文字，怕泪，也怕痛。这之后，我又经历了与父亲的生离死别，久久不能缓过神来。作家虹影曾讲过她在英国看心理医生，医生问她你是否经历过一个亲人的死。她说她的亲友谁谁谁都去世了。医生说，不不，是你是否守候和经历过一个亲人的死。父亲的离去让我想起了这位英国医生的话，当你能切实面对和体会死亡，你才能理解我们生存、劳作的意义，也能感到我们执着的空无。基于对生命的深切认识，我又重读王耀栋的《春天记得叫醒我》，这个来自星星的孩子飞走了，却在人间留下了这么厚厚一本的文字，那是他的二十岁、三十岁、四十岁……是他的生命在以另一种形式延长给我们，展示给我们，这种展示甚至比我们从前看到的还要丰富还要广博还要真切……

有些文字，注定是为了疼痛而存在，因为怕疼而回避就永远学不会坚强和超越，为我父亲是，为王耀栋也是。于是，写下这样的文字，祝福贵龙兄，祝福我自己。最后，让我们读读这个来自星星的孩子的诗吧：

她任性地闪耀
你不了解
你迷离的时候她那么真实
识得是梦境的时候
没有过去未来
一切是你
一滴泪化成最亮的星
你亮你自己

——《星》

是的，你亮你自己，在星光普照之下，贵龙兄，你亮你自己，我也亮我自己，“无论这个世界如何污浊，如何混沌，请让我们，成为世界的光!”（《成为世界的光》）

是为序。

2018年10月16日于平凉

# 流星之光也璀璨

李利军[①]

在星汉灿烂的夜晚，当我们举目仰望深邃空远的苍穹，会不时看到有明亮的流星，拖着璀璨的曳光，滑向天边。流星是美丽的，它虽然转瞬即逝，去寻找属于自己的家园，但就这短暂的美丽，会定格在多少人的记忆深处而留下难以忘怀的温暖与联想。

王耀栋就是一颗这样的流星！

我与他素昧平生，不曾谋面，对他的了解是空白。2017年6月下旬，一条爆炸性新闻在平凉城里快速传播着：有个毕业于平凉一中、考取了中山大学的高才生，在广东珠海因故喝酒过量，未及时抢救，不幸夭亡。新闻很快得到细化，但最让我讶异和哀伤的是，这个早夭的名叫王耀栋的少年是文友王贵龙的孩子。知道贵龙到珠海去处理善后事宜了，我几次拿出电话想安慰他，将号码拨到中半又停下，在丧子之痛面前，所有的安慰之词都是苍白无力的。

2017年寒冬，某天我与贵龙在街道不期而遇，几句寒暄过后，他讲起了孩子的事情，说着说着便泪流满面，无语凝噎。寒风中，他那花白的头发凌乱着，面庞刻满遭遇人生重击后的哀伤凄楚，白发人送黑发人，极致的痛苦凝结在他濒临崩溃的神情中。我能用什么言语来宽慰

---

① 李利军，平凉日报社评论部主任，平凉市文艺评论家协会主席。

他？我只能用力地握他的手，把一种鼓励他挺住的力量无言地传递给他！

又是一段日子后，他来找我，拿来经他初步整理的儿子遗作、准备结集为《春天记得叫醒我》的打印稿要我作序，我未加思索就一口答应了，这可能是宽慰贵龙的最好方式。为儿子在人世间匆匆的步履留下些印痕，让萦绕心怀的记忆得以长时间存留，让一个鲜活的生命在这个世界里以另一种形式得到延续——这是作为文化人的贵龙以文化人的方式替儿子做的最有意义的事，我完全有义务帮他了却这沉沉甸甸的心愿！

读王耀栋遗作的过程并不轻松。一个年仅十九岁、涉世不深、在为应对应试教育的世情架构而疲于奔命的小小少年，哪来的时间和精力涉猎这么多课本以外的知识？哪来的思想积淀去展开这些与年龄不符、稚嫩却闪现灵光的思考？哪来的才情在文学的范畴内，通过诗歌、小说、散文、评论全方位去展露自己不容小觑的功力，为鱼目混珠的文学园地洋洋洒洒地笔耕出了一抹让人赏心悦目的风景？疑惑还有很多。这是我在阅读他的作品时油然而生的一些想法。

王耀栋笔下的文字，有着非常醒目的标注，那就是“阅读与思考”。

当今之世，心浮气躁成了大多数人的共性，对物质的极度关注取代了对精神园地的侍弄，只要满足了现世的享乐，哪管将来“洪水滔天”，没了对净化心灵、加固精神高地的向往，对“诗和远方”的憧憬总以不屑地撇撇嘴的架势而待之，在这种让人有点悲哀的世情下，许多人便把阅读视作可有可无的事情。正因如此，对阅读倾注了极大热情的王耀栋就显出了特别。他的阅读起点是比较高的，从小学高年级起，他的阅读范围已和同龄人拉开了不小的距离，中国古典文学，现当代文学，国学经典，外国文学、哲学，以至于道教、佛学方面的宗教典籍，他都接触了不少。对有相当知识储备的人来说，阅读如上东西，尚且不一定得心应手，那么对小小少年王耀栋而言，展开如此阅读，可以想象他面临了怎样的困扰与艰难。但他没有却步，硬是一路啃读了过去，把许多五彩斑斓的知识塞进了自己的人生行囊，在知识的化育下让自己短暂的人生有了别样的风采。他的阅读和书蠹般的阅读是截然不同的，大量阅读后获取的广博知识，被他很自然地如同焦渴的土地吸吮甘霖那样吸收了，又恰到好处地融汇于自己的写作中，他的文字中有着太多信手拈来的引用、考据，都在印证着他阅读积淀的丰厚。在这里，我不想列举例证，有缘看到这本书的朋友，自会领悟到这一点。但我还是想说，背负着沉重的课业，忙里偷闲，能有这么宽广的阅读面，并且不是蜻蜓点水、走马观花，而是读有所得、得之不浅，仅凭这一点，王耀栋身上就有着令我们许多人汗颜的不简单。

“少年老成”一词的褒义指年纪轻的人成熟稳重，显得像阅历深的长者。把这个词用在王耀栋身上，没有什么不合适。他的“少年老成”，得益于他有板有眼的思考。从他小学六年级时写的日记，到就读大学时写的小说、杂谈、随笔，不时有很独到、有见地的思考穿行在他笔下的文字中。广博的阅读催促着他去思考，不断加深的阅历在矫正着他的思考，将目光投向校园围墙外面，很用心地去打量大千世界的花开花谢、潮起潮落，丰富他思考的内容，思考让他有了许多顿悟，有了对人、自然、社会、生命的过去未来和存在意义、物质和精神、自身修为的价值、理想与现实的背反等等由混沌到渐趋清醒的认知，他的心灵也由此有了过早到来的沉重，背负上来得早了点的重荷。对一般人而言，这可能是一种遗憾，但这种重荷却恰恰是王耀栋在生命体验过程中渴望得到的，因为他得让自己那纷繁的思考有着落、有结果，得让自己很清醒地去面对一切。“低碳生活方式就是传统的生活方式。可是，现在人们崇尚消费主义，总想赚更多的钱，住更大的房子开更好的车子。可见过低碳生活不难，难的是如何医治人的贪得无厌这个心病。”（《把心灵放归牧野》）“我爱野生的自然常态里的菊花，爱的是那种简单儒雅，爱的是那种自由随性绽放的个性，若把菊花在家里供养着，也许会泯灭她们这些原本的‘野性’和生活中的美。”（《那些野菊》）“当我们大多数人习惯了太久的繁杂落后的制度理论被一些陈腐思想束缚，在变化的生活里就会压抑起来，思想敏锐、审时度势、善于发现的人就会起来造旧制度旧思想的反，台上的人注意到了，能与时俱进顺应现实规律有意为之，便有了由上至下或上下同行的改良或者改革。”（《秋过是春》）“佛教与道教一样倡导人与自然要和谐，佛教更认为人与自然本为一体，佛陀倡导的重要的人格特征是无缘大慈、同体大悲，即对一切众生应当生起没有恩怨亲疏分别的爱心，无条件爱护众生……这个世界是复杂多样的，本无可厚非，但当浊气如霾肆虐，清新正气不畅时，有善和爱的信仰者就显得尤为可贵了……有信仰的人因果面前很审慎，知道人虽有钱有势但精神大厦倒塌的话就已到穷途末路了，还不如流浪的孤儿乞丐，因为孤儿乞丐还有希望。”（《无题》）“农民圈子里少见虚伪奸诈之气，他们讨厌嫌弃那样的人，这一点与城市不一样，城市社会是个复杂的江湖……”（《农家》）我引述的如上文字，不一定是王耀栋笔下最出彩的句子，这样的句子在他的文章中比比皆是，他对许多问题思考的广度与深度就熔铸在这些不失老辣的文字中，赏析它，谁会把它和一个苦度寒窗、涉世不深的小小少年联系起来呢？他思考了成人世界里一些让人困惑的问题，那么，成人世界里该思考如许问题的许多人又都在干什么？这是作为成人的我们该思考的问题。

阅读启迪着他去认真地思考，思考又激励着他去深入地阅读，两者相辅相成，成就了王耀栋，让他快速具备了较为扎实的文字功底，让他笔下的文字除了让人颔首的思想性外，还有着不一般的才情。没有才情的文字读起来会让人生出味同嚼蜡的感受，而王耀栋的文字之所以在阅读时对人有吸引力，与文章显露的才情、与他有自我特点的表述方式和锤字炼句的风格有很大关系。“在安详、寂静、梦幻、朦胧的山野之夜，就是急躁的人，他的心也会安静下来，大自然不给你任何焦躁不安的诱因，在这时这里人必然安静下来，因为大自然休息了，人作为自然之子也必须休息。”（《山峦沟壑》）“小猫走着悠闲的模特步子，有点顾影自怜的感觉。”（《村舍》），“燥热难耐，我恨不得冲上天去把太阳给踢飞了。”（《我心中的那一轮太阳》）“绿树上几只小鸟在细树枝上叽叽喳喳，由于微风吹拂，它们站不稳，随着树枝摇动一晃一晃的，像荡秋千一样，我一看，它们害羞似的，展开柔嫩翅膀飞到崖下深谷里去了。”（《山峦沟壑》）“人生就像一只蜗牛，在阴凉处安全，使劲地爬，到太阳暴晒处就死了。人生也只能像只蜗牛慢慢地爬，留下一道浅浅的痕，已经是不错的了。”（《给心找个高贵位置》）谁能说这些句子不优美？谁能说其中没有淡雅拙朴的诗情与画意？我们常说文章有“文眼”，如上引述的可以算得王耀栋作品的“文眼”，因为循着它们，我们可以洞明诸多隐含于文本中的意蕴。这就足够了，足以让我们在读到他笔下其他诸如“有时候 / 一滴泪/也是汪洋 / 掀起一阵风 / 卷起一股浪 / 海吻着自己的孤独”一类诗文时，心里产生无言的感动。

当然，王耀栋作品的稚嫩、瑕疵是显而易见的，不过，我们能忍心对才华初现的他提出过高的要求吗？

人常言“有志不在年高迈”，有远大志向、有宏阔抱负的王耀栋，在自己的理想王国里，腾挪游弋，负重而行，他的生命因此而精彩，他当得起“少年才子”的赞誉。可惜，天妒英才，人间遗恨，一个有望在将来有大建树的少年，竟弃世而去，我们众多知道他、多少了解他的人，何尝不与他的家人一样，有着揪心的哀痛和扼腕之憾？但我还是要说，王耀栋无负短暂的生命，他留下的文字，是宣示自己人生价值的一面旗帜，将在猎猎飘动中，告诉世人许多；他似流星般在身后拖曳出的那道光，虽然只有过短暂的璀璨、绚烂，但它会成为许多人心中难以抹去的亲切而沉重的记忆！

最后，借他的同学怀念、祝福他的话送给另一个世界里的王耀栋，祝愿他一路走好：死亡也许是另一种存在的开始，生命旅程，往复不息，你会一直在的，我们都将在岁月的磨蚀雕刻下老去，而你永远都是那个十九岁的清澈少年！

2018年5月28日

# 目录

## 第一辑　散文卷

## 第二辑　杂谈卷

## 第三辑 小说卷

## 第四辑　诗歌卷

## 附 录 纪念诗文

# 第一辑

# 散文卷

# 军训

这是我第三次军训，也是最后一次，在痛苦和泪水中，初见以前闻所未闻的海内外有缘的新同学。大家在一块儿军训的十二天，因同甘共苦，共同努力付出汗水、经历艰辛，共同体验集体的欢乐，所有这些让人感到幸福充实，我还觉得这是一种幸运，注定也是难忘的，因为，不是所有努力都会这么幸福充实的。

没想到第二次来广州是为了求学，带着第一次留给我的些许遗憾，我投入这所南国高校的怀抱。三面环山，湖荡树林，面朝大海，真是一所美丽的校区。但是，无法散去的闷热使人仿佛身处蒸笼一样，热浪笼罩身心，让人想要退却，我不禁又怀念起北方家园的丝丝凉风来。

正当我对这里的炎热感到纠结的时候，军训开始了，我无暇顾及自己的小心情，在汗流浃背的训练中，每天在校园里滚爬走跑，训练的间隙，无意间再次环视校园四周，绿树林荫，竟是那么美好亲切，我才发现，正是这十二天军训调整了身心，使我更加懂得，以前学习理解的为人做事的道理，落实到勤奋努力的生活中才是真知，口头禅于己无益。军训是我走进这所高等学府时极为重要的一课。大家同吃同住，共同经历汗水泪水的洗礼，一起玩笑，情同兄弟，令人难忘。杰教官，人黑瘦，长睫毛，深眼眶，典型的南方人，说话幽默，勤快有爱心，给人老实善良的感觉，让人心生亲近。几天下来大家都喜欢他了，尤其女生。

他平易近人，不像其他教官那样过分严厉，不粗暴，不折腾我们，哪怕营长批评他，他也只是对我们耐心劝说，绝不动粗，对我们这个女生占绝大多数的中文系可谓好得很，我们因此爱他，爱他那种骨子里的善良。

当然，大学的军训比中学辛苦，也严格多了，毕竟我们是成人了。

越到最后，大家训练越是认真。倒数第三天，教官怕我们吃不消，于是听歌代替了训练，大家围在一起，听营长放歌，军歌嘹亮，传达着军人离开家乡、亲朋的伤感，传达着战友之间铭心的友谊，不知是营长唱得太催泪，还是大家离开各自的故乡亲人已有些日子，歌声引起了对父母的思念，人人听得沉默，陷入歌声描述的那种伤感之中。

十多天紧张而火热的生活，让我们变得坚强多了。回想整个校园变成绿色军营，回想那一句句重复而响亮的口号：“一营一营，勇往直前，永不言败，勇争第一。”“累，累也无所谓。”我们被团结的力量感动，心里激动，思绪如烟火向长空放射，想要说什么，却又不知从何说起。我只能呆坐在操场的凳子上，把思绪放飞于环途山林，以及湖泊，放飞于蓝天白云间，如春草被春风感动，蜜蜂被百花感动，花园被园丁感动，我也想歌唱、作诗，也想赋曲，却又什么都抓不住。

“老师好，教官好，参谋长好，师兄师姐好！”还是这些天以来一直重复着的这个句子，最能表达我们的感动我们的爱，这句发自内心的声音打开了我们彼此之间的陌生，大家熟悉起来、开放起来，还有“尊重”“作风”这两个被教官一直强调的词汇。在我们的身体力行中，这声音不再是飘在耳旁的口号，而是置于内心悦耳的音乐。事实上，从小到大，正是这些置于内心的“心音”让我们清醒，感恩，难忘。

短短十二天，从不适开始，到留恋结束，看似寻常，却令人难忘——军训也许不能改变我们什么，但却种下了改变的种子。

“不忘初心，方得始终”。以后的路上，我会时常回味军训生活。

2016年9月7日下午

# 迟来的暖色

## ——读《橘》随感

来到南方多日，感受着这蒸炉一般潮湿闷热的天气，还有初到陌生世界的孤独，一时袭来，真让人有些难以适应。现在沿着京广线一路往北遥望我的背影，回到北纬40度，我出发的那片黄土高原——那里有我可敬可爱的亲人、同学，第一次我是那么深切地想念他们，每当想起他们的呵护，想起那片土地的温暖，心里便酸酸的。

近几日收到来自远方的问候——迟来的问候，就像芥川龙之介在《橘》中写的那样，橘子是“五六个被太阳染成暖色的令人心动的”，这问候也是如此，给我略显慌忙凌乱而又孤独的生活增添了一缕阳光的温暖。我们那些亲如兄弟姐妹般的同学，像离开母亲树的鸟儿，飞向天涯海角独自觅食了。精神断奶初期的痛是真正的自我超越应该经受的。大家都在经受着这种痛，第一次学着在电话上互相安慰，嘘寒问暖，微信上哼几句歌，轻快的声音还是让我感受到彼此内心的孤独难熬，我们唱的是自己的寂寞，我们对孤独不知如何是好，由于孤独，我们有了新的共鸣。与我共鸣的还有芥川龙之介的短篇《橘》中那个“我”，对小女孩的举动感到无聊、厌恶的“我”，似乎也有我的影子，当读到她用有冻疮的手将橘子扔出火车窗外向她挥手的小男孩的一瞬间，我的湿热孤独感和无名暗火也被扔去了。我在那一刻忽然有些羞惭，我羞惭自己这段时间的麻木，我想起了乡下的奶奶，想起了勤劳的父母，想起了姐姐为我网购的毛衣正在邮车上向这里驶来……这令我对自己感到陌生和紧张起来——北雁南飞是为了“一大事因缘”的，为了完成数代竭力渴望的精神图腾。来到这里快一个多月了，我感受到的只有孤独和无聊，整日想着他们忘记了我，他们都各自奔向自己的生活，心里有些怨恨，怨恨他们不联系我。现在想来好像刚好相反，他们记得我，而我却忘记了他们奋斗的身影，只是独自伤神、自寻烦扰。现在一个人生活在陌生的校园，走在陌生的人群中，与周围世界还不熟悉的时候，要适应，学着反刍那些曾经蓬勃过的理想的嫩芽。

在现实生活里，不知有多少人和我一样，有时会陷入无知自傲，把自己看得太高，就如小说里的“我”，看啥都不顺眼，从那小女孩上车，心里便认为她是粗鄙的，“心里积蓄险恶的感情，以冷酷的眼神望着”，好像自己与她完全是两种不同的概念，其实这些正是自己糟糕的心态。习惯了品头论足和冷眼旁观，心情灰色阴暗，会渐渐地沉沦下去，其实，最先沉沦的是每个人自己（也包括我）。

置身陌生环境，没人护着捧着，一切重新开始了，《橘》读完了，这段时间那些小情绪的真面目也看清了。我忽然明白，不是他们忘记了我，而是人家已经走出了对往日的眷恋和所有，去融入广阔的新天地了。在还没有与我的大学真正融为一体之时，南国的春天就在远处散发着我还未曾察觉的青春朝气。

孤独随着暑气渐渐退去，立在中山大学，面朝大海，我打量着春天的姿态——当父亲在电话里说家乡天寒地冷，要买棉衣、正通暖气时，我感到我不用再像父母兄弟那样准备防御严寒，而是直接踏入春天了，我走出了故乡寒冬的视线，将度过双倍于故乡的春光，生活像梦一样！

也许人都是梦想的花朵，我们都是落入凡间的精灵，只是遗忘了本不该忘记的，还傻傻地牵挂无谓的种种。

但愿这迟来的暖色助我迅速融入新的世界，助我筑大梦于早春吧！

原载《暖泉》杂志2017年第4期

# 春又归

秋末多雨，冬天毕竟寒冷；冬天来得晚，春天就会姗姗来迟，这是平凉季节的规律了。今年就是这样，春天来得好迟，感觉暖和时，已经是三月中旬了。

春天这么迟，还来了一场雪，树木很聪明，仿佛早就预见到了似的，迟迟不冒芽，小草也犹豫，它们好像都预知到季节之神有此回马枪。树木依旧沉默，看不到绿色，连迎春花也含苞待放。连日来春雪和阴霾包裹着小城，昨天更是大雪纷飞。

昨日中午，吃完父亲做的调料十足的饭，肚子很不适，只能躺在床上，干不得其他事情。透过玻璃窗，看到久久环绕城市的寒气，大雪风中飞扬，洁白的雪花片片如小拇蛋大，不久雪雨密集直往下倾倒，一只鸟儿躲闪不及飞到窗台上喘气，被淋得羽毛湿漉漉，山野与灰色烟雾弥漫得天空界线模糊，这只小麻雀可能辨不清方向了。

春天需要雨，但不需要如此雨雪交加的夸张与浪漫啊。

雨雪小了时，爸爸过来叫我与他去南山的圆通寺，奶奶在那儿多日了，无论如何也要接她到我家住下。山路上到处是雪水，到底是春天了。看上去是雪，踩上去是水，走在似化非化的春雪上，“噗噗”地响，四面溅起水花。家人多数学佛，初一和十五，都来南山寺院上香，有时也念经，我设想奶奶微微摇晃着身子跪在拜垫上虔诚念佛的样子，只是忽略了这糟糕的天气。走进圆通寺，檀香味在雨雪天气里更浓了，圆通宝殿传来整齐的念佛声，殿门关着，我们上香拜佛，然后就没事了，只等奶奶出来。

寺庙正在大规模兴建之中，木头堆得小山似的，松木全是俄罗斯货，后院满是木头和木头渣子，走廊两旁雕梁画栋，山水画有一种清新之气，鸟雀居多；大院里花木静默，也仿佛在念佛念法念僧。数个佛殿正在彩绘中，殿外都是脚手架，画匠们静静描画着，心神沉静在他的笔下，描画着满心的欢喜；斋堂里空旷无人，碗筷摆放整齐，雨雪天气里，来寺院敬香的人并不多，多少显得冷清了些。

我与爸爸在法物流通处待了一阵，出来找奶奶。人都走光了，我们到处搜寻奶奶踪影，地下室都看了，找了几遍，也不见奶奶影子，末了，爸爸说："或许你奶奶已经到咱家了。"他要与人闲谈，没有回去的意思，我出了寺院大门回家了。

春天美好，但人们容易想得多，过了年纪的人易悲伤，"思往事，惜流芳，已成殇"。古人欧阳修早已悟得。三月虽然还被寒流光顾，但也要珍惜，望着灰色天空，只愿自己在有限的春天里做更多的事，做好事做大事……

到家，奶奶真的已经坐在客厅里了。

奶奶说，太冷了，耐不住寒冷，她没有诵经就到我家来了。

2014年3月16日

# 清明

每到清明节，我都会想起杜牧这首哀愁伤感和快乐美好希冀交织的《清明》：“清明时节雨纷纷，路上行人欲断魂。借问酒家何处有，牧童遥指杏花村。”“清明”这个词，给我的感觉就是清新、古朴之气，让人联想到乡间的青石板小路，路上的石板缝隙里透出了小草的绿意，经过绵绵柔雨滋润，嫩草清纯如同昨夜刚长出来似的，散发着古朴美好的气息，让人芳心如春。

把二十四节气之一的清明当节过，足见中国人对清明是极为重视的。这一天人们往往要回家上坟，祭拜老祖宗和已去世的亲人，清明节也便多了一层哀愁、伤心，自然还要一家团圆喜看村头杨柳色，又是那么喜庆美好。对于这个日子我所知甚少，本没有可议之处，但听说有踏青春游的风俗习惯，也就格外注意了。这个节日在中国众多节庆节日里可谓最特别。两千多年来，清明节一直就是哀思和希望、浪漫和伤感、凄迷和欢欣五味杂陈的节日。

后来从传统节俗一类的书上看到，清明节竟然与晋公子重耳去国流亡有关。

相传春秋时期晋公子重耳为逃避宫廷迫害而流亡在外，与叫花子差不多。到荒无人烟的地方，找不到吃的，饿得都无力站起来。快要饿死时，跟随他的臣子介子推从自己大腿上割下一块肉，煮了一碗肉汤救了重耳。俗话说，救人一命，胜造七级浮屠。释迦牟尼佛有一世曾经割肉侍虎，布施了生命救了饥饿的老虎和一窝嗷嗷待哺的虎崽，芥子推割肉侍君当然也是感天动地的。

重耳流亡十九年后杀回朝都做了国君晋文公，患难臣子当然得到了重赏，却唯独忘了介子推。他想起来时介子推已经同老母亲悄悄到绵山隐居去了。

晋文公当然不是忘恩负义的人，到绵山去找恩人，山高林深不知处，找不到就找不到吧，然而却有“能人”给他出馊主意，放火烧山。火放了，山烧了，介子推并没有出来，他和他的老母亲被活活烧死在绵山一棵老柳树下。晋文公从树洞里只发现了一块破布片，上写：“割肉奉君尽丹心，但愿主公常清明。”于是晋文公下令将这一天定为寒食节，可见清明节有思过的意思，有想报恩却无处可报的忏悔之意。第二年，晋文公率群臣登绵山祭奠，发现老柳树死而复活，便赐老柳树为“清明柳”，于是寒食节又变为清明节了。《淮南子》有“春分后十五日，斗指乙，则清明风至”句，可见清明时节春风来了，天气暖和了，“天街小雨润如酥”，那么出门观赏“春风杨柳万千条”，看春草万千绿意是多么浪漫哦！

我家里有一本50年代出版的《四民月令》，繁体字竖排，编辑者却是东汉的崔寔，书里关于清明时节，主要还是讲点瓜种豆等农桑春耕。不过古人清明踏青不忘祭祖，而且感觉春天来了，先跑到亲人坟上去整理一下坟茔，给亡灵尚食，既有慎终追远、缅怀恩德之意，也有珍惜光阴、希望不辱先人过好日子的意义。看到清明节蕴含着如此多的传统文化的信息密码，也是满有意思的。

往年的清明节，城里乡下桃红柳绿，远山清亮，一派春色迷人景象。今年的清明却不同，虽已到阳春三月，气温还很低，阴云铺天，冷风还在人间游荡，人们穿着还如冬天，杨柳仍旧枯立，枝丫光秃，桃杏花苞干瘪，没有发育的青春气息，自然，也就没有东风夜放花千树的惊喜，触目凄凉！

节令不管多么不清明，父亲照例要回家给爷爷上坟，同时看望健在的奶奶。我虽然因假日短，往来麻烦和其他事打扰无法回去，但心中面向故乡拜一拜，应该可以吧。

我还记得前几次大冬天过年时给爷爷上坟的事。临近年关我家和大伯、四叔三家老少都要回老家与奶奶一块过团圆年。第一件要紧的事当然是上坟祭祀了。

我们兄弟几个准备一些要拿到坟上泼散的米、馍、水果、食物酒水，还有香、表、纸钱、鞭炮等必须要有的东西。去的人基本全是男的，一大帮子人，有时候两个姐姐也跟去。爷爷的坟地在村子东面旷野里。蓝天下平整广阔的田地，或有麦苗深青的麦地，或有褐色赤裸的田地，旷野里随处可见一座座长满野草的坟茔，有的人家的老坟茔，有树有碑，有的碑子高大阔气。爷爷的坟茔挺一般，而且挺远的。我们到了那里，父亲领着我们先右绕三匝，以示敬仰逝者，然后上香，铺上麻袋跪下来烧香，然后泼散酒食，希望天地神灵保佑爷爷在阴间过得好，对所有已逝去的亲人慰问，或说出祝愿的话，或心里这么想，最后放鞭炮，这实际上是给逝去的亲人“过年”。有信仰的人家，还可以给逝去的亲人念经。父亲信佛，自然要给那边的爷爷及老荫诵经回向。这一切都是表达对逝去亲人的哀思之情，怀念他们的种种恩德。先给逝去的爷爷“过年”，然后我们才开始过年。心里有一大帮子人在清明节祭祀逝去的亲人这样的记忆才好，但清明节我们都在城里念书，现在人也不大注重这个节日了。

现在，无春景，也无春游之人，但我想这个节日不可忘。“清明”的“清”字，之所以取“水”取“青”，是表达对生命成长的希望，对未来的期盼，而“明”字有日有月也是喻阴阳刚柔两种光明，喻和谐吧？如此看来，道在“清明”中了，清明有用真心将生命唤醒之意。当然了，我这只是猜测，或许古人以寒食节定义“清明”有其他特殊含义吧。

清明节，对我而言，对其他人而言，不仅仅有缅怀逝去亲人恩德之意，更多的怕是活着的人对生活的期盼，对未来美好的憧憬。一句话：怀念过去，把握当下，向往未来，勤奋努力，让生命绽放。这也许是介子推提出“清明”的本意，如是理解，再好不过。

# 温 暖

搬一张椅子坐在庭院里晒太阳，全身心放开，让阳光的温暖抚慰每一个毛孔每一条神经，自然就处在暖光无限的海洋中。于是我肆意地微笑。

外在的阳光唤醒内在的喜悦之时，生活就充满了情趣。

望着窗外南山坡成片的碧绿，我知道那些鲜嫩的生命在阳光照耀下一天一变样地成长，此时觉得这世界真好！

享受日光浴，感受到生命生活的美好，有些闲暇时，我便看书，直到字句朦胧起来，倦意催促，自然要裹上被子睡一觉。可是，当做好准备头挨到枕头要睡觉时，睡意却褪去，想装着睡一会也不行，这也许是外界阳光带来的温暖能量还在沐浴着神经吧。

温暖，亦是心中一种美好。

当无助、孤独，渴望得到他人理解时，亲友或心中人的只言片语，或一个简单的微笑，都能给我带来莫大的温暖。理解和爱确实胜过春日的阳光，让我回归幸福上进之中，哪怕行走在寒风里我也不会觉得有丝毫的不适。

有不少的日子，我感到身上冷，感到口渴想喝点水而又急着想把手头事情做完再加衣倒茶的时候，他给我披上一件衣服，端来一杯热茶，总让我感到幸福温暖，还有感恩。尤其在面对挫折的时候，他的微笑和鼓励给我信心；自己的想法受到误解或恶意攻击时，他对我表示深深的理解。很小的时候，有一次在家属院不远处的小巷子里被几个小混混抢了钱，我很恐惧，吓哭了，他却摸着我的头说别害怕，世上啥人都有、啥事都有。为消除我受惊吓的阴影，他说起小时候自己也被人抢过钱呢。小巷子里在黄昏以后人少，就不要去；晚上放学回家，要走大街，不要图快捷走拐来拐去的小巷道，多走几步路图个安全；走路走中间，抬头挺胸要看路上情况……后来我知道了，他是为了安慰我杜撰了那么个“故事”，他就是我的父亲。父亲被人偷过，却没有被人抢过。20世纪80年代初的农村集市贼娃子盛行，父亲与爷爷到集市上准备买几百斤粮食，爷爷把三百元钱交给他，让他一心保护好身上的钱。爷爷挑好了卖主的粮食，准备交钱时，却发现儿子保护的钱还是被贼偷走了，他俩只好拉着空架子车回家，他说爷爷没有责备他，但爷爷难受得啦哭声，因那是补贴一家九口人一年口粮的救命钱。从此他再也没有被盗窃抢劫过。一次刻骨铭心的贼难，买回了一辈子的教训。

未来会遇到什么坎，谁也不知道，失败了一定要自己爬起来。坏情绪要自己调整过来。但亲人朋友的鼓励、理解，善意而清醒的提醒，就像寒冬里的春阳，往往给人以心灵的温暖和启迪，会大大提高战胜逆境穿越黑暗的勇气。

# 有点幸福

有一年春节，央视在大街上对路人做了一个采访，问题是“你幸福吗”，在这里我不想评价这个提问的优劣。幸福说来简单，像水之于我们的生活那样不可或缺。但幸福主要是一种感觉，人的情感志趣和审美不同，幸福的感觉也不一样。有的人的幸福像山涧甘泉，有的像凉白开，有的像纯净水，有的如茶，有的和苦咖啡一样。可见，幸福应当是一种美好的感觉，是各人在酸甜苦辣的生活中试着要调剂出的理想感觉。这滋味在不同的人眼里也不尽相同，可能源自某件事、某个人、某个物、某个时候，是独自沉寂触碰内心的时候，是和亲人朋友或者心里那个喜欢的人在一起的时候。时而淡，时而浓，时而纯，时而炫，可以神秘得无法追寻，像天边随风逝去的云翳；可以简单无华却韵味悠长；可以宏大壮阔又绚烂，和那夜空里的烟花一样闪烁。在安德烈·纪德的《地粮》里有这样的话：“幸福的人，该是对世间的事物无牵无挂，怀着他那永生的热诚经历着恒久的动态。”他的幸福倒类似道家老庄的感悟，在忘情忘我的感受里，刹那即是永恒。自然地追求幸福，所过之时尽是美好。

我们一般人渴望可企及的幸福。三毛的幸福就是挽着她的荷西在那撒哈拉旅行，领略风沙人情，记下当地风情感受。张爱玲的幸福我们已经看到了——曾在都市的霓虹灯下闪现，顾城、海子的幸福全都倾注刹那涌起于笔下的诗行了。他们在现实里要找兔角那样的美丽。我们是人海中的水珠，人民只是个集体称谓，大多时候，我们都是孤独的平凡者，然平凡者的幸福朴素自然，却更显弥足珍贵。经常有属于自己自由支配的时间、空间、金钱，有不炎热刚好温暖的太阳可暖身，有新鲜润肺的空气可呼吸，有亮眼的景观可养眼，有对我们充满爱心热情的朋友可抚慰心灵，至于像海子、三毛、木心等文艺人士追求的世间那些最纯真美好的文艺，像庄子、陶渊明、王阳明等追求的自在永恒神妙的灵魂升腾，都非我们一般人所能希冀。人生搞得太悲了不行，人活世上要有点幸福感，不然活不下去。

我行走着，想把自己低到尘埃里，像那晨曦里的露珠，却可追忆那昨夜的星光，可随风而动，衣襟沙沙作响，这点幸福就很不错。

# 更好地前行

黄昏的时候，窗外红霞飘飞。我独自一人在家显得无所事事，便信手从床边陈木书架上拿起一本前些时候买回的书，这是一本80后女作家的青春记忆，文字尚显稚嫩，倒也适合饭后茶余打发时光。吸吮着清茶余香，沉浸在这黄昏的阒静之中，回首自己这几年经历的点滴，突然感觉自己已被时光的大手改变了很多。依旧是这小小的城和小小的房间，依旧是这片熟悉的土地、熟悉的人和充满直率与野味的方言，一切似乎都未改变，但今日的自己，已少了浮躁与狂妄，棱角渐平，性子也变得安静了许多，如同那晨曦里草地上的露珠，虽难泛起湖水的涟漪，却也倒映出自己的一片天地，如那夏秋之际的蝉，鸣唱着自己的禅意……

借用这忙碌之中的小假闲暇，试着放松身心，看看自己走过的路，问问自己到底是个怎样的人也不错。透过回忆看到过去，寻找往昔的自己，并非只是对已去时光的贪恋，也是对自己前行的一种重新塑造。

我是个有点懦弱的人，只是被稍显强健的外表和一丝小成绩裹藏住本我罢了。

记得自己曾经被高自己一级的同学欺负，欺负得哭了，任由寒风肆虐，任由以往的同学投来关怀又鄙视的眼光，只是坐在教室的窗边埋头抽噎，内心难受得不敢抬头只想昏睡过去。我觉得自己一直都是个挺会交友的人，学得好的与不好的，长得乖的与不乖的，混得好的与不好的，我都能和他们融洽相处。不曾故作姿态讨好过谁，也从不装得跟个“二腕”一样欺辱过谁，别人也从不认为我作，甚至还有一个在学校混得很开的好伙伴柚子（他姓由），可我还是哭了。我也不知道自己到底在怕什么。柚子带我去找那个欺负我的人，找到他时，他很紧张地对柚子说他并不知道我认识柚子。柚子转头看向我，问我打不打，那架势显然想要帮我出这口气。令他失望的是，我临场蔫了，哭着一句话不说就拽着他走，执拗的连头也不回，也不敢去看柚子……后来，他倒是和那个欺负我的男生成了一起喝酒聊人生的哥们儿。

现在想来，那时的自己真是可怜又可恨，即使现在已经很少再哭，但那种颇为柔弱的性子却好像已深深扎到我的灵魂之中，不曾随着时光渐渐淡化流逝。有时自己打架打赢了，也会有种想哭的冲动，所以几年下来我倒也学会了忍耐与谦让。虽没有了表面的血性，但内心，我时常会逼迫自己做一个勇敢的男人，一个顶天立地的汉子，也因着这份肯定与执着，我一次又一次战胜了那丝懦弱，在努力奔跑中强大自己的心灵，任由风吹雨打都不后退。拥有了冥冥之中的巨力，我无所畏惧，学会在春夏秋冬的轮回中去感悟、去冥想，变得坚韧与厚实。当痛楚一次次袭来，当那股压力压得我喘不过气来，我才会在夜色笼罩的梦里静静流泪，一直到泪水浸湿了枕巾，自己哭醒又睡着。

或许傻一点、笨一点、懒一点，才可以得到真正的幸福，但我有我的执着，执着地前行在这片土地上，这是我对自己立下的永恒誓言，凭着这份誓言，我才会寻找到属于自己的简单与平凡。

记得在初中时，有过那么几次彻底失败的表白，每一次都化作了内心的痛，久久不散，这种失败的感觉也让自己不再如当初那么自信，让我不再有足够的勇气勇往直前，一直居于平凡中的优异。不再拔尖的后果便是时常有人可以轻视你，对你肆意地暴发他的不满与愤怒。如今想起那曾经的一幕幕，也只是解闷。不仅仅为学习，我也有少年维特一样的爱的烦恼。试想想，当你要表白的时候，她不曾给你开口的机会，就会转身逃跑，追上一次跑一次，见了面也死活不搭理你；当你向一个自己曾经当面谩骂过的女孩表白，准备好的情书和礼物换回了他人的理解和祝福，却得到了她的泪水；当你看到自己暗恋的女孩和一个雄性激素分泌过多的女性在楼道里接吻，你该做何感想。唯有自嘲，唯有难过地自己骂自己犯贱。

或许这青春期的爱恋只是荷尔蒙分泌的结果，只是源于对异性的好奇，所谓的单纯的喜欢也只不过是为自己的悲冷和欲望找借口罢了，或许到了生情的年龄情窦初开，感情的潮水止也止不住，只能任由它流下并漫向四周……亦如那含苞的春蕾，被春风一吹便开了。我相信这世界上一定有至真至纯的爱恋，它会在某个季节某个地方静静绽放，焕发出生命的美丽，吟唱出自然的音乐。我，会静静祝福，也会期待那可能永远也不会拥有的纯粹的爱。

若想想自己的优点，可能就是随着方向的明确，一直在尝试着改变自己，变得大方、幽默，变得更会生活，在成熟与幼稚的路上学会了包容所有，在这个物欲横流的世界里，让自己的灵魂始终如那静静开着的雪山白莲一般，将白色的纯洁与善良释放在天地里，将爱深深扎根于泥土，在风中守望田野、碧海、蓝天，纵使风雪尘埃扑面而来，也要笑着上路，去寻觅未知的神秘……

心地善良，却满嘴的混话；热爱自然，为一草一木而感伤，却一脸的不羁与任性；心中满是好奇的种子，却对新知新闻一脸淡定……这就是我。青春期可能不光我这样。自嘲并激励自己，祝福自己好好的。

夜空里北斗七星欲隐欲现，草丛里的虫儿沉沉低语，无名的花香向四周弥漫开来，也浸入我的心间。心笑，痴迷于此刻的所思，我将在这片阒静与美丽中承接生命的光和热，奔赴未知，拥抱世界……

2014年秋

# 不求回报的爱

母爱因其无私，不求回报，而是大爱。

我们最容易体会的大爱是母亲的爱。

听说母亲早年家境贫寒，自幼父母双亡，她至今都不知道自己的父母长啥样子，可见父母谢世时她确实很小。她度过了孤独寂寞的童年少年，十五六岁时，想到城里学手艺。由于家境不富裕，哥嫂强烈反对，但在大姐的帮助下，她以顽强的毅力学成了裁缝手艺，在文化街开了一家裁缝店，自己手艺高，讲信用，经济效益还不错。母亲的裁缝店如果开到现在，也许都成百万元的小老板了。因为我要出生，母亲便关了店铺，关注我的到来。我在娘胎里时，她听人说不能吃猪肉，否则生下的孩子愚蠢，她忍住口欲，一疙瘩猪肉也没吃过，行住坐卧格外小心，唯恐我在娘胎里不安。

我生下来以后，为了我健康快乐地成长，母亲无微不至地呵护。春夏秋冬，周而复始，母亲放下了一切，一心一意养育我，她也成了地地道道的家庭妇女。我渐渐长大了，岁月的刻刀也无情地在她的脸上刻下了许多皱纹。

我上学以后，为了挣钱补贴家用，母亲重操旧业，又当起了缝纫，当然不再是开店，而是在别人的裁缝店里打工。每天还要为我和父亲买菜做饭，往来单位与家之间，几乎是小跑着。

每天早晨天不亮，她给我忙着做早餐，十分劳累却顾不得休息。多年下来头发渐渐开始掉落，稀稀拉拉的，让人看了难受，我提醒母亲要多休息，她总是说："你好好学习，妈妈不累。"看似简单轻松的一句话，在我心里很重，我只能默默以好好学习来安慰母亲。

母亲已近天命之年，却仍然整日整年奔波劳累，虽然做的是普通小事，也与大多数母亲一样劳神费心，倘若受了委屈，也就唠叨几句。由于我和姐姐都上学，母亲更忙了，每天的事情占满了她的时间。母亲的爱如此无私无怨，我感到这爱十分伟大，沉甸甸的。

长期付出辛劳不是每一个母亲都能做到的。三十多年的裁缝活使她的眼睛过早地昏花了。母亲为人憨厚，这种无私、憨厚深深地影响了我和姐姐。母亲脸色微红，相书上说这种人忠厚，一点不假。书上说印堂有黑痣的人有福，可是，母亲把福都给了我们，她只有辛苦。母亲让我们珍惜福报，懂得节俭，我们剩了饭，母亲都要吃了，舍不得倒掉，她说，如果倒掉也就是倒掉了我们的福禄。时间长了，我与姐姐再也不好意思剩饭了，怎能让母亲吃我们吃剩的饭呢。母亲身上那种忘我和不求回报的大爱使我明白，只有扎实学习做个优秀的人，才能对得起母亲，才能回报母亲及这个世界上一切无私帮助过我的人。

我理解了，大爱就是一种高度负责的精神。小时，我很调皮。一次不知怎的，我在大街上要起了"死狗"，坐在马路上边哭边扑腾着，想不出当时母亲的尴尬无奈，说些"不要我"之类的话，一个人走了，却又不断回首，最终拉我回家。回到家就是一顿鞋跟或扫帚抡上打；我上幼儿园时，拿了母亲的钱，虽数目很小，但她什么也没说，拿起笤帚就打……一切随时间都变了，我懂事了，不再淘气让母亲失望，但她却更爱我们。我从母亲那里学会了感恩，学会了关心人、帮助人，学会了负责任地做事。有时帮助母亲干点家务，陪她逛逛街。母亲很宽容，我偶尔发个小脾气，她也只笑笑，毕竟在母亲的眼中，我一直都是小屁孩，是那个牛牛娃！我也因此更体会到了母亲的宽厚无私。

大爱之人令人敬仰，有大爱者冤亲平等、慈心不欺、乐于奉献、不求回报、无私无悔，就像母亲一样，不仅是把自己的事情做好，说话做事都要有益他人。母亲带学徒时，无私地把自己的手艺传给别人，不捏不藏，先后有数人在她那里学有所成，发家致富；朋友有矛盾有苦恼，她总是以爱心化解，令他们心开意解。爱字说出来容易做起来难，因为无私无怨、不求回报，是要付出辛苦、牺牲利益的。母亲的大爱是一种真心的坦然，是一种寂寞的坚守。

爱本身就是一种幸福，因为只要你有爱心，即便为别人做不了什么，随喜赞叹别人的善和爱那也是美好的。心灵能感应，心存大爱做事不解释，别人也能感受到我们的温暖。

母亲的大爱就在那些具体琐碎的言谈和辛劳中，在对我们的呵护和对别人的宽恕善意中，但却温暖如阳光，燃烧在我心里，我一直默默地想着，希望通过自己的努力，有那么一天家境能够得到改善，让母亲不再那么辛苦操劳。

2014年2月23日

# 执子之手与子偕老

二十二年前，她和他经人介绍结为夫妻，两人之间并没有轰轰烈烈的爱情和海枯石烂的感人誓言，他们也未追求过这些，只是道德层面带来的对婚姻的忠贞，让二人就这样相濡以沫，平淡地一起生活，一起经历着人生的风雨。就是这样普通的开始，才诞生了日后我们这个幸福的四口之家。

那时，在这座西部小城里，她是一位有点小名气的裁缝铺老板，而他还在家乡的黄土塬上当老师，二人在一起的时间十分有限，婚姻生活的初始也只是平淡无奇，但自她怀孕后，他便决定要想尽一切办法把工作调到城里来照顾她。据说结婚彩礼也只一千元，陪嫁品一辆自行车，还是她掏的一半钱，可以看出家里并不富裕。所以，他只能低下身子去求那个在外地当官的亲戚，在经历了一系列辛苦奔走之后，看在他父母受苦一生挺不容易的份上，亲戚连他一支烟也没接，就把他调到城西的小学工作了。他是家里第一个工作的，为的是能够好好孝敬父母。对于他而言，离开这些学生是十分不舍的，因为这是他参加工作以后教的第一批学生，理所当然地为之倾注了万分的激情和心血，我无法得知他的教学水平究竟如何，只知在他离开时，那些孩子都跑出学校，哭着到车站送他，一个不落。泪水也随着他远走的身影消逝在风中，飘向远方的城市……

自从有了姐姐，他们便幸福了许多，当他决定要去远方的深圳闯荡时，她也答应等他回来，他一去便是半年。在这半年里她始终尽着一个妻子的义务和一个母亲的责任，默默地用双手劳动撑着这个家，好像这一切的付出从两人第一次牵手便成心照不宣的承诺一般，默默守护着这份婚姻，但后来她还是把他叫回西北小城了。

五年后有了我，从她口中得知，我这个儿子对这个家庭来说无异于是一抹蜜色，幸福的滋味愈加浓郁了。她便关了裁缝铺在家带我，家中生活也更加拮据，家也从一个明亮宽敞的房子搬到了四五户人家挤着住的可怜小院里，听说从城西搬到城东，从北城墙根搬到南城墙根，搬来搬去总是租借别人的房子，过着寄人篱下的生活。我就是生在北城墙根租借的小屋子里的。记忆里，我开始上小学的时候，我家才有了自己的房子。这种搬来搬去寄人篱下的拮据的生活滋味，在没有爱情只有义务和责任感的现实里，一次又一次的争执和翻脸也难以避免。

只记得在我还上幼儿园时，二人爆发了自有了我以来最大的一次矛盾。他为一条崭新的男裤短短几日便不见踪影问她怎么回事，她说是给了我舅舅。他不信，这是她当裁缝以来首次给娘家兄弟送东西。为此，他们愈吵愈烈，最终大打出手，当时的我和姐姐弱小胆怯，只知在一旁胆战地吃糖，什么也不敢做。那之后，她在床上休息了两天，两人也开始冷战。事后，他问我俩，我俩当然实话实说，说是给了舅舅。

现在，家里的情况好了许多，父亲母亲也共同生活了二十多年，虽然常有矛盾争执，但最终也相安无事。他习惯了她的唠叨，她也习惯了他的粗糙，对于像“天天跟在她屁股后面系鞋带”这种事也习以为常，虽有避免不了的争吵，却也再难掀起惊涛骇浪。

二十几年了，遗憾肯定是有的，例如，那次他若在深圳多待一阵子，或许我家已经搬去深圳成了小资产阶级了，听说在那当个老师工资是内地好几倍（当时深圳马上快速发展，教师很吃香）；再或者那个裁缝铺子不关闭，家里肯定也富裕，但若那样，也就没了我，没了今天的一切……这就是生活，这就是人生，是命里注定了这场缘分让他们“执子之手，与子偕老”，是前世的一万次回眸带来了今生的相遇、相知、相守和历经磨难后的相爱。即使没有多么伟大的、让人铭记一生的爱情，但这份亲情足矣，这个家有了他们便有了幸福，有了一切，是他们让我的人生更有意义，我愿牵起他们的手一直走下去。我也知道终有离别的一天，纵使前方充满未知，但只要还牵着手在一起，那便是永恒的幸福。

2014年

# 家族记忆

我们这一代人，可以说是最精明的一代，也可以说是最无知的一代。经历了西方快餐文化的冲击，我们大多向往自由和解放，个性的发展也可谓是到了极致，不断地进行对自己和社会的否定，果断地抛弃了传统文化中的那些所谓的“糟粕”——一些真切朴实的家国理念和为人处世信仰。我们也因此变得浮躁、迷惘，好像一直行走在寻找幸福光明的道路上，在不断地用尚显无力的信仰进行自我救赎和自我升华，殊不知已经偏离了实实在在的方向，越走越远越虚，却始终不曾认真地去了解脚下的这片土地，这片哺育了我们无数先辈的可爱的乡土及乡土上传承了五千年的文化。

当然，我也如是。享受着快餐文化带来的短暂欢乐，得到了满足，但也深切感受到自己越来越浮躁，易动怒、易伤感，内心脆弱到不敢也不能经历一场人生的苦难、一次磨炼意志的考验。每当有灾难降临到他人身上时，我总会产生一种紧张感，在短暂的紧张、彷徨后只能以运气为借口来求得心理安慰。对此，我选择去了解这片广袤的黄土地，去了解先辈们的过往，试着穿越时空隧道与他们产生交流，产生一种亲切感，一种可以在冥冥中支撑自己前行的无畏的信念，哪怕被现实雕刻得没了血肉的丰满。

在我的脑海里，对整个家族的记忆只有零星的碎片，对祖辈和他们生活的那个时代，只能透过和父亲为数不多的几次谈话粗略了解一点。我只知道他们曾经很穷，他们曾经住在窑洞里，是靠着种庄稼生活的地地道道的农民。从父亲和他的姊妹们身上，我能断定他们肯定是善良的。

听说我出生不久，乡下的爷爷便离开了人世。对于他，我难免有一种陌生感，在那仅存的一张照片里，他显得瘦弱、木讷，黑瘦的脸庞上有着数不清的褶子，褪色的蓝帽下是一双黑色深陷的眸子，就像那电影里黄土塬上的老庄稼汉，看上去让人有一种踏实、慈祥的感觉。

我不知道他叫什么，他生于哪一年，但是肯定经历过那些历史的硝烟……一切都过于遥远，已深埋土地。据父亲说，爷爷种了一辈子地，年轻时幸运地娶了奶奶，好像奶奶的家庭那时颇为殷实，自从跟了爷爷，便受了不少苦。父亲姐弟七人，生活紧张的年代，多子就是多灾多难，老实巴交的爷爷奶奶没有卖儿卖女，能把他们一个个养育大，颇不容易。酸甜苦辣从父亲的文章和与我的交流中能感受到，谈到那些话题就感到沉重。父亲兄弟多，不能都上学，改革开放后，奶奶便率领年幼的叔父在外打工，听说父亲就是奶奶用菜担子供出来的大学生。爷爷一直面朝黄土背朝天，为了几个娃娃始终勤劳耕作，父亲工作后，我来到世间，生活条件也好转了，他有机会享清福时，却一病不起，然后就走了。可以说，他从未享过一天福。

可见，爷爷不仅是个典型的农民，还是活得很苦的农民，在一犁一锄之间，在艰难的岁月里，为养活子女历经磨难，青春不再，子女成人成家一切好起来时，他却走了。留下的是他与土地、与命运抗争的倔强的苦难背影。

到了父亲这一辈，也只剩五叔一个农民，父亲和三叔在政府部门工作，其他的做着小买卖，日子都还富足，没有太大差距。在我看来，这个家始终不能称之为家族，因为爷爷的父母亲在爷爷不到一岁时相继离世，爷爷的侄孙们与我们的关系疏淡，虽有百十口人，都不怎么联系。现在谁贫谁富也无关紧要，而我们这一帮人活得又都不富裕，家族文化底蕴也很浅薄。若要称之为家族，也只能从人口数上来说。

对于祖辈和父辈的经历，作为一个家族成员，我一直在试着了解更多，我对那种一个家族数代香火延续留下来的家庭历史文化始终抱有一种好奇，也觉得有责任去传承去记录它，因为它不仅是血缘带来的联系，更是使我们在历史长河中不曾迷惘的精神链条。

高山仰止，景行行止，虽不能至，然心向往之。

怀着这种家的归属感，这种生命精神薪火的延续，我要向善而生，向暖而栖，向远方跋涉，凡所到之处，留下无数先人企盼的美好，以告慰冥冥中的列祖列宗。

2015年

# 十年

古语云："人之初，性本善；性相近，习相远。"每当想起这句话，我就会想起这十年来所经历的一切，尤其是关于堂弟的那些片段……

十年前我们都是充满稚气的七岁孩童，同生活在一个家里，一样天真无邪，一样聪明可爱，亲人们推想我们的未来也该是一样的美好。恍惚间十年过去了，我们兄弟两个都已长成了大小伙，除了血缘亲情保留下来的那种善良，我和他性格志趣却迥异。

不知前方是星光大道，还是烟雨迷蒙的海空，我们兄弟从大家庭的相知相守，到各随父母过小家日子，也渐行渐远，变得陌生起来。面对难以捉摸的命运，我们原本熟悉相似的背影渐渐模糊，身边的世界也不同了，有时真想大胆一窥未来的世界，看是否如常人所说的那样美好，然而终究是"有所思，无所获"，只看到不同的习惯改变了两个相似的人。对于我而言，在这十年的路上，我能做的便只有尽力不忘初心吧。

我们的父辈是从农村走出来的亲兄弟，同样的勤劳和善良，都有着浓郁乡野气息，说着拗口的普通话在城里拼打，但由于不同生活环境，生活内容也不同。从20世纪80年代起，父亲经过多年苦读上了大学，无论是在北方小城教书，还是去南方打工，乃至现在在机关编辑杂志，几十年来看书、写作从不间断，父亲的兴趣爱好也深深影响了我。而四叔，由于生活所迫，过早步入社会，做起了小买卖。生活虽苦却也时常不乏欢乐，无奈他上学读书少，对于堂弟，他有希望，却没有更多的时间引导鞭策，几乎信马由缰由他发展。

在我们降生后那最初的八年里，生活环境并无明显差异，由于生辰仅有半岁之差，我们在很多方面都有相似之处，一样的虎头虎脑，一样的爱哭爱笑。但随着时间的推移，两个家庭及家教方式差异巨大，一切都已悄然改变。

从小到大，我一直被父母严加管教，生活在书香气很浓的家庭氛围里。父亲爱读书，满屋子都是高雅文学书籍，在他的熏陶下，我也从中尝到了甜头，变得有点文绉绉的，虽不是书呆子，却也很宅，整日除了读书、画画，基本不大出门，好静不好动。而堂弟，却时常透出一股江湖气，用土话说就是有点野，从小爱玩闹，不爱看书，坐不住，到处跑。四叔在外摆水果摊，常熬到后半夜才回来，也没有时间了解指导孩子，而四妈也不懂得良好习惯的引导，所以，堂弟就有了大量的时间去瞎折腾，干什么事都自己做主。有好几次堂弟找不见了，四叔和四妈急急地把电话打到我家，问是否在我家，父亲气得说："就是圣贤再来投生你家，你们不好好引导教育孩子，怕也不行!"

有时我也问堂弟为何不看书，而他总是傻笑着揶揄过去，看着他那种有点欠揍的表情，我颇为无奈。

有人说他善于交际，我过于木讷。于是，我便在沉默中试着学他那种无所谓的气势，可越学越不像，对自己而言，那种哥们儿义气的豪情只能从小说中过过瘾罢了。据说孟子的母亲为了让孟子不受邻里不良影响，搬过三次家，孟子后来成为圣人，孟母功不可没。正如"孟母三迁"所告诉我们的那样，环境对人的影响很大，甚至可以改变人生的命运。正值人生学习的黄金十年，我在书香家庭里养成了读书学习的习惯。

我们就像天上的星辰，在黑夜里发着微光，用各自的思想行动演绎自己的青春，谁也不知更大的光芒何时出现，面对前途，我们能做的只有奋然前行。

我们常在一起谈心聊天，我知道他在敢做敢为的哥们儿义气下，依旧保持着善良以及那种身为儿女对父母的爱和责任。他说，每当自己看到父亲日渐消瘦的身体，就会不自觉地流下泪来，他想好好学习，去照顾父母，去改变现在的生活环境。我理解他，面对这个复杂的社会，我们只有尽力拼搏，迎接挑战，才有可能改变未知的命运。我们渺小、胆怯，但我们没有退路，青春是人生的黄金岁月，我们只有努力学习新知，抵制诱惑，养成读书解惑探索的好习惯，方能赢得未来发展的机会！

常常听闻他进步的消息，可欢喜后不久，又会得知他成绩下滑，或许他也常埋怨自己吧，埋怨自己的懒惰，埋怨自己经不起那些青春的诱惑，埋怨……与弟弟相比，十年来，如果没有父母的督促，没有自己的努力，没有学校班级好的环境熏陶，没有一步步尽力争取，我也许不会在一中实验班里学习。

抬头仰望星空，我常会被那种深邃所打动，总觉得那深邃中闪烁着美好的未来。

十年很长，无知者无所事事，只把个子养大了，饭量增加了；十年也很短，智者十年磨一剑，用智识锻造出思想这把宝剑，活得明理了、成熟了，知道了自己肩上的责任，知道了爱是一种责任，知道了不断前行的人生才有意义。十年已经过去，面对来年的高考，面对以后的以后，我只求带着对生命的感恩，用勤奋探索未来的十年。

2015年3月11日

# 心中那轮皓皓的月

## ——圆满中秋

唐李峤在《中秋月之二》中写道："圆魄上寒空，皆言四海同。安知千里外，不有雨兼风。"今夜，天遂人愿，明月朗照，也但愿千万里"不有雨兼风"。我倚窗远望高高的夜空，月明星稀，月亮银光闪闪，如镶嵌于蓝宝石之海。晴朗的天宇间晶莹的月光遍照，光辉照进阳台，我便在月光中了，我也算是一颗受月光青睐的小星星或月光童子了吧。月光的爱是一种柔情和博爱，这博爱使星星显得暗淡了，正所谓月明星稀，众星捧月，让人心灵变得善软，变得无私起来。皓月空明也象征心底的一种清凉，那月清丽的光辉是醍醐甘露，也是一股凉风，是明察秋毫、洞明世事的淡定，能医治我们内心那股自私燥热的火，明月在心的人最清醒。凝望着天空皓月，我忽然明白，今夜是中秋了。那嫦娥肯定想念地球上的娘家人了吧，那一股凉风，大概是她的裙袖撩起的！

平常，我对一切节日都不大关心，唯独对这中秋，甚为喜爱。它没有春节的合家欢乐、大吃大喝之习俗，没有重阳过虚过淡之缺憾，中秋纯粹是心灵沐浴的节日，在我心里是神圣的，不可亵渎的。中秋节的重头戏是赏月，因而不乏诗意，又给人留下许多美好的遐想空间。中秋之餐也是团圆饭，所谓吃团圆饭，更重要的是品味，品味光阴之短暂，品味亲人好友团聚之不易，品味人生辛劳，品味辛劳成果的素雅香甜，以互相提醒知疼知爱感恩大地日月光明，当及时勉励，我喜欢中秋的正是这些，而不是吃月饼。看到那圆圆满满的中秋明月，我便想到祖母和叔婶，她们虽未饱读诗书，一生躬耕田野，此时却柔情似水，月饼、核桃、枣子摆到月光下的庭院里，希望寂寞的嫦娥离开那桂树，回到地球上的农家小院坐坐，乡亲们记得的月神，也许是嫦娥，也许是对光明美满人生的一种希望。八月十五的月亮，照在家乡照在边关，也照在农家小院，照在祖母对儿孙的思念里。八月十五，千万里月光如水，万亿个家庭同愿。清辉圆圆照大地，阖家欢喜话收成；天涯海角遥相庆，万千思绪共月明！

中秋情感是国人最美的情感，或寄托着人们快乐、欢庆之气，或寄托着人们对人生苦难的哀愁情思，渴望人生的圆满。翻开历史诗卷，“自古逢秋悲寂寥”，好像更普遍一些。中秋佳节，我的思绪徜徉在一种朦胧诗意之中，耳听落叶飒飒有声，一种说不清道不明的哀伤与思念加重了。但正是因为这一丝一缕的哀伤，才让中秋节变得更加深入人的心灵了，更加“美”了！纵览古今，虽然有众多文人墨客在中秋月下写诗论词，挥笔写下或悲或喜的华章，对于从小生活在父母身边的我来说，这一切还是淡淡的。除了离家、离乡、离国之人的无限哀愁与思念，于我们就是一抹淡淡的中秋习俗和关于中秋活动的情景了。

虽然祭月习俗如今在大城市已经消失，但是，人们秋思之情未减，那些美丽传说和中秋月夜亲人团圆、一起赏月的传统却保留住了，给现代人的生活里增添了不少快乐气息。

中秋处在秋季正中和满月之时，田野里核桃枣子苹果，高粱玉米糜谷熟透了，沉默的如同老僧涅槃般寂静，百物不言，却果实累累，秋风无色，却层林尽染。在摘果割谷、欢庆丰收的节日景象中，有心的人似乎感到造化之神在向人们揭示着大自然和生命的某种隐秘的规律，中秋就是在这样的日子、这样的思绪中到来了。古人会在明月升起时，拿出各种水果、月饼来祭祀月光童子。据佛教经典载，月神是月光菩萨，光明遍照人间。祭罢月神，然后围成一团吃月饼、饮桂花酒、赏月，合家团圆。而那背井离乡的人们就只有对月思念家人朋友了。

无数的中国人在各自的家庭里团圆相聚，说说笑笑。皓皓中秋月，千里普明，象征圆满，是祈福，是心愿，是内心幸福的流露。中秋月是一轮白玉盘，一块和氏璧，一团光明的火，光明遍照的月光菩萨也在我们心里了。可见中秋之月照亮了黑夜，照亮了城乡的土地，更照亮了人们的心。十五的月亮十六圆，当下的快乐当下体会，莫待席散人归去，空后悔。当下谱写出一份圆满，当下演奏出一首经典，当下挥洒出一些华章，当下和和乐乐、圆圆满满地理解人生，演绎人生，我们的心就是八月十五的月，光明遍地。

人生虽有四季更替，月亮虽有阴晴圆缺，生命虽有成住坏空，可是，心灵深处皓月朗朗，不曾圆缺啊！

2011年9月6日

# 我用十三岁的眼光看父亲

秋风默默吹着，今年父亲已经四十七了。经过许多个花开叶凋的日子，我也从父亲的故事里长大了。

父亲生在农村，打小就忙碌着。那时，除了读书，更多的时间是帮家里干活。自从我出生，家里大人又惊又喜，我自己是老二，也是家里唯一的男孩，因此，父亲的担子更重了，好像总有干不完的事情。

父亲是一位教师，他刚工作的时候，每月工资还不到一百元，他却要用这点工资和母亲给人缝衣服的那点钱来维持四口人的生活。父亲没有钱买房子，好多年我们都是在柳湖，租别人的房子住，我出生在北门城墙根。小时候，从北城墙根到南城墙根搬了好多次家，日子虽然艰难，但父亲从没有唉声叹气过，我感到那时父亲就是巨人。

一次，我看到父亲在床上，用力敲打着腿，腿上有许多暗黄的斑道，骨头像被撕咬了一般，隐隐可见，骨头很不平整。我问："爸，你的腿怎么是这个样子，和我的大不一样啊。"他说早年求学，冬天干板凉床，穿得薄落下的风湿病病根，望着他那痛苦难熬的眼神，我不再好奇。现在，父亲好像变成了一个多病的老人，我对着秋叶静静望着，又望着天角的阴云，想自己要快快长大，真正长大。

时代进步了，我嘴边的语言也变了，out等一系列的时髦语言从我的嘴边溜进溜出，这却让父亲不安，他想跟上时代，想与儿子、女儿并肩起跑，一起走向潮流。父亲也开始上网、玩博客、上QQ，在我眼里，父亲又是一个大小孩。

有时，父亲半夜才回家，嘴上满是酒味，让人闭气，像一片在风中飘着的阴云，罩着我。父亲还嘿笑着，带着扎人的短寸黑胡亲我的脸，结果自己的脸上留下了嘴沫，只得用力擦，我自己却在被窝里笑了。那样的夜晚，父亲是烦人而有趣的。

十三岁的我，气焰正盛，像一只奔跑的小牛犊。偶尔，父亲让我为他倒水时，我却总要说等一阵；父亲让我帮他找东西而找不见时，父亲语气的转变，让我哭了。自己的心下大雨，这时的父亲变得让人讨厌了。

还记得冬季有一次，我们全家夜里逛完南山往回走，父亲一向不和大部队一起走，自个儿在后面慢悠悠地晃着，我们三个走在前边。冷风呼啸着，月儿也冷得躲到了云层里。我们看到路边有人喝醉酒闹事，等不来父亲就先回去了。到家，我的心像担了一块石头，怕父亲遇到那个醉酒的人，放心不下，打电话也接不通。最后他回来了，门咣当一声，我才放心了。我认为父亲就是个让人担心的小孩。

我像那天上的云，快乐着，而父亲却像呵护着云的风，在这个家里，我们一起笑着并为生活忧愁着，为未来的美好日子并肩努力向前着。

2011年8月3日

# 那年回家

那年，记得正是十月国庆节，秋风默默孤独地吹着，颇有点凉意，柳叶尚未变黄。在这个熙攘的小城里待烦了，我就想着回老家看看，走出繁华城市回到乡下老家，静卧于乡野的恬静气息里。

客车好慢，坐了三个钟头回到庙上（老家人把乡上叫庙上）已是半夜了。土路两边杨柳披上夜纱，窃窃私语，田野的远处尽是点点灯火。走在寂静的路上，呼吸着田野里的空气，看着天上透亮的星星三颗五颗凑在一块，真是热闹，把夜晚装饰得更美了。路上人少得可怜，只有我们姐弟边说边笑，为自己在夜色里壮胆，加紧脚步向家走去。

老家的国庆之夜是寂静寒凉的，到家，吃了几口馍馍凉菜，在土炕上聊了一会儿，就睡了。虽然有默默守候在屋子外、伴着我们的狗娃猫娃，但它们好像从来不知道过节这件事。

夜里，大概是五点左右，我睁开蒙眬睡眼，被一丝灯光照着，这是谁?他在做啥?仔细一看，原来二姐在看书，微弱的光影照在书上，她凝神思索着什么，只有翻书的哗哗声和窗外不知疲倦的早起的鸟儿的叫声，二姐考上了重点中学，劲头大着呢，但我感觉不到那种压力，只觉得困，翻过身继续睡了。

早晨，太阳老早就从地平线的拥抱中挣脱了出来，从车轮粗的暗黄到镜子般小的暖人感觉时，已经到了乡下人吃早饭的时间。吃过饭就到村里溜达。几步路就到村口山崖边。村里高大的杨树和附近山洼密林里，鸟儿似乎很多，从鸣叫声调辨别，种类很多；打谷场外面树林里，核桃树浓绿的叶子间，挂着几颗很小的核桃，稀稀落落。以前那片小竹林不见了，取而代之的是几株小树和杂草，十月了，它们还长得如此旺盛，不知累。在乡下过国庆节，就是这些鸟儿风儿草儿陪伴，你得把它们当娃娃当伙伴。

十点左右，我与二姐拉着架子车到地里拉糜子去。

小路凹凸不平，布满石子，二姐穿着一件粉色运动衣，一双嵌着黑花的红布鞋，拉着沉重的架子车，向路边地里走去。她没扎辫子，梳着一种正流行的妹妹头，白玉般的脸因拉车子起了红晕，棱鼻子，嘴小巧而端正，眼睛小小的，但散发出一股美好的气息，精灵仙子一样自然而灵美，短刘海齐齐的。她走在前边，一心拉着车子，二姐从小生活在农村，干农活在行。

我望着久别的家乡，贪婪地吸吮着田野里自然的芳香，糜子野草的芳香给人以温暖，一种特别的清新味道。田地总没有闲着的时候，糜子收割了，麦地又绿了一片，远处天地相交的弧线上，房屋、山头凸出来，看上去很美，我和二姐装上已经割好的糜子，往家拉去。我在后边推着，她掌着架子车把手，车越来越沉，我的腿也越来越麻，丝毫没有了那股之前欣赏景观的闲适心情了。

我觉得惭愧，二姐在农村上初中，经常要劳动，可她到初三学习还是那么好，又考上了平凉一中。我决定要更加努力去赶，在人生的起跑线上，不输给别人。

假期快满，该回去了。离开时，望着远去的老家房屋和目送我们的奶奶，心里真是无语，涌起了一丝不舍之情。

2011年2月8日

# 当童年第一次成为记忆

这是初春的某个瞬间，我坐在床的一角，窗帘重重垂挂于窗边，窗子紧闭。整个屋子如同披上了灰色的薄纱一般，连空气也是灰色的、沉闷的。午后的最后一缕阳光，透过厚实的玻璃洒进这间小屋，那缕阳光显得温暖而柔情。

天渐渐暗下来，我静静地躺在小床上，夜幕挂下来了，在一片漆黑中，我渐渐放松身心，好像进入睡意中，又好像开始了静静的冥想，或是进入了一场梦的入口。

没有演绎完的童年时光扑面而来，我默然而又不舍地在祥光紫气中遁形。跨过层层洁白的云雾，梦境似的童年场景出现在我眼前。

我漫步于一处山间小路，路两边的山山洼洼里秋意正浓，各种颜色的野菊花次第开放，正在向我微笑，山涧的溪水从乱石块缝隙中汩汩流出，清澈见底。我直觉得那水冰凉而甘甜，那溪流如浪漫的少女欢快地向前跑去，跑向东方，在山野里碰出星星点点的水花。她去追逐青春的梦想，激情洋溢在她的声音里，快乐从她那纯洁、美好、浪漫的心灵深处迸发，野草以感人的童心举着青春的手臂——野花站满溪流的两岸，手拉手唱歌，欢送，向往……

走出山中遍地野花的溪流，一片寂静，再一看原来是故乡。走到老家门前，听见阵阵欢笑声，望去，一片苍松，树上渗出松脂，鸟儿悠闲鸣叫着从蓝天碧树间划过，好一道夺目的奇异风景。望树下，那不正是我和姐姐吗?

时光回流到童年时游戏的欢乐日子里。我们正在玩着藏猫猫，我躲在一处长着高大柳树的小土丘后，自己蹲下身，土丘刚好高过我的头，我们灿烂的笑声里充满童年纯真的憧憬。原以为姐姐找不见我，但最后还是找到了!

童年时圣洁的肖像及美善的面容、童年游戏的场面、童年欢乐的笑声都在记忆里，闲暇时抚摸这些童年印痕，我的心里涌出一股股热流温暖现在的生活!

似乎弹指间，秋痕褪去了，自己已身处茫茫雪中，土地和树木、房屋上都披上了一层厚实的雪，白皑皑一片，连天空也发白，新雪覆盖在早先的雪上。大雪盈尺，天地洁白。人不就是追求一种洁白如诗的美好么？童年，无论你怎样幻想，都是圣洁的、美好的、浪漫的。

我闭上眼，转一圈，很开心。我深深地被这冬天雪花飘落的场景所感染。伸出手，雪花落在掌心，一丝清凉直达心底，我以新的温暖把她融化成一滴甘露，抬出脚迈开步，走过的每一个脚窝都有一汪清泉，再迈步，姹紫嫣红的春天已经来临。

时光如此之快，令人惊诧。好一阵子，才看出，这是在自家菜园中，真实得不忍怀疑。有一种开心很难忘，也很难说出那种美妙的感觉。再看，这不正是我与姐姐去年堆雪人的场景吗？那喜气洋洋的春节里的“杰作”提醒了我。那时，我拿着奶奶平时用的小铲子，铲地上白色的雪，堆在一起，想堆出一个形象来，这个形象又不很清楚。在太阳光的冲击下，铲子闪闪发亮，仔细一看，像彩虹般。旁边姐姐正在给我戴手套，一会儿，手套已湿，我取下来，搓着已经冻红的手，但还是笑着继续埋头堆雪人。不到喝一杯茶的功夫，一个雪人已出现在我的面前，虽然三扁二圆，只有炭块镶嵌的眼睛和红萝卜嘴、红萝卜鼻子，但在这个季节这个环境中，它有说不尽的妩媚。那时的我和姐姐都感到了成功后的喜悦。看，雪人也高兴，一高兴就热，一热鼻子就掉。现实中的“雪人”早已消融在成长的路上，可心中的雪人还是历历在目，随着年龄的增长更妩媚更清晰了。

回忆故乡冬阳下的雪地，深秋沟洼里溪流两岸的芳草，春天奶奶门前杏花的清香，夏天金黄的麦田，每一步每一处都充满温情充满诗情画意。我咀嚼着童年这些零零碎碎的经历过与听闻过的场景及故事，我就在这种咀嚼中成长了。

还没等我欣赏完一幅幅天真、浪漫和美丽的场景，就走到了少年现实的生活中来。

在童年的怀恋中，我被窗外耀眼的光照醒。晨光从窗外照进来，楼下车流声很大，偶尔夹杂着听不清的大人小孩叫嚷的声音。我回忆童年生活的印痕，心中充满往日没有的开心，有些事情也许当初经历时并没有很好地注意，时过境迁，才发现那些日子那些琐事如歌如诗。虽然童年很美，我还是劝慰自己放下这些童年的旧事，做好现在的自己，洒脱、欢快，像一股悠扬的风，在茫茫如海般的人生中，向前冲锋，去面对艰难和考验，去追求自己更新更美的生活。

童年往事如春风春雨，尽管她远去了，渐渐如烟雾般消失了，最终成梦，但是，在将来的人生季节中，童年那景那情那事，无法忘记啊，那真那善那美，无法淡去啊。如果需要，就走回去沐浴一下吧，让童年的风吹一吹，让童年的雨淋一淋，让童年的花熏一熏，相信希望又会如春草绿了眼前的路。

原载《学生天地》杂志初中版2013年第2期

# 五爸

我生活的这个小城，并不算大，只用两三个小时就可以从城东走到城西，在一些高级笔记本的前页，甘肃省各地州市的邮编名目里也不见它的踪影，可见这么一个小城，似乎被现代潮流遗忘了。我的老家就在这么一个小城外的黄土塬上，叫娑罗。

娑罗塬在平凉城以东百里之北。老家的发展不大，依然是土房、泥路，仿佛卡在了新农村发展之外。但是，那里很热闹，每隔两三天便会有集，而我是向来不爱参加的。大妈家和奶奶家院墙相邻，只隔一条便道，门口是大场，场里有几处黄色的颇显沉重的麦草垛。每次回家，我总是住在大妈家，大部分时间都是在这儿度过，哪家有电视就往那家跑，所以我也是不停地穿梭于两家院子之间凉树荫中的土路上。

今年寒假大部分日子里，太阳也如春天般温和地挂在湛蓝的天幕，天气不太寒冷，雪天稀罕，雪花好像睡过了头，很晚才慢悠悠地从空而下，所以我的心情也就保持在宁静的喜悦之中。

过年自然要回乡下，乡下有乡下的温暖。

这次回老家过年，回来得迟，已经是农历二十九了。坐了两个多小时的快车，我的胃很是难受，一直发呕，一到家门，便冲向奶奶家找先回家的父亲诉说。一进门，五爸出现在我眼前，他穿了一件绿色的厚棉袄，鞋没大注意，脸通红着，红得逼人，一双小眼仁在眼眶里打转，他那深深的皱得厉害的手，在他的三轮摩托车上的物品里寻觅着什么，虽是三十几岁，却显得更老。我瞅了几眼，冲着五爸笑了一下，便进大房里去了，大大小小的物品摆满了昏暗的房间，给人以拥挤的感觉，只留有一条小道和土炕前的一小方块空地，除了家具和杂物，满是五爸拉回的水果，在深色果筐里静默着。

我随手拿了一个柑子，便去了大妈家。第二天早晨，我起得晚，起床时已是九点多了，那时五爸已经往地里送了五架子车粪，现在正往车里搬东西，待会儿吃饭后去集市上卖东西。我到奶奶家拿洗漱的东西，无意中，我看到了他那和脸一般红的粗糙的手，他的手着实让我惊了一下。

到了十一点多，父亲和几个家人到集上给五爸帮忙去了，我只好看电视。下午，父亲回来和我们聊着，一阵子，堂哥也回来了，向我们讲着卖水果之类的事。他说，五爸在卖东西的时候，常有一些爱占小便宜的老太太和年轻妇女，趁忙偷拿东西。对此，五爸只是瞅一下，便木讷地继续卖东西（不注意之时）。我们只是笑笑，我想，五爸不会计算，进得水果太多，那些坏了近三分之一的水果加上顾客伺机偷走的一些，赚钱应该是很难的。

在我的记忆中，五爸结过一次婚，但五妈并不喜欢他，怀孕不久因一场家庭小事拌嘴，便喝药死了，从那时一直至今，五爸谈过几个对象，都没成，如今还是一个人与奶奶孤独地过。

五爸这个人性格也有活泼的一面，今年回老家来，堂哥给堂姐捡了一部手机，五爸拿着它玩里面的小游戏，我们在一旁看电影，五爸不停地发出笑声，也说叨几下，还以骄傲的口气向我们说那点游戏中的分数，在他眼里很高，可对我们而言却很差劲，对此，我们便笑笑。

五爸文化程度低，太憨厚，近乎瓷实，不擅打扮，也不擅挣钱。

奶奶家养牛、养鸡，也在大院里种过辣椒、黄瓜等蔬菜，但不变的是，在自家地里一年四季种的都是麦子、玉米、糜子。五爸闲时，这些体力活都是他一人来扛，经常用这儿普遍使用的架子车拉粪、拉粮。农闲时，开个三轮车城里乡下来回跑，做小生意，虽然逛过大城市，但他的性格却是一个地道的乡下农民的性格。不过，一到节假日我们回来，父亲也干活，我儿时有兴趣了也干几下，有几分《闲情记趣》中描述的味儿。

有一年冬天，天格外的冷，灰蒙蒙的乌云块压到房顶上，大片白色雪花在凛冽的寒风中盘旋，“盘旋在你看不见的高空里”，这歌词也可以描写当时的天气。我们给爷爷上坟回来的路上，我向后望去，五爸一人走在最后，缩着手一摇一晃地走着，和今年穿的衣服一样，只是添了一个大棉帽，脸更红了，双手互交在袖口里，典型的“劳苦大众”形象，我叫大家看，所有人都笑了，我们还笑着说，这要是拍图放到网上，肯定点击率超过百万。

就是这样一个人——我的五爸，和我们这些子孙辈的人一起时，并无威严之态……五爸内心的孤独与寂寞从不与人说，但我能感觉得到。每次回家，五爸总愿和我们扎堆，我们不爱搭理他时，他就一个人玩手机，播放他用手机录的视频，里面是奶奶生气训叨他的声音。父亲、大爸、四爸都儿女双全，有时大家热热闹闹，只有五爸，每当这时自己一个人抱个小猫在墙角、在屋檐下用手抚着，看得出人生的孤独与伤感在无情地摧残着他。每当他肝肝命命笑着呼唤那些小猫小狗时，我深深感到五爸好苦。

唉，憨厚、善良、不懂世故的五爸，如果五妈还活着的话，他的孩子也有五岁了。

原载《暖泉》杂志2012年第2期

# 女人伟大

## ——三八节感怀

岁岁三八，今又三八，女同志个个喜气洋洋。在我看来，三八妇女节是天下母亲的节日。

我觉得人，尤其生而为女人，就注定了很辛苦。女人要想干出一番经天纬地的事业，在一些男人男尊女卑思想观念较为顽固的现实中，更要付出巨大的努力才有可能成功。

《国际歌》说，从来就没有什么救世主，能靠的是我们自己。三八妇女节虽只是个节日，但这个节日象征妇女拥有与男人一样自由民主平等的权利，而这却是女人们通过奋斗得来的。1903年3月8日，美国芝加哥的女工为争取自由平等，举行了声势浩大的罢工和示威游行，以此来争取解放，享有与男性平等的权利，这一行动得到了世界各国广大劳动妇女的响应。1910年8月，在丹麦召开的第二次国际社会主义妇女代表会议上，正式将每年3月8日作为世界妇女的斗争日。新中国成立后，中央人民政府也将3月8日定为中国妇女节。可见这个节日也是人类尤其是男人进步的节日，是人类思想文明进步的节日。

男人与女人共同构成了这个世界。按理说，人生来平等，男女拥有自由平等的权利不成什么问题。可是纵观历史，千年以来都有压迫奴役妇女的历史。在男人掌权的世界，女人普遍低人一等，女人被歧视，说白了这是男人的自私造成的。在中国历史上漫长的封建社会，男人的自私形成了一种社会思想、一种有缺陷的文化。由于男尊女卑封建思想作梗，“夫权”是压在妇女头上一座大山，妇女成了生儿育女的机器、侍候丈夫的奴仆。为了不让女人走州过县参与各种社会事业，中国封建社会流行妇女裹脚风气。女人由于脚被缠成了三寸金莲，走路不稳走不远，只好窝在家里，最多落个“贤内助”的好名声。

裹脚风俗据说始于南唐后主李煜。他喜欢女人脚小小地走起路来痛苦的样子，可见在这个南唐一把手眼里，女人就是男人的玩物。这后主的病态审美一传出，男人纷纷喜欢裹脚的女人，女人被摧残了走路的脚，只能在灶头周围转，无法参与建功立业的活动，自然失去了发言权，丢失了民主平等权。像花木兰那样披甲上阵，代父从军，征战十二年抗击来犯之敌的巾帼英豪便少了。因为南唐后历代的“花木兰”被缠了脚，玩不了棍棒上不了战场。宋代虽然出了个穆桂英，统帅三军大破来犯之敌，但是据说她是少数民族小邦国的女青年，没有受过宋王朝封建地主阶级妇女思想的污染。像穆桂英、李自成的夫人高夫人这样的极少数大脚女英雄尽管很伟大、出类拔萃，但太少，影响也很微小，改变不了大多数女人被压迫被奴役的处境。直到五四运动，“裹脚风”才逐渐退出妇女生活。城市的妇女走出闺房，抛头露面，参与革命和国家建设。人类历史事实告诉我，人类文明的发展，女人的功劳占很大一部分。西王母、九天玄女等远古传说中保家护国的民族祖母不用说是伟大而杰出的，像武则天那样的女帝王，做皇帝似乎也不逊色于男人，而且死后墓碑上却一个字的功劳都不写，天下男人没一个有她那样的胸襟。裹脚风俗盛行的封建社会，女人建功立业的机会少了，在教子“齐家”上的功劳有目共睹，天下那些孝子主要不是学堂里教出来的，而是他们的母亲培养出来的。如果这些还不能说明女人的伟大，那么，仅仅就生育儿女这一事来说，所有的女人都是伟大的，因为生孩子要冒着死的危险，女人却勇敢面对，在生与死难以抉择时，女人总是先想到子女。天下的女人或多或少都有点溺爱儿女，男人常常不理解，因为男人没有生过孩子，只有天下的母亲知道生命来得多么不容易，这是男人无法感同身受的。

虽然男女平等，女人拥有了更多的发展机会、参与社会活动的机会，但歧视妇女的封建思想僵而不死，女孩子就业限制多，有些单位不愿提拔女干部，认为“女人头发长见识短”，这是重男轻女的旧思想在作怪，女人因为在家庭里被照顾孩子丈夫的事情牢牢套住了，所以在事业上学习、创造、参与各项事务的精力、机会自然少了，视野狭小、少知识，自然见识短，如果受到好的教育，女人一点不比男人差。上初中以来我读了好多作家的作品，女作家人数众多，如冰心、杨绛、张爱玲、茹志鹃、王安忆、毕淑敏、戴厚英、池莉、铁凝等，她们的至爱至善，她们的善感多思、温柔细腻、思想妙曼等，是很独特丰富的，一点不比男人差。

不知三八妇女节别人在做啥想啥，这个节日我却想到妈妈的辛苦，想了许多母亲的不易。这个节日不仅仅是为了鼓励女人振作起来生活，也是在警示男人，要认识女人的伟大，人生的盛宴没有女人做不成，更做不好。

# 我对母亲是否太自私

我对母亲的爱回报了多少？我的所作所为是否值得母亲付出那么多辛苦呢？我是不是太自私了？

“慈母手中线，游子身上衣。”每家的孩子都是母亲的心头肉，慈母都是无私伟大的，我的母亲更是如此。她给予了我家的温暖，十多年来每天让我吃到可口的饭菜，怕我饿了病了；也是母亲最先教育我做人，教会我怎样做人，怕我们学坏了走邪了。在我成长的路上，母亲给予我无微不至的关怀，母亲的爱让我得以健康成长，我理应感激她、回报她！

这些我虽然都懂，可我又做到了、实践了多少呢？每到三八妇女节、母亲节，就有同学问我：“你给你妈妈准备送什么？”送什么呢？可送的东西很多，发钗、包包或是一张贺卡、一顿饭……可我几乎从来没给她买过，每回遇到这个话题我都会闪躲。

我真的很爱我母亲，我会帮她打扫卫生做家务，自己给自己做饭，在她累时给她揉揉肩，虽然有时因些小事避免不了与她发生一些争执，但我总会尽量克制，而且事后反省自己的鲁莽。但是这些够吗？

我没有给她洗过脚，没有给她买过生日礼物，只在前不久才请她吃了一顿砂锅（还让她赞助了点儿）。每次遇到脏活、累活或是与钱有关的事情，我总是有所躲避，不想花自己的钱（自己的钱也是以前她给的)，家人常说我是“铁公鸡一毛不拔”，我也以自己节省、不舍得花钱为由宽慰自己，而母亲并不见怪。

有时想，我可能真的太自私了。我小时候读的书、学的道理哪去了呢？是我不孝么？我对爱自己、生自己的母亲是“麻木不仁”，还是有点“冷血”？有时我想，我或许真的连说“我爱母亲”那样的资格都没呢！

对于母亲的爱，我当然不是“麻木”“冷血”，学习太紧张，我为母亲做得太少，但我不会一直这样，我想回报母亲很多很多……现在我只有严于律己、勤奋学习，以安慰母亲。

“母亲，我爱你！”我心里这样对母亲说，我会做一个孝顺儿子的！

2014年

# 腊月

这个腊月，不全是寒冷和寂寞，也不全是新年的繁荣和欢娱，还有随心自在的惬意。

陇东之冬，给我最大的印象不是刮大风，而是灰而低沉的天空、时有时无的雪花、时凛冽时悠悠的寒风。尤其过年前这段日子。

谚语说，二十一二三，月出鸡叫唤。有天早晨起来得早，大约就是这个时候，看到月亮如明镜高悬在天空，天气难得地晴朗，像一张深蓝的幕，嵌着点点疏星。北斗七星最为明显，永远在那里亮着。在黎明前或黎明时众人皆睡，祖逖却闻鸡起舞，苏轼却喜欢起舞弄清影，他们对光明与黑暗的感受比别人深吧。他们都是意志坚强且卓尔不群的人。这蓝色天幕神秘地变化着，蓝色浅时，那月亮不再美丽有光，倒像画布上的摆设。

有时早起看到雪落小城，一地白雪，走上去感觉如纱如绸。尤其雪地上没有脚印，周围很寂静，你走出了第一行脚印的时候，你会有怎样的感受呢?

春节即将来临，大人们忙着办年货、拾掇屋子，只有在单位脱不开身的人仍在埋头忙工作。孩子们考完试放假了，在盼过年的日子里尽情嬉闹玩耍。北方人过年无雪景不成趣，尤其对孩子们来说。孩子们都明白，一场刚落的薄雪，稍不留神就消融了。于是落了雪的时候，大街上、公园里追逐打雪仗的孩子们猛然增多，文静一点的堆个雪人，乐不可支。树梢上挂了崭新的大红灯笼，公园、广场的彩绘人造美景，牛年绘牛，虎年虎啸。街摊小贩都在卖着与过年相关的东西，这一切都在营造春节气氛，激发人们对春节的期盼。

在家里，忙人忙，闲人闲。忙人是大人，他们无非想在春节到来时有更多时间休息，有更多时间陪家人乐呵，所以要把可能影响春节休闲的“工作”都提前干完。闲人是我们这些学生，做完寒假作业就没事干了，擦玻璃、洗衣服、买年货，我们不内行插不上手，便无所事事。早晨不愿出门时，我爱在阳台上看外面的世界。看得上瘾的是玻璃上的冰花，冰花三棱五棱六棱的都有，洁白的花瓣形状也是五花八门，更有无尽的山水图案。我还不会画山水，但对山水格外喜欢。窗上水气凝结的冰凌花和花样繁多的山水图案，着实令人欢喜，窗上冰雪山水图案，有许多我是想象不到的，趣妙横生，别有洞天。有时候气温很低，窗上冰雪冻得厚，看上去如贴了白色绵毯。我总喜欢用手指在上面涂抹些图案出来，成形不成形，或美或丑都不在乎，挥洒的是那一份喜乐，冻得手指疼，但欢喜不减。中午看看闲书，家里藏书有几千本，专挑自己感兴趣的翻，还不过瘾就到书店去找，但凡有益有趣的书，只要我一念叨，父亲就会给钱让我如愿买回来。

雪渐渐停了，或连续下雪，堆雪人打雪仗的瘾也过足了，书看过了数本，时间也悄然过去，倍感欢喜中迎来年关。

2011年寒假

# 第一次我忘不了你

那年秋日，我和家人一块回娑罗塬看望奶奶。原野上吹拂的秋风还不算太冷，大秋作物渐次成熟，糜谷溢香，色彩斑斓，真是秋色可餐。那时老家还是瓦房，到家时已到下午，吃过饭天就黑了，我们在奶奶家土房子里早早安宁地入睡了。

第二天天气不错，父亲便带我们去一个叫“背山子”的山里玩。

沿着一条凹凸不平的土路，绕山过峁，慢悠悠走向远处的山沟里。风在耳边微语，路边杨树叶子泛出金黄，杏树叶子发红如少女羞涩的脸。风来时，枝叶飒飒，仿佛欢迎赞叹我们这些远方来的客人。山洼里长满了秋草，菊花或黄或白点缀其间。黄土山嘴个个顶着一撮绿草，有的一座抱着一座，有的如在山梁上排着队走着的兄弟，有的憨态可爱，有的热情活泼，有的孤峰一座，显得孤寂。

大约转过三个沟湾梁峁，我们终于来到了长满蒿草的背山子。其中有一块地，父亲说这是包产到户那年分给我家的，离家太远，收成低，放弃耕种了，实际上家家都放弃了，一座山的山地都搁荒了。任凭野草肆无忌惮，想怎么长就怎么长，成了狼、狐狸、兔子的天下。在城市里待久了，置身此地，呼吸着自然清新的空气，心生欢喜。我们高兴地跑来跑去，于半山腰俯瞰周围山沟，层层梯田长满蒿草，点缀着阔叶梧桐，各个沟底是密密麻麻的树林。我家这块山地里有几棵十来米高的梧桐树。我围着几棵梧桐树仰观，我们赞叹它长得端直，长得粗壮结实，足有几十年树龄了，在山洼洼里算是树中老大了。叶子微黄红，仿佛山里老人的笑脸。在端详赞叹梧桐树时，我瞥见一株奇怪的树枝。山洼洼里还有这种奇怪的植物，同一个根上长出许多蓝灰单枝，枝条又不直，左拐右拐往高里长，浑身长满了锥形刺，像带血的箭头一样，那些刺之间结满了小而圆、红得笑嘻嘻的果子。这种树不像树草不像草的奇怪植物丛生，盘根错节挤在一起，多数长在地边或崖上凌空伸展，红色果子远看似红艳艳的玛瑙珠子，映得山崖也一片红光。走近看，上面只有几片稀零的绿叶，衬托得小果子愈加鲜红。我凝视片刻，伸手去摘，却被刺无情地扎了一下，我感觉手指只不过轻微接触了一下那尖刺，但是，它好像主动钻肉似的，一种针头扎肉般的疼痛，然后指上渗出一滴血。“这么可爱的东西怎么长在这么扎手的刺枝上呢？”我问父亲。父亲走过来，笑着说：“被扎了的感觉不好受吧？这是酸枣树，我小时候经常到山里打酸枣呢。”他说摘酸枣有诀窍，要先注意到空间，小心伸手，手指不能靠到酸枣刺，摘酸枣的时候要用指甲掐，尽量不要让酸枣树枝动，它一动，手指就已经被刺扎伤了，不能像摘杏子那样往来揪，一揪酸枣树一动，枝条上的刺就来扎手了，而且不是一个刺扎来，会有好几个刺同时刺来，弄不好还会扎脸呢。那种疼痛会让人一辈子都不敢再动酸枣树的。酸枣好吃手难伸，伸就扎手，所以，摘酸枣时不能只看见酸枣而不见酸枣刺。事实上，首先要注意到那些酸枣刺，先要想着怎么躲过那些酸枣刺，把手伸到酸枣跟前，还要想着不让酸枣树枝动，小心地把酸枣摘下来，还要想着退路，如何不惊动那些长满尖刺的枝条，把手指原路退出来，这才算大功告成。有时候手指躲过了酸枣刺，但胳膊动了一下，或身子触到某个枝条，照样被扎手。小小的果子，有众多的刺如戈矛一样看护着，想摘到并不那么容易。

摘酸枣竟有这么多学问。按照父亲说的方法，我小心翼翼探手去摘，总算安全地摘到了几颗酸枣。我把酸枣放到掌心滚动着，如红宝石念珠子，玲珑可爱，尝了一口，没有肉，只有皮，但是酸酸的略微香甜的味道刺激着我的味觉，这种味道与大枣完全不同，酸枣的味道比大枣更诱人。

细看，上面还有密密麻麻的细点儿，还真像一个枣！这时候我不再惊奇酸枣树为何一丛丛生长在远山里了，我尽情呼吸山野自然之气，望远处天地相接处那道线，满眼无边的秋色，真有些陶醉。

回城里时，我带了好多酸枣子，分享给城里的同学，当然也乘机炫耀了一番。

每个人都有许多第一次的经历，或有准备，或无准备，但无论什么事情，哪怕简单如欣赏一朵花一棵树，或摘一粒酸枣，都值得我们品味、回想。

一把酸枣子，我不仅仅得到了一些知识，还有生活的味道。

原载《平凉传统文化》2019年第1期

# 春雨

今天在家闲来无事，正好堂弟来了，下午，我们俩去逛了逛书店，在广场走了好一大圈，感觉花园里那些花草病快快的，都在等一场雨。回家路上又碰上堂哥，他们单位最近正在排节目，他刚跳完舞，兄弟们一块去吃饭。我与堂弟都是穷学生，自然是堂哥请客了。

吃过饭出门几分钟，天半边晴半边阴，头顶天空云青青，霎时间就飘雨滴了。但感到并无下雨的架势，我有点失望。因为人也在等雨，雨来了，我们才真正有春天的心情呢。

回家打扫完卫生，看了一会书，听外头刮起了大风。那风声，像狼妈妈在寻狼崽子。不一会，雨滴斜射下来，敲打得窗玻璃当当响。楼下街道上，行人似乎对这场临近黄昏的大风雨并无准备，都在雨里抱头鼠窜。

过了一会，雨下得更猛了，敲打窗户的声音更粗暴。白色冰蛋子噼噼啪啪砸玻璃，仿佛要砸个洞才开心似的。但很快就像被谁制止了，又变成雨水了。雷声开始震天响，也就那么一两声炸雷。然后，像是对生命生起了怜爱，那雷声倒像小孩子在院子里拍皮球了。寻着北边来的雷声向着楼下园子里望去，花园里春天长出不久的树叶子随风而舞，被雨水清洗的草和树，绿色更鲜美。一丛竹子旁边不知名的树上，开着不知名的花，红黄如清晨之阳，又似黄昏晚霞，好可爱。

风停了，雨小了，小得没有声息，这就是春天的温柔。打开窗子，让那股清新和春雨的潮气飘进来，涌进鼻孔，窜遍五脏六腑，每个毛孔都迎接来了一场春雨似的，如此美妙。看太统山远峰透出亮光，露出漂洗过的蓝天大幕，宛如神秘的海。云层渐渐撤退，太阳只把余光留给乌云，好像要给它上上彩，又显得力不从心，最终放弃了，只涂了淡淡的粉。倚窗瞧着窗外这些景致，想着这一场春雨，会使树木疯长、花儿怒放，几天后一定会有蜜蜂绕着院子里的花丛嗡嗡唱歌，会有柳絮满世界天女散花。这春，将会成熟为一首爱情诗，诗人就是这一场春雨！

2015年3月

# 故乡的集日

每一次节假回到老家，在一马平川的绿塬上，除了欣赏那独特的绿色，在绿荫下轻松地玩，最大的“娱乐”活动就是赶集了。

若天天只是欣赏那些大同小异的绿树、庄稼、野花，望得见的青山，视野能及的麦田等，久了也会乏味。但逛庙会一样地赶集，是很快乐的事情。

家乡娑罗塬的集市兴起于迎神赛会的庙会，至今那里的人把赶集叫作“去庙上”，明清时期那里的九天幺女庙宇规模很大，最大的集会活动就是庙会了。如今去庙上不是要进庙敬神，而是去逛集市。娑罗人“去庙上”跟庙会已经八竿子打不着了，与敬乡神一分钱的关系也没有。但刨根溯源追究起来，最初一定与庙会有关系，仿佛要纪念农村集市的起源一样，娑罗人总是把赶集叫去庙上，千百年改不过来。每隔三四天会有一个集日，大街市上车水马龙，男女老少拥挤在街道，形成一条河流。过去的集市，说白了就是二百米长的一条街，街两边修了店铺，街道南边有大而破乱的戏场。

经济的发展也促成了集市规模不断扩大。

以前数棵大柳树就是集市最东头了，未进街道先看见大柳树下人头攒动，从柳树下纳凉的人多少，就能预测这一天集市规模的大小。我们赶集进集市，第一站当然是到大柳树下歇一歇、凉一凉，有些钉鞋的、收蝎子的、收杏胡桃胡的、修车子补轮胎的也往大柳树下挤，都喜欢那一片绿荫。现在家乡的集市规模大多了，出了本村走不远就看到做生意的人把摊位摆到离开街道较远的公路上了，出村不远就开始逛集了。

夏季集市开得早，我的印象里，夏季赶集的时间多为上午九点多，趁早图个凉快。也有晌午才出门的，不过这时候天正热，一部分人已经离开集市往回赶了。赶集的人去庙上的迟早根据各人闲忙而定，但做生意的摊贩总是去得很早，抢好地摊。

老家的村子离庙上有三四里路，也不算太远，有两条路可走，一条沿着村子南边塬畔弯弯曲曲的黄土小路散步一样去庙上。父亲最爱走这条小路，这是他童年走过的，那山梁沟溪是他十多年前跋涉玩乐过的，在塬畔上可望见泾河川、崇信塬，虽海市蜃楼一样淡蓝缥缈，但就是爱看。因为从村庄里的山沟出去，就能到达那些看起来遥远的世界。近处塬畔上绿油油的庄稼树林，农家小院，小猫小狗，果园菜园，艳花丽叶，蜂蝶鸟鸣，一切见闻令人欢喜，父亲因眷恋故乡山水田园，我因感到新奇有趣，于是常结伴走这条小路。这个村子与沟泉村连在一起，转过三四个塬边沟湾湾，向北一拐就到公路上，走不了几步就进入集市了。

另一条路当然是顺着塬上那条中心公路西行，现在有百户小康村院落沿公路东西延伸，绿瓦白墙千家一面，缺乏丰富多样的情趣。当然在夏收季节，走公路赶集，在路上看到无垠的麦田、麦田边际的房子、绿树与蓝天连成一体的那种四野开阔的空阔远大感觉，是走塬畔小路所没有的。

拥挤、炎热，人声嗡嗡，花花绿绿卖布料卖衣服的，喇叭鸣笛，摊贩抛售东西的喊叫声此起彼伏，水果味、调料味、葱蒜味、麻辣片味、农民身上的臭汗味等五味杂陈，这就是我对农村集市的总体印象。

这个集市上我家有一个常客，那就是五叔，他可以说是逢集必到。

五叔卖瓜果、贩菜，五叔的摊子多数时候摆在戏场里，奶奶常常帮着他看摊子，我们这些孩子有时候也帮着五叔张罗生意，苹果、梨子等也吃个不停，觉得有趣。

戏台上冷冷清清，戏台下则摆满了摊位，闹嚷嚷的。但能想象得到唱戏的日子里，这里是农村集市最热闹的地方，那咚咚锵锵的声音把乡里人从四面八方吸引过来。戏场是集日菜市场，也是文体活动的赛场。这里的豆腐脑、豆腐花子最好吃，虽然看上去不太卫生，苍蝇围着嗡嗡个不停，但豆腐脑豆腐花子吃起来确实有一股子独特香味，是传统办法做的，当然味道纯正。

有集有戏的集日，我当然也逛过。

逢有戏的集日，集市规模就远远超过平日，一部分不贸易的人就是冲着秦腔戏来的，来了自然也要消费的，做生意的人也把握到这一点，于是台上锣鼓声声热闹十分，台下的世界更为壮观，上千观众或坐或站，有三轮车的坐在车上，屁股下垫着绵软的垫子，那个舒服劲就像坐在自家炕上。

我们孩子集日看戏都是幌子，顶多在台下无奈地观望一阵大人的后脑勺，便拿了父母给的小钱去街道上玩了。那些长辈们顶着烈日，倒也看得津津有味。演的戏名我至今没有记下一个，只知道都是帝王将相才子佳人之类的历史故事，以及人生悲欢。

在老家赶集的印象很深，倒不是我对农村集市有多么难舍，赶集的感觉只是对那片土地有刻骨铭心的爱，那里有奶奶和叔叔，那里是我们这几十口亲人的老家。

现在，城里有时候也来戏团，有时候在南山搭台演一周甚至十天戏，我总找不到记忆中看戏的那份欢乐。也许乡下《社戏》有许多原生质生活元素，如环境、集市、人情等等。城市里没有那样的环境氛围，戏演得再好，也没有乡下庙会上戏的那种感觉。也许这是一种少年记忆在作怪吧。

童心　　一岁多时

一岁半时广场花园

五岁多时与父亲在柳湖公园

四岁上东大街幼儿园时

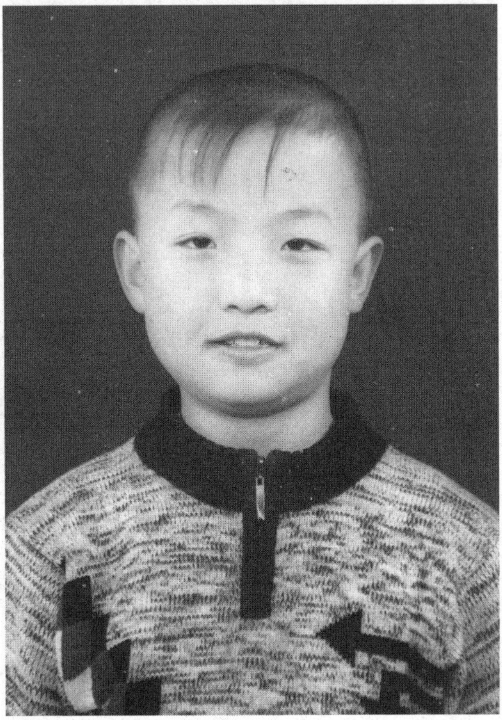
西大街小学上一年级时

2009年7月10日　十一岁

2010年十二岁时在故乡凉城北山

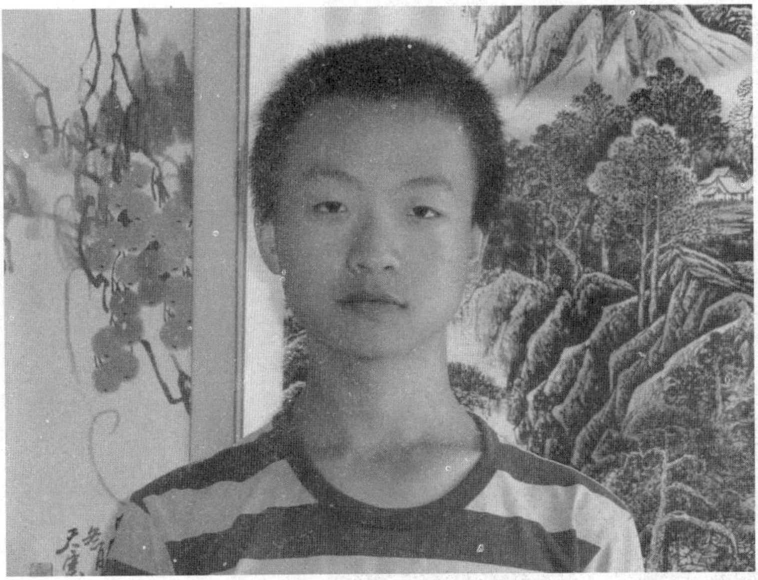

2010年9月十二岁摄于家

2014年2月16日柳湖赏雪

2016年在西安曲江

2016年8月大学开学时在岭南印象园

2017年春，中山大学宿舍

2017年五一节摄于韶关

# 那些野菊

对多数人而言，菊花就是朵儿大大的、卷丝毛一样开放的，太阳般的黄色，其实，那都是人工培育的菊花。这种温棚里培育出来的“菊花”，是否有蜡梅一样迎寒芬芳的精神和真菊花的气质，很难说。

我在乎的是菊花的生活本性。

我多次见过别人家养的菊花，多是人工培育的供观赏的，花瓣极多，细长，开放了还如含苞待放一样，花瓣卷曲如少女金发，让人感到娇美金贵，但缺少了一种自然美，我并无亲近感。

野菊生长在郊外山野，乃至人迹罕至的深山里。她开放也就十来瓣甚至少到五六瓣的花瓣，好多野菊的轮廓还没有一分钱硬币大，花瓣一厘米多长的样子，花蕊窝在蜂窝一样的花瓣中心，散发出不太浓的清香。在山野，一簇一朵野菊的花香散于周围空气里，确实香味太淡，几乎闻不到。但是，常于自然中劳作的人都知道，山野菊花常常群生，每年秋季，一块山地、一道山梁、一面山坡，有可能到处开着这种渺小的微不足道的野菊花。无数野菊的清香让山野清香扑鼻，甚至浓浓的药香味儿，从人的八万四千毛孔里往五脏六腑挤，人走在这样的山乡小路上，连衣服也会染上野菊的清香。

野菊之野是一种自然自在的美，她没有“为伊消得人憔悴”的忧愁顾盼，也不在乎有没有人观赏。在自然天地中，野菊千万年以来自然生自然长，没有谁为她的生命负责，亦无谁对她过分眷顾，她在天地间养成了抗寒斗恶的性格，生存能力极强。

野菊也是五颜六色的，缤纷，好看。蓝菊、白菊、黄菊、红菊、粉红菊、橘红菊，她们小不起眼，也许喜欢人工菊花硕大花色的人，眼里很难有这种花。但野菊的花期很长，父亲说从五六月开始就有野菊的花影了，会一直开到十月以后。尤其农历八九月份，山洼洼里的世界简直就是野菊的。菊花的灿烂是一种震撼人心的辉煌。她们竞相怒放，好像心有灵犀，像约好了似的，同时开放，各展英姿，于是，我们在山野看到不同菊花的花色。为什么那些菊花还有大大小小和花瓣多少的区别？说明她们小心谨慎地各自演变着，在简单自由中提升着自己的生存能力和生命质量。野菊叶小、花小、个子小，高过一尺者少之又少，多数经年累月也就长三五寸高，多平铺在地，但照样以自己的纯情开放面对这个苦寒的现实世界。

历来野菊给恶劣现实中的坚毅之士不少鼓舞激励。

那个“采菊东篱下，悠然见南山”的隐者陶渊明就是一个例子。他对菊花的爱有点死去活来。《饮酒·其四》写：“秋菊有佳色，裛露掇其英。泛此忘忧物，远我遗世情。”他养菊花、赏菊花，也许喝的也是菊花酒，以菊花入诗，留下了关于菊花的千古名句。

他那孤高傲世、甘于清平、视功名富贵如浮云粪土、脱尘绝俗的性格是传承自山野菊花吧？

还有个落第秀才黄巢。我很喜欢他那首《不第后赋菊》：“待到秋来九月八，我花开后百花杀。冲天香阵透长安，满城尽带黄金甲。”倒不是因为他向黑暗腐败的统治集团叫板的叛逆精神多么令人称绝，而是他这首诗揭示了在不可抗御的自然规律面前百花遇霜自凋零，而秋菊却能傲霜、生机盎然地开遍山野，顽强高洁脱离俗流的精神让人敬仰。这些耐寒、傲视恶俗而又生命力极强的特质，恐怕人工培育的菊花是不全具备的。

一般文人科考落第，消极狼狈不堪，有的一蹶不振，活得凄惨，黄巢为什么丝毫没有那种悲观懦弱的心病？他读懂了野菊，知道命运要自己主宰。

当然，家养的菊花观赏颜值是很高的。

我画菊花时间不长，画得也不是很好，但两种菊花我都画，画得更多的还是野生菊花。一来野菊画法更简单一些，这也是我爱好野菊的另一原因；二来野菊有一种骨气，野菊的美在内涵。我一般爱画侧面，想表达那一种娇羞，但绝不低迷婉转，自信而又谦虚，像有个性、文雅的青年。再说色彩，我画的菊花，更多的是墨色，这绝非盲目从古，而是这种色彩能画出一丝清气，论神论形都颇佳。我画菊的三观，正应了野菊三个鲜明的生活本性：简单、内敛、纯净。

传统国画——那些文人画的菊花——文人气浓，但过于抽象，一般人未必能领悟其意境。

去年，也许前年，我回到娑罗塬老家，去山沟里转，漫山遍野的菊花让人恍惚感到春天到了。前山后山都是白菊，清香浸润肺腑，顿觉神清气畅。她们娇小不起眼，但成了气候，阵势很大。她们躺在石子间、路边、枯萎的杂草堆里、半山坡上，三五株一伙，多则一群、一簇，无数群野菊便使周围世界变成了花海。这是些无秩序散布山野的精灵，自由美妙，像蒲公英一样，生存繁衍能力如此之强。走近了看，也有黄的、蓝的、紫的，有高的、有低的，叶子都很小，显然文人画里的菊叶明显太夸张了。所有野菊都绽放出清纯的笑脸。可能她们并不想比些什么，只愿活得轻松自如吧！也许陶渊明看清了这些菊花的性情，受到深深的感染，便放弃了那些令人心焦的世俗游戏。

走过山腰往山坳里走，听到水声，看菊花的兴致更浓了。水边的野菊株枝高大，叶子也大一些，香味更浓了，沁入肺里，清凉淡香，是能够明显感觉到的。在老家野菊的世界，我放开胸襟，大喊几声，尽情释放原味的自己，仰面躺在山坡上看天，湛蓝湛蓝的，看云，也是那么纯净。这里的菊花与花园、大棚里面养着的有些菊花，色形也大致相同，只是有大小、多少的分别。不过，大自然中的这些野菊更有妙趣，更有一种真意。

今年暑夏，比往年更炎热，燥热迟迟不肯褪去，又无法出门去野外观菊，便买了一小袋菊花茶，清新之气中夹杂着一丝土味、一丝苦药味，让人格外想念老家的菊花世界。

我爱野生的、自然常态里的菊花，爱的是那种简单儒雅，爱的是那种自由随性地绽放的个性，这才是我心中“四君子”之一的菊花，若把她们搬到家里供养着，也许会泯灭她们这些原本的“野性”和纯真的美。

看人，其实也一样的。

2012年秋

# 乡村五题

我很庆幸自己乡下有个家，很感恩奶奶七八十岁了一直为我们这些在城里生活的子孙守着那个家。因为奶奶，我的记忆里有了许多农村风俗和农民生活的画面。

## 归　园

放暑假后，我到远离城市的故乡娑罗塬去，乡村田野到处是庄稼，弥漫着一种自然质朴、美丽的气息。这儿的树丛、田野、山沟、流水、古老的窑洞等，一幅幅淳朴美丽的画卷在我面前美丽地舒展着，咕噜咕噜的鸽子、叽叽喳喳的喜鹊、呱呱呱呱的野鸡等，各种鸟儿竞赛一样的叫声像音乐盛会。鸟儿有时候成群结队从一棵树飞到另一棵树，鸣叫一阵，又忽地飞走；最热的时候，“吱——吱——”声音扯得很长的蝉鸣便大起来，此起彼应，互相鸣和。让人感到一点也不寂寞，沉浸在大自然的声音中，置身于自然清新的王国，真是爽心浪漫。村庄里一部分人搬到公路边小康屋去了，一部分人守着古房古树古村道，不愿意搬走。我们家是这些不愿意搬的人家之一。家家门前绿树成荫，有菜畦、有花卉，总有一棵树下拴着或大或小的看家犬，小猫走着悠闲的模特步子，有点顾影自怜的味道。拐来拐去的村道，被绿树环绕的一家一户，有的朱门紧闭，有的门大开着，除过猫狗并不见主人踪影，家家仿佛静修禅院，主人或在酣睡，或在闭目闲坐，听鸟叫虫鸣，他们只静静地从狗叫声音的缓急高低来判断门外来客，是过客还是来访，是熟人还是陌生人，是正经人还是盗贼。一个阅世丰富、喜欢幽静的老庄户人，完全能从狗叫的轻重急缓判断出门外的情况，有没有必要出院门接待可能瞬间就决定了。这不正是陶渊明田园诗里的景致么。我想起《归园田居》里一些句子："榆柳荫后檐，桃李罗堂前。暧暧远人村，依依墟里烟。狗吠深巷中，鸡鸣桑树颠。户庭无尘杂，虚室有余闲。久在樊笼里，复得返自然。"田园清心，乡亲淳朴，鸟儿欣悦，人的心情自然愉快了，一切都那么和谐，让人心里感到一种说不出的生活乐趣。奶奶家那只大黑狗，从不乱吠，虽然时隔一年没有见我了，这次回来见到我时高兴得摇头晃尾，眼光温和，嘴里还发出呜呜的叫声，我知道狗见到亲人高兴的时候就这样，一旦见到陌生或行为可疑的人，它会狗眼圆睁，露出凶恶之光，仰起头来声音扯长"汪——汪——"狂吠，扯得铁链子哗哗啦啦响。

## 清晨山峦沟壑

出村口远眺，一座座山起起伏伏，倚天伫地地围着村庄，春夏秋冬四季更替着，山峦也不断更换着新衣，展示着不同姿态。早晨，太阳从村庄东边田野里升起的时候，如大车轮般一片火红，红光普射，玉米、绿树等万物笑容灿烂。此时村庄里空气清纯一片寂静，但静中有动，一丝凉风吹来，一只早起的鸟儿"叽"的一声飞去了，叫声短而轻，仿佛怕惊动我似的。一个人到田间小路看朝阳，胡麻开着蓝花，有的合苞成绿色圆豆，微风吹过去，胡麻地里便沙沙作响，胡麻便一道道弯过头去。我想这是唤醒，奶奶说黎明就有鸟儿在门前树枝上"叽叽"地叫，在树上跳跶，开始是一只鸟儿，渐渐就多了，最后一群，一起飞一起落，起飞时能听到"呼"一声。这时候太阳已一竹竿高了，村庄醒了。

乡亲们开始下地劳动了。奶奶每天早晨起得很早，打扫院子、喂鸡喂狗、烧开水，总是忙个不停，不久串门子的乡亲也来了，好像是邻家的，总是和气地问这问那，好像很亲的亲戚一样。

早晨没事，我到村子里遛达了一圈，觉得意犹未尽，又到村口崖畔眺望山洼洼，看老庄子前绿树上几只小鸟在细细树枝上叽叽喳喳，微风吹拂，它们站不稳，随着树枝一晃一晃的摇动，像荡秋千一样。我一看它们，它们害羞似的，展开柔嫩翅膀飞到崖下深谷里去了。当第一缕阳光洒到山梁上去的时候，那座叫“前山”的山像一个巨人，像一个顶天立地的老农。

此时一声清脆的鞭响声从崖下山谷里的路上传来，一个十来岁的孩子赶着十来只白羊走在绿色山路上。他们要到前山的山坳里去。远处园子滩头，有人在割草，太远，看不清是谁，大约是在割苜蓿。山沟里吹来清风，清风里飘来割苜蓿人哼的山歌，没有歌词，只有曲子。太阳开始温暖山头，渐渐半山腰的田地、山的影子也在逐渐缩小，最后整个山沟沐浴阳光，山泉像镜子一样泛着明光时，中午已经临近了，但是，这风景我总是看不够。

虽然有的山峁光秃秃的，山地里不见庄稼，只有野草，但秃山杂居在绿色世界里，也有它自身的魅力风采。村子一半临山崖，每次回老家，我都到村边崖畔看山沟乃至远处视野尽头的泾河川风景。有时早晨，有时黄昏。高兴了我会跑到山沟里去，那时候，割苜蓿的回家了，放羊娃赶着他的羊进圈了，鸟儿进巢里休息了，村庄安静了，山沟里也一派安静。这时候，如果天气晴朗，夕阳跌进西山坳，山沟幽寂得令人恐慌，天空显得愈来愈蓝，瓦蓝变深蓝，渐渐月亮开始鲜亮，月光如水，照进山沟，山峦、山路、山泉，轮廓分明。老家人说，半夜的时候，山泉里有四盏明灯还动呢。

安详、寂静、梦幻、朦胧的山野之夜，就是急躁的人，他的心也会安静下来，大自然不给你任何焦躁不安的诱因，在这样的自然中，人必然会安静下来。大自然休息了，人作为自然之子，也必须休息。

## 溪 流

溪流从更远处的山涧流来，所到之处，草树争先恐后站起来欢迎。冲过迂回曲折的山沟、石坎、土梁，积水成湖，滋润一片树林，浸泡一片草地，孕育一片湿地，欢笑着又向南奔泻而去。天晴时，我有时候会去山咀子或山洼洼里看溪流，背光处如宝石，强光下如明镜，有时候看上去金光四射、野性十足，遇石崖阻挡，便轰轰隆隆撞击，遇断崖便哗哗跳下，平缓沟谷里便柔情自如地淙淙流淌。

逗留深沟山谷不是溪流的事业，它的目标是大海，是远方，从这里的山沟一直向南流去，便入泾河了，还有渭河、黄河及更加遥远的大海。但是溪流所到之处滋润万物，使其欣欣向荣。那些花草兽虫、那些树林鸟儿生活得如鱼得水，溪流两岸的树林里，有的树上喜鹊窝、乌鸦窝挂好几个，宛然一个鸟儿的“新农村”。树林里也有泉，清澈甘甜，渴饮山泉别是一番滋味。

在山里看溪流，走走停停，看水性温温柔柔，像青春少女表情丰富，一块大石头似乎都能挡住水，溪流好像很软弱，但是，谁也没有见过流水走回头路。溪流从不走回头路的。遇到再大的阻碍，溪流也不会返航，就是一座山垮下去阻止溪流，溪流也会把山泡酥、冲垮，扬长而去，奋勇向前，意志坚定得谁也动摇不了。这是溪流的性格。

## 田野的四季

有几次回老家塬上，正值夏日快收麦的时节，麦田旋在房舍周围，几步路就到了田野。烈日当空，田野一片金黄。风来，麦浪翻滚如海浪翻卷，却是金黄色的海，一望无际的海，远处与蓝天相连。如果站在迎风向，快成熟的麦子的那种香气好诱人，与城里人吃的白面馍馍香气完全不是同一个味道。蟋蟀在田边树上“吱——吱——”刺耳地鸣叫，蚂蚱也跟上叫，黄呱啦就像个快嘴子，叫着“玄黄旋割”。布谷鸟最有意思，一会儿“布谷布谷”，一会儿“姑姑等”，我注意到了，布谷鸟是一种善于表演口技的鸟儿，它的叫声有六七种之多，声音抑扬顿挫，拿捏得很好。还有其他只闻其声不见其影的鸣叫者，众声交错，众妙齐备。它们在田间地头兴高采烈，不知疲倦，沐浴和风，望麦海浪卷，欢唱庆祝丰收的歌。

怪不得奶奶不愿意到城里来生活，总是喜欢围着老屋鸡狗转，围着庄稼地怎么也不愿离开。在美丽的村庄待久了会上瘾的。奶奶的村庄让我记忆很深，因为我深深喜欢。

秋天我回去得不多，也有那么几次。我记得除过深耕过翻晒的麦田，便全是一人高的玉米、半人高的糜谷，玉米一身草绿，细细的高粱穗子一样散开的天花，鼓鼓修长的玉米棒半腰里斜伸出来，棒子上顶一撮金红、金黄、绿黄、鹅黄的樱子，那种怀了孩子的年轻媳妇一样的自豪感，让人觉得怪有意思。我钻进玉米地帮奶奶拔豆子时，发现一株结着梨瓜子的瓜蔓，我好生惊奇，奶奶说头年吃瓜时，瓜籽丢到粪堆上，第二年种玉米时，瓜籽掺在粪土里面也被送到地里，自然就长出来了。庄稼地里桃树、杏树、葫芦都可能长出来，这都是送到地里的粪肥里面的。偶尔会发现贼头贼脑的田鼠啃吃玉米棒子，长得豆叶一个颜色的长条蚂蚱也有，金黑色的蝉最有意思，看见时几下子就跳得不见了。它们在玉米地里开演唱会，也很怕生，与夏天麦田里虫子不一样，人走近，啥声音也没有了，一离开，身后又传来它们的鸣叫声。在玉米地里，不仅仅玉米棒子在长结实长成熟，那些小豆黄豆，野草上结的籽儿也成熟了，所以招来了各种虫子。野鸡、兔子偶尔也可看见，有些人家的鸡狗也会溜进去尝新鲜。

冬天大地承平，雪原望不到尽头。头天下雪，边下边消融，如果夜间雪不停地下，第二天便会有奇景出现。门前村头，树树洁白，枝枝坐雪，每一枝条上的雪如锥如刺，摇一摇树，或用脚蹬一下，一场雪雨让你来不及闪开便灌进衣领里，脖子霎时冰冷渗骨，我与堂弟最爱摇那一树一树雪花。与城里一样，下了雪的天地都是孩子们逗乐的天然乐园。村道上、雪地里的脚印子，几乎全是孩子的，许多人可能多年后，童年少年时代的许多事都记不得了，自己留在乡下村道上雪地里的脚印却还记得。

春天是怎样的呢？城里的孩子可能到公园里划船，在广场里放风筝，差不多也就这样。但是农村孩子不同，他们不放风筝，在田野里奔跑，提个笼笼剜荠菜、苜蓿芽，摔跤。他们就是田地里的风筝，自己飞，自己跑，自己尝试各种闹春的活动，很少有束囿，也用不着担心坏人和车辆安全。有时候到山洼里看桃花，桃花败了看杏花，杏花败了看梨花、摘青杏，把白色的酸枣仁一样的杏核放到耳朵眼里，说是抱鸡娃。这活动我都参加过，当时觉得也就一般般，一旦成为记忆却令人怀念。有时从青草坡上往下溜滑滑，溜着溜着，杏子大了，麦子高了，初夏来了。老家的村庄田野，一年四季都是特别的，生动变化，意味无尽。也许每个季节去乡下，都是心闲无事的时候，有时虽然也拿着作业带着书本，但是常常是无心做作业看书，置身大自然里那种自由欢乐、无忧无虑的日子，想抹也是抹不去的，想忘也是忘不了的。

## 农　家

农村是个大社会。农民们分村、社，自然有序、消消停停地生活着。家家户户都有自己的土地、庄稼、牲口，欢乐、烦恼也在大地上真实地自然流露着。

农民的孩子，自由放浪，天真活泼，如田野里的花草树木一样好养活。简单的粗茶淡饭就能满足他们的食欲，他们穿戴朴素，个个健康。渴了，直接喝山泉水，或直接打井抽取地下水。现在通了自来水，但是水质太差，杂质太多，水沸腾了上面飘着油花花，冷却后下面沉淀一层白色粉末。奶奶每次都要把水烧开冷却，除去杂质再用沉淀后的水做饭，有的农民干脆又吃起了山泉水，只用自来水饮牲口、洗衣服。现在农民也讲究吃粗粮了，麦、糜、谷、豆相互搭配吃。生活好了，也注意形象了，谁都怕吃胖。

放假，城里孩子们或补课或到处闲逛，我则经常回乡下看奶奶，看到农村的孩子和父母一起干农活，翻地、播种、拉粪、施肥、割草、割谷、打碾、喂鸡、做饭，有的孩子家里劳力少，小小年纪啥农活都会干。啥叫勤劳勇敢，看那些农村孩子手上起的硬茧就知道了。虽然现在他们学习也抓得紧，有的父母把孩子带到城里租房上学，但只要在农村，力所能及的农活还得干，这是现实的无奈，也是祖辈要求继承的传统，不会干各种农活，怎么在土地上生存呢。

农村孩子在劳动中发现乐趣，在快乐中成长，懂事活泼，他们有一颗质朴友善、阳光而又坚强的心。

在乡下我看到的农民，无论天阴雨下，还是烈日当空，他们都辛勤地在庄稼地里劳作，面朝黄土背朝天，干永远也干不完的农活，严寒酷暑，四季更替，年复一年，他们都勤苦耕耘。当然也有寂寞的时候，尤其劳作了大半生，腰弯了，头白了，力气弱了的年过半百的人，到城里又会感到很不自在，他们已经习惯了守着田园寂寞劳作的日子。但正是他们寂寞的坚守，才创造了田园的五谷丰登。

辛苦忙碌一年，春节，家家早早备好年货，全家人一起围着饭桌吃年夜饭，看春节晚会，放鞭炮。大年三十和初一，农民在村口或聊天或打鼓，孩子们则荡秋千，有的孩子敲锣打鼓很像那么回事，如果有社火，大家都忙社火，把欢乐激情都倾注到耍狮子舞长龙、走村串户迎神赛会的节庆活动中，直到过了正月十五元宵节，过了正月二十三燎疳节，农民的春节才真正算过完了。

我在乡下过了十多个这样的春节，就觉得城里过年怪怪的。城里人过年时，到超市里买一大堆吃的默默吃，然后躲在窗户里面放鞭炮，炮声虽然很响，缺了年趣年味。乡下的春节喜庆、欢乐，有原生态春节的真趣味，城里所缺的正是这样的年味。

农民就是这么质朴憨厚，这么热闹又寂寞，这么自然又认真。村里若谁人品不太好，谁家娃做人做事不上轨道，大家都会嗤之以鼻，这家人在村里会抬不起头、没有人理识。农民圈子里少见虚伪奸诈之气，他们讨厌嫌弃那样的人，这一点与城市不一样，城市社会是个复杂的江湖，农村农民的社会不是江湖，自然也没有江湖风气，这也许是大自然熏陶孕育的结果。

很小的时候我就在乡下过年了，也曾有过怨言，甚至有过闹情绪不愿回乡下去的时候。但上初中以后，我好像明白了许多，也深深喜欢乡下了，也理解了父亲和奶奶的故乡情结意味着什么。

原载《暖泉》2017年第4期
2019年获平凉市崆峒区“回乡见闻”网络征文活动优秀奖

# 周末闲游

生活的多元化，人们的生活步伐变得急促、紧张。加之城市的污染，晴天丽日难见，人有时莫名地沉重。不少人被杂乱无味的城市生活包围了，也有不少人想着从城市走出去，到郊外大自然中去散心。我是学生，同样渴望城市外头的空气、自然的阳光、风景，甚至比大人更想往大自然。

只要有空闲，我一般都会与家人去南山转转，锻炼身体，融于自然的安静中。秋日一个天气晴朗的周末，为了缓解劳累，睡了一个懒觉，起床已经十点了，便与父亲上南山去，吸收新鲜空气，放松一下。

穿过几栋灰色楼房，走过一段七弯八拐复杂的街道，我们开始从郑家沟口上山坡。

走起来并不费力，路两边两排店铺一直向山坡上面延伸上去，一路上，卖早点的、卖工具的，各式各样。我和父亲绕过卖油饼的店门口油锅里飘出香气，走进一家佛教商店。他与店主熟悉，互称居士，有说有笑的，我则注意货架上的东西，檀香的清香充盈店里，这种店铺给人古老威严清净的感觉，也许是那几尊佛像的缘故吧。离开商店走过南山菜市口，继续向上走去，楼房幢幢，感觉比城里面冷，幸亏太阳高过房顶，这时洒下了金黄色光芒，我才觉得暖暖的。南山向东边伸出去的山嘴是寺院，西边整面山坡开发成公园了。南山公园广场这时没几个人，显得空阔。天瓦蓝瓦蓝，风虽然冷，但不至于刺骨，山上公园里低矮的树木落光了叶子，有些树的枝条仍然火红地向空中伸展。

到圆通寺去。我们慢悠悠转进了寺院。

我的印象中，这座庙宇应该是南山美好的标志，至于庙宇最初的年代我也搞不清。从外观看，年头不久，应该是新修的。向北有一门开着，迈上台阶走进寺院，一座宝殿映入眼帘，是这里最重要的建筑了。父亲说，这是圆通宝殿。圆通者，取观音菩萨耳根圆通之意，观音菩萨最重要的普度众生的法门就是耳根圆通法门，这位菩萨，寻声救苦，谁若一心称念观音圣号，大慈大悲的观音菩萨会寻声来救苦的。对宗教我不懂，但对佛菩萨我是敬仰的。红、黄色殿堂里，四周站立着一尊尊佛菩萨和罗汉，像都是新塑的，但那威严的气息却不减千年以前。我们在文殊、观音、地藏王等每个佛殿前点燃三炷香，有些塑像不知是佛菩萨还是神仙，我不太明白，反正每逢初一和十五，来圆通寺敬香的人很多，香火很旺。寺院中心，有一座三米多高的香炉，被烟熏得很黑了，香气浓浓地从香炉里飘出来，有“日照香炉生紫烟”的韵致。不过，今天香客不多，香气没有往日浓郁，很安静，让人心好似处在深山老林里一般，忘却了城市里生活的那些事。住持不在，父亲与庙内熟悉的僧人交谈了一阵，我们便原路退回，从那条岁月痕迹累累的小门里出来，去逛南山公园。

不知是被寺院佛光和清香沐浴的结果，还是南山这时候本来就寂静，感觉到心清净了许多。

清净心更适合游山看景。山脚有几处小花园，被矮刺丛围着，深秋的薄霜还未消融，草依然绿着，在秋风秋霜的作用下，草叶色彩有了层次，花已落尽，叶已枯，但公园还是给人多彩多姿的感觉。

在此向北看城市上空，似有一层灰蒙蒙的雾，有人戏称这种污染层为“锅盖”。人都喜欢城市，看到这种“锅盖”，想想我们平时吃的喝的都是被利欲熏心的人做过手脚的，就觉得人生活在城市里其实很可怜。

公园两边各有健身场地，我们从东边山坡上去，北瞰繁华四季的凉城及上空的烟云；在玄鹤楼南边山嘴上，看高速公路上车流如水。南望太统，远山朦朦胧胧，盯着南山里的寂静傻想一阵秋意，听秋风过耳，我的心被这里的安静寂寥过滤得更清净了，觉得满意了时，便从西面山坡缓缓走下来。

南山公园的那些路，全是弯弯绕，想走复杂一点，穿林子、越山涧的路多得是，都是磨人性子的路，边走边注意深绿色松树上褐色松球，似乎沉甸甸的挂在树梢，像熄了火的灯笼，安详静谧。杨树上还有最后一二枚黄叶在风里旋转，留恋地缓缓落地，慢悠悠就像蝴蝶、小船、纸鹤。偶尔有几只鸟百无聊赖地划过天空，他们知道树上啥也没有了，也不停留，飞过我们头顶时叫了几声，从树林这边飞到那边去了，如人一样闲逛吧。

然后一切复归寂静，此时，没有啥事挂心头，没有了城市、南山，啥也没有了的漫步才叫清闲呢。

从南山下来，正好做了一个圆周运动。健身器材上玩一玩，浑身热热的，已经十二点了。父亲过来说，该回去了。

沿着铺满阳光的石板路，我们轻轻松松回家。

2012年10月

# 严冬里的细流

当自信的堡垒被现实的风雨摧毁崩塌掉时，失去最初的勇气，我们怎么办呢？

以前我不屑去想这个问题，现在也无力去研究。呆呆地站在老家的打麦场里，什么也不愿意去想，只是一味地感到压抑。天空灰蒙蒙的，那种灰色压得很低，几乎触到了房上的瓦。几棵枯树如剑，欲刺破阴霾，却也被风吹得没有了力气，乌鸦或者喜鹊不安地在附近草垛上乱叫。我的信心没有了，失去了彩色的梦幻，觉得无情无力，如同处在囚笼，无力打破困局。

长久以来筑起的自信长城，在连续几次考试失利之后，我迷茫了起来。不知是我对读书路上的风雨坎坷估计不足，还是我本身在学习上的基础就不牢靠？本来不是多么难，触手可及的目标，仿佛一夜之间变得遥不可及了，就像自己明明在抽屉里放了珠宝，现在却找不到打开的钥匙拿出珠宝。

迷茫和焦虑中我无力多想，只得出去走一走，虽是大冬天，了无景趣，更没有春意盎然，但走走也好。

前面是老家山坳里的黄土路，路两边枯树抱残守缺，云山与黄土山间的距离拉得很开，偶尔有几只于草丛里养神的野鸡，被我疲惫的脚步惊醒，呱呱叫着慌忙飞了起来，并没有急着落慌而逃，而是于空中齐上齐下旋了一个弧，可见并不惧怕谁，然后一起飞到山那边去了。

山路慢下，一切复归寂静。我百无聊赖地顺着山坳里的土路走啊走，路越来越窄，越来越模糊，也不知走了一里还是二三里路，出现了沟谷草地。突然发现脚前的草地变得湿润起来，脚下软软的，这里湿地上不少野草，上面干枯了，下面竟然绿绿的，似乎有草还在长呢。山里暖和，湿地没有上冻，那些野鸡可能掐吃未枯死的草茎或者枯草下初透出来的嫩草芽吧。再走，草里好像有水渗出来，如此寒凝大地，哪来的水呢？这引起了我的注意。边走边查看“来龙水脉”。不久，拐了一个小弯，出现了小山坡，坡底有从山坡沟壕里往下噗噗流动的水声，爬登到半山坡，便看见一处凹陷的沙石草丛里，一汪清水往下流，不过筛子大的一摊水，周围和上边是长长的一道冰梁，没有了流水的踪迹。水是不是从冰溜子下面流出来的呢？我想探看究竟，加快了步伐继续往上攀登，就想看看水流还有没有，水到底从哪里冒出来的？往山坡高处登去，竟然能看到冰层透明处细流在里面滚落的无声的动画。不久，我在这处细流附近的山坳里，还发现了其他三处或大或小的细流。最初都是泉，或脸盆、筛子大小，刚冒出山肚子的水温度可能比外头高，周围结一圈乳白色冰凌，而山泉并未结冰，但流出去后顺着山洼便结了一长溜冰盖，看不到流水。我知道山溪躲在冰层下面悄无声息地流着。这些溪流的流动也充满智慧呢，快到山脚沟底，因为背风向阳，溪流未结冰，它们在稍远的坡底草地里流到一块，形成了一条一步来宽的小河流，我只是顺着其中一股细流的末梢寻找过来，才发现了这一切。

河水十分清冽，虽然天灰蒙蒙的，但水流还是反射着亮光，明晃晃的有些刺眼。令人惊奇的是流水边还有绿色呢，大冬天，难道还有小草吗？细细观察，还真是小草。它们从枯枝败叶和石头缝里探出绿色身影，绿得自然、勇敢，当然也绿得可敬可爱。山坳里大多数地方、山坳外的村庄原野上，万物都在寒冬里萧瑟，大部分河流山泉也结了冰，而这一处山坳深处的沟底，却宣泄着暖暖的春意。

老家冬天山坳里这一处溪流滋润的绿色，强烈地震撼着我的心神。我忽然觉得，世界很寒冷是事实，但是并没有阻碍山溪流动的劲头，那一股水如精灵一样，在山体里面热血迸流，在春天一路清唱。在冬天因寒冷结成冰，好像水被严寒封死了，冻实了。但是那水须臾也未滞留，她又融化了冰层里面，用她的温暖，在坚冰里面打通了一条路，无声息地流着，因寒冷结成的冰不过是水的盔甲而已。到了沟谷向阳暖和处，便丢弃盔甲，那水流又清澈地映照天地了。那里的蒿草，与其说是被冻死，不如说是老死了，枯草下的水草如针如丝，又凌寒而生，哪管什么春天冬天，只要有点温度就要生长，不息地生长，小草生命成长的脚步从未停止。

流水最柔弱，尤其冬天里小小的山溪，被冰封了，溶冰成道，从不停下脚步，小小细流竟然流成河流；小草最柔弱，尤其冬天里，她与细流合作演绎出了生命的骄傲和美丽。

回来的路上，感到轻松多了，大自然给我上了人生难遇的一课，迷茫无力如乌云冰冷的脸消失了。我思绪万千地想，向前，只管向前，每一滴水都能见到大海；几次考试失利，说明力量不足，坏情绪就像严寒，没有热情转化会结出坚冰的，我只需不懈地努力，就像那水那草，在严寒天地里何其柔弱，但水只管流，自然地流，小草只管自然地长。我为万物之一，只管学习积累，自然也会创造出自己的风景。

回到家时，天也放晴了，阳光有了暖意，几只麻雀在房顶叽叽喳喳鸣叫着，我不懂鸟语，但我相信它们也捕捉到了一丝春天般温暖的信息吧。

2015年隆冬

# 秋风

夏末的夜晚本是寂静的，但因为燥热，总感到昏沉无力。偶尔有风，也是热风，猫狗睡眼蒙眬，树上的叶子白天被晒疲了，入夜还稍微卷着不敢放胆舒展。一切都在昏沉中等待。

“热得不行了！”平凉最热的时候也就一二十天，平凉人感觉热得受不了时，逢人总爱这么感叹。这么感叹的时候，谁都知道凉爽的秋天不远了，西北风要来了。只要来几场阴雨，气温便降下来。阴雨过后，天凉好个秋。

真舒服，但马上又觉得早晚吹来的风有力量了，有冷意了，这当然是秋风。

房里花草的绿色不再嫩绿靓丽，气色碧绿凝重了。生命力弱的叶子开始泛黄。渐渐地，走在路上，看街上的杨柳愈来愈碧青，愈来愈内敛。见光少的叶子生命力有点不济，不再做有希望的努力。风不再热情妙曼，夏天的熏风不再来了。鲁迅有诗道：“尘海苍茫沉百感，金风萧瑟走千官。”秋风来时有声也有力。大多数树上那些见光少营养不良的枝叶，开始不容分说纷纷掉落了，秋风如剑扫落叶。秋风脚步沉重，古人喻为金，金风飒飒。平地起风，呼呼有声，那些喜欢裸露胳膊腿子、喜欢光脚丫子的女子少了，在风的呼啸下，衣服穿得多了，也显得庄重了。

中午有时也热一阵，但一阵风过后，又觉得过于凉爽。几场秋风从小城刮过，“蒹葭苍苍，白露为霜”的节令也就到了。此时乡下老家，亲人们都忙着种麦子了。风就像司命之神，未成熟的糜谷催其成熟，难成熟的植物催其退守根本。树木、花草颜色开始不断翻新。

临窗而观知秋深。城南郊外沟岔，早晨有白雾弥漫，南山从单一的绿色中出现丛丛红色，那一定是桃林或杏叶。某处一团金黄梨黄，一定是杨叶要准备飘落。某处山洼暗红，那肯定是蒿草枯萎强打精神展示黄昏的美丽，说明晨霜来临，金风已经遍扫大地了。

太阳让人开心，我们开始喜欢阳光。下课后总爱往有阳光的地方挤，都想晒暖暖。有的同学因为别人挡住了他的暖暖，甚至吵架。放学后，我总喜欢走在有阳光的街面，回家总喜欢到阳台边，那里与外头世界相比，暖和许多。

秋风不光送爽，秋风声大劲猛，呵斥一切伪善做作，生命万物在秋天金风里，都无法佯装伪善虚饰，要显出本来真容。风从人前刮过，行人自觉把衣扣扣紧，没人敢袒胸露乳卖弄风情。风过处，人人脚步匆匆，似逃离，风刮过门前老槐树，丫枝颤抖叶飞堕。风刮过天空，天高云散碧蓝幽深，风刮过大地，“万山红遍，层林尽染”，山川五彩，美丽多姿给人一种惊艳之感。

古人对重阳节很重视，邀朋引伴，登高赏秋，多么令人舒服的美好时光，赋诗野宴，尽情享受多彩斑斓的秋色，沐浴秋阳，感受雄风豪放。

秋风不光剑气萧瑟，也有自己绚丽的舞蹈。行走在这个季节，虽然整天为学业忙碌着，无暇去山野赏秋，从我在小城里看到的一切，我觉得秋风的舞姿很优美。风无形，借物发声，舞蹈是风的特技。我常常被秋风的舞姿吸引。红叶舞长袖，黄叶空中旋，阔叶乱拍手，碎叶纤纤细作步，跳落又停下，或急促或缓慢。这是舞剧，还有歌剧。呼呼、飒飒、呜呜、鬼哭狼嚎……大合唱、交响乐、独唱、口技，一幕接一幕，跳着不同样子同一旋律的舞。我们虽看不见秋风，但能看见秋风驾驭万物做有形有声的演唱乐曲。有时候听着风声，心里有火焰般燃烧着激情。我知道，操控大自然舞姿、歌喉、韵律的是秋风，春天和风、夏天熏风、冬天寒风，没秋天金风高妙的演技。除了色彩的丰富外，秋风还更深沉更成熟，当然也更智慧。大自然就是调色板，秋风是画笔，也是捏着画笔的手。秋风就是个皮影艺人，皮影戏剧是假的，但秋风导演的是真戏，唱的是秋令这台戏。

落叶知秋，算不上大智者，秋风过耳深谙世态人情才是人间逍遥人。若像庄子那样，秋水里照见人生五蕴皆空，更是自在无碍的真逍遥者。

万物到秋季成熟了，成熟了知道光阴有限，于是，拼了命演绎生命的美丽，一切都变化很快，都快半拍。昨天秋风送爽，把艳秋当阳春过，这种精神上的满足人人懂得，因为秋风初来还算轻柔。“昨夜西风凋碧树，独上高楼，望尽天涯路”的空阔无碍和孤独寂寞，恐怕没几人体会得到，因为过了中秋的秋风，已经强势逼人，未来的路没有惬意的梦幻了。像元曲描摹的“枯藤老树昏鸦，古道西风瘦马”，说明天涯路上的寒骨悲客，已经走在朔气凝重、西风凌厉的深秋了。对于我来说，即使寒风呼啸，来往于家校间的路途，很短，还没有感觉到手脚冰凉就到了，体会不到天涯游子孤寒之旅的惆怅苦悲。但是，识得秋风面目，知道司命的秋风变化很快，睹万物成熟、惊艳、衰败之速，我感到没有什么是亘古的，也没有什么是不可能的。

秋风不玩浪漫，秋风之性是忧郁的。因为检阅了万物迅速的兴旺成熟与无可奈何花落去的迅速衰亡，但同样直接明快地传递给生命万物抓住时机兴旺成熟之道、壮美丰富之道、退守隐藏之道。所以，莫把秋风当耳边风。

2015年11月

# 穹顶之下的你我

《穹顶之下》是我最近看到给我震撼最大的纪录片。它记录了我们身边这些难以阻挡的危害，再一次直白地将“雾霾”这个刺耳的字眼摆在我们面前。我们自己、我们的亲友、我们的城、我们的国，一切都被头顶的“乌云”笼罩。这些由颗粒、化学分子组成的有害气流，久久难以散去，我们在里面生活工作，在里面度过我们原本美丽的时光，但一切都有些或者说已经变质，污染早已进入我们的所有，连呼吸都变得小心翼翼，像是被罪犯从四面围攻，唯恐发生一些难以预料却即将来临的事。我们待在家里，看着窗外昏暗厚实的霾，像一堵墙，不，像胎儿胞衣，把我们包在里面，而我们像失去自由的囚徒。

在我的记忆里，雾就是雾，初秋成露，晚秋成霜，只不过是遮住了太阳，影响人的情绪，对身体没听说过有什么危害。这些年雾变了，后面吊了个霾，但这变化并不明显，或者说难以认定。回忆起来，我所依赖的那片西北大地，那个小小的城，只有沙尘暴才能使人却步，但也熟悉得见怪不怪，有点无所谓。至于雾，还是如书中所写的那样，能给人所有美好的想象，像《诗经·秦风·蒹葭》写的：“蒹葭苍苍，白露为霜。所谓伊人，在水一方。溯洄从之，道阻且长。溯游从之，宛在水中央。”

“白露为霜”“白露未晞”“白露未已”多么美妙的秋景，没有雾，就不会有霜露的缠绵变化，那山间、小路上多彩的霜叶、晶莹的水气，让人情不自禁浮想联翩。阳光初露，霜林、野草上盐碱一样的白霜受热成露，晶莹剔透挂在叶尖，犹豫着要不要滴落的样子，恰是少女的忧伤。不久，大地温热，露消云起，我们称之为雾，云雾蒸腾，云蒸霞蔚，海市蜃楼一样让柔情诗情变得猛烈起来。自从有了“霾”，雾成了“雾霾”，好景不再，好心情也没了，人们担惊受怕，生怕染上气管炎、肺炎等病。

看了这部片子，说实话，我有些着急了。在许多美丽的乡村走向城市化的路上，避免不了那些大都市所经历的工业化进程。我害怕我们走得太匆匆，疯狂奔跑，因为怪兽一样的“雾霾”，曾经让一些城市变成“雾都”，我害怕这种阴霾的毒日子到来得太早，我害怕再也无法肆意呼吸，再也看不到那蓝蓝的天和白白的云，再也不能触及这些花草间“白露为霜”“白露未晞”的诗意了，没有了那种美妙的露水云雾，对生命对心灵都是一种伤痛。

来到远方的我，离开了那个生我养我的崆峒山下古老泾河边的小城，那个小小的却让美好遐想爬满生命年轮的纯净城市，看到这里的山山水水，我不由得产生一种罪恶感。南国的奇景对我来说就像做梦梦到的“幻城”，我暂时还难以生出半点欢喜来，因为我知道，起码现在我还不属于这里，我来自北方，我的家在北方，但在深情眷恋故乡美丽如幻的那条思想之河、那座美丽的仙山、那座四季分明的小城的同时，我也毫不犹豫地拨通了“12369”环保热线。

这个号码，对我而言，它不仅陌生，也许正是对故乡诗意美好的记忆促使我参加了这个环保志愿者小组。保护环境人人有责，我想为环保做点事情，哪怕只是摇旗呐喊也行。柴静说了她的改变和尝试，可能是她身份的缘故，效果明显。既然她这样做了，且做得有效果，那我为何不去做?环保，不仅关系到别人，还关系到我们自己，再说，这里是我们现在生活的地方，自觉地保护环境，试着迈出第一步，有了第一步，就会带来能想象到的变化，这不是时间问题，而是是否能主动行动的问题。

《穹顶之下》给我们分析的环境问题已经很明显，制度上、管理上的问题不言而喻，汽车、石油行业那些几乎约定俗成的造假、欺骗、恶性竞争，这些急需改变却困难重重，不敢大动手术的方方面面。在我看来，这不只是一个焦点问题，更是每一个人都应该关注的关乎我们生存的大问题。或许我们现在难以触及一些层面，无法亲身参与一些环保政策的决定制定，但是我们可以多了解，试着去发表自己的建议想法，试着参与一些决定的征求，试着做好自己的本分工作，起码不破坏环境，就已经是为环保做贡献了。带着环保意识自觉做好自己的工作，对周围环境来说或许效果一般，但不做，环境肯定没有变好的可能。我们有这个义务，更应该有这个自觉。这是信心，也是环境文明的觉醒。

环保问题就是法律的落实问题和相关部门的责任清单问题。有的法律含糊不清，涉及的部门不明确，造成责任的相互推卸，甚至连这些部门自己也不知道环境恶化问题该不该管。另一方面，涉及的最大的环保部门，颇有点骑虎难下的无奈，他们明确知道自己的责任，但苦于没有权利，或是有权利却不被认可，就如某环保局局长所说，“我不敢张嘴，应为害怕别人看见自己嘴里没有牙”。这是个大问题，如何明确并且确保其权利，保证权利发挥应有的作用，需要政府、专家和大众一起来探讨。

柴静说:“成千上万的孩子正在孕育、正在出生，这些河流、天空、大地是应该属于他们的，我们没有权利只知消费，我们有责任向他们证明一个被能源照亮的世界，同样可以是洁净和美好的。在雾霾严重的时候，我们至少有一件事情可以做，就是保护好你自己，和你爱的人。”的确如此，保护环境就要从每个人自己做起，我们的所做关系到我们的未来，今日的行动积少成多，其效果必然显现。为了看见那夜空中最亮的星伴你我前行，你我就需从今日起，做昨日未做之事，做明日将做之事。一些地方环境在不断恶化着，我们需要风雨兼程，需要行动、行动，立即行动。

2016年9月

# 把心灵放归牧野

社会在不断进步，人们的生活条件在不断提高，科技也在不断发达着，但对于城市人来说，喧闹、拥挤、污染所带来的危害及负面影响也在加剧。

现代化城市就好比一个囚笼，人们对自己制造出来的垃圾废气等越来越感到不安，还有综合环境因素作用下产生的焦虑、紧张，更是影响城市人的健康，是导致疾病的隐形杀手。一些人想跑到城市外，找一个清静之地，让心情在回归自然、拥抱自然的日子里得以放松，寻找暂时的“牧野”。这当然是一种办法，但要从根本上解决问题，让自己远离各种污染和焦虑不安的痛苦，远离疾病的威胁，还是要改变人的生活态度和生活习惯。

最近“低碳生活”概念应运而出，这说明一些城市人觉醒了。低碳生活就是要在作息时间里所耗的资源和能量尽量减少，从而降低城市二氧化碳排放量，减少大气污染，减缓生态恶化，等等。

我认为，这是一种积极健康的生活态度。

各种污染导致地球不断“发烧”，也给人们的健康造成了危害。有专家指出，随着二氧化碳的排放量和大气温度的逐渐提高，肾结石、泌尿系统疾病患率会逐年增高。夏季肺部感染的人会逐渐增多，传染病也会增多。环境污染的形势这样严峻，不少人还是不能自我约束起来，大街上、工厂里到处是逼人的废气，违反国家环保政策，破坏生态环境的丑闻时有发生，可见人们的生活态度、忧患意识仍然没有得到整体性改变。

低碳生活复杂或者很难吗？

“其实，低碳生活方式就是传统的生活方式。节约一向是传统美德。现在人们崇尚消费主义，总想赚更多的钱，住更大的房子，开更好的车子。”可见低碳生活不难，难的是如何医治人的贪欲。

圣哲说，万物皆为一体，要同体大悲无缘大慈，人与自然也应一体。但现在人与自然的矛盾空前尖锐，由于人无限度向自然摄取，造成自然灾害频发，环境问题在有些地方已经影响到人的健康，甚至威胁到生存了。问题如果仅仅是环境问题也还容易治理，而实际上，如壑的欲望和贪婪无度的心态一旦养成，人不仅仅破坏自己赖以生存的环境，还想向他人无限度摄取，还想向社会无限度摄取，甚至不择手段巧取豪夺，摄取多少也不会满足，文明理智的政治、经济、文化等和谐生态，在人如壑的欲望和贪婪无度心态下，都会向黑暗丑恶方向曲扭。贪官们贪污的金钱车载船运，正常情况下他们自己一千年也花不完，难道他们不知道？他们当然知道，但是那颗心贪得无厌，欲壑难平，只有不断巧取豪夺更多的金钱才有不断的满足感，贪钱、贪权、贪色者，莫不如此。病态的心态、不理智、无节制的欲望等导致的观念、心态、习惯一旦成为风气，成为一些人的共识，对政治、法治、文化等文明生态的破坏难道会比破坏自然造成的灾难小吗？

就个人来说，养成不奢侈、不浪费、珍惜物用、爱护环境的习惯对人生幸福也很重要。节约身边每一度电、每一滴水、每一粒米，少用塑料袋之类污染环境的东西，少用一次性筷子，少抽烟……这些事情虽然小如芝麻粒，但小事情里有大道理。为什么要珍惜物用？因为有些人虽然有钱，但是整个社会的淡水、电、粮食等资源确实是有限度的，你这里浪费了，别人那里可能就没吃的、没喝的、没光明可享受。

有没有良好的生活习惯，要看一个人是否有善良博爱和谐的生活态度，为他人着想爱护他人和环境，就是在为自己着想，爱护自己的生存环境。

在城市里享受晴天丽日、田园绿树，呼吸洁净的空气，享受文明礼貌的服务，安全出行，无忧生活，让城市像村庄一样优美，成为理想生活的“牧野”，人人有责。我们不用辛劳地驱车跑到城外之郊，甚至跑到郊外之牧、牧外之野、野外之林就能无忧无虑地呼吸，那该有多么好啊！但这需要人人都付出爱，需要重拾优秀传统文化美德，需要重塑我们的心态和习惯，需要改掉贪婪无度、挥霍成性等诸多恶习。

2016年 春

# 夜的感想

莹莹月光和街灯打成一片，一股轻而亮的光的河流流进了房间，随着闪动，弹奏着特别的歌，给本来漆黑的房间静静地披上了一件半透明的丝衣。我望着、望着，便有感而发，在脑海里构思出了这些文字。

夜给大多数人的感觉，应该是黑暗。而在我看来，（在乡野）却是一片亮色，一片柔和的亮色。

当黄昏的衣裳从远山拖下，夜便轻轻地、静静地来了。从地平线上一直将它的黑色染过整个大地和天空，这时，月儿也已挂上树梢，还有无数的星星组成的光的河流，在夜的大幕上流动。它给草地、树林、山壑、河流乃至整个大地都披上了银纱。风静静地有旋律地吹着，月光和星光也在他们的营地，照耀着、闪烁着，大自然之夜有自己的歌谣。

记得在我孩童时，城市里灯火通明，星星都看不到，而在我的老家，却是另一种模样。夜晚，我在奶奶家看完电视，便要去大伯家睡觉，这是两个相邻的院子，两扇大门之间是长十米左右的土路，路边是大场，场后是一片林子。我向大伯家走去，脚下被黑雾笼罩，伸手不见五指，这时又有风吹树叶的飒飒声，让人不免害怕，我为壮胆便大吼几声。有时候，月亮和星星从黑暗隙缝中裸露出来，放着光，幽幽的、轻轻的，很是美好。看完这些，我已经到门前了。有黑才有光亮，黑暗衬出了光明，两者相互依从，这大概就是自然之道吧。

穿过时空的河流，我们可以看到在电这种能量被运用、电灯被发明之前的朝代，夜晚都是一片自然的光亮，古代的都市里也不过是火把多一点吧?主要还是要靠星月照明，那一定给人一种很自然的安适和谐。时代进步了，村庄、城市的夜晚对电灯很依赖，人的精力好像也盛了，晚睡晚起，也成“自然”，但是我就是觉得电气时代的夜很别扭。

夜晚，站在城市的一角，频频望去，各色的霓虹灯闪烁着，各家的灯火到了深夜还亮着，好像是要与星光月光相媲美。人类发明了电光，驱走了黑暗，但也打破了自然规律，打破了日落而息、日出而作的生活规律，迎来的也是一片生硬的光，没有柔和清幽之美。

人与自然本为一体，如今却截然相悖，没有黑暗的城市之夜，已经有不少人手里捏着安眠药，头昏脑涨眼睛干涩，待瞌睡来临。夜晚就是要休养心身，我梦想着自然之光与自然夜色的生活……

2016年 春

# 君子，心向往之

## 君子德风

君子先慎乎德。有德此有人，有人此有土，有土此有财，有财此有用。德者，本也；财者，末也。

——《大学》第十章

君子以德，君子最鲜明的性格特征是有德，在迷信金钱的时代，德风微弱，君子稀罕，小人熙攘。其实，君子不仅仅存在于像《论语》《大学》这样的书卷里，也存在于市井街巷，存在于山林湖海，存在于红尘俗世中。自尧舜禹、夏商周到今之科学电子新时代，君子之风时弱时强，但不曾断过，起码潜藏在我们思想意识深处。君子因有德，德是心地光明，由内而外现，行至天地间就是人的浩然之气，用现在的话说，就是正气正能量。

君子之德，慧风和雅，不仅仅是正气、是信仰，往深里说就是本真，有君子之德的人，对众生、对世界万千现象有了知，对生命的幻象假象有认识，所以自我认知意识强，信仰自信，正因这样，他们宽恕仁爱，没有非黑即白的绝对理念。德风无形，却可以像月之阴晴圆缺一样有轨迹可循，应尊敬有德者、常与智者交，德可感可识。我看古人喜好的君子，从来不是什么圣人，他们只是一些活得明白活得真实，坚守自己信仰的人。君子也有着自己的脾气，君子既可以是奔走于列国、著书教学的孔夫子，也可以是饮酒赋诗、舞剑咏唱的李太白，甚至于那匹夫一怒血溅五步的荆轲也是，虽然他侠气十足。一句话，君子是些知耻而又了解世界现象的人。也许他们很平凡，因为有坚守，所以也不平庸；因为宽恕，人缘不会差；因为有正气，那些邪恶的事为君子所不齿，因为有正气必然好好学习或工作天天向上。君子有德如天地间有阳光，阳光到处万物生。宽恕和爱惜自他生命，这是君子最鲜明的性格。因为这个，君子有所为，有所不为，像孔子那样，看到天下乱哄哄的，名利之徒闹闹嚷嚷不想做君子，干戈四起，孔子退而著书立说，这才让我们看到有一种生活叫君子生活。

每个人都可以做君子，可君子并不好当，因为当君子是当给自己心底的良知的，当得自信不惑，当得宽恕温雅，当得自如潇洒，是需要大勇大智的。我想，真君子都是大丈夫。做伪君子，那是恶心别人，也是恶心自己。君子，从头到尾，做的任何一件事皆出于本心，他有着自己的理念，那理念便是心中厚德，可化清风游遍世间。《潜夫论》认为：“无德而贿丰，祸之胎也。”君子有德风，可以清贫于世而无愧于心，也可散钱粮行善事，真正的君子可以独善其身，也可兼济天下，不会因困顿而走入邪路，不会因富裕而迷失于声色犬马中。有了德，即使有再多的外物又有什么关系呢，君子用自己的德承载万物，保全真我，不为物累，不为名累，不为欲望做奴隶。

《扬子法言·君子·十二》里有“君子于仁也柔，于义也刚”，君子怀德，此德非世人眼里的善；柔情似水而悯于人，非强人眼里的法严明无情，它是有情有义、有血有肉的，会为悲天悯人之事伤心愧责，会为不服之事打抱不平，会为了情义不惜荣誉生命，纵使为千人唾万人弃，也德风不减，气骨直挺。

君子，使人敬，使人心向往之。屈子临江赋诗吟咏心忧庙堂，荆轲先生易水别离不复返，达摩寂寞面壁九年等惠可，乃至像有些儒生一尺书卷行走天下，或像陶渊明做个农夫荷锄而归，像王冕牧童骑牛吹笛，忍得屈辱，耐得寂寞，名利面前淡然一笑，在红尘社会中，才能理直气壮有自己的坚守，有自己的德行风范，生活在天地间而无愧于心。

## 君子仪耻

“君子直而不挺”，君子有着自己的风范，简单直接，不会表演，而是从心里外现出文明礼仪，在举手投足之间将那份正气挥洒得自如。礼仪从不是矫揉造作，不是大家闺秀在客人面前的故意为之，不是小人俗人为面子、机遇而降低自己。君子懂礼，君子的礼是对长辈亲友和其他君子的尊敬，是辞让、是善举、是宽容退让、是落落大方文质彬彬。

人们都渴望成长在书香门第，书香门第容易熏陶出人的儒雅气质，读书进学的贫者，富庶商贾人家不外如是想。因为从书本知识里人们懂得礼仪规范，继而自尊尊人不容易，高学历的小人实在不少。所有外在的规范，只是知识，都是刻板的，只有将外在的规范知识化为内在的习惯自觉、意识自觉，成为人思想气质才有益。礼义廉耻素质的养成，重要在环境熏陶，心对心引导，心对心的呼唤。礼，不是说你拿起红酒杯小嘴喝着侃侃而谈就有礼，不是说身份高贵的人就有礼而身份卑贱的人就没礼。礼在一开始就是平等的，礼在心性，与高低贵贱贫富没关系，甚至与知识学历也没多大关系，尤其在现今这个时代。小孩可以让座于老人，老人也可以让座于孕妇，它是一种双向的自愿，是一方的真心尊敬和善意，另一方舒心自然的接纳，没有强制，没有过多的硬性规定；礼节礼仪上所有的规范也只是一种美好的期盼和祝福，是倡导性的。

君子与小人最大的区别是君子知耻。君子知道什么该做，什么不能逾越，知道什么时候该鼓起勇气不在乎，什么时候该为尊严而争上一争。“知耻近乎勇”，君子知耻，便有了战胜一切的勇气，诱惑、虚妄都敌不过自己心间的那口三尺青锋、衣袖摆过的一缕清风。君子不会为失学、为他人妄加的评价而羞耻，只要觉得那是正确的、有意义的，对得起自己良知、对得起天地，便去做，会忍让，也会据理力争。

我生来平凡，但对君子德风，心向往之，无论是谁，但凭那心中的浩然之气，便可无愧于己而得见日月。

2016年 冬

# 感受器物之美

要想很快地了解一座陌生的城市，我们该怎么做呢？一位漂族说出了他的经验：最好的办法就是去那座城市的博物馆，城市的历史文化底蕴等内涵一览无余。

对广州，我谈不上熟悉，于是顶着高高的日头，排了半个小时的队，终于挤进了省博物馆。这里典雅、庄重、唯美，充满了历史感神秘感，图片、文字、雕塑、物件等馆藏文物，正在诉说着广东的前世今生。

这里没有故宫博物院那么浓厚的政治历史气息，给人淡淡的自然与亲近感，灰色外表被红色镂空打造出了些许神秘——成熟与尖锐混杂的时代感。走进去，依旧现代，这里还很年轻，三四楼是展厅，便从最上面往下参观。

除了广东古老的历史文化和自然资源的介绍，还有陶瓷、端砚、潮州木雕这些与现代较近的明清文玩物件，没有过多的沧桑感，生活艺术感却很强，我觉得很有趣，一下子拉近了距离。虽然那是数百年前的文化气息，但那种生活艺术趣味如电流流过来，一下子冲淡了我的历史隔阂感。那些老物件，淡雅清净，散发着隐隐的生活美好的磁场信息，看着它们，自然想起沐浴焚香，静心凝神读书的生活，兴趣盎然，磨墨作画的生活，柔情似水、诗情涌动、激扬文字的美妙。当然也有淡雅朴素、自然闲适忘却时空的宁静轻安。我本来是想看些什么商周青铜玉器、唐宋古迹，或像苏轼这样的文豪流放岭南吟句行诗的履痕，或近代广州销烟，但眼前生活痕迹很浓的老物件却吸引了我，这种生活性文化气息蕴含着数代读书人心中美好圣洁的坚守与浪漫追求，从岭南人生活的艺术、生活的美好雅趣看，实在不像古书上写的什么“南蛮”“獦獠”。

对艺术品的喜欢与我曾经学习国画两个年头有关吗？我连初入茅庐都算不上，勉强称得上是预备学徒，但也正因此，那些传统书画笔墨文房四宝，以及与之有关的生活意趣对我有着无法抵抗的吸引力。看到那一笔一书和那矿物色彩很古旧的花鸟山水，就像看到了最为依恋亲近的老师或师兄师弟。明代赵焞夫所绘、陈子壮等诸家所题的肤工雅奏诗画卷，被誉为“粤中书画奇迹”，此为送别袁崇焕所作。“肤工雅奏”意为大功极成，是这些文人对袁崇焕的尊敬与不舍，也是文人的惺惺相惜，与其说是情谊，不如说是对英雄的敬仰。袁崇焕（1584—1630年），字元素，广东东莞石碣人，万历四十七年（1619）中进士，后自荐到辽东镇守边关，抗击清军取得宁远大捷等胜利，但遭魏忠贤排挤后辞官回乡。明思宗朱由检即位后袁崇焕被重新启用，于崇祯二年（1629）击退皇太极，解了京都之围。魏忠贤余党以“擅杀岛帅”等名弹劾袁崇焕，皇太极趁机实施反间计，抗清名将袁崇焕最终被朱由检以通敌叛国罪处以凌迟。袁崇焕被处死后，明朝百姓争相抢食他的肉，到了辛亥革命时，看客们蘸着革命者鲜血吃“人血馒头”的悲剧再次重演。在那个时代，一些文人懂得坚守良知，保持着对爱国英雄的敬重难能可贵。看看今天微信博客等网络上一些对英雄人物戏谑性地胡涂乱抹和造谣、恶意诋毁的“活死人”表现，我觉得在今天，懂得坚守良知，敬畏英雄仍然难能可贵。

说老实话，对木雕我并无多大兴趣，对它的了解和欣赏仅在形象、技艺层面，反倒是那些陶瓷为我所爱。除了战国时的陶鱼瓦罐之类的物件，汝窑、哥窑、定窑、钧窑等名窑的瓷器我也很是喜欢。尤其汝窑的粉彩和钧窑的钧红、钧紫，那种简而大雅的造型在矿物色彩的渲染下，能激起人对所有美好的想象，碰撞出情感和灵感的思绪。盯着一件天蓝釉小口瓶，慢慢的，你会安静下来，还想沉浸在温泉水里，头顶上是低低的星空，让人想要伸手触动这种典雅中的神秘，使人眷恋。

重视生活艺术、生活美好、生活雅趣，这是岭南人的“奶酪”，谁动了他们的这些“奶酪”，他们就跟谁急。后来我参观了辛亥革命纪念馆、黄埔军校遗址等，就觉得古玩文物与英雄与革命，这些在以往在平常，好像八竿子都打不着，在这里我感到它们关系密切。像袁崇焕，像辛亥革命中发生在广州的那些已经被载入故事里的英雄们，抛头颅洒热血，不仅仅为自己为一省，而是为全国人挣“奶酪”，这里真是一块热土！

这次参观，是有遗憾的，它并未满足我对历史的所有好奇与向往，但却也刚刚好，就像一杯水，半杯解渴。先饮岭南半杯水，半杯留给未来。行走在广州的纪念馆、博物馆，有意无意染了一些艺术花粉，少有狂飙速度，累累金钱的挤压，是否又靠近了生命美丽的一步?!

2016年10月

原载《崆峒》2018年第3期

# 初习书法之思考

老实讲，对书法一类的传统文化瑰宝，我由衷地喜欢。因为身在其中，就好像徜徉在千年历史风风雨雨的氤氲气息里，尤其历代书帖，有无数的智慧和感动，有如一的坚持，有生活里的浪漫和规矩礼路，有肆意狂放与落寞沉静，一句话，古老的书帖里有民族最古老的智慧。当接触到那些历代名家书帖，自己也好像一个古人，是文人骚客、娼妓浪子、落难游子，也是生存在酒肆瓦巷的张三王五，时而出世时而入世，秋雨里在雨打芭蕉的淅淅沥沥声中沉默蹙眉地吟诗作文，冬雪里拥着一盆炉火酣睡做着南柯大梦。在这些时候，没有了陌生的距离，取而代之的是前人曾经的情与思，在我平凡的躯壳里一个遥远的时空凸显。我冥想逝去的历史之苍凉，纵使已然陌生无言，又怎奈前行的人身影绰绰？

我学过几年国画，虽然刚刚入门，常出陋作，但也尚能将之当作一种让人欢喜和依赖的事物，为之静为之动，然而不如意之一二却也十分让人无奈。世人都知书法与国画是相通的，非表里，而若知己蜜友。一般而言，古代的那些书法家，往往也是画家、诗人、雕刻收藏爱好者、金石研究者，更多是一般知识分子，把字写好是为了更好地交流，当书法家，可能很多人没想过起码没有太在意，用毛笔写字的数千年与我们用钢笔写字上百年一样，把字写好是为了让人能看清，省去交流障碍。古人生活的时代，那些年月文诗书画乃至音乐等，都像是一套的，都是生活工作中不可或缺的，少一则缺，多一则愈美愈雅。文人墨客都喜爱写诗作画弹琴奏乐，有音乐为伴，一壶酒便能提起人的兴致，莫说这些腹有诗书气自华的儒生，就是那红尘酒肆里莺莺燕燕的漫舞女子，也往往让我们这些中华文化的后代传承者羞愧无奈。我会画画，却不会写字，对于书法一窍不通，这些年来也有过学习书法、写一手好字的想法，但到现在也只是空中楼阁。每画一幅画，这无奈就增加几分，一到落款题字就尴尬得不得了，因为毛笔字写得不好，不敢示于人。别人一听说我会国画，就也自认为我的字也是过得去，我只能自嘲地呵呵一笑。解释得多了，便有无奈和难言的伤感。

终于，到底还是在被动的选择里，我主动地选择了练习书法以不留遗憾。开始学习“书法理论与实践”，在老师的鼓励下，我也开始临帖习字，只为习得一手好字，让那尚未有神的画不再寂寞。至于往后写字能改变我几分气质、给我带来几分幸运与安然，往后再看吧！

其实身边学习书法的朋友很多，但未能耳濡目染，完全像一个无头苍蝇，别人都是书画并举，或是先书后画，而我却颠倒过来，其难度自然加大了。大多数人开始学习书法，都从楷书开始，楷书的健劲有力，不同于山水花鸟写意的那份随意，写意画尤其是山水画，虽也有山石树木的苍劲挺直，但到底不同于楷书的神韵与形态，真的有“隔行如隔山”之感。

书法，自古就是后人学习前人，传承性规律性很明显，只有学习临帖到一定程度才能顺利地渗入自己的心性风格。古人曾提出两条基本原则，一是“取法乎上，仅得其中”，二是“察之尚精，拟之贵似”。学习书法，必学习传承多年的经典之作，不断地临习碑帖，准确地临摹。应选择一两种碑帖，从点画、结字、章法到丝丝神韵模仿学习，只有这样，才能养成写字的好习惯，打下良好的基础。而那些杰出的兼有天赋与毅力的人，如古代宋徽宗赵佶和近代的启功、沈尹默等书画家，尚且在日积月累的辛苦练习中，渐渐摸索，才形成了自己的风格，自成一家，一般人更要打好基础了。

大篆、小篆、隶书、楷书、草书，不同的书体、不同的时代、不同的书写者，自有不同的形与神。除却所有人都学习的二王书法，我所知道的还有东汉隶书《曹全碑》、北魏楷书《张猛龙碑》《张黑女墓志》、欧阳询的《九成宫醴泉铭》、柳公权的《玄秘塔碑》、褚遂良的《雁塔圣教序》《阴符经》，这些都是让人敬仰的经典，风格各异。而我较为喜欢褚遂良的楷书，因为其时代的缘故，他的楷书有着隶书的痕迹，在楷书的转折劲道里也自带几分柔顺，更像道家出世之人的风范。但也正因为如此，它就显得不太适合入门临习，由于笔锋不是像欧体柳体那么明显，所以也不太利于掌握楷书的基础。

我试着写了一段时间，但书上教的那些逆锋再转、“横竖撇捺钩挑折点”不大实用。褚遂良的楷书比较适合写小楷或小字，但一开始当写大字，因为书法越小越不好写，先写大的，容易掌握笔画和结构，这样到后面才不至于笔画不到位而无形态美。所以咨询了老师和同学的建议，我就开始临习欧阳询的《九成宫醴泉铭》。起笔、行笔、收笔，掌握每一个基本笔画的书写特征，注意每一笔行笔过程中的变化与调整，留意每一笔之间的衔接关系，悬腕而书，慢而稳，在不断的临摹中逐渐进步。逐渐的我也发现了一些有趣和值得注意的地方，就是一个字的不同写法，虽然不像王羲之《兰亭序》里“之”字那么富有变化，但细细捉摸亦有所得。

经过几个月的练习，虽然尚未入门，写的字也是马马虎虎，但我也深深体会到了学习书法的精髓和益处。

首先，要讲求一个“静”字，非是风动、幡动，心动也是不大利于书法创作的，尤其是对于刚刚开始入门的人来说，唯有真正地静下心来，去细细感受、体悟其中的变化和韵味才能略有所得。当然，对于一些创作，自然要“情之所至”，所谓“醉而舞”“歌而和”。

其次，是书法的临习时间，不同于“静”。对于环境氛围的特殊要求，对于现代人而言要过分讲究什么静室、焚香、兰草是不实际的。只要在一个静谧的清晨或傍晚，无论东阳初照还是月上柳梢，那一刻，人是最为安静和谐的，精神最为饱满，更能接近自己的内心。试想，在正午的焦躁和工作的忙碌中，又有几分真正的闲适与闲情？

从另一个方面讲，书法也能养生，暗合古代的修身养性。写字必须凝神定气，全神贯注，心神倾注于毫端，久之必然心平和顺之气产生；站在桌前，悬腕而作，此乃身之锻炼；身处静谧，神思与毛毫和谐运作如练太极拳，此乃心神之锤炼。在不断的书法创作中，我们不仅让自己的身体得到锻炼，而且让自己的心态愈加和顺光明，让整个人由内而外散发出自然的气质！

书法，在现今这个心烦不安、躁动拥挤的社会，对和谐心身有作用，练书法时需要抽身现实放下杂思欲念，这实际上是静心，日久功深，传统儒家正气和佛道家无为的思想涵养得差不多了，字想不写好都不行，因为字如其人。字里的世界就像格非笔下的桃源，令人神往而又远离现实，仿佛与整个时代为敌一般。学书法的人不一定能真正地出世，这世界也难以找到一个不染烟火的地方。可是，练习书法的人，他们到底是可爱的。没有几个人真的喜欢现实的污秽，今天现实里的人，每天抽身局外安心养气倒也是一种奢侈的功课。可能大多数人觉得，要么从稚子时便开始学习书法，要么就在成功成名之后，修身养性不是习惯便成为消遣，也许这只是一种借口。就像读书一样，在那种时空凝滞、万物归原的节点，我们所得到的只不过是一份宁静，可以让我们真正放松下来，是一种生活的修炼方式。无论做什么，都是为了这份心的安然，练习书法也一样，太苛求便是烦恼，若为名利苦苦折腾，遗忘最初愿望，更是背道而驰了。

今人练书法不仅为了把字写好，继承文化传统，更为了找到心的安宁与坦然，若忘了这些初心，直奔名利，书法便只剩劳累心身了，结局不想便知。

上善若水。学习书法，始于学习，学习静心安心，这是上善，这份心境练成了，自我向往的“岸芷汀兰”自会蓦然在前。

2017年3月

# 我的另一片天空

扬长避短，走自己适合的路也是一种明智。

记得上小学的那几年，班里好些同学有mp3或mp4，听着美妙悠扬直入人心的音乐，我也不由得哼唱起来，喜欢上了它。唱唱歌总能消解学习的紧张和忧郁，让人快乐，有时候随便哼几句，心情能平静下来。

我发现音乐是调整心情的良药。无论在家里还是在学校，人多还是人少时，我感到无聊了，就放开嗓子“唱”几声，心里痛快。尤其是那些有关西部草原的歌曲，唱着唱着，那青青草地、蓝蓝的天空、碧清的湖水……仿佛走进了一个接一个美景，让人心醉；有时候唱着唱着，随着音乐自然想要扭动腰身。

我在音乐里自我陶醉，有时让旁边听的人有点招架不住，他们不耐烦。有人甚至开玩笑说：“别人唱歌能把狼引来，你唱歌能把狼吓跑。”

我唱歌声带太粗，走腔跑调，于是，放下心中的音乐之梦，开始调整内心，从对音乐的痴迷中走出来，把音乐当成一种放松压力的方式。渐渐却发现画画与音乐有着异曲同工之妙，同样能让人释放烦恼，使心静下来变得投入。

于是我便开始画画。

不像爱好音乐那时，仅仅是不讲究乐谱的乱哼唱，我央求父亲给我找个绘画老师指导。父亲审慎地说：“找指导高考的美术教师肯定不行，你将来肯定也不考美术专业，不走美术这条路的，你就当一样爱好，好好培养，艺术类爱好涵养人的心性，还是跟有国画造诣的画家学吧。传统国画博大精深，古人都是书法绘画文学兼通，不求你成大画家，但愿能陶冶性情，将来工作之余、闲暇时，有这么个涂抹笔墨的爱好，自己愉乐也很好。人得有一样雅趣爱好。”

很快，我就跟一位姓卢的国画老师学画画了。开始画画，每天一幅，到了周末则一日画四五个小时，素描、速写、漫画……只要有美感的，我都会去画。当然了，仍是边画边听音乐，纯粹的大自然乐曲，鸟鸣、竹叶沙沙声等，声声入耳。

古人说“功夫在诗外”。看画家卢泽潮老师运笔泼墨，笔笔自如，三下五除二，一幅画的意境显现了，都是平时多年修炼的结果。画画要能提得住笔，卢老师说，写字画画手腕要有力量，控制好手腕上的力量这可是功夫。于是我便试着去运动手腕，扔飞镖、打拳，练习手腕力量。

我似乎是不经意间练习画画的，但一年下来想割舍也不可能了，从卢老师那里我知道了许多与绘画有关的国学知识，绘画原来是很不简单的艺术。

渐渐地在国画天地挥洒兴趣不亦乐乎，周围的同学老师将他们的目光越来越多地投向了我，办黑板报、美术画、教室装饰都有我的辛劳了。同学们对我的画画才能都颇感惊异，并不像当初我爱好音乐时那样开玩笑了。

不管是什么爱好，让心沉浸其中，找着门道了，别人也会敬重三分。

从音乐到画画爱好的转变，这个路我走对了。

每个人都有自己的长处和所爱，把长处与所爱结合起来，需要尝试，面对个人爱好，我们为什么不能在众多的路中找到适合自己长处的那一条呢？有心人，天不负，我相信，只是时间问题。

2011年12月11日

# 小议吃肉

窗外刮着冷风，灰色的天幕低垂着快要压到电线杆了，天空在缓缓变黑。随着年关的临近，这种灰色寒冷的天气也似乎多了，在卧室内吃着妈妈做的臊子面，我心里觉得不忍，心情复杂，望着天气突然想到吃肉这个问题。

我们这儿城市虽然小，也很古老，但现代化潮流依旧席卷了这座城市，古老的痕迹也一天比一天难寻，只留下一些吃的民俗。平时，我们这里的人皆爱吃羊肉泡馍。羊肉不是平凉特产，但平凉羊肉泡馍的做法、味道却不同于任何其他地方，地地道道的平凉风格。外地人到平凉，先要吃一顿平凉的羊肉泡馍，羊的命运在平凉可想而知了。临近新年，乡下人喜欢杀猪做臊子，那些几十年前从乡下搬进城里的人、少许“城里人”，现在也喜欢揽臊子了。据我所知，材料多是猪肉，把肥多廋少的猪肉切成四方小丁丁，放锅里爆炒，同时把味精、盐和其他调料放进去让调料味道也渗进去，炒好后，贮存起来，吃一冬天。自然，冬天我吃到最多的饭就是臊子面了。

小时候喜不喜欢吃肉，我记不清了，现在，我对肉有点厌恶，无论什么肉！回想起来，羊肉我吃得少，没有多大感觉，鸡肉、鱼肉无味，猪肉我是不大爱吃的，牛肉吃着是挺香，但我不能违背老天爷的旨意啊，我一生下来，哇哇大哭时，就是属牛的属相了，难道我要吃自己的牛“兄弟”吗？所以，我觉得吃肉并不是什么好事，不仅不香，还要背上“杀生”的罪名。

或许因为经常上佛寺，家中有信佛之人的缘故吧（多数原因是我自己不爱吃肉），我一直觉得，为吃肉，杀害动物是件不美好不和谐的事。今天吃着碗里的臊子面，心里却实在有一种异样感觉，这肉确实不能说香，所谓香，也许是吃肉的习气作怪吧。我强忍着吃下碗里的肉。当我说不要放臊子在面条里面时，母亲总说我正在长身体，我也只能服从。

不管怎么说，吃肉就是间接杀生。现代城市里人应酬多，各种名目繁多的庆贺与欢喜，总要宴请，少不了大鱼大肉，尤其当你不得不去、去了满桌子皆肉菜时，也就不由自主了。现在科技发达，生活水平提高了，人的胃口也野得很，以前没吃过的动物肉，猴、海豚、鲨鱼，甚至连鼠肉、蛤蟆肉都上了餐桌，有些人天上飞机不能吃，地上火车不能吃，其他能飞能跑的都想吃，看来，有些人看上去在进步，其实是往兽类发展。法布尔在他的《昆虫记》里说：“告诉我，你吃的是什么东西，我就能告诉你，你究竟是什么东西。”

有的人养猫啦，狗啦，爱得死去活来，可在饭桌上大鱼大肉吃得香。要小心了，说不定哪天你吃的就是你养过的喜欢过的那小可爱啊。也有人提倡素食，但在家里是不是真的已经吃素了呢？

我杂七杂八写下这些文字，想提醒那些有恻隐之心珍惜物命的人，肉，吃不得，少吃为妙！

注，在耀栋的旧书稿中发现了这一篇用A4纸手写的文章，应该是高中时写的。当我在键盘上忍着悲痛把它敲出来的时候，他已经走了100多天了。就这么一个善良的孩子，却被人害死，人心之险恶有时超乎我们的想象。

# 记忆里的味道

前几年读书，看汪曾祺先生写饮食的一些散文，并无多大感觉。不理解那些美食爱好者为了吃，如此大费周折到底是为了什么，抱着一种猎奇和求知欲，想要了解那些天南海北的形形色色的饮食和饮食文化。在我的固有的印象里，那些能写出各类美食门道的人，大都是一些物质富裕、生活悠闲、有闲情的人，起码不是我这种为了一碗二十元钱的羊肉泡还要想一下要不要吃，犹豫一下要不要配小菜的人所能理解的。

经历了奋战高考的岁月，倒是养成了吃夜宵的习惯。数不清的夜晚我独自面对书本作业想想算算，一会儿脑海里问题放空，感到如此思考演算单调无聊，一会儿拉开窗帘看着窗外，只有夜漆黑的脸。有时候，肚子咕隆一声又一声，饿了。渐渐地，我会常常在周末抽出点时间去门口的超市买些零食，或者让妈妈从外面带点水果、点心回来。那种日子很难熬，熬不住了停下来吃点东西，一个桃、一杯醇美的酸奶等不仅仅安慰了饥肠，还安慰了我经历的那些单调乏味的时光。嘴里有味儿了，胃里舒服了，心情便好些，继续那些作业。现在想来，那时虽然没女朋友、没音乐、没电影，天天熬夜做那些今后再也不愿做的作业，日子实在难熬。如今，当那些苦日子成为记忆，青春里混杂着食物的味道从时光里回流过来，却是温暖的。

记得以前下课，常常以百米冲刺的速度跑到隔壁巷子里的面店，要一大碗大刀铡面，加点韭菜，来点醋，一定闻到浓浓的醋味，大口吃完，酸汤一喝，面汤一喝，那真叫一个舒服。然后，缓缓地像散步一样，再去学校上晚自习。要是饱了，和人说着话，突然一个带着醋味儿的嗝出来，甚是爽快！

看到广州同学们吃老干妈，我就想起了家乡的辣子酱。辣子酱基本上家家都自己做，买些不太辣的红辣子放到太阳底下晒到一定火候，切碎放到锅里，用菜籽油、胡麻油拌炒，再把提前炒好的花生豆、黄豆（黄豆是煮熟了的）放里面，继续炒，快熟了把面酱往里一倒，用勺翻着炒，要从锅底搂，香辣飘散，溢室盈厅，闻着都过瘾。刚做出来的辣子酱，热热的，加到热蒸馍里，吃一口香，口口都香，绝对的美味！母亲做的辣子酱——那味儿绝对好过老干妈，老干妈在我们家乡不大畅销。前几日，母亲说要做辣子酱给我邮过来，我差点就答应了，但又一想远啊，麻烦，我口里苦苦地说这边有老干妈，天气热，吃多了上火。

晚上，望着窗外的夜，幽幽的，想家了，想妈妈做的家常饭菜的味儿，我知道，那味儿有故乡的温暖，有母亲的爱，还有泾河流淌着的气息。

原载《新知讯报》2017年6月16日第19版
《暖泉》2019年第1期

# 南北方口味大不同

近日读梁文道的《味道》，我突然有很多话想说，关于饮食、关于家乡、关于回忆。梁文道是南方人——香港人，作为一名作家，他的书里大都是自己关于南方饮食风俗的记忆和感想，像香港的茶餐厅、广式早茶等等，他能从味道说到餐馆服务，他的家乡给了他太多关于饮食的回忆。而我，一个初来南方的北方青年，关于饮食的记忆却很惨淡。

南方人和北方人的饮食习惯大有不同，食材、配料的差别彼此都挺难理解对方。北方人不理解南方人饭盐味儿咋那么淡，甜味儿咋那么浓，北方人饭菜是不放糖类甜东西的。初到南方，我对饮食很不习惯。南方人则在心里悱恻我们这些北方人“重口味”，其实这“口味”是一种关于故乡亲情的感觉。

我不是饮食口味很狭隘的北方人。因为我们老家那个地方号称“陇上旱码头”，临宁夏靠陕西近四川。川蜀的麻辣饮食、关中的面食、宁夏民族风味的饮食在我的家乡都是家常便饭，各种风味饮食都有，多而杂。虽然麻辣烫没四川正宗，羊肉泡馍也没关中羊肉泡馍正宗。关中羊肉泡用的饼子是死面，饼子烙熟后用刀切成面条一样短节，然后倒进各种调料，在羊肉锅里再煮煮，其实我们那里祖辈做羊肉泡馍与关中一样，只是另有名字叫“羊肉糊饽”。到我们这一代，羊肉糊饽已经不大做了，似乎被当地回族人的羊肉泡馍代替了。他们做羊肉没有膻腥味，就是香。年轻人最喜爱的是回族小伙手里飘香的羊肉串。要一扎啤酒，再配几个小菜，是夜晚啤酒摊上的不二之选。如果硬要把这味儿说个所以然，我只有两个字，一是“杂”，二是“香”。来到这边好几个月了，外卖叫得心很累，基本都是“多辣”两个字。要是想回味一下家乡的味儿，就去校园里的荔二清真食堂，去吃面。搞得经常被同学问：“你是不是回族?”

到南方后，家乡的味道，就成了记忆里的思念。嘴里吃着大米饭，脑子里却想着家里的麦子面拉条子，不是远离家乡客居他乡的人，谁能懂？想到此，恨不得马上回去，在即将来临的冬天，穿着棉衣靴子，从雪上踩过去，冲进小店里来上一碗热气腾腾的酸辣饸饹，或者二细的牛肉面、一根香臊子面，那是何等的解馋。以前我不爱吃汤面，现在倒也挺想吃上一碗汤面——那飘着辣子油花花、冒着热气散发着醋香味儿的汤水，有着纯正麦面香甜味儿的细长面，如今都成了奢侈的记忆。

大城市里人，技能高、手法多，搞出来的饮食闻着香吃起来不香，香也是一种怪香，离粮食和蔬菜原味原汁太远了。在大城市下馆子、进食堂成为一种担心和忧愁。

以前在家里，夏天常常吃野菜，现在那倒也是名贵菜了。周末，父母徒步乡野山沟，每次总摘些野菜回来，像苜蓿、苦苦菜、蒲公英、五爪子，五花八门的野菜。有时乡下亲戚也会拿些上来，野菜这玩意儿营养多，保健，无农药和各种化学残留物。摘多了，便全用水煮了，把水捏干，捏成一个个大疙瘩，再放到冰箱里冷冻，能放好几个月，想吃了提前拿出来把冰消掉，热炒凉拌都可以，我家餐桌上每天都有一道野菜，十分爽口。

南方的粥也是五花八门，看起来底料和做法也蛮讲究，与这里的汤水一样，门道好像很多，但多么复杂都是岭南味。我们喝玉米粥，小米粥、绿豆粥，晚上出去溜达回来了，把白天熬的放冰了的米粥拿出来，那种凉爽、清香，既解渴也解馋！

今年回去早点吧，想家想饭菜的味道了。想雪落崆峒，泾河千里冰封、江山洁白的那种美妙！

原载《新知讯报》2017年6月23日第19版

# 回味美食

每一个离乡的游子，无论何时何地，都难以减轻对故乡浓浓的思念，而这思念源于故土特殊的烟火气。故乡的美食使他们成长，虽然离家而去，如合欢花树的花儿随风而散，但那种味道会始终流连于味蕾和脑海，在梦里出现，在远方升起。

平凉，一个西北而又靠南的小城，离西安很近，风土人情都很近，甚至一到西安，就有了回家的感觉。今天我记录的是除了著名的羊肉泡、肉夹馍之外的三种美食——回民街的牛肉饼、南糖、绿豆糕。

牛肉饼，顾名思义，这种美食的重点是牛肉味儿。现在在我眼前的是“善家牛肉饼”，这是附近较为有名的，因其味道好，价格适宜，经常供不应求。善大妈每天早上五点起来就开始一天的工作，收拾好牛肉粒和白菜碎末、拿上前夜回好的面，就出发了。她一早就来到路口的街边，每天的量大概在100个左右，购买的大多是学生和上班族，走在路上的匆忙客有了它的陪伴，胃暖心更暖!

大家可以看到，善大妈先将饼皮拉长，有个一米左右，再涂上一层胡麻油，使其劲道而又不粘。先撒上牛肉粒，这往往都是西北牛的瘦肉，用孜然调和，加上一些白菜末，再层层卷裹，像一个椭圆的肉粽。北方的麦面和着北方的牛肉白菜，北方的味儿才显得正。经过善大妈利落的手艺，做出的饼自然也是极好的。

每一个饼，都经过了数次的压制，因而形成螺旋状纹理，最后吃起来也是一圈一圈，放到烤饼机器里烤几分钟，就新鲜出炉啦！

看那饼，黄色为底，丝丝红意在油光里，愈发可爱，馋人。北方人爱吃牛肉饼，爱它的味儿，更爱它的暖，暖胃暖心。

第二种美食南糖，具体的出处已无法考据，但它的受欢迎程度极高。如果牛肉饼卖点在于味儿，那么南糖则在于三分味儿七分劲。

街上来往的人群，街边四溢的美食，回民街是美食一条街，南糖是这条街上最具观赏性的几种美食之一。南糖自然有北方人出尘的、凡俗的洒脱劲儿。

在眼前的柱子上，挂着一团面，小伙将它拉长又叠回，不断反复，就像拉拉面一般，这手艺没个两三年很难出师的。这种拉的技艺得到的自然是可以使人层层回味的南糖了，像千层饼一样，口感使其味道更上一层楼。

第三种美食就是大家熟知的绿豆糕了。经过不断压制拍打的绿豆糕逐渐成形，从碎末变成一个个方块，店家将压制好的绿豆糕层层摞起来，用白纸隔开，最后晾制好再装盒。绿豆糕酥酥的，甜而不腻，口味儿适宜各种人群，而且营养极其丰富，往往是过节送礼的佳品。

故乡的美食，亦如故乡的山水，是可以永久留于世间的，故乡的人心里的柔情因这爱而长远、而美好。

2017年3月9日

# 马蹄莲

家里有一盆马蹄莲，从我记事起，她就已在那些平凡的花草之中了，我最喜爱她。她没有那些名贵花草惹人的娇美，只是静静地生长，默默地开花，每次开得花香气不是很浓郁，显得淡雅而美好，一直沁到人的心里，让人生起一抹欢欣。

如今，已是冬天了，窗外远处的山峦白雪皑皑，近处那些原本灰黑色的烦躁建筑，在一场场飘雪的洗礼下，也不再暗色沉重，整个天地间倒是回荡着一种清明。这盆马蹄莲大概已经一年没有开花了，我期待着，期待着她抗过严冬开放美丽的花朵来。或许是这里干燥的缘故吧，这盆花只有三四个茎杆，很矮小，连叶子也有点枯萎，可我还是期待着她开花。刚刚去看，她已经抽出新的叶瓣了，给人满怀生命的喜悦，生的希望。

回想她开放的时候，一朵白色的花，像一瓣白色的牡丹花在深绿色的枝干上，中间是黄色花穗，整体看起来像马蹄，在家中的花草里释放出淡雅之气。马蹄莲开放的时候，那倩影那素白令人欢喜，整个客厅都因她让人感到温馨。她每次开花，我总会捋下花穗上的花粉，绵绵的，散发着香味，将它在手上揉搓，使自己触及的地方也花香四溢。便更加爱她，像自己的知己。出于好奇，我查找有关她的资料，才知道这马蹄莲还是埃塞俄比亚的国花呢。

她春季开花，夏季休眠，被我疏忽，遗忘了她开花的时间，让她背上了一年不开花的罪名，心中到底还是有点过意不去。

我没有闲暇天天照顾她，只是空闲之际偶尔为她浇浇水，自己的心情也放松许多。而她自己倒也很争气，日日夜夜不停地长，四季变易，马蹄莲时蔫时盛，无论光明或黑暗，在小小花盆里她展示的生命美丽也是世界级的。面对此盆中的小虫，我则灭之，为了呵护马蹄莲，对这些虫子好像有点不公平，它们只是在自己的栖身之地过活，不幸某一天就到了天堂或地狱，以后我慢慢去适应这些虫子吧。

在严冬的肃杀中，每个人按自己的活法走着。我与她一起携手走过一个个日出日落、花凋花谢，看着渐渐绿起来的部分，我想，待春天脚步临近，这盆马蹄莲也许就开了吧？

原载《未来导报·平凉版》2012年3月2日

# 蚂蚁们

房子住久了，无论楼房或平房都会生虫子。蟑螂、蜘蛛、蚂蚁，等等。他们穿梭于阴暗潮湿的角落、夹缝，游走于油渍斑斑或废渣最多的地方。

说起这些小虫子带给人的烦恼，南方人谈得最多的可能是蟑螂，楼有多高它都能上去，躲在床下暗道墙缝隙，反正是任何人不注意的黑暗处，晚上起来活动，叮咬小孩子。北方居家之处，蟑螂很少听人说，但蚂蚁却无孔不入。它们通常都小小的，有些蚂蚁小得肉眼几乎难以注意到，哪怕它在你面前。蚂蚁小，繁殖能力却特强，数量也相当惊人，经常会在厨房里寻找食物。它们在墙缝隙里暗洞里繁殖，它们的智慧实在不低，一般是捣毁不了的，因为你不知道它到底蜗居在什么地方。

蚂蚁不像其他虫子，有人时还蠢蠢欲动。它乘人不在厨房时出来搜寻食物，馍馍渣、菜叶子、一粒米等，都会引起它们极大的兴趣，围一圈，一会儿便会把它往阴暗地方搬运。尤其是甜食，那是它们最喜欢的“点心”，对辣的东西它们似乎不感兴趣。怕它们影响食物干净，家里发现蚂蚁，一般都会想办法消灭。黑色小蚂蚁以厨房为超市，神出鬼没偷运食物，实际上它们也以厨房为家。当然，一旦被主人发现，自是难逃一死，一般会面临被鞋底压死、被火烧死、被水淹死的命运。

我家房子也有十几年了，楼房设计了烟墩，每个单元都有烟墩，以前许多家庭烧炭，用土灶做饭。后来用上了电炉子，再后来接上天燃气用煤气灶，烟墩土灶等暗道成了蚂蚁串家进户扩大地盘后的“新家”，蚂蚁成了一大隐患。

我家自然也少不了受它们的骚扰。它一旦来了，想驱走它们可没那么容易。

一次我进厨房想拿一块馍，案板上恰好有一块，没注意拿起来，瞥见黑压压的蚂蚁爬满了那块馍，都是一二毫米长的小蚂蚁，我触电了似的，本能地丢了馍块。我觉得动作够快了，但几只蚂蚁还是到手上来了，心里瘆得慌，真是难以用语言表达出来。我也不例外，恨这小小的东西。今日是一个极阴的日子，空气仿佛都是灰色的，本就使人烦闷，我又拉肚子，碰到蚂蚁没好气，就有了灭掉它们的想法。

其实，今天我只看到一只蚂蚁，它在我的两脚间徘徊，我让出一条路，它也不走，堵住它吧，由于视野不开阔，它便常常走半天，像瞎子探路，它似乎不是用眼睛在看路。这引起了我的注意。

这么小的东西，却极为聪明，也可以说很狡猾。面对我的“慈悲”，它怕上当。自然界真是奇妙，竟生出这等惊世之物！

它们本无打扰人的想法，只是过着自己的生活罢了，竟不曾想到会被“几只魔爪”弄死，死后的灵魂（如果有灵魂）大概冤若窦娥吧！想到这，我的心胸顿然开阔了，善心告诉我，以后善待万物，万物与我们本为一家。

曾经读到过许多关于它们的“传奇”，也都给我留下了深刻的影响。现举两例：

在森林、草原上，倘若遇到星星之火燃起的火海，为种族繁衍，它们竟甘愿牺牲个“人”，包成团，冲出去。外层的上了天堂，里面的继续繁衍下一代。

一本科普书上讲，一只蚂蚁可以抬起比它们自身重几倍的东西，可举起一片婴儿手掌大的树叶，若是更大的东西，它们则同心协力，一起搬运，共同努力，核桃、蚂蚱等比它们大许多的东西，它们都能搬动，不在话下的。

估计若有足够的数量，它们可能也会如古希腊神话中的神一样，托起一片天。

大自然中每一种生命，都有其独特处，不同种族间也应互相学习。蚂蚁虽小，它们的生活智慧却不可小瞧，它们团结献身英勇无畏，为大局着想，甘愿牺牲的精神很让人敬佩。我们人自诩为万物中最聪明的，在这方面不一定比虫蚁强。

自此，我对蚂蚁有了一份敬畏。母亲每天早晨打开厨房门，第一件事是消灭蚂蚁，以前也对蚂蚁不客气动过大刑。而我与父亲极力反对那样做，不论怎样都不能弄死它。厨房食物尽量收拾干净，墙壁地板上的污渍多搽洗，不留污垢味道。后来母亲便用餐巾纸裹住蚂蚁打开窗子让驾纸降落，我们又反对，最好收拾进垃圾里，提下去让它们自奔前程。因为我家住在高层，出窗驾飞，蚂蚁虽小也可能摔死的。

渐渐蚂蚁也就少了，现在基本绝迹了。当然，锅台拆除了，烟墩封实了，墙缝隙都做了处理，但最重要的我觉得也许是因我们善待，它们不忍心再搅扰我们自动搬走了罢。

2012年 夏

# 好男儿流血不流泪

雨下得越来越大，人们急忙逃离，人影也显得慌乱拥挤。不久，整个山上便只剩下了一个人。那是个略显单薄的身影，看上去好像随时都会被狂风掀倒，可是他却仍然一动不动地站在山路中，直愣愣的头发贴在青筋暴起的额头上，那眼神满含痛苦和不屈，黑色的眸子怒气放光，仿佛要刺穿整个世界。他双手紧握，任由大雨冲刷，泪水被雨水稀释，可腿上伤口不停流出的血液却依旧那么鲜红，脚下的水洼也已被染红了大半，他整个人好像变成了十分锋利的宝剑，像一个战败了却锐气不减的士兵一般。

他心有不甘，他只想知道这是为什么？自己并没有错，只是因为比他们小几岁就要受他们的冷落和欺负吗？想到自己像傻子一样高兴地去找他们玩棋，善意提醒他们走错了，他们就骂自己“小豆芽”，自己不服，他们便大打出手。面对他们年少无知的恶语和拳脚，自己却无力反抗，只能默默地哭泣。难道这就是动物世界上说的弱肉强食吗？为何自己这么弱？为何自己受伤了只能哭泣，而书上的那些古代将领都可以更加勇猛地杀敌，杀得敌人哭喊连片，一个凶狠的眼神、一声怒吼就可以吓退敌人。

越想越愤怒，他不甘心！他要学会坚强，他要做个顶天立地的男人，他要强大，他不要再像个小孩子一样只会哭！男儿流血不流泪，好男儿志在四方。相比这广阔的天地，相比这伟大的自然的力量，这一切算得了什么！弱小不是自己的错，但连一颗要变得勇敢无畏和强大的心都没有，就是自己的错。弱者的善意或许在强者眼里一文不值，就像人和蚂蚁一样，面对蚂蚁，人只会觉得它们渺小。

这个男孩就是小时候的我。那时候我不知道，长得和人一样的不一定都是人。真正的人也不一定从相貌上就能看出来。

2014年

# 像胡杨一样活着

胡杨是驻守在沙漠中勇敢的士兵。它头顶烈日，在极度缺水的沙漠里顽强地生存着，忍受着数百年来荒无人烟的孤独，无论是暴风还是严寒，都不曾让它倒下。在如此恶劣的环境下依然站立，并一点一点壮大，伸展枝杈的也只有胡杨。

探寻历史长河，我们可以发现许多让人不愿提及的往事。比如清朝统治者因懦弱而导致帝国主义侵占了我们的土地，国难当头的时候，有些国人面对外辱无动于衷，甚至甘做走狗，这种例子数不胜数。造成这种悲哀的原因当然是多方面的，但他们骨子里那股逆来顺受的孱弱，面对旁人恶意挑衅时的一味忍受，逃避、放弃抗争的软弱是不可取的。

面对强权或邪恶势力选择逆来顺受，这不是中国人该有的品质，敢于挑战、敢于反抗才是中国人之精神。原始神话时代我们的祖先“刑天舞戈”“后羿射日”“精卫填海”，不可能的事情都敢于挑战；漫长的封建时代，荆轲刺秦王，陈胜吴广起义、黄巾起义、辛亥革命，等等，众等如水却覆舟沉楫，这些人正是因为有着坚毅顽强的性格和出不入兮往不返的大无畏精神而名留于史。从这方面看，从古至今，中国有这样的脊梁，他们像那沙漠中的一棵棵胡杨，纵使前方再多艰险，也阻挡不了他们前进的步伐。也正是他们不断纠正着历史发展的航向。

像胡杨一样活着，活得坚强、勇毅，活出骨气来，才能拥有一片蓝天大地。像胡杨一样我们才能捍卫我们应有的权利和财富，而不至因为一再退让，忍受欺辱，而导致一无所有。在当今这个社会，人是有权利生气的，该生气的时候不生气就会成为懦弱的牺牲者，成为邪恶势力伤害的对象。人活着不只是有吃有喝地延续生命，还要活出气节来，像屈原、文天祥那样不屈不挠，像陶渊明、王维那样不同流合污，像王阳明、梁漱溟那样坚守内圣，等等，证明自己来过这个世界，自己真正生活过、创造过。

当然，我们也应像胡杨一样敢于忍受饥渴、孤独。俗话说“退一步海阔天空”，为了坚守内在的信仰，保持良知，有时要学会忍耐，一味地生气，只是在拿别人的错误惩罚自己。像勾践卧薪尝胆、韩信受胯下之辱一样，一时的忍耐并不意味着永远的懦弱，这份忍耐是为了成大器，为了更美的未来。

像胡杨一样活着，活出坚毅、活出自信、活出自在。

2014年

# 歌唱青春，点燃希望之花

青春是春，绚丽多彩，欣欣向荣；青春是花，含苞欲放，更盼结果；青春是诗，畅想无尽，意趣无限。诗人海子说，“面朝大海，春暖花开”，他朝气蓬勃，思想的波涛汹涌拍岸，想必要荡一叶小舟遨游事业之海、生命之海。他成功了，那就是几代人喜欢的《海子诗选》。

金色年华和春天般美丽上进的心，已经具备创造一切幸福辉煌事业的潜力，已经有了奋斗歌唱、谱写壮丽多姿人生华章的激情动力。

青春年华赋予了我青春的眼光和激情。在家乡的黄土高塬看到旭日东升，光照大地，我想这是青春的阳光；在甘南的辽阔草原看到鹰击长空，骏马奔驰，我想这是青春的拼搏；在广东珠海看到水天茫茫，千帆争流，我想这是青春的旋律；在运动场上看到少年摘冠，于课堂考场看到学子揭榜折桂，我想这是分秒必争、“指点江山，激扬文字”的青春活力和实力。自然这些散发着青春朝气、青春毅力、青春无畏的开拓进取精神和踩浪追风般奋斗的脚步，是积极上进鼓舞人心的，是对青春最好的揭示。

积极向上，奋发有为，使青春激情燃烧，放射出最迷人的魅力。灿烂人生无一例外缘自这种勇往直前的奋斗。青春季节，就应当有“不破楼兰终不还”的壮志和气魄，就应当有“黄沙百战穿金甲”的无畏无惧男儿本色，就应当有“天下兴亡，匹夫有责”的责任感，就应当有“齐家治国平天下”，舍我其谁的自信。这是真正潇洒、阳光、充满正能量的青年心胸。不甘于默默无闻，不甘于碌碌无为，不甘于懒惰享受，超越诱惑顽劣，超越平庸颓废，才能赢得许多改变命运、实现理想的机会。

人生最大的机遇是青春期，能否登堂入室、建功立业，就看能否追求理想紧走几步。为了所有我们所爱和爱我们的人，为了创造幸福美好的人生，奋勇拼搏永不言退是硬道理，也是青春时期我们的座右铭。

用追求理想的实际行动歌唱青春，使生命之花开得最为惊艳，动人心弦，青春必然无悔。

青春奋斗需要大毅力大无畏。我曾经见过那些一心向佛的朝拜者，在他们身上，我看到了坚定的信仰，看到了真善和大美，他们的信仰如那旭日下满是皑皑白雪的朗朗神山，岿然不动丝毫。他们一连数月乃至数年一步一拜地朝圣，渴饮溪水，饿吃简单的青稞面，面对白天的炎热、夜晚的寒冷、野兽的窥伺、风雨的拍打毫无恐惧，困了天为被子地为席，就地休息。他们面向雪山，耳听鹰鸣，一脸的神圣庄严，一脸的柔慈善软。支撑他们排除万难不断向前的就是他们心中不变的信仰。这种对信仰的追求让他们超越了自然束缚和自身局限，打破了生命的桎梏，点燃了自己灵魂之灯，使身与心都达到了一种与万物相融、天人合一、物我两忘的境界。

人在青春时期就应该树立理想，然后，深信不疑、脚踏实地地去追求。“采菊东篱下，悠然见南山”，这是陶渊明对理想生活的追求；“但使龙城飞将在，不教胡马度阴山”，这是王昌龄对民族解放事业的追求；“先天下之忧而忧，后天下之乐而乐”，这是范仲淹保国安民服务人民大众的追求。

我们青春的学子追求什么呢？套用《大学》中的一句话最合适不过了——“修身，齐家，治国，平天下”。虽然现在社会上充满物欲膨胀、金钱至上的噪音，缺少崇德敬善、文明理性等精神追求，但我们必须守正束己，自觉抵抗荒唐奢靡乱象的诱惑，努力去提高自己的思想道德修养和社会公德素养，做一个坚信社会主义核心价值观、有正能量的人，并在这样的追求中，不断完善自己，追求卓越，实现理想。修身是青春季最重要的追求。有不少同龄人轻视修身做人，放任心猿意马，践踏道德信仰，好逸恶劳，贪图享受，导致人生列车出轨断轨、自毁毁他的悲剧不绝于耳，陷于痛苦深渊难以自拔的喊声塞巷充街。这些教训说明修身是“齐家，治国，平天下”的基和柱，没有这个坚固的基和柱，“齐家，治国，平天下”就成了空中楼阁，再怎么努力，恐怕都难保结果美好。浅显地说，修身是幸福生活、成人、成事的“防火墙”，纵观人生，生命质量、生活意义、理想志趣、事业成就，哪方面离开修身不出问题？不出问题，未之有。

如果说修身是治理“自己”，那么齐家，就是建设团结友爱和谐幸福的家庭，和睦的家庭是和谐国家的细胞，家与国不可分，一屋能扫就可扫天下，能齐家，就能担当治国平天下的重任。修身齐家的功夫不好，甚至一无是处，追求治国平天下就成扯淡了。

人的追求可小可大，可以追求自己美好生活，也可以追求“为天下人谋福利”这样的大目标。我认为人生追求的目标还是高远一些好，理想还是远大一些好，正大无私的追求有正气、汇聚力量，聚集正能量，成就大事业，古今成大事者都有鸿鹄之志。无论怎样的追求，积极向上向善是人类共同的美好理想。追求之路，诚如朝圣，或许我们是孤独的，因为有青春做伴，有理想引领，有信心和勇敢护航，一定能招感不少助缘，希望的果实“非我莫属”。“宝剑锋从磨砺出，梅花香自苦寒来”，走下去，我们青春的希望之花必将灿烂绚丽，希望的果实必将壮大生命的枝头。

2016年12月

# 那些让我难以忘怀的书

人们常说，书是人类进步的阶梯。的确，对我个人而言，我读过的每一本好书都有启迪我改变命运的痕迹。让我拥有了更宽广的道路、更深邃的情感和思想，让我的未来充满无限可能的确实是大量的书籍。对于这些书籍，我始终怀着一种尊敬，我小心地将它们保存好，因为是它们让我做出了一次又一次的改变，让我在对这个世界认识加深的同时逐渐发展了我的个性，就像一棵树苗在经受每次风雨后愈加茁壮一般。有它们在我身边，我就觉得踏实安心，就如沉睡心灵深处的静谧淡然之中，灵魂也如沐浴在幽蓝而圣洁的月光之下，心灵逐渐升华着。

四书五经是中华文化瑰宝，我只研读过《大学》，虽只是浅尝辄止，但它却是我进入复杂社会前的首部精神启蒙书籍。“大学之道，在明明德”，“修身，齐家，治国，平天下”，这些处世哲理让我的心灵变得愈加明亮，思想愈加清晰，是它把我引向人间正道并坚持走下去。

《大学》是思想性的，而给我个人情感以改变的则是《穆斯林的葬礼》。霍达的这本书以一个回族雕玉师傅和自己妻子及小姨子之间的情感纠葛让我明白了人类情感的脆弱和伟大。人是一种复杂的动物，情感有时难以控制且难以解释，它包含了太多的可能，无论是忠贞还是另寻他欢，或是情不自己的爱恋，对每个人来说都不是绝对的对与错，旁人无权去评价一个人的感情过失，因为我们自己也可能会做出类似的事，道德与情感“含虚混太清”一般，单纯的道德评价难以衡量出一个人情感的真诚度和正确性，不能根据一个人的情感纠葛断定其心地好与坏。再者，这世上朝是夕非、口是心非的事不少，一切都在变异中。

一直到我上初二时，我才开始阅读当代青年作家的作品，有的所谓作品，其实是无病呻吟，胡思乱想，没有任何根据和意义。但有的也包含了丰富深邃的思想和真实细腻的情感，如韩寒、七堇年、颜茹玉等人。韩寒的《三重门》可以说是我青春期活跃悸动心灵的一味养料，那种江南雨乡少男少女颇有悲剧性的分离之景，让我一时难以忘怀。而七堇年的一系列短文则让我感到了青年一代少有的思想和真情，她的文字给人的心灵以平静，让自己可以探索心灵深处的情感，去思考一些远离浮夸、肤浅的东西，那就像吸吮着安神的熏香一般，妙不可言。当然，穆涛、贾平凹、沈从文、丰子恺、汪曾祺等名家的书籍我也读了不少，受益匪浅。

我爱读书，爱读那些让我的心灵得以释放，灵魂得以升华，启发大脑思考的书。爱不一味追求深刻却能时不时给我一定启示和帮助的书，爱让我一步一步地觉察自我内心，引导我重视起培养自己的内在气质的书。

我读书时为了磨砺思想这把宝剑，不断地独立思考着前进。我这样读书，比纯粹为了消遣和打发无聊的时光，或囫囵吞枣地硬背一大堆道理那样的读书强了许多吧？

原载《平凉日报》2018年6月12日

注，2015年高二时习作，获得平凉市首届读者杯“新时代，阅读让生活更美好”征文三等奖。

# 告别恍惚

从尼采的“上帝死了”到福柯的“人死了”，我们好像快速跨过了世纪之交，当无神论者还在寻找真相的时候，现代青年已经开始怀疑自我。从哲学到文学，到生活里的所有，不断地怀疑，怀疑到最后只剩下赤裸裸的所谓的“真实”，没了“人”的影子。

怀疑是一种假想，若怀疑过了头，世上就没有可坚信和守望的美好了。韩东的诗成了过去，在时尚者眼里好像俗不可耐，顾城、海子优雅地存活在少男少女的梦里，王小波的灵魂也在昌平的墓里和无数的文艺青年孤独的蜜语里，在这个明眼人都知道深不可测而又简单直接的社会里，无数的人做着梦，渴望做出一些事情，又害怕被完全否定，因为就连他们自己也不相信这成功的价值，这种犹豫恍惚的生活是很糟糕的。

前几天，听一个讲座，一个大学生说：“我不厌恶贫穷，也喜欢财富，追求富贵，当我有了钱我要大把大把地花，不会进行什么慈善捐助。”这耳熟的声音让我沉思了良久。这世上哪个人不渴望富贵？但有钱的土豪、富而不贵、找不到幸福感的恍恍惚惚的人还少吗？我敬佩这位青年的勇敢，不论对错他敢明白表达出来，这与一些人口是心非、嘴里清高行为低俗，说与做矛盾的一塌糊涂不同。

生活中我们常会遇到这样一些人：一边数落或是痛骂站在名利场和处在舆论热点中的人，一边貌似追求高雅高尚、做着沉默思考的样子，却从不尝试冷静思考，不愿意静下心自己创造，更没准备坐一段时间冷板凳埋头苦干，而热衷于从别人那里“东挪西借”些显得深沉的东西填满欲壑，玩他不化，没信仰没坚守。这种人做人做事心气浮躁，不着边际不接地气，是些恍惚的人。因为不清楚内心真正应追寻什么，只会跟风。

除了那些生来有钱的人，很多人小时候应该都在捐款时发过愁吧？还记得上小学时，每次全班集体捐款的时候，因为确实想帮助人，我总想多捐，虽然当时拿不出来。回家后还要向父母要些，理直气壮捐给困难的人，那时候我们信仰坚定，捐款时是挺高尚的，也是挺快乐的，我们一点也不犹豫不恍惚。一转身就成年，但成年后就恍惚起来了。喜欢高尚的，在庸俗和高尚之间犹豫不决，因为真实用虚伪面具扣着，实际想要那开在百花丛里的牡丹，表达的却是孤傲的梅。最令人困惑的是有些恍惚的人说了些恍惚话，定格到白纸上成了书，读者还以为是精神食粮，读来读去也不过是昏话连篇。

后现代主义盛行的今天，多元论、怀疑论似乎成为智慧的表象，用哈桑的话概括就是：“不确定性确乎渗透到我们的行动、思想；它构成我们的世界。”80、90年代的文学大多都被我们抛弃，英雄式的故事我们都不再相信、不愿再听，没有了真正的奉献和无私，真善美精神追求都变得奢侈。我们乐意把所有民族梦想、国家发展的精神层面的东西都理解为一种意识形态的灌输，我们不再喜欢那种确实的、可靠的、共同的美好追求，认为个体的理念就是自己唯一的标准。当有一个人站出来说了某句话，我们会在心里想“你哪来权利说这句话？”好像谁说的都不对。迫于现实，我们说些恍惚、模棱两可的话，或讲一些类似正确的废话。我还发现，在前赴后继的大V们操刀加盾、怀疑一切、痛批一切、暴风骤雨横扫一切之下，不少人心中的优秀文化传统美德、真善美信仰被消解掉了，那些被洗了脑的没有真善美信仰，没有独立思考智慧而又多愁善感者，他们的日子像雾霾天气一样不祥，这也是一种恍惚。

这个时代好像很讲个性，但又是个无情消解个性的时代，流于形式或荒诞化的所谓文艺，却能堂而皇之招摇过市。文学作品想靠排列组合技巧取胜，书法想靠别出心裁的脚写头写倒着写取胜。文艺走火或疯狂的现象比任何时代都突出。许多人起早贪黑“忙”着，但智者说，“忙”得无心，是不知心在何处的精神恍惚。

从少年读书、画画、听歌的那一刻开始，我倾情做的是为了欣赏其中的美，去体验那百年里不曾被理解的情感，为真爱为美动情落泪。我有那么一段时间沉醉于《霸王别姬》的京剧唱腔，现在一边读着外文小说，一边花大把时间了解佛家道家文化，我只是想让心静一静，触摸真心。或许这就是我称自己为“伪文青”的原因，绝没有自矜的意思，我只是想真心常伴，拥有真实的生活，而不是被妄心左右、被欲望绑架，生活在恍惚中。忘却初心，丢了真心，没信仰，没坚守，妄心邪念操纵了身心，贪欲炽盛心智不清，于是太多人跟风跑，太多人被“忙”了，而不知道自己真正想要什么，真正要到哪里去，这是现在一些人恍惚的病根。

其实，踏实做人，用真心做事，享受劳动创造的快乐，才是有情味的生活。坚守真心，不忘初心，把他人利益看重一些，把个人名利欲望看淡一些，让心灵高贵、生活优雅，何来恍惚？你是作曲家可以沉下心来花几个月创作一首曲子；你是画家可以把金钱名利放一边去，静下心来全神贯注画一幅画；你是关注星辰的人，可以在孤寂无人的草原深处静候流星划过时最美的一瞬；你是研究史前文明的专家学者，可以跋涉文明发祥地，寻找远古文明的印记……人生短暂，无常迅速，我觉得没有必要在恍惚中虚掷年华。

现在，恍恍惚惚疑似抑郁的人多，除过生活压力过重使然，是不是也与忘却初心、丢了真心、利欲之心太重有关？是不是与功名钱财一直不理想而忧心忡忡有关呢？

2017年5月9日

# 超越你的极限寻找你的太阳

月亮含羞隐去，轻风拂过天际，唤醒了那轮沉睡一夜的金色太阳，天地光亮，一片温暖，绿树浓荫，小溪涓涓，大自然看起来美好极了。

把人类生活环境的画面翻到远古，在广袤的大地上，我们的祖先为了生存与动物赛跑，与自然灾害抗衡，一举手一投足，都面临无数比他们厉害得多的对手，人类又是怎样繁衍生息至现在的呢?我想无数代人积累的经验就是人类“战天斗地”的法宝。正是因为一代代人强烈的生命生存意识、挑战自身极限的态度，使人类存活下来并最终主宰了地球，也演变出了种种不同的运动。古代的运动就是一种生存游戏。不过，现在一般人的运动是盲目的，人性的懒惰加上安逸的环境，使人忘记了存在的本意，忽视了生命的脆弱，许多人不知道超越身心的极限，只想着如何将其刷新，以至于心身出了问题。

运动，尤其极限运动是超越身心局限，并将其刷新的最好办法。从达尔文的人类进化研究可以看出，从简单的肢体运动到现今各项名目繁多的专业运动，内容和方式改变了不少，但贯穿其中不曾改变的精神，就是以一种乐观阳光的心态，坚持不懈地锻炼，以达到心身健康的目的!

现今，无数的养生医生探讨怎样健康长寿，我看多数停留在肢体技巧方面。其实，从中国古代庄老孔孟等圣哲的论述中便可得知，心灵的保健养生才是核心和实质，古人就已研究心灵运动了。

快乐乐观是心灵运动，这理解起来虽然不简单，但形象地说，就是以一种阳光心态将身体内各种生命激素、真气调动起来，使其和谐活动，从而维持人的身心健康。你可以像道家讲的那样吐纳阳光月光，你可以像儒家倡导的温文尔雅，你可以像佛家提倡的超越四象六道轮回看淡放下荣辱等等。比如心态阳光，笑口常开，都是看不见的思想意识甚至直觉运动，你可以像阳光一样灿烂地笑，将大千世界中的自然太阳笑成你自己心灵的那轮“太阳”。笑，可以忘记烦恼，可以不让体内的毒素滋生，心灵的笑是快乐自信，表现在神经上就是眉开眼笑。在笑中运动，能使人的身体达到一种精神与肉体的全能锻炼。边笑边运动，心灵的太阳跑到自然阳光中来了，微笑面对人生，快乐对待一切，锻炼的是思想意识而不是肢体，这是人类内心深处一种良好的习性，开发这种习性，让个体生命与自然规律应和，从而达到一种内在的和谐，人可能已经超越了自己的极限，寻找到了心的太阳。

当然一般地说运动是心灵的，也是肉体的。现在一般的运动往大了说，便是打破人体极限。有人说这无意义，而我认为，不仅如此，还要打破心灵的极限。以一种试着超越的劲头，上升到精神层面的“有氧运动”，心意显于神情就是快乐微笑。早在古罗马时，便有了运动会，发展至今，像奥运这样的国际运动会，已成了人类文明的一种象征，成了人类超越自我、追求梦想的一种载体。各式各样的体育项目，篮球、足球、田径……在打破目前人类极限的同时，也在一定程度上达到了一种内心的锻炼与打破。但是，打破心灵的束缚，打破内心的恐惧、懒惰，做心灵有氧运动，主要还要读书思考，让心变得专一、善软柔和、有耐性……眼前的太阳是世界的，但我们也有自己心灵的太阳，阳光体育运动就是心灵与肉体的对话，有乐观态度便是阳光体育。

原载《学生天地》杂志初中版2012年第7-8期

# 不灭的火光

我不得不和烈士和小丑走在同一条路上，万人都要将火熄灭，我一个人独自将此火高高举起。

——题记

“隐约雷鸣阴霾天，即使天无雨，我亦留在此地”，因为此地有不灭的火焰，那是对真理的追求、对死亡的无惧、对生命的肯定，那是人心中仅存的纯洁的光亮，是无数智者灵魂的火焰。

夜阑人初静，月初放清辉，荏苒盈虚，澄澄古今，先贤们为了真理和希望而舍弃肉身的枷锁回归大地，只为告诉那些愚昧的混沌未开的人们：真理有传，仁者不忧。面对这个世界违心的善和平庸的恶，面对生命之死的桎梏，面对无数的埋怨辱骂和叫嚣，他们不喜亦不悲，他们毅然决然行走在这片广袤的土地上，仰望满天繁星，思考生命从何而来，向何而去，轻轻地写下对生命对宇宙真理性的预言。他们知道阴霾终究会散去，希望的光芒必将再次照亮这片土地，照亮那些疲惫、无知的灵魂。

从前慢，苍山如海，残阳如血，因为生，有人走向沉沦；因为死，有人走向澄明。古希腊时期，“苏格拉底之死”化悲哀为许多人的希望。不远的近代，谭嗣同也想以自己的死唤醒人们对真理的渴求，对自我本质的重新探索。他本来能逃脱死神的魔爪，但他不愿意苟且活着，因为苟且活着走向沉沦的人太多了。尼采那不断超越自我的人生观，架起了通往远方的桥梁，迎来了一个新的闪耀着心光的时代，那是披荆斩棘、虽千万人吾往矣的生命意志！

人生应当“寄蜉蝣于天地，渺沧海之一粟，携飞仙以遨游，抱明月而长终”。人是短暂时间中的存在，但某些短暂的一瞬间却可以澄明人的一生。心地昏暗，与光明咫尺而天涯，处白昼犹如暗地里的田鼠。不断地选择、创造，超越自我，总有一天会点燃不灭的火光，瞬间而永恒，谱写出命运协奏曲。

人活着，不是为了无休止的欲望。跟着感觉欲望走，虫蚁比我们更强。活着是为了燃烧生命的光和热，怀着“仁者不忧”的信念，走向太阳升起的地方。

人情反复，世路崎岖，毋乐其便，毋惧其难，面对欲望，应以事后之悔悟破临事之痴迷。面对喧嚣，应宁静养默，洒落阴凉，遭遇浊世逆旅，也要沐浴阳光，不断前行。

《渔父》云：“沧浪之水清兮，可以濯吾缨；沧浪之水浊兮，可以濯吾足。”我喜欢这种看破的自在。

2015年

# 童心与真情

曾经有人说，人的一生就是在不断地得到与失去中走向终点，得到的尚未得到，失去的早已失去。的确如此，大多数人都在不停地追逐与奔跑，遗忘了来到世间最初的感动和梦想。拼搏几十年，以为自己最后成功了、成熟了，殊不知却已不再是真正的自己——那个追梦的少年。

如果有一天，让你心动的再也感动不了你，让你愤怒的再也激怒不了你，让你悲伤的再也不能使你流泪，那你还是自己吗？除过已经放下一切得道自在的大智者，一般人恐怕已经因为失去了太多，悲伤太多，变得麻木了。其实，不管活得伟大还是平凡，只要保持童心，以平凡心、平常心看待周围的人和物，息妄归静简简单单，我们就是最真实的自己，生命的美丽、生活的精彩其实不假外求，有童心就能做到外不殊俗，内不失正，身心自由生活。

何为童心？我觉得没有功利和心机的自然纯正之心就是童心。童心并非只有孩童才拥有，它指的并非是一种生理状态，而是人内在精神的自然和谐，以真实、美好去待人接物，不弄虚作假，矫揉造作，也不固执己见，这种乐观积极的心态就是童心。童心是一种有利创造、开发潜力的开放放松和谐的心态。保持童心，便留住了美好，留住了生命最初的感动，给予自己希望和新生的潜力。有童心的人，回忆起那些尘封已久的记忆，会感动、会流泪、会生气、会欢笑，但过后不会患得患失。

童心实际上是人生的最高境界。艺术家以童心观察世界，感知生命，创作出富有生命力的作品；科学家对待科学就如对待自己的初恋，始终喜爱和坚持，但只有当他放开放松时灵感才光顾。思想家哲学家更不用说了，没有童心，人类思想智库中便会少了许多光辉灿烂的理论。他们都将真情投注自己的事业，保持好奇与喜爱，并矢志不渝地去呵护。在某种程度上，做人亦是如此，即使人以再多的法律、礼仪道德来约束自己，都只不过是从生理上拒绝、心理上戒惧，而非真正的懂得与坚守，而保持童心却能从骨子里、灵魂深处自觉地做到这些我们所期望的。

看过丰子恺《护生画集》的人都能感到，他寥寥数笔，简单的水墨组合就能散发出无与伦比的魅力，有童趣、有善意，虽平凡事物，看了却感动，没有太多修饰，却有力量直击人的内心深处，唤醒人们自觉去思考、去懂得、去体验。再如，近代抽象主义画派和印象画派，那些画家的作品看似抽象、纯粹，却渗透着对大地、星空、草木的自然之美和人心之美的真心喜爱与崇敬。

木心的“从前慢，慢得只够爱一个人”，海子的“三次爱情，王位、诗歌和太阳”，董桥的“最缅念的青涩岁月”，这些诗句的美来自诗人生命最初的深切感动与深思。每个人都有如蓝蓝的天空、白白的云、清清的水一样的童心。

不忘童心，保持童心，做真情自在的自己，我们所经历的都将是幸福美好。能保持童心，不管经历什么坎坷磨难，你心里都花开不败，清香四溢。

2015年 春

# 向往哲学之思

古希腊，是一个群星璀璨的时代，一个精神文明空前发展的时代。无数的智者们在黑暗中执着地探寻着人生的意义，使人们感受到真理的伟大，让后世的我们懂得思考人生要义，渴望穿过时空与他们产生精神上的共鸣。

这，就是哲学之思的魅力。哲学是人生的望远镜，使人产生对美好人生的追求，哲学也是人类智慧之光，透过哲学思想之手，我们可以出尘脱俗，可以突破躯体牢笼束缚，达到灵魂的空灵透彻。

哲学看似无用实际有大用。众生如羊，哲学家不是牧羊人，但他们的理论却能给羊群指明道路。广成子、释迦牟尼佛、老子、庄子等关于宇宙人生的哲学宏论，千百年来为无数迷途羔羊指明了光明之路。顺着他们的指向，人们看到日月光明。伟大的哲学关注的是生从何处来，死往何处去，关注的是全人类乃至所有生命的幸福快乐。苏格拉底是古希腊那片星空中最璀璨的明星之一，面对这样一个始终坚持真理的伟人，面对他那铿锵有力的呼告，人们却愚昧地否定了。苏格拉底之死，不幸也幸。他的死也并非灰飞烟灭。他的死，让后人醒悟了，真理的光芒闪烁千年，仍放出夺目的光芒。

任何时代都需要高瞻远瞩、放眼未来、仰望天空的哲学。没有哲学信仰的时代，就是伟人沉睡的时代，对于平凡的众生来说，身处黑暗而看不到光明是最不幸的，你会因迷失方向而永远无法抵达理想的彼岸。所以，我们应追求哲学之思，对自己到底想要什么、到底追求什么才会幸福，有个把握。

“长亭外，古道边，芳草碧连天。晚风拂柳笛声残，夕阳山外山。天之涯，地之角，知交半零落。一壶浊酒尽余欢，今宵别梦寒。”那个行走在山野小径上，穿着草鞋，披着蓑衣，拄着木棍的消瘦的身影，是那么平凡，又有谁知道他是那个才华横溢、风流潇洒的公子哥呢？作为真正意义上引进西方现代美学的知识青年、中国话剧的开创人物，他却厌倦了眼前的一切，被无限的孤独包围，产生了要削发为僧的想法，最终他还是走了。他离开红尘，对友人、对妻儿来说似乎是一种任性，一种不负责任，可对于他自己来说，却是一种无悔的追求。

告别红尘二十四年的弘一法师，弘扬律宗，严格守戒，不骛名利供养，只为修得圆满。正如他所说：“因为事情失败不完美，晓得自己德行欠缺，那我才可以努力用功，努力改过迁善。”

人在这个世间总是孤独的，看似交友不乏，其实真正的相知者甚寥。所以人既需要入世，也需要潜怀；需要关照，也需要探索。

2015年

# 无题

据家里人说，爸爸年轻时爱抽烟，惹了些病，便戒了烟，后来做了几次奇奇怪怪的梦，也因奶奶很早就信佛了，也信起了佛。从此开始，我家上上下下陆陆续续信佛了。但是，我对任何教派都半信半疑，尊重他们的历史及理论，以一种平淡而不拘于任何形式的心态去信仰。学了历史已经知道佛教道教等五大宗教都有千年以上的历史和神奇故事，而且都有教导世人怎样做人、怎样行善积德、宽容待人等美好的一面；虽然有些事，听起来好像很荒谬，无法用科学解释，但宗教信仰是不能拿科学来完全否定的，所以大多数人都抱着一种“宁可信其有，不可信其无”的态度，也许这是我们都不认识不理解它的缘故。宗教对人，是一种精神上的寄托，也是自我安慰。例如佛教，“五戒”中有“不可杀生”一条，说是万事万物在因果轮回中，有因便有果，这辈子遭难便是上辈子惹的祸因。这个因，我们一般人这辈子可能无法证明，恐怕只有到天堂里才能得知吧！但其中我能明白的道理是，“生命可贵，万物皆有生命，不可胡乱杀害其他生物的性命。”佛教与道教一样倡导人与自然要和谐，佛教更认为人与自然本为一体，佛陀倡导的重要人格特征是无缘大慈，同体大悲，观世音普萨代表佛的慈悲，即对一切众生应当生起没有恩怨亲疏分别的爱心，无条件爱护众生。现实中有的人很自私，自我迷信，认为只有人是万物之灵。有些搞怪的科学家也从理论上支持他们，以致好多人认为人类便可主宰大自然中比自己“低等”的生命，于是大肆杀害其他生命，肆无忌惮破坏自然。如今，环境恶化，珍稀物种逐渐灭绝已给人类敲响了警钟。

两年前爸爸从离家不远的某一寺院拿回一张碟片，里面列举了屠夫怎样杀禽兽的情景。有的动物被摔打而死，有的动物还活着，就被割肉的割肉，摘翅的摘翅，剥皮的剥皮。一只被剥光了皮的动物无暇顾及自己的生死，睁着血肉模糊的眼还想去救它的幼崽，这是怎样一种惨烈啊！因此，我宁可相信佛教的众生轮回之说，今天你剥动物的皮，让它惨死，谁能保证你来生就不会变成一只被剥皮的动物呢？

看过那个碟片，我对肉不再有任何感觉，只是偶尔吃一点点儿。一想到那些动物的尸体，便联想到一幕幕血腥场景。人不知觉醒，恐怕有一天盘中盛上来的是人肉，也会有人不以为然，只管吃，通通吃，还认为那些动物天生是给人吃的。人类的灾难，在某种意义上可以说是人类吃出来的。

我觉得“人”既然立了起来，那么人的真意应该是“人性之仁”。但偏偏有人就是有没人性的一面，何况那些动物也不是专为人吃而存活着的。虎狼狮子吃肉，是为了生存，它们还没有找到更理想的生存方式。说到这，我觉得一些人大肆杀害其他生命这个问题，已经不再是慈悲不慈悲的问题，而是有没有人性这个大问题。

众生中，不仅仅人有思想，动物也有，泪水与怀念也存在于人所谓的那些猛禽之中。人性一旦异化为兽性的欲望，人会比猛兽可怕，于是贼子、屠夫、逆子、小人等游走世间，也不过各色各类走兽。有的人对自己生而为人一点也不珍惜，就像监狱赦免了的死囚，出来后不反省、不悔改，老实几天又如地狱鬼畜一样害人了。所幸，人生来也有人性，所幸，屈原、岳飞、文天祥等忠臣孝子和英雄历来也不少，为生民支撑起正气天地。他们中有的人过去世清修，今世忽而记起以前是干啥的，如苏东坡，又如“五十年前王守仁，开门即是闭门人”的心学家王阳明。但是，很多人恐怕没他们这么幸运能识得来路，认得归路，只好随习性流转生死。

世界是复杂多样的，本无可厚非，但当浊气如霾肆虐，清新正气不畅，有善和爱的信仰者就显得尤为可贵了。有信仰本分做人，总比没信仰胡作非为好得多，信仰儒释道，倡导德善有何不好呢？心存善念、宽容、坦诚、正气的人多了，社会和谐向善，崇尚美德，那些虽人而畜、做人做事不如鸭羊的人就会掂量自己。有信仰的人知道因果，做事审慎，知道人虽有钱有势，若精神大厦倒塌了，同样难逃穷途末路。

2014年 春

# 成为世界的光

2011年发生了许多大事，不知为何，我记得的却都不是些什么赏心悦目的事。

从2011年3月11日的日本大地震说起吧。到现在，那一幅幅惨不忍睹的画面还历历在目。而比那更让我印象深刻的是，在网络上，当我输入“日本大地震”五字后，点击率最高的竟是“日本大地震，全死光吧！”之类的词条，而那些网页中网民说的都是“日本人现在要血债血还了，这是上天的惩罚！”随后还有许多跟帖附和着说：“是啊，最好让他们全死掉！”

地震这样的自然灾害我们也发生过，面对自然灾害，生命都一样值得同情。“上天的惩罚！”“全死光”是一种愚弱的心态，是精神胜利法，与八十多年前鲁迅笔下那个阿Q的心态没有两样。面对别处发生的自然灾害，这种仇视和落井下石的心理我无法把它理解为爱国之情。

在这个国家中，仍然存在着一部分理智清醒，没有被仇恨冲昏头脑的人，在为日本人民祈福，我便在这列人中。

无论如何，历史的屈辱是不能忘记的。可是，在天灾面前，我们难道不应该收起仇恨，体现出人性的善良吗？更何况，父辈的罪过不应该让子孙来承担。既然有人伤害过我们，我们也体会过被伤害的痛苦，那么我们就更不应该再去伤害别人！

七月动车事故发生后的那段时间，网上疯狂地流传着一句话：“至于你信不，我反正信了。”当人们正热火朝天地把它改编成各种版本调侃时，我却感到一丝心寒。动车事故的真相到底是什么？我们是不是应该有所反思呢？

接下来，便是小悦悦那件震人心魂的事了。人们得知这件事后大多数反应是愤懑和失望。人们埋怨那个不负责任的肇事司机，埋怨那十八位冷漠无情的路人。可是，若事情发生在我们身边，我们就真的有勇气不顾一切地去救小悦悦吗？

我看过一句话：“怪物都是被怪物逼出来的。”人们的冷漠又何尝不是？这些冷漠无情，都是被这个社会中恩将仇报的残酷事实逼出来的。一些善良的人出于好心扶起了路边摔倒的老人，却被敲诈、诬陷，最后赔钱坐牢。当人们的善良被错用、利用后，有谁还敢善良呢？结合动车事件，我不禁想，社会形态到底出了什么问题呢？

2011年发生的一系列事件引发了我的思考，愚弱偏激、自私阴暗无情的人心之恶，对个人是一种黑暗，对社会是一种灾难，我们是否要从现在开始好好反省呢？不要对社会上一些丧尽天良的事无动于衷，不要让没有人性和良知的丑恶事件不断重演，要敢于说不，老鼠过街要知道喊打。因为，没人性没良知的恶性事件离谁都不会很远。文明社会风气的形成，需要许多有良知的人共同努力，无论这个世界如何污浊、如何混沌，都不是个体生命堕落的理由。个人无论做什么事，都要先考虑这样会不会对他人造成不便，给他人带来伤害。即使不能成为世界的光，起码也要照亮自己。

2012年3月5日

# 缘起性空

有人用“缘起性空，无常无我”八个字来说明《心经》的精髓。《心经》讲“空”。“空”是说万法因缘生，一切缘起的法都是生灭法，这里的法就是万事万物。既然是缘起法，当然不是永恒的，所以说是无常的，其“自性本空”，不可执着。对世间万物，包括心念等，一切以因缘起，根本没有独立存在物；我们平常说的“我”，按照《心经》《中观》等理论分析，是五蕴集合的假我，分析到究竟没有个真实的“我”，所以说“我”的实质，就是“无我”，提醒我们要破除对自我的过分执着。人生的爱恨情仇、矛盾痛苦等等，说穿了是对依蕴假我太过于执着。明白了这些道理，从而看清自己、看清整个世界和人生存在的真相，就能够放下执着，把自己放得很低，把一切看淡一些，减轻人生好多痛苦，这何尝不是一种解脱呢。

在某种程度上，“缘起性空，无常无我”观和庄子《齐物论》里的思想有些类似，都是将他物和自我放在心镜上。佛教也拿镜子喻心性，实际上是觉性，觉性没有喜好和厌世悲观的色彩。我想，明白觉性的人大约就是明白心的本质的大智慧者吧？世上的确有少数智者把一切融进自然里，把一切的因果缘起都看作一种流变的存在，既然是因缘变动着的，当然是生生灭灭不已的轮回，那么因此产生的“我执”也就没有了世人眼里那么大的作用和意义。万事万物缘起而生缘尽而灭，是谁也颠覆不了的真理。认识人生如梦、生命如幻，不因失去迷惘苦闷，不因得到而过分得意，这是一种清醒或觉醒，不为迷幻假象左右心性，就是人间自在的人。

何为“空”？“空”并非一无所有，通过因缘条件变化的因果关系，看到这些缘起万物的本质——无自性，自性本无。有自性就是“实在的、常住的、独存的”，但是，世界上根本不存在不依条件独自存在的事物。故佛家认为，诸法因缘起，缘起故无我，无我故空。《心经》上说“色即是空”，并不是说“色不存在”，而是说“色无自性”，佛家以“空”来表示无自性，即缘起生出的一切法，都是非实在的、非常住的、非独存的。理解了这一点，观察自己起心动念有多少不是颠倒梦想？理解了我们平常执持不放的“我”“我的”以及为此所生颠倒梦想，招致的无尽痛苦，实际上就是作茧自缚自找苦吃。

“缘起性空”解开了多少人生、命运的谜团。从我们生下来，经历青年、中年和老年，从懵懂走向成熟再到暮年，最终归于大地，我们有自己相对的独特性，我们是不同的树叶。在一定意义上，我们走过的路虽然真实，但在因果之中（命运就是这种因果的一种变现），我们不是独立存在的树叶，在时空里我们虽然就像是一座座不相连接的孤岛，孤独地漂泊，但孤岛在冥冥之中产生一种隐晦的联系，表面上无中生有，又有归于无，实际上这些生老病死是复杂的因缘变化。

说这些，不是说我们活着就要麻木不仁，随波逐流，不再追求美好的事物，掉入虚无的陷阱。恰恰相反，要生活得阳光灿烂些，为人善美一些、豁达一些、宽恕一些。既然万法因缘生，就要重视因缘，畏恶因，重视善因，倡导正能量，倡导积善成德，种善因方可得善果。明白缘起法的道理，对人生意义重大。对于追求的人生美好，尽力而为，做好当下工作意义重大。不必把美好当作一种负担，产生无必要的执念，更没有必要用心险恶、刚强蛮干，因为凡事都有因果，损人都不利己。

我看缘起性空的道理，也是所谓无心插柳柳成荫，是无为善法，即使利益他人这样的善事，也不可过分执着贪滞，否则也会变成痴心妄想，阻碍事情圆满。

2017年2月

# 大师的道心佛影

初到大学，傻愣而紧张军训的日子终于过去了。今天天气不错，我很想去中山大学图书馆读书。

图书馆长什么样子呢？毕竟这是我来中山大学之后第一次去图书馆。其实，以前也不曾去过别的图书馆。进入大楼，在舍友引导下到了七楼，目光所及都是书和那些正在读书的学生，突然置身这里感觉好大，也很新鲜。

偏坐一隅，向窗外望去，蓝天、大海、沙滩，水天连接处的云雾涌进视野，好美。

良辰美景，正好惬意地读书。漫步书架之间，外国文学、中国文学……最后找到一些熟悉的作家的作品，粗粗浏览书目，都没有让人想读的欲望。走停，徘徊，看到丰子恺先生的作品——我眼前一亮、一喜，仿佛有光有温暖似的。

丰子恺这位作家、漫画大师，总是让人感到亲切。我喜欢他的作品，有一股淡雅之气，一种亲切感，语言质朴却令人爱读。中学时也读过几本他的书，有《缘缘堂随笔》《丰子恺自传》《护生画集》等。从文章走近作家，喜欢他善良、清醒、平和的君子气质，喜欢他那处乱不惊、不喊叫呻吟、恶来善迎、谦恭慈悲的真君子风、大丈夫气。现当代作家中，实在没几人堪比。人们称他大师，源于他的人品文品都令人高山仰止吧。我心中一直对这种清醒的善和爱怀着敬意。他信佛，信得真、信得纯，他心明眼亮，他的文章也便善意悠悠。将思想智慧比喻为宝剑的话，那么，他的智慧之剑被深厚的佛法学养磨得智慧闪闪，其文也便光照大千，所以我说他的文和画有光亮有温暖。能拜读丰子恺先生的文章，缘自父亲的推荐。上中学时，他给我推荐了一大批作家及其文章，有印象的如沈从文、汪曾祺、老舍、丰子恺等，但印象最深的就是丰子恺了。有些作家作品影响很大，但如果做人处事过于激烈、偏颇且走极端，父亲也不建议我过分涉猎这些作家的文章。他说，文如其人，文章有作家思想性格之气，他让我读一些人品好让人敬仰的作家的典范作品。对父亲的建议，虽然我有时不以为然，但从中也感到父亲不露痕迹的爱子之心。于是，像顾城等一些作家的书我仅仅看了一些，相比较，沈从文、丰子恺的书读得就多，如今走进大学图书馆，他们自然是故人了。

翻开《缘缘堂随笔》越看心越静，虽然未午休，但此书清凉提神，看得我毫无倦意，精神振作。

读到《无常之恸》一文，我肃然起敬，文中十六字偈——“诸行无常，是生灭法，生灭灭已，集灭为乐”，让人警醒，寓意深远，非我能准确理解。浅言之，大意说世间万物生生灭灭，生死流转，一切造作属有为之法，皆不永恒，无不是苦，只有断贪瞋痴，脱离轮回过患，走出世无为之道，证涅槃乐，方为真乐。丰子恺先生大善、大胸怀，吃素戒杀，悟性高不可测，“缘缘堂系列”和《护生画集》我最爱拜读。《护生画集》我看到的是六卷本，据说这部画集耗尽先生大半光阴，是为其师弘一法师庆寿所作，当然是他的发愿之作了，善心佛影，彰显于字里画面。

他之戒杀，不仅如《护生画集》所写的爱惜物命、放生护生，更落实在个人一举一动中、一思一念上，与天地万物为善。就是在动乱年月，委屈自己也不愿伤害任何人，他说到做到，其言其文是真善的流露，感人也深。他曾在散文《我与弘一法师》中写道："我以为人的生活，可以分为三层：一是物质生活，二是精神生活，三是灵魂生活。物质生活就是衣食。精神生活就是学术文艺。灵魂生活就是宗教。'人生'就是这样的一个三层楼。懒得（或无力）走楼梯的，就住在第一层，即把物质生活弄得很好，锦衣玉食，尊荣富贵，孝子慈孙，这样就满足了。这也是一种人生观。抱这样人生观的人，在世间占大多数。其次，高兴（或有力）走楼梯的，就爬上二层楼去玩玩，或者久居在里头。这就是专心学术文艺的人。还有一种人，'人生欲'很强，脚力很大，对第二层还不满足，就再走楼梯，爬上三层楼去。这就是宗教了。他们做事很认真，满足了'物质欲'还不够，满足了'精神欲'还不够，必须满足探究人生的究竟——他们不肯做本能的奴隶，必须追究灵魂的来源，宇宙的根本，这才能满足他们的'人生欲'。这就是宗教徒。"他把自己归位于第二层，其实我看他与他的老师李叔同大师一样，都是探求人生究竟的人，即使在物质极度匮乏的年代，他都走在灵魂自在的路上。

这师生二人让人打心底喜欢。李叔同大师早年是富家公子哥儿，后成为文艺大家、中国现代话剧之父，后又遁入空门成为南山律宗祖师之一，身世离奇，人生跌宕起伏，传奇色彩很浓。而丰子恺是师唱生和，紧跟老师步伐，追求灵魂的解脱自在，在现代教育和文学史上，他们师生情谊可以说感天动地。所不同的是，丰子恺先生普通低调，与周围人似无不同，然他以出世无染的菩萨心态积极入世，和光同尘，隐于红尘俗世，实乃是更接地气，尽己所能，利益他人社会，这便是古人说的"大隐"之士吧。他明净透亮如同明镜秋水，读他的文章看他的《护生画集》，每每使我警醒，使我心里豁然亮堂，他的思想和心灵境界都非凡俗所能想象。但幸好，智者身影不远，他的作品就躺在中山大学图书馆，或国内随便哪一所大学的图书馆。这么好的下午，在这么儒雅的图书馆，有丰子恺先生散文润心，有青山白云、蓝天碧海亮眼，这是何等的惬意美妙哦。

2016年10月16日

# 遥寄韩退之

尊敬的韩愈先生：

斯人已逝，既然无力改变，那便请你不要再沉溺于痛苦的哀悼和自责中了。作为一代文豪，你有你的责任和志向，唯有前行，珍惜当下之人，当下之事，才是你最应该做的。

同样身为一个对感情执着的人，我当然理解你对十二郎那种深厚的情谊。得知他逝世的消息，你遗憾、自责、痛心，竟整日以泪洗面，你那满面的愁容与当日萧瑟的秋风一样，使人抑郁而黯然流泪，这不仅源于血缘深处亲情的羁恋，更是源于你们共同经历的那些风风雨雨所带来的相知相惜，这种情感让世人艳羡不已，可谁又知道你被这情所困扰的无力挣扎呢！

夕阳的余晖里，渐渐幻化出十二郎略显憔悴的笑容，好像在做临别前挥手状，若即若离。风过无痕，留下的只有眼角的泪和那心灵深处渐渐深化的悲痛。是要永别了吧？你想道一声再见！可真的能再见吗？终日被儒家仁义经典洗礼的我，一往无前却始终无悔的我，读你的心酸文字也感到了彷徨，那种生离死别的痛让我的心变得不稳了，罢了，我宁愿相信佛经上所说的因果轮回，哪怕你们经历的一切之一切只是虚妄，只是浮云，但我还是要通过这缥缈无踪的轮回之道，构起一道跨越海天、链接日月的彩虹桥，在心灵深处等待与你再次相遇……只是不知什么时候，以什么面目再遇，也许相遇了，也不知道有过高山流水般的深情厚谊。

你不应自欺欺人地沉浸在谎言中，要以智眼理性看待“因果轮回”，浪漫臆想的“因果轮回”是无聊荒谬的！世人需要浪漫，但生活仍应以理性为主，因为只有理性才能让我们坚定地披荆斩棘前行。

前路漫漫，你还有自己未完成的事业，国家需要你，因为你是难得的人才；你的妻儿需要你，因为你是一家之顶梁柱，你有你的责任和义务，不辜负他们的期盼，请你振作，请你抹去泪水后继续前行。

你我虽然不在同一时代，但同为中华儿女，都脚踩着这片广阔无垠、充满历史厚重感的大地，仰望着这由无数星辰组成的同样深沉的天空，都吸吮着充满生机的东方文化气息，我们天生就有一种一般时人未曾拥有过的使命感和自豪，这是千百年来英杰的誓言，是黎民百姓的渴盼，更是一种冥冥之中苍生的企盼，是炎黄血脉里的因子推动着我们向前去，除过以文字为武器，以唤醒天下生民为己任，我们别无选择。所以，请大步向前，不要担心“乘风归去”，你那坚实的脊梁自会支撑起以前无数英杰支撑过的高远天空，你会走向更远……

千年后的我们这些后辈相信你，所以请你相信自己，以自己无私无畏的道心，破痴迷、破虚妄，立大义，养浩然正气！无心无意间必然为自己立下一块历千年风雨而不倒的丰碑！历史证明了正是这样，你可知乎？

2014年秋

注：高二学习《祭十二郎文》之后按照老师要求写的习作。

# 海子的“远方”

“远方就是你一无所有的地方。”海子的“远方”是孤独的，这种孤独有着双重基础，一方面，急剧转型的社会现实让人的精神世界快速崩塌，难以融入这种更为功利性群体的“忙碌”之中。另一方面，寄托于“远方”这一人类灵魂栖息地，他的生命来到世间就是为了这种追求。诗人一直在流浪，实际上是一直在寻找寄托灵魂的故乡，他还没有找到，只能用明天来祝福那个“远方”。我觉得海子的远方是远离田园自然的自己和人类全体的自己。但这并不是说这种蕴含着孤独的对远方的追求没有多少意义，因为所有人都是孤独的，我们哪怕难以逃离物质现实的包围，也会渴望远方，这不是聊以自慰，而是一种对于永恒信仰的信念，我们都正走在或是将走上这条被常人赋予悲剧色彩的路。

诗人为何如此热切地心寄远方？这可以在80年代的特殊社会背景（包括社会转型的大时代面貌和诗歌创作风向）和诗人自身的经历里找到一些解答。诗人一直到十五岁入北大之前都是处于一个较为封闭和原始的乡村生活环境里，那里有麦地和纯真的幸福生活的喜悦，就是他后来最为怀念和向往的世界，但少年的他，依旧有着与其他乡村孩子不同的孤独感。80年代社会发生大转型，诗人步入现代都市社会，开始从一个“理想浪漫”的田园社会转变为以物质追求为主的世俗社会，下海经商成为时尚的追求。而诗歌界也随之转变，朦胧诗后又出现第三代诗歌创作潮流，前者是更为理想化的英雄追求，后者则是真正到了裸露的世俗化，有人说海子是前者的结束、后者的开启，但在我看来，海子不是一种纽带，而是更为独立的存在。

海子固然受到朦胧诗派那种具有对抗性理想化追求的影响，也在一定程度上和第三代诗歌有着很多共同点，但其实海子对这个世界的认识和他对“远方”的追求，是与这两者大不相同的，他们只是就诗歌形式来看待海子诗歌，其实海子所表达的内容，绝不是一般朦胧诗人所想的。海子对远方的追求，是一种充满孤独和希冀的流落红尘，浪子式的孤独追求，对乡村慢生活的回忆和现实世界交织在一起，他感到那富有原始气息的浪漫不可得。他并不喜欢朦胧诗派那种对隐喻、变形、象征的大量应用，海子是否想从语言本身上就接近“原型”？但朦胧诗的语言和真实、自然、原始始终有着雾霭一般的阻挡。至于在这种西方现代主义和后现代主义共同的影响下的第三代，选择的是反现代、反崇高、反理想的更关注日常世俗生活的真实，甚至是变得世俗化了，这也就造成了对更深的精神世界的远离。而海子，对意象的应用和他的诗歌创作，则始终构建于真实的现实之上，他的“远方”在现实里不可实现，又实实在在与这裸露的现实发生着各种交流。海子想到灵魂的故乡去，想与本来的心对话，就像诗人的“太阳”，和凡·高对太阳的喜爱一样，都源于现实，却在无奈和孤独之中饱含希冀，他希冀的那个“远方”或者“太阳”，只有跳出三界外，不在红尘俗染中才会有消息。虽然他活着的时候并没有想到，只有放下红尘染着，那个“远方”的太阳才会光芒四射扫除一切忧虑。

“远方的幸福是多么痛苦”，可诗人却依旧在祝福所有的“你”，希望他们，也就是我们，在“明天”找到前程、爱情和幸福。他内心的孤独难以言表，就像坐在悬崖边上一样，忐忑、怅惘面临大海，他在如此莫名的悲剧笼罩下，依旧是关心着“你”。

诗人是喜欢黑夜的，黑夜里的孤独是真实的又是浪漫的，但他又渴望太阳和王位，我觉得这就像在黑夜里凝望星空的光明，二者是一体的。不同的是，相对这更为逼人的现实，更为炽烈和温暖的太阳才能让人产生归家的感觉。

海子的理想既然是“远方”、是太阳，说明他的人生就是为追求一种永恒的信仰而来的，衣食无忧、娇妻豪宅、名利两旺不是他的理想。所以，他的心是孤独忧伤的，但海子毕竟是热血沸腾的青年，他还没有理清他追求的“远方”与现实生活的关系，没有找到解决这些矛盾痛苦的办法，更没有找到去“远方”的路，苦闷至极，便结束了生命。

2017年4月

# 心有莲花自生香

把帝王之花还给帝王，把花中皇后还给皇后，我只把最真实、最朴实、最能与我的美或爱情相呼吸的留给我自己，我自己就是一座江山，我自己就是一个具足的宇宙。

——题记

“高山仰止，景行行止；虽不能至，然心向往之。”面对复杂的快速变化着的现代社会，人们不可避免地被许多外在的诱惑左右，去追求更多的物质享受，然而精神世界亦须宽广。有抵抗诱惑的定力，心不被物役，我们才能堂堂正正地在世间行走，不堕落、不颓丧。

生既为人，有国有家；生既为人，有志有魂；生既为人，有识有责，生既为人就要有“修身，齐家，治国，平天下”的志向。身为社会的一分子，我们应有自己的良知、自己的责任，应懂得生既为人，有权利就有义务。不苟私情，不晓私利，在如今而言，未免显得迂腐和不够人性化，因为人是情感动物。然而，我们又必须将自己的情和这个社会、这个国家联系起来，只有这样我们才能做到“心有莲花自生香”，做到理性与感性俱存，做一个完完整整有内在精神的人。

“我不能死，我若死，天地将为之变色，历史将为之改辙。”这是梁漱溟在“文革”期间的豪言壮语。面对无数的猜疑与迫害，他坚持真理，心怀国家，敢于站出来为那些受了冤屈的人打抱不平，敢于指出“批林批孔”的荒谬性，他之所以这样说这样做，是因为他是一个心怀家国、有坚守有信仰、知行合一的仁者。

仁者不忧。因为是仁者，所以无所畏惧，所以慷慨激昂。也正因为是仁者，明白家国之责任，明白国家兴亡匹夫有责，才可以凭着自己高尚的灵魂和伟大的理想站在众生之巅。

有人说：“但令心似莲花洁，何必身将槁木齐。”我认为这是一种退步，一种犹豫，如尘里振衣，泥里濯足一般，对于一般人来说实不可取。

向远而生，向暖而栖，我们有自己的理想，有自己的抱负，我们能力有限，但潜力尚多。行走的意义，不只是走过与完成，其价值在于挑战一切局限，在于修炼身心。纵使面对再多的艰难险阻，我们也不曾迷惘，不曾退却。佛语云“摩诃般若波罗蜜”，我们应像佛陀那样以大智慧之心无惧无畏到达理想的彼岸；不忘初心，方得始终，我愿以一颗清丽澄明之心行走世间，所过之处，留下清香。

就像海子所说的：“我要和烈士和小丑走在同一条路上，万人都要将此火熄灭，我独自将此火高高举起。”这让我想起泥塘里盛开的莲花。莲花出自污泥，莲花与腐朽污秽的泥塘无法分离，但莲自清香，泥自污秽。生在红尘浊世，我们无法逃离污泥江湖，只要心如莲花，自然步步生香。只要心如莲花，亭亭净直做人，不亵渎内在莲心，我们意念所至，责任必在、纯情必在、美好必在！

2015年

# 素心之洁

不忘初心，方得始终。

——题记

内在精神是我们活得更扎实，活得更高贵的力量所在。在满足了基本的生活必需的物欲之后，精神生活便显得弥足珍贵。大多数人都走向了两种极端，不是陷入追求物欲泥沼不可自拔，就是精神孤立到身心俱疲。

“但令心似莲花洁，何必身将槁木齐”，做到这种中庸之境的人都是有才情和大智慧的，也是很有炼心功夫的人，他们身处横流的物欲之中，却不为其所扰，仍旧常存素心，这种人无疑明白了人生的奥秘所在。远到中国古代的老子庄子孟子，古希腊的苏格拉底等哲学大师，近到王国维、梁漱溟这样的国学大师，作为常人的我们，能有幸一窥这些大师们的精神碎片，实在是一种缘分，应当珍惜。

孟子曾说：“天降大任于斯人也，必先苦其心志，劳其筋骨，饿其体肤，空乏其身……”我们这一代没有受过什么苦难，但通过路遥的长篇著作《平凡的世界》，我们可以真实感受到作为人杰所经历的苦难辛酸，以及他们身上那些可爱的伟大之处。就拿路遥来说，经历了情感失败所带来的困苦和现实生活的压迫，他的文学责任感不消反增，并将其上升到了一种中华儿女冥冥之中注定前进的使命感之中，抛弃荣誉和鲜花，乃至家庭的幸福，只为能够把燃烧于心的火焰写出来，写出能经得起历史考验、能打动人的东西，以此来告慰自己的生命和人生。这无疑是一位作家所能达到的最高高度。这种高度的意义，不在于让我们抬头仰望去敬畏他们，也不在于让我们的心灵稍感触动后便回归和从前一样的麻木，人杰和他们那些著作的最大意义，在于为我们冲破迷雾指明方向，让我们明白真正的执着和追求，并鼓励我们前行。

伊壁鸠鲁曾经将物欲分为三个层次，自然而必要，自然而不必要和既不自然也不必要。正常的口腹之欲、温饱，是我们进行一切平凡和伟大事业的前提，而适当的享受也可给予我们许多快乐与幸福，但若是沉迷于那些无中生有的消极的欲望和享受之中，一个人就会丧失自我，毫无理性可言，从而失去活着的意义，只是纯粹地活着。

“是故无冥冥之志者，无昭昭之明”，在那种心灵深处的躁动之中，路遥回到了熟悉的荒凉的陕北高原，去完成他未竟的事业，舍弃了太多太多，最后放下了一切，在生活物质极度缺乏和身体疲惫不堪的情况下，他夜以继日地进行高难度创作，不负众望，写出了继《人生》后的又一部巨著《平凡的世界》。这部作品感动了整个时代的人，也感动了他自己。想要创作出这种真正的文学作品，无疑都是艰难的。是的，伟大来源于最平凡的劳动，成功也源自当日偏居一隅的埋头奋斗。就像路遥所说：“只有初恋的热情和宗教般的信仰，才能完成某项事业。”当下的我们，不缺少使人心动的奋斗目标和美好理想，不缺乏享受的物质，缺的正是这种最平凡的劳动和敢于在苦难里奋斗的毅力和勇气，缺的正是这种初恋般的热情和宗教式的信仰，去支撑我们热爱的事业。

冷静想想，我们之所以缺少这种“奋斗”精神，还是因为自己怀有过多的功利心，害怕注定的苦难和失败后的绝望，害怕付出化为虚无，害怕一无所有，害怕……可是大家何曾想过，命运女神原本就是喜怒无常，她脸上始终是无可捉摸的笑，她最喜欢的也就是突然改变命运的船桨，在广施恩惠后收走你的一切。

面对命运女神的不可捉摸的作弄，即使我们始终保持平凡的姿态，甚至谨小慎微地过活，却也抵不过那未知的危险。所以，只有拼搏，只有以莫大的勇气投入到事业中去，我们才可能成功摘冠，可能所有的努力换来的知识都敌不过命运的嘲弄，但我们仍要追求，仍要在不停的奋斗中保持素心之洁完成最后的升华，纵如流星转瞬即逝，也是绚烂璀璨！

既然人情反复，世路崎岖，我们仍要去飞翔，去搏击那高远的苍穹，去探索未知的神秘。就像泰戈尔的诗："我的心灵是旷野的鸟，已经在你的眼睛里找到了天空。"

或许我们渴望的那辽远的天空，如"少年妄想今除尽，但爱清樽浸晚霞"一般清凉平淡，但一切都是美好的，如果终于能够走过来！

2015年

# 山头斜照却相迎

“人生天地间，忽如远行客。”人来到世间，都是暂时旅行的客人。茫茫人海中，我们就如远行的浪子，注定要经历旅夜的孤寂、风雨吹打和世事变迁带来的磨砺，路上的风景也未必都是绿树红花、烟霞绚烂、大漠孤烟，疾风骤雨的拍打、杨柳关隘的萧索、古道西风瘦马、断肠人在天涯的凄凉孤寂都会有。而只有待走完这一切的一切，经历过许多，我们才能在这条本就荒芜的路上走出繁华的风景来。

在这条路上，有着太多挺拔的始终前行的皎皎身影，也有身骨单薄却不曾倒下的孤独客，还有年过古稀却壮志犹存的思想者、逍遥游走世间的圣哲。他们留下了足迹，也留给了世人迷途觉醒的宝贵智慧。

曾经读到一个民国时期的和尚，一个“青箬笠、绿蓑衣”，穿着草鞋，拄着木杖行走在山崖古道边，向世人洒播佛理善念的智者，他就是弘一法师——李叔同。他早年过着吟风弄月、把酒欢颜的公子哥生活，却在若干年后选择了隐于山野，剃度出家的生活，令世人费解，就连友人夏丏尊多次相劝也是无果而终。

其实，也没什么值得疑虑的。他所追求的不过是自由、平净、纤尘无染的自在罢了。看似孤寂、贫苦，却能在善行善言中和吃斋念佛里收获解脱后重获真我的愉悦和满足。

这是他的路，一条注定平凡却又不平常的路。在舍得之间，他执经叩问，叩响了本有自在的心门。我们也有自己的路，或许很长，望不到边际，却又很短，难以触碰。

我们的路上，承载着不凡的壮志、高远的理想和对美好人生的向往，却又被太多琐碎拖累，红尘浊浪里，担忧、不舍、害怕、痛苦，种种烦恼缠得我们无法抽身迈步，彷徨苦闷而不知道圆满人生路在何方。

说到底，脚下的路只有我们自己能把控。倘若我们选择了奋不顾身，纵使风雨如磐又能奈何。

就像苏子所说：“料峭春风吹酒醒，微冷，山头斜照却相迎。”

走在路上要明白世人都是过客，要知道找归路，要相信太阳照常升起。

2015年

# 我心中的那一轮太阳

夏天，烈日当空，炙烤着大地，吹来的风也是燥热的。土地干裂，热得发烫，更别说人了。烈日下行走一会儿便满头大汗，燥热难耐，恨不得冲上天去把太阳给踢飞了。

好不容易遇到了好天气，想出门玩去，但看到青天中那一轮红红的太阳，便只得窝在家里。

有好几次清晨，我并无睡意，早早起来，去窗边看那“惹人”的太阳。有一次在黎明，我望着月亮渐渐隐去，东边天际露出微微发亮的鱼肚白，开始隐隐约约，逐渐地亮了起来，起了红晕，此时的空气清新凉爽，不久一片金黄普射过来，看杨柳似笑纳般将那一轮红光捧在头顶。

也许是睡足休息好了，起得又早身心清静的缘故吧，看朝阳初升，并不觉得燥热，空气清新中有一种湿润感。也许昨夜下过一场小雨，看院子里的花草、街边柳枝都有一种欢喜清凉，万物都显得精神饱满，心里滋生出一股薄荷味一般的温和清凉来，那股清凉从骨子里某个神经直深入大脑，一切沉闷、烦扰消失殆尽。

我不禁惊叹，这轮太阳多么伟大，没有人责备他，却满是喜欢，他将希望的种子撒遍天空，大地的每一个角落，甚至人的心里。他忘记了众生的厌恶之语，一如既往守在那儿，恒放光芒，在众生感受中，这轮太阳有日出、日中、日落，有暖和、燥热、湿热……无论如何感受，如何评头论足，太阳只是喜笑颜开，其光芒在早晨的草尖上露珠里纯洁地闪耀，在少年清纯的明眸里散发着爱和希望的生命之光。

我有点自私，把这一轮阳光据为己有，悄悄地放大胆子把这轮光芒放在眼里心里，放在每一个细胞里，直到思想的源头。

曾经有那么一段日子，每天，我总因某件事情担心，烦扰许久，忘记或是没有精神去干其他事情，闷着脑子，任杂乱的思绪随意乱奔！现在我要改变了，像那轮太阳。气过、哭过，仍然要活出精彩，我心中既然有这轮太阳，就想满怀希望做事，鼓励自己，感染他人，直到有一天，自己变成这轮太阳。

2013年4月

# 银川之行

坐在去银川的火车上，无味地默默地看着时间像窗外的景物点点流逝。窗外的一草一木，都如过眼烟云刹那而来，刹那而去，列车走走停停，慢得厉害。从平凉到银川，并不远，却坐了一天，整个人昏昏沉沉，而眼边的世界正如灰色所寄予的无味，只是到下车前的几分钟，我心里激奋起来，终于告别了睡了又睡的火车。

这是首次坐火车，这也是我首次跨省出游，从甘肃来宁夏的目的也并不全是游玩，主要是陪妈妈来这边看病。在家终日不出门，出来开阔一下视野也好。本来在本省也可看病。但所在地方的医院并不是很好，恰巧表姐在这边，办事方便，便来了。

下了火车去表姐家的路上，妈妈一再嘱咐我要向亲戚问好（在家自己极不活跃，甚至不会主动向亲朋问好）。

一路而来，我感觉银川除了有大片的枸杞地外，便与其他城市大同小异，依旧是灰色建筑、彩色广告，人群和车流如江河，以及混杂着空气的“尘（城）气”和其他物质。

进了门，客套了一阵子，便自个儿一人上网。这里的夜很静，也凉爽。

## 沙　湖

在我记忆中，人文风景在每个地方都有相同之处，或古或新，大同小异。

银川有旧城和新城两个区，而我至今仍未搞清我所在之处属哪个区。一切准备好后，我们于七点多向沙湖而去。路上高大的火炬似的树，成片的绿地，天上的飞鸟一次次地划过，转眼在新奇之中一小时多的车程结束了，眼前的景物让人欣喜若狂。

售票站外，是一些标志和无数的大石块，上面刻着各朝各代文人骚客的诗句。进去，左拍右拍，只怪相机不好。之后坐上船前往沙湖，在仿古船上打量周围的一切：天，那么蓝；湖，碧如玉液；芦苇，一人多高，结成小队随风而舞，飒飒吟唱。鸟（在故乡见不到）有黑的、白的、蓝的……大的、小的……在绵绵无际的蓝天上翩翩飞翔、在芦苇荡上停卧……还有一种吃食，大鱼头，达到二三十斤，只是未能品尝。风景这般独特，使人看后久久不能忘怀。

一路之景，使人赏心悦目，不断刷新记忆，全身心的放松。到了岸，似乎还感觉不到热，只有绵绵的细沙在脚上匍匐，一眼望去，这些沙丘正如小沙漠。再往右边是博物馆，各种飞禽的标本使人惊叹，多达百种，这对热爱或者说一心向往大自然的我，正合心意，让人眼花却不缭乱，只因同伴之需才不舍而去。出来便可望见沙堆，脱掉鞋，跑上最近的制高点，一眼望到天边，犹如身处浩瀚沙海，一片茫然而又思绪纷飞，纵穿古今历史之河，文人墨客的形象与妙笔不断涌现，写诗的冲动燃起，但自己不过是一普通人，怎奈这沙漠的怆美呢？附近还有各种玩意，沙丘、快艇、飞气球、骑骆驼、骑马……游客也多，一拨接一拨，人山人海，满耳嘈嘈声，这倒不像沙漠本样。骆驼慢慢悠悠的，在驯养员的无情“调教”下，干瘪了驼峰的骆驼，两眼仿佛哭诉着什么，传达着什么，内心的情感也似乎随着眼泪流了出来，呆呆地任凭游客赏玩，奔走着、消瘦着。

我不忍心再看它了，更不忍心骑在他那瘦弱的背上，玩起了溜沙。从沙脊上溜下去，又跑上来，渐渐地，随着日头攀升到晌午，脚下的沙子也像水一样沸腾了，不一会儿便烫脚了。烫得厉害，像在高温的烙铁上，以致自己不得不蹦跳着离开。

大家照了相，吃了东西，在一处木棚下纳凉。这会儿可感受到了热，也体会到了沙湖的特点：湖中有沙，沙外有水，炙热在炎炎夏日与游客比赛。再往西走，还有毛泽东像陈列馆、一个动物标本馆，为这沙海添了不少文化色彩。

表姐说我太安静了，我是安静？那是自己稳重！问了几家把玩的游乐处，收费偏贵，我们觉得不合算，最后思量了许久，决定去鸟岛。去鸟岛，坐的是一辆小船，仿古式的，带着桨，却是电动的；路上，只见鸟儿一阵在天上飞，一阵又钻进芦苇丛，一阵又滑过水面，躲躲藏藏，让人去寻找它，鸟虽多，却只见了十来种。鸟岛不大，甚至不算岛，能走动的地方只有一点，还有三四个亭子，东西两面还有两台望远镜，但不实用。工作人员说有二三百种鸟，实际只见到刚才那几种。观鸟，我原以为是可以近距离细究的，谁知只是站得高些向远看，而且在船家的时间限制下，刚来却又离开了，让人郁闷！

坐船出湖来，快到门口了，又遇到一个荷花塘，红肥绿瘦，挺可爱。看来，沙湖并非当初想象的与他处景点可能雷同，来了看了，才知沙湖是独一无二的。返回银川的路上，司机认错了路，费了三个多小时，重复走了共一千多里路，到市中心已是下午四点多，吃了饭，洗漱后，便疲惫地睡了。

## 城　中

第二天，我早早起来，洗脸开窗，很是凉爽，空气好像被浸湿过。那时，许多人还未出门，周围也挺安静，没有了中午时旁边工地的嘈杂声。享受片刻宁静时光后，我便陪妈妈去了医院。医院离表姐家大概只有五六分钟的路程，挺大的，妇科和眼科看得最好，慕名而来的病人很多。到里面去，排队挂号甚是拥挤，有足足几百人。挂了号，来到三楼，眼科大门还未开，门外却早已挤满了人，熙熙攘攘，我感到越来越热，心情也变得烦躁，只恨自己为何昨晚不来排队！

眼科大门开放后，发现自己竟是5号，便早早地进去，检查视力后去看了医生。回廊里满是药味和汗液味儿，不一会儿，热得出汗，小孩的啼哭声让人心疼又烦躁。妈妈的眼睛受着细长针头的无情穿刺，我不忍再看下去。一切完毕后，我们便很快回去了。

晚上，表姐去店里住，我和妈妈在家无事，便外出在附近逛逛。夜市上，卖衣服的、首饰的、吃货的……无数的家庭、情侣组成的人群，像流水般在夜市移动。这又让我对银川有了另一种感觉，不仅城大人多，而且繁荣。

余后的一两天，因外头闷热，我们并不敢出门，这里常年不下雨，最近两次也是人工降雨。生平第一次出门，在外一周的游玩，对银川、沙湖等等，有一种说不出的喜悦。回家的车上，再一次仔细看窗外的银川，城池和郊野，黄沙齐聚，农庄稀少，无尽荒野上丛丛野草，可以说我是欣赏了宁夏美丽迷人之后，凭借列车窗口又了解了其干旱、荒寂的贫瘠。

原载《学习者》杂志2012年第1期

# 深圳二日

## 10月4日

从广州南站坐和谐号列车一小时就到达深圳了。

深圳的繁华令我惊叹。据说这个时势造就的现代化大都市，是从三十多年前一个渔村发展起来的，天翻地覆的变化难以想象。从火车站一出来，满是高楼大厦，笔直耸立，强烈地反射着太阳光，令人目眩。有些地方要看蓝天只有顺着林立的高楼仰观，人在地上如蚂蚁行深谷，这是不是另一个三峡？街道上车水马龙，但显得并不紧张，隔离带草树青葱，成排成丛。这里给人的就是新和鲜，各色建筑仿佛落成不久，空气也令人舒畅一些，没有广州给人的那种沉闷和汽车尾气味儿。

这次是利用国庆放假跟奶奶出来旅游的，由三叔当向导，不用我们自己过多操心。我跟上奶奶也算是沾了大光，吃得好住得好，人也比平时更有了精神，所以心情也很放松，满是喜悦。

为了让奶奶饱览深圳风光，午饭安排在国贸大厦49层旋转餐厅。正像人们所说的，我们一边吃饭一边看风景，俯视下去，深圳大貌一览无余。深圳很大，感觉是在诸山环抱中。餐厅不断旋转，眼前风光不断移动变换。大多数地方都是直指苍天的高楼丛林，唯剩一角小山上绿色葱葱。深圳也依靠大海而生，离香港、澳门很近，靠了政策和独特地理位置优势，也靠了全国各地梦想家的智慧血汗，终于发展成如此诱人的现代化城市。边吃饭边听人说，这边和广东省其他城市一样，一天三茶，一些老人甚至可以从早吃到晚，甚是悠闲，这一点好像与南方大城市快节奏不同。以我的观察，虽然城市楼高人多，颇显拥挤，但人们的生活并不紧张，给我无规则而饮、无时序而游的错觉，说明这个城市有不少暴发户很会享受，也说明这里吸引了不少外地人把钱拿到这里来消费了。

午休后，去游世界之窗。

世界之窗是深圳人异想天开的人造风景，世界各地的文化古迹、艺术殿堂齐聚这里。买了票进去，先看到罗马大剧院模式的场子里有走秀表演，从中间的演出场子向外三百六十度展开，有通往各国文化艺术建筑的“大门”，就是展示不同国家建筑艺术色彩的窗口。

一路走到看到的多是西方的典雅建筑，欧洲罗马、法国，亚洲印度、泰国等标志性历史建筑，多元文化各有特色，令人耳目常新。我不断好奇地触摸异域人物和建筑，不停地拍照，欢喜地走来走去，埃菲尔铁塔、凯旋门、金字塔、狮身人面像、泰国金佛塔、希腊的帕提农神殿……五花八门的建筑让人在喜悦中长了不少见识。有些雕塑很独特，大奶头的妇女、夸张的非洲人，艺术手法的夸张与设想之大胆，除了频频令人发笑，还有精神上的抚慰。世界之窗也有许多在北方难以见到的植物，大榕树、大椰树、粗壮的铁树等等，很吸引人。

世界之窗地方很大，只游了三分之一左右，因时间仓促，便遗憾地离开了。没有地域局限，放眼世界，这是深圳人的眼界。这些把世界各地风景名胜浓缩成的袖珍，本来是假风景，谁都知道，可谁都愿来，深圳人因而财源滚滚。

晚上，我还兴致很高地翻看手机上白天拍摄的照片，努力将它们深深保存到脑海中去。晚饭后，去了一趟姑爷家，拜望姑爷姑奶，便早些睡去，因为每天游程都满满的。

## 10月5日

国庆节广州一带天气晴朗炎热，但也有阵雨，雨后大地上散发、升腾出阵阵湿热之气，今天的深圳就是这样的天气。目的地是大峡谷，听说在郊外某个县，我想可能是深山深谷。

到了那地方，看后才知，山里不假，但哪里有什么峡谷啊，原来这“大侠谷”，并非“峡”谷，也与“侠”无关。山坡上造了假瀑布。

拿了一份游览地图，向山上走去，人性化上山电梯，让人颇觉温暖。

我与同行的堂哥看见了“过山车”的字样，经不住诱惑，大部队坐空中缆车上山去游，我俩便去玩过山车了。

人很多，万人的队子从山下往上排到售票口。等了三个小时左右前面还有一半人，没信心等了，便想折回去上山顶，可是离开奶奶他们时门票没有拿，没有门票坐不了缆车，又没有其他通道可上山顶去，只得在山下溜达。又去了水族馆，里面满是晶莹透亮的大小水母，还有4D电影区，等了一阵迟迟不见开放，只好又去游别处。

今天真是郁闷，所愿落空，无可奈何。我与堂哥又去看了名叫火烈谷的地方，看到了许多不常见的珍稀动物，小熊猫、火烈鸟、大嘴金刚鹦鹉、蛇、蝎、蜥、龟……这里不错，给了郁闷心情一点安慰，再往下走，坐了一次半弧形旋转飞车，坐上去转起来后，头晕目眩，不敢四处张望，吓得惊叫连连。

奶奶他们在山顶不见下来，我与堂哥在山下就这样没有目标地乱游，再坐浮动号车、看3D电影，越玩越觉得没趣和无聊。“大峡谷”?谁起了这么有诱惑力的名字，本地人来这里就是休闲放松的，对我们外地难得出门一游的人来说，太过忽悠了！

大家山下汇合后问及山上的风景，他们说除过几个亭台能望山眺海，实在也没啥趣味。

两日的深圳之旅已经成为历史，这里的人，给我的印象不深，但快速发展和超前的现代独特视角的城市，展现出的创新意识却在我的记忆中留下了一段永不褪色的画卷。

人生几何？有此二日深圳之旅也甚是满足了，毕竟我只是大西北的小孩儿。

2011年

幼时与姐姐

姐　弟

2011年10月5日父子摄于桂山岛

2011年一家人在北山公园

2011年与父亲在广州

2011年10月　哥俩

2014年3月与姐姐和妈妈在天山

2016年与母亲在中山大学校园

2016年8月25日与母亲在广州

2016年8月与父母在岭南印象园

2013年初中毕业季

高中与老师同学在教室

平凉一中文科实验班高三瞬间

2016寒假同学故乡小聚

2017年五一节与平凉一中同班同学、中山大学校友韶关行

# 自然的生命

北方的四月初，安多草原还是很冷。天时阴时晴，像一个充满喜怒哀乐的孩子。有时，会突然下起雨，淅淅沥沥滋润苍茫草原，而此时听说云南等省区还持续着干旱。

我行于路边，因雨，路人皆弓腰缩脖，奔向自家。雨水弥漫着整个天际，到处一片灰蒙蒙的样子。树木路面被雨水浸湿，那柳芽儿更加青翠，空气清新，冷风游荡在大地上。不过，雨过天晴以后，风渐变暖，唤起了土地上萌动的生命。

我被大自然绚丽的生命所征服，被绿色所吸引。看到一片花丛，我感受到大自然充满朝气蓬勃的生机，一只蜂鸟竖起长长的嘴吸吮着花粉，羽毛把它那娇小的身子衬托得更美，尾羽翘立着，比它的身体大得多。一位穿彩色格子裙的女子探身牦牛身下，好像正在挤奶，仿佛婴儿在吸着母亲的奶液，美好的形象跃然美丽自然画卷中，让人感觉大千世界美好。蜂鸟娇小可爱的身姿，在花的海洋中安详的牛羊，挤牛奶的藏族女子，是草地上的绝妙好诗。

清晨草原上的天际有时会显出一种时灰时黄的奇特景象，冷空气吹拂着牧草。朝拜者怀着虔诚的信仰，五体投地跪拜着，身影渐渐消失。中午，温和的太阳安然地悬于天空，整个天宇一片纯粹静谧的蔚蓝色，好广阔的迷人的“大海”！不久，棉花糖似的白云便从天际升起。雄鹰展翅飞翔，叫声高远而又很有灵力。雄鹰常常独自飞翔，飞过皑皑终年不化的雪山，飞过一处处草山草甸，飞过一处又一处牛羊成群的草场。鹰眼敏锐尖利，背负青天俯视整个草原搜寻着它的猎物。马儿撒起欢，奔驰在辽阔、充满自由的草原上。一会儿，又静悄悄地埋头啃嚼青青春草。夜晚要说最静谧的还是草原，月儿镶嵌在群星璀璨的星空中，如一条江河，但闪闪发光，外在啥声音也没有，在那种静谧中，内在的生命之声会汹涌起来，我看到的藏族汉子眸子纯净而且充满生命的喜悦，是不是倾听内在声音的结果呢？

渐进六月，如果你去安多草原时，从桑科草原到多瓦尔草原，抑或甘加草原，丰富多彩肯定是一大特色。丛林中，树木矮矮，但很有生机。牧草高了，花儿争奇斗艳，竞相开放，观悠悠苍穹，漫步青青绿草地，听溪水带着欢笑，观其如同哈达随意在草原飘展，水清澈见底，如镜子把大地蓝天映照于其中，你会有何感想呢。成年牛羊像人一样养育着自己的后代，当那一幕幕血腥的杀戮画面呈现在大自然的平台上，谁都会去怜悯那幼小被食的动物，更多的是对那食肉动物的畏惧，草原上也挥洒着一些人与自然的仇恨。但这是自然的法则，谁也无法改变。

大自然有美丽、神奇、神秘性的一面，每一个生命，都尽情生存在这里的世界，他们的感情色彩渲染着大自然的美丽，草原因而成为一幕幕伟大、令人无比赞叹的生命画卷。

所有生灵都富于感情色彩，他们的心都有源于自然的本性。我们应该多珍惜保护草原的生命，保护植物、动物、山川河流，让这些美好、活泼具有创造力的生命与我们人类共同相存下去。让自然之画在人类的描绘中，变得更加美丽。草原是我们生命的另一个故乡，那里有我们生命的自然之美，生活在内地的人应该去草原沐浴一下自己。

原载陕西《新初中生》杂志2012年第6期

# 太统山庄游记

我期待中的美丽风景到底是什么样子呢？我真想赶快去太统山庄看个究竟。见家人拿这拿那，我就说："又不是去外地，拿那么多的东西干啥?"

街道上凉风习习，我和亲人坐着一辆十分破烂的拉家具的三轮车终于出发了。到了三天门，车子向南拐进了去太统避暑山庄的路，经过水泥厂门前那段破烂不堪的水泥路时，车子颠簸得厉害。父亲感叹道，水泥厂倒闭了才一年，路就烂成这样子。路不好，这辆三轮车也娇气，动不动就"滋啦"一声，让人心烦，跑一会儿，司机就要停下来让它休息一下。三十里长的路，走走停停地用了两个小时。一路上，车停下时，大家就站在路边看风景，早春的鸭儿沟，乍暖还寒，但是，刚冒出地皮的苜蓿芽、荠菜十分嫩绿，山洼洼里东一株、西一株的桃树和杏树未长出叶子，就开满了密密的花，白的杏花、红的桃花，香气宜人，万物尽芳菲，令人心旷神怡。

到太统山油库，顺山沟沟向南走，路旁的小水沟里已经没有水，只有散乱的碎石块。过了二百米，向西慢上山坡，我们揪了些苜蓿菜继续走，转过几个弯，才有了流水、山泉，水甘甜而冰凉，树也开始大起来高起来，此时太统山庄已经到了。路边走来一位赶着毛驴的老大爷，他看上去面孔慈祥而温和，我们过去问："大爷，这门票多少钱?"老大爷微笑着说："20元。"他那灿烂的笑容使我快乐。"哎，太贵了，肯定进不去。"我很失望。

我们把车停在大门外的停车场，家人本来都不想进去，但最后一听小孩不要钱，我心中又高兴起来。我们走进去，那苍翠茂盛的松树、雪白的梅花、别致的水车、秋千，令我惊奇。水从水车下流过，风从山谷深处吹来，从我们身旁轻轻地拂过，让人感觉到了大自然的清新气息。再往西走几十步，就是游乐区，有滑梯、转椅、秋千等各种各样的器材，都在松树林子里。一时间，我不知该玩哪个，玩够了，继续往西。山里游人很少，我们快到山庄宾馆时，有野鸡和一种我们叫不出名的鸟儿，"哇"的一声惊叫，我很惊奇，以前只是在电视上见过，真的一见，我觉得它不像鸡，毛五颜六色，长着长长的尾羽，更像一只只小孔雀。看见游人，它们惊诧不已，是怕游人打扰生活的宁静，还是倾诉笼中的惆怅寂寞呢？再往里走。出现了欧式别墅区，房子都是二层小洋楼，有小院、花园，设计得十分漂亮、别致，那红色屋顶、灰色窗子、旋转楼梯，真是有钱人休养的地方。

再往山谷深处走了一段路，一片树林里隐约出现竹屋，走进去，真切地看到了几间绿竹子做的房间，仿木小桥，碎石小径，无不美妙。我想，现在的人真能干，什么奇思妙想都能想得出来，我们在这假山寨里照了几张相就走了。一看见游乐区大家又过去玩了，我坐上转椅旋转了起来，身边的风声都能听见，一停下来头晕目眩，连东南西北都分不清了。我和妈妈坐在秋千上，越荡越高，我一使劲差点翻了，妈妈急得直喊我，好开心好刺激啊！

走出山庄，外面湖上有个竹筏，我走上竹筏有点害怕，但又很想试试，父母急得直喊，万一掉到水里怎么办？我的脚碰到了水面，并没有往下沉，竹筏不停摆动的那种感觉非常美妙。

饱览了山水，回家就十分快乐了。开着高级轿车的一群人，在山庄门前徘徊，觉得门票很贵，看我们坐如此不堪的车来旅游，他们无法理解，他们是否觉得坐如此破车的人也能来游山玩水？他们大概从来没见过我们这样的游客，我们走了好远，他们还看！我们尽情玩了、乐了，带着快乐回家，并不在乎自己的交通工具差。

原载《崆峒教育》杂志2009年第6期

# 简单的爱

## ——小学日记三十四篇

### 目光　2009年3月30日　周一

今天下午，天气格外凉爽，时不时吹来有点令人得瑟的风。但我很开心，因为作业快写完了。

我一进家门，看到桌子上摆着中午的剩菜和冒着热气、酥软的油饼，虽然菜凉了，但还是把我这个小馋猫诱惑住了，迅速放下书包吃了起来。妈妈过来瞅了我一眼，我知道妈妈的意思：那是明早吃的，现在的饭正在做，连作业还没写，吃什么。看到妈妈走进了厨房，我就放下筷子认真写起了作业。

虽是小事，我却体会到了目光的威力。

有时候，目光比说出来的话更令人生畏。

### 信任　2009年3月31日　周二

昨天冷，夜间小雨，今天大晴。太阳烤炙着大地，但空气十分清新。

我和姐姐给妈妈送饭后正走在回家的路上。路上人来人往，路边绿树成荫，太阳的光芒刺眼。路不算太远，却走得人汗流浃背。很想吃雪糕，我知道姐姐身上有钱，便灵机一动，让她请客。姐姐穿了一件黑衣服，比我更热，她说：“如果今天我请你吃，明天你请我？”我毫不犹豫地答应了。姐姐非常疑惑，她在担心万一明天我不请她吃雪糕呢？

但抬头看那太阳热烘烘的，她就冲向商店买雪糕了。

## 《修鞋姑娘》续写　2009年4月2日　周四

天色非常暗，空气很潮湿，大街上刮着刺骨的寒风，冻得我浑身发抖。此时，我唯一的想法就是走快些，已经忘了我出来的目的——寻找那位来自异乡朴实真诚的修鞋姑娘。我加快了脚步，刚转过街道拐弯处，便看到那个瘦弱熟悉的身影，正是我一直在盲目寻找的修鞋姑娘。

看到她我很激动，“自从你那天走后，我一直在寻找你，为了不留下遗憾，那天欠了你三角钱，今天终于可以还给你了。”我对她说，“谢谢你那天没有怀疑我，没让我当众出丑，你真诚、善解人意。”

她微笑着说：“三角钱值得吗?我一个穷丫头懂什么呢，有你说的这么好吗？”我知道一切语言都不能形容我对她的感激，我用目光表达我真诚的谢意。

那个转弯，让我弥补了那天留下的遗憾。我知道，姑娘不会在意三角钱，但她与我一样在意的是真诚和信任。

## 可爱的小动物　2009年4月3日　周五

与其说我们疼爱小动物，不如说我们伤害生命。

今天，天气晴朗，我高兴地来到学校，走进教室里看到同学在玩小螃蟹。哇，好可爱哦！走到楼下打乒乓球，又看见几位同学也买了小螃蟹。一位同学把小动物放在乒乓球案上，小螃蟹们八只脚跑来跑去，很有趣。

我也想买一只，第二天准备了钱，但又想养不活怎么办？

那些同学买来玩的小螃蟹最后都死掉了。我终于忍住了诱惑，最终没有买。我怕伤害了它们。

## 《九色鹿》续写 2009年4月8日 周三

白鸟看见远处烟尘滚滚，想，肯定是那个落水者带来了官兵，她让九色鹿赶快跑，九色鹿偏不信。

待官兵包围了九色鹿，九色鹿才信了，气得窝了一肚子火。他对那个人说："你为了贪图富贵，就忘恩负义不记恩情了，要知道，当初我舍命救你，你才活了下来。今日却加害我，还有良知吗，人不知耻，是不是人呢？当初我救你凭良知，如果我没良知，现在你就不会来这了。"

那个人满脸通红，觉得自己确实连飞禽走兽都不如，但这时已经由不得他了。

鹿从从容容被猎杀了！现在那个人端着救下他命的那只鹿的肉……什么书上说过这样的话：怀里抱着仇人当自己心命呵护，碗里吃着前世父母的肉，津津有味。忘恩负义是一种卑鄙又可悲的苦刑。

## 美好的生活 2009年4月11日 周六

春光明媚，今天又是一个幸福美好的日子。

天亮得好像比平日早，太阳从地平线开始升起的时候似乎喊我"起床啦！"当时我脑子一片空白，还在打瞌睡。

阳光从窗外照进来的时候，我已经收拾完毕，靠在床上看着故事动人、画面美丽的《希腊神话》。每一则故事都令人如醉如痴。然后，吃早点写作业，困倦了看窗外春色。开窗，将手伸出窗外，感觉凉风抚摸，虽然看不见风的身影，也十分舒服。

春风总是让人感觉美好，闭上眼，头脑中一片生机勃勃的景象。在家里有温暖的房子，无私地爱着我的父母，在学校有关心我的老师和同学，在野外有春风春景美目润心。春天这个世界一切都是那么美好，或许这就是人们常说的幸福、快乐！感到幸福，便不想虚度，心里感到不好好学习像对不住谁似的。

## 幸福　2009年4月13日　周一

在生活中，我对幸福的理解很简单。最近读了一篇文章后，我又重新认识了幸福——需要而又能带给我们快乐的朋友。

有一个刚工作的女白领，在她回家下电梯时，见一个老婆婆在电梯旁犹豫不决，不敢下电梯，那电梯的门一张一合太可怕，白领姑娘过去扶她下了电梯，老人一看时间才不到一分钟，从此再不怕电梯了。那姑娘想，此事虽小也是快乐的。因为力所能及的善事，快乐别人的同时也让自己感到幸福。幸福是可以相互传递的。

生活中每个人都有需要别人帮助的时候，当别人因为我们的劳动露出笑容时，我们也感到一种幸福，可见助人为乐一点不假。

## 无聊的一天　2009年4月17日　周五

天上阴云密布，地上凉风习习，下午只上了两节课，同学们都去看篮球赛了。

我和同学们议论球赛，很激动，那些球员一会在这聚一窝，一会在那聚一窝，在人怀里抢球，投篮乱扔，虽然我们班队员没他们投的球多，但他们打得也太没水平，球赛就像演杂技和摔跤似的。

回家看了一会电视，也觉得无聊，便睡觉了，做了个美丽精彩的梦。梦里去了一个美丽快乐的地方……往往我感到无聊时，只要进入梦乡，我就会成为幸福快乐的孩子。

## 读《崂山道士》 2009年4月21日　周二

这篇文章让我受益匪浅。

文章讲述了一个游手好闲的富家子弟求道法的故事。那个富家子弟一遇到挫折就畏缩不前，鬼迷心窍的人经不起挫折，又十分骄傲，不懂得谦虚，怕吃苦，导致头上撞了一个大包。

《崂山道士》告诉我们，不论在学习上，还是在生活中，都不应当骄傲，俗话说，骄傲使人落后。我做事情一定会认真，看准了的事要坚定信念，努力做好。

## 开心　2009年4月24日　周五

春光明媚，大地生机勃勃，花儿怒放，万物茁壮。人间四月最美丽，满目美景冲洗了烦恼，心里一片舒适、开心自在、美好。人们都在忙，为自己的将来，为了有一个幸福的家，都得快乐奋斗。但有的人快乐多，有的人烦恼多。

人人都有要干的事，万物各自都有自己要干的事，哪怕动植物，都为了好好活下去努力着。如果不开心快乐面对，那生活将无法美好。

## 往事　2009年4月25日　周六

风是自然界神奇的力量，可以使万物更美好，但实际上烦恼在心，风无法吹去烦恼的记忆。

有的人常为一些鸡毛蒜皮的小事而烦恼，遇到小事情觉得很大，常常生气，实际上这是因为心胸狭窄，心量不大。还有一些人因生活中一些事情的打击，低着头生活。大人们总有这样那样不愉快的事情，只有小孩子是那么开心。也许事情少才悠闲开心，更重要的是我们小孩子不想那么多，无论什么不愉快的事情，过后就忘得一干二净，只记得那些快乐的事情。

爱自找麻烦，烦恼就多，烦恼都是自找的。什么事都要想开点，心胸放宽，不要为往事浪费现在的时间，因为那些事已经过去了。

## 新的一天　2009年4月27日　周一

太阳渐渐从黎明黑暗的云雾中升了上来，新的一天又开始了。

我和往常一样，在六点二十起床，忙到七点，才去上学。在学校，除了写字就是听课，没有多少时间玩。放学回去，吃完饭就写作业。下午还是十分忙碌。

根据我的自我观察，每一个“新的一天”都和前几天一样，这么忙碌。我常常问自己：第二天是否要和前一天过得一样？是否应该改变？

## 流感　2009年4月30日　周四

早晨，阴云密布，太阳光是那么微弱。

中午，雨淅淅沥沥地下着，房檐下一片雨水的嘀嗒声，我穿着布鞋在雨中匆匆往回赶。

晚上，我的心情犹如骄阳。看《新闻联播》，其中一条新闻消息使人害怕。新闻说现在美国黑人居住区发生了猪流感，比什么艾滋和禽流感似乎还要厉害，外国的华侨纷纷避难，中国也采取了防护措施。

一时间，我心中的太阳，被这些禽流感猪流感一类的阴云盖住了。

## 游玩　2009年5月2日　周六

我们一大早乘车去了崆峒后山，二郎石拦在河边，胭脂河清流缓缓。

山路很长，比较陡。爬山很疲劳，我们走一会儿歇一下。中台停车场很热闹，有卖各种工艺品的小铺子，卖字画的也有。我们到附近法轮禅寺虔诚拜佛后，又登隍城。

攀登隍城的台阶很陡，且很光滑，抓住两边铁链子才行，不然失足会掉下悬崖的。到隍城眺望，崆峒山是那么美丽，绿树茂密，古木参天，前峡湖水如镜镶嵌绿色山坳，心里那份美好无法言语。回来睡了一觉，很舒服。

## 手鼓　2009年5月5日　周二

早晨起床后，我主动把房子里一切收拾停当，因为姐姐今早要去天水了，我非常舍不得姐姐走。

她向我要手鼓作纪念。她昨晚就向我要，我不想给，因为那个手鼓我也很喜欢。我给她在崆峒山买的小牛，她又不愿意拿。我费尽心思，又拿出一本精致的小本子送她，她说了声“算了！”

临走，我对她说：“去了要好好学习！”姐姐微微笑了一下。

手鼓的事情，我烦得不行，把爸爸叫来，爸爸理解错了，以为姐姐向我乱要，我哭了，难道是姐姐的错？最终没有给姐姐送成，我很内疚。

## 快乐的一天　2009年5月16日　周六

大地春深，生机无限。绿油油的小草，盛开的鲜花，街上柳树亭亭玉立，似姑娘在阳光下微风里窃窃私语。但是，城市汽车如流水，也流来燥热沉闷。喇叭鸣笛，尾气呛鼻，我全身疲惫无力，头脑空白，没有一点精神。

多么希望所有的城市没有噪音、烟尘，到处一片鸟语花香，空气新鲜……

## 疑问 2009年5月17日 周日

我不知道脑子里一天在想什么，也不知道人的心情为什么会这样，一到晴天，心情便好了，一到阴天，总是沉默无语，心情很糟。

我不知道这是为什么，也不去想，但自己就像被人控制了一样。一到无聊时，脑子里就一片空白。

就连上课时也一样，总跟不上老师的思路。我总是郁闷，随着时间的流逝，可能会渐渐改变吧。

## 时间 2009年5月24日 周日

一直听大人们说，人一生时间很短，而对于两三岁的小孩子来说，时间不分长短。

随着时间的推移，人的思想也改变了。时间这个概念，对于那些智者也是个说不清的问题，智者对时间只是略知一二。

我正思索着，远望太阳，背靠墙角——从周一看周日，觉得时间长，反过来呢?

思想控制了我，如果我不去想，不管，过好眼前一步一个脚印的生活，该多好啊。

## 夜空 2009年5月29日 周五

夜幕降临时，知了在草丛中鸣叫。微风轻轻地从我身边拂过，像小时候妈妈抚摸着我的小脸。天上繁星点点，路灯在花园旁睁着明亮的眼睛，注视着每个飞来飞去的虫子，每个漫步公园的行人。大自然是最好的设计师，飞蛾、行人、灯光、星星，把南山装饰得如此美好。

我和家人漫步南山，被大自然这个设计师设计的景色迷住了，在这样的环境衬托下，我的心被一盏灯光照亮了。周围那么宁静凉爽，我想，南山的夜景也装饰了我的心。

## 诗意　2009年5月30日　周六

早晨。阳光从东方地平线上跳了出来，第一缕光跑进了我家阳台。当时我正半醒半睡，阳光捉弄我，于是我起床，收拾，出门。

中午。一进门，一切都那么静，吊兰的长发那么绿，那么娇嫩，君子兰那花瓣黄澄澄，散发着香气。我拿起水壶，给它们解渴。

黄昏。黄昏来临，太阳走了，在地平线上的天空留下一抹红晕。月亮坐不住了，未等到太阳红晕褪尽，便不知从哪里跑了出来。看了一会儿书，转向窗外的世界，月亮已经悠悠放光。

## 读后感　2009年6月1日　周一

两个人都太聪明，各打算盘，被聪明误了，就显得很笨。他们都有自己的独特想法，盘算得很精明。

农闲时牛不干活，光吃不干，饲料也贵，卖牛的人卖了牛，春天再买。他觉得自己的想法合理，可趁此休息不用辛苦喂牛。但春天牛贵，卖牛的钱和省下的饲料钱刚够买牛，还要另出钱买饲料。买牛的认为到春天牛贵了，不如乘农闲的现在就买。

他们应该想得更全面一些，把种种可能都想到。其实，农闲卖牛与春天买牛吃不了亏，也占不到什么便宜，但人们往往喜欢在心里倒腾。

## 炎热　2009年6月4日　周四

太阳烤炙着大地，我热得汗流浃背，头发感觉全湿了，汗水直往下流。

打了一阵篮球，又热又渴，快速跑到教室休息了一会儿，快上课了，又拿着画夹去画画。

下午，天气还是那么热，教室里异常闷热，让人难以忍受。放学后天气才渐渐凉下来。看了一阵杂志，做了一阵运动，全身疲劳，浑身没有一丝力气，便沉沉睡去。

## 同学　2009年6月9日　周二

善良、乐于助人是人的美德。

只有多做好事，利益他人，才能永久快乐。

我有一位要好的同学，他叫马杰。在班里，他不仅仅学习非常好，还乐于助人。

若有什么题不会做，问他，他会仔细分析给我听。我想看书时，他总乐于借给我。有时候人挺烦的，看我一脸愁闷时，他也会有一两句安慰的话。

有这样的同学，真好，值得信赖，也值得学习。

## 疲惫的早晨　2009年6月14日　周日

一大早，家人就叫着，让我起床，去锻炼身体，呼吸新鲜空气，不让留在家。

上南山，看到山坡上卖菜的，买了菜回家的人很多，人人都忙碌着。天那么热，阳光射来如毒针，在运动器材上运动了一阵，跑了两圈，在阴凉的树下看了一阵书，实在热得不行，赶忙逃回家。全身疲惫的时候，任何鸟语花香，我都不会动心了。

## 拨浪鼓　2009年6月21日　周日

上次去崆峒山，在停车场，喜欢上了拨浪鼓，爸爸给我买了，作为登山的纪念。

每当无聊，心情沉重时，我拿出它，用手捻着左旋右旋，听拨浪鼓

"邦、邦、邦"或"拨楞、拨楞"的清脆声音，我会快乐精神起来。拨浪鼓十分精致，手柄是红塑料的，上面盘着一条飞龙，两面相对的鼓面是两个咧嘴含笑的福娃。一面笑着的福娃还抱着一只大公鸡，身旁是果实；另一面的福娃拿着盘子接从鱼嘴里吐出来的金子。

小小拨浪鼓，内容如此丰富，看似简单却充满艺术趣味。

## 渴盼　2009年6月28日　周日

早晨，一缕温和的阳光徐徐照进我的卧室，洒在被子上。

柔和的阳光更激发了我的期待。今天姐姐将要回来，想起姐姐，一种温暖弥漫心里。我与父亲走上南山公园，锻炼了一会儿，但一心想着姐姐，姐姐什么时候到家呢？

## 善良的谎言　2009年7月28日　周二

善良也可以说是后天因素造成的，是人最宝贵的精神财富。

从前有一位老婆婆和一位小女孩住在同一间病房。小女孩在医生办公室看到老太太得了癌症，也有人给老太太说了，老太太知道自己的病好不了，垂头丧气，仿佛马上就要死了。小女孩编谎说："我看见你的报告了，只是脾胃上有点小毛病，他们一定是看错了。"

老婆婆信以为真，以为没啥事了，一周都很开心，半个月后再检查时，癌症症状消失了……

## 六年级学习计划

新的学期开始了，我放下懒惰贪玩，走进了学校大门。新学年要好好约束自己。为此，我制定了一份学习计划。

一、每天早起预习功课，中午按时休息，下午拿出精神学习。

二、每门课都要认真听讲，每天按时完成老师布置的作业。

三、每晚睡前预习一下第二天要学习的内容，但时间不可太久。

四、抓紧时间多读课外书籍，多读名家名作。

我会“咬定青山不放松”，更加努力完成小学最后一年的学业。

## 忙碌中的寂寞　2009年9月5日　周六

秋凉了，房子里冰冷，从梦想走出来，看了一会《儿童文学》，吃完饭就去学画了。

姐姐要乘8：50的长途车去天水卫校，爸爸送我上车，又送姐姐到西站去乘车。在卢泽潮老师家，我画了好长时间的画，感觉头脑发热发闷，出去透了一会儿气，接着画完，匆匆坐车往家里赶。

中午回家后，感到家里冷冷清清，姐姐在家的时候，我们吵吵闹闹，她走了，我又感到很失落。呆呆地看着窗外，很是寂寞。

## 游麦积山　2009年8月

麦积山在天水市麦积区麦积镇。开学前几天，我与爸爸到这里逛了逛。

坐上车感觉走了好长时间才到。商量好价，照了几张照片，然后上山看石窟。麦积山是一座独头石山，山崖上全是雕刻的佛龛石像。攀山梯子悬空着，一走到上面，就像悬在了一根绳子上，山崖极其陡峭，上下楼梯时一不小心，就会跌下山，中间连阻挡的东西也没有。

麦积山石窟据说有一千四五百年历史了，佛像中观音居多，个个栩栩如生。还有金刚力士，“大鹏金翅鸟”等护法神，十分壮观美丽。麦积山比我想象的还要险峻，还是很开心。逛完麦积山，又去净土寺。

## 游南郭寺　2009年8月

暑假，我和爸爸送姐姐到天水去上学，顺便也在附近走走看看。

头天早上，我们去了南郭寺。天气不是很好，下着小雨，来到南郭寺时雨停了。第一景是南郭寺门口两棵很粗壮的国槐。大约有上千年寿命了，两三个人才能合抱住。

寺院里面只有一位和尚，我们看到的还是那些龙爪槐、香樟树等，一些名贵的树现在北方少有。

烧完香，在东院意外地“遇见”了杜甫庙，杜甫一生走过、待过的地方多了，天水南郭寺应该来过。他到天水投奔亲戚，不知没有遇到还是怎么的，就在那里滞留了一段时日。多情的天水人就给了他修了庙，塑了像。

## 拔河　2009年

今天全校举行了一次拔河比赛，非常热闹。

操场一片喧闹，加油声、笑声、掌声……声声在校园回荡。过了许久，轮到我班上场了，我先默默祈祷，然后舒展一下筋骨，开始拔河。我们尽力往回拉绳子，我们班最终还是输给了别班。赛后，班里有的同学为未能赢得胜利而叹气，有的有些不服气，但我心里自然而平静，因为我觉得自己已经很尽力了，大家都尽力了，我心里也为拔河赢了的班级庆贺。生活就是这样，有赢就有输，输赢并不重要，重要的是我们是否努力了，是否尽了最大的努力。

## 圣诞节　2009年12月

圣诞节即将来临，可我们这儿并没有漫天飞雪，但节日的气氛仍然充满这个小城——商店的玻璃上贴着各式庆祝圣诞的贺卡，圣诞树也被摆在店铺门口，青年人笑着互道圣诞快乐的祝福语。

在我们班里，圣诞节虽然还没有到，同学早已互送礼物了——各种动画、明星海报、贺卡，每人心里都是快乐的，脸上都是激动的神情。

我向父亲要钱，也要买礼物送给要好的同学。听父亲说，圣诞节是个洋节日，从西方传来。怪不得，那圣诞老人与中国的神仙面貌区别那么大呢。

## 我的老师　2009年

这学期开学的时候，我们班上换了一位老师。原来给我们代课的黄老师因为结婚，搬到天津去了。

新老师给我们上第一节课的时候，走上讲台看了一眼大家，我们以为她要自我介绍一番，但她一句话也不说，拿了粉笔在黑板上画了起来。画了一片叶子，又画了一个大圆圈，这才回过头对同学们说："这就是老师的名字，大家猜猜看！"以前新任老师第一次与学生见面时，都是凶巴巴地板着面孔，据说这叫"下马威"，先把学生吓住，学生以后才会听话，不敢调皮捣蛋。没想到这个新老师却笑眯眯的，以这么逗的方式介绍自己，让人一看就喜欢。大家七嘴八舌抢着回答，有人猜"叶宝圆"，有人猜"叶金圆""叶宝元"……我猜老师的名字是"叶宝珠"，结果猜中了。当然，大家很快就记住了老师的名字。

叶老师有两点显得很特别，她有漂亮的头发，每天扎成两条羊角辫子。习惯带一把淡红色的伞，晴天时拦太阳光，雨天遮雨，一物两用从不换。

听说叶老师是师范学校毕业生，虽然年轻，可是教书很认真，有耐心，经常鼓励我们，同学们自然都自发学习，努力用功读书，成绩进步也迅速。

注：从2009年3月30日至同年12月25日前夕，即小学五年级第二学期至六年级第一学期之间，耀栋写了约三十五篇日记，摘三十四篇录于此。

# 第二辑

# 杂谈卷

# 学习小思

时间真快，转眼间第一次考试结束了。回想这七周半以来，我好像一直机械地学习，缺乏毅力坚持自己原本的学习计划。时间匆匆流逝，转眼迫近大考，如此下去，我感到十分不甘心。

静心沉思一番，总感到自己自主学习、自我努力、自我加油就像一颗哑枪子弹。面对现实的冲击有一种失望，如阴云笼罩心中。嘴上笑笑咧咧一副自我良好的感觉，内心却有些难受。

这一学期尤为重要，是初中最后一次自主学习的良机，到底如何学习才能摆脱困局？

回首往日的学习之路，我感觉浑浑噩噩，脑子里尽装了些公式概念性东西。那些东西我觉得都是死的，真正掌握、吸收、消化了的知识一点儿也没有似的。但是，看起来我很忙，于早晨上学前在家看，背二十几分钟书，天气好时上学路上抽空也记一下；上课时一丝不松懈，当堂的知识储存下来，概念笔记记得最全最好；下课、中午在家尽量写作业，留二十分钟让大脑放松一下，缓解神经压力，为下午上课时精神能集中打底；晚自习前瞅几眼书，用二十分钟时间边走边跑进行运动，活跃大脑使上晚自习时有足够精力；晚自习后回家看一会儿电视或小说之类的书娱乐一下，尔后看课本等书，写字，睡觉。一天学习、作息的流水账如此盘来，好像井井有条，一丝不乱，时间抓得很紧。但认真打量我的一天，还是发现这是一种机械性的缺乏自主性和按部就班的学习。

问题就出在这里。因为，如此学习，效率很低，且无时间拓展课外知识，扩大知识储备量为以后的大考做好准备。我深刻反思后认为：真正把知识学进去，学得有信心，还是要看是否比别人多学了些什么内容，是否多思考了且比别人思考得更深远，是否有毅力持之以恒保持高昂的学习劲头。

此三方面我都有问题，今后该怎么办？

首先，课堂笔记要简要记，思考消化为主。忙于记疏于深思，学习效果当然不好。

其次，每天必须挤时间多看一些课外知识性的东西。古人说书到用时方恨少，就是说学习要有长远眼光，涉猎面要广，不能太逐功近利。哪怕现在看来用不着的知识，也要学习，总比临到大考时才感到自己浅薄和孤陋寡闻好处多。

第三，读文读经典，看题也要看知识性的经典题。以兴趣去做，去研究那些题，今日不会做的题，明日继续分析研究，这样锻炼扩散性思维能力，使大脑灵活度提高，既增加学习趣味性也利于考场上攻坚克难、收拾那些难题刁题怪题。

我会根据情况改变，扬长避短，努力做得更好。

2013年4月

# 谁扼杀了我们的想象力

爱因斯坦曾说：“人们解决世界上的问题，靠的是大脑的思维和智慧，而不是照搬书本。”而在现代九年义务教育制度下的学生为了考试，大部分时间都花在了记忆、抄写课本上，很少会独立思考，再加上课余时间不多，他们的想象力和好奇心也逐渐降低，这就造成了“高分低能”的现象。

我们都知道，智慧而可靠的标志就是能够在平凡中发现新奇。要想在平凡中发现奇迹，不仅要细心，更需要很强的想象力、好奇心，要敢于天马行空，大胆设想。牛顿、魏格纳、史蒂芬·霍金等人的成功都离不开这些。

实际上我们从不缺乏想象力，那些幼儿园的小孩子就比成人更出色，小孩会把太阳画成蓝色，而在大人眼里太阳只能是红色，事实上当你闭眼时太阳常常是蓝色。那这种固定思维是怎样形成的呢？

在我看来，造成这种局面的是僵化的教育体制，责任和良知的不足。学校领导和教师往往注重分数，家长也乐此不疲，他们不会积极引导孩子去养成一颗活泼好动、敢于想象的心。学校和家长对制作飞机模型等有利于开发大脑的活动也不会重视，学习是重中之重，而这“学习”又看分数，这就导致学生从被动向主动看重分数，从而忽视课外活动，忽视志趣，忽视思想的成长。学习本来是有趣的，获得新的知识和趣味也是我们的欲望。但是，为了分数，把一篇意思很直白、很普通的文章当经来念，念了背诵，背诵了抄写，反反复复搞，便没意思了。把一道数学习题反复讲，像抄写文章一样反复抄写，这样的学习，就是折腾，令人厌烦。在这种情况下，要想有很强的想象力与创造力无异于痴人说梦。所以往往学习较差的、爱玩的、有点叛逆的学生，想象力要强过所谓的学霸。

是谁扼杀了我们的想象力？是谁？是社会普遍性价值取向、教育体制？是领导、教师、家长？好像谁都是，谁又都不是！正因为这样找不到承担责任力挽狂澜解决问题者，我们的想象力被扼杀了，也毁了我们的未来！可是我们就一味沉浮下去吗，难道我们不能自己去改变吗？

我们都醒来吧，学习活的知识，获得学问的兴趣，尝试创造的乐趣。独立思考了，有兴趣研究探索了，才能发现“一花一世界，一叶一菩提”。

2014年8月

# 我的奋进

春日闲暇之余，我于一个清明温暖的早晨，漫步南山之巅，去看日出。当时山上一片寂静，凝视东方那一片蓝色地平线，由淡红、微红变得像少女羞红的脸一样时，那轮红日一点一点地从万山包围中跃出来，心里有些许激动。

凝视日出，我感到它的初升不是按部就班的，而是像有意识的，在一点点地跃动、长大，不断变换着色彩，从红霞微现到紫光闪过，再爬到一片绿蓝色的天际，徜徉在苍穹，红光中又融合着黄色光晕。

只是短短一瞬，不待你细细品味，它已经演尽了各种变化。高悬太虚，似静似动，距离遥远却春风送暖，春阳上升给我以前没有注意过的神奇之感。太阳天天升起，我却从未认真打量过。虽离我们那么遥远，但谁敢说太阳与自己没有关系或不需要依靠它的温暖？每天日出东方，见惯不奇，但今天观日出我发现十分灵动趣妙，也许每天的日出日落都不一样呢！正如每天的生活都不一样。为什么过去从没有注意，我们每天脚步匆匆，放过了多少生活情趣和浪漫呢？

原以为自己一直在上进，以为上进便是在青春时光里埋头苦学，整日如机器一样让压力逼着自己走，而不知生活里一丝趣味。我想了又想，便不再想了，想有何用？

青春，本是绿色的充满了朝阳般上升的气息。自那一日凝视朝阳升腾之势起，我的青春，更着上了蓝色、红色、紫色、粉色……是跳跃的，是不断奋进的，不再只是嘴里说笑心里苦涩，依自己的感觉，自己的本心行为、做人是好的，虽然有时荒唐、也很无知，在玩命学习、汲取精神养料向未来前进的同时，让自己的青春不要乏味无趣。我们应该让自己的生命蓬勃灵动一些，在快乐自由中学习前进，以后我想这样地奋进。

奋进，当然是奋勇前进，振奋精神去劳动，如朝阳上升一样妙曼有趣味的，是轻灵活泼、情绪高涨地笃学进取。只要努力、有决心有毅力，纵使流泪又何妨！拼过了，搏过了，必会有一个好的结果，即使只是一些经验或充满激情的心灵回归又何妨呢！

奋进，就是迈着坚实的步子，一步一步踏实行动，纵使前方的路看起来迷茫不明，纵使境遇不怎么美好，我依然昂首奋进，砥砺前行。

在奋进中，不光我有许多困惑不甘心。放眼现实社会，我接触的生活知识甚少，只能从书本、从同学老师那里知道这个社会的点滴。人们都在论学生素质、论教育、论国家未来，但一味只让学生考高分，不寻找开心乐趣，杜绝这杜绝那，难道这就是“不虚度时光，积极奋进”？就是所谓的素质教育？让学生空谈理想去奋斗，又以各种条条框框限制他们，一个个人所称道的好学生好孩子又比那些混混们好多少呢？我见过一些“优秀”孩子，背后还不是叫嚣打骂，脑子里是见不得光的东西！人们疑惑怎么连高分学生都看无聊的网络小说，其实很多学生是在以这种方式发泄从各方面受到的压力，以暂时的欢乐激情，甚至是以血腥的打架斗殴来排解心里那股烦闷的鸟气。回到现实里，他们在笼子里做梦，只有梦里的自己最真实。

在奋进中，我目睹书卷，耳闻现实，不断地发现：一个挣钱很少却存稀奇幻想的作家，一个唱歌为生的自由职业者，一个只能赚够生活费的旅行者……或是那些无真本实货却靠投机钻营谋利的企业家……我看不懂这个社会，我看到了很多的折腾，折腾里没有乐趣雅兴，没有创造。一个单词写一百遍，一道数学例题抄写十几遍，一个老掉牙的故事写一学期……这里没有教育，只有痛苦的折磨。有时我想，这与一个憋气的混混、看别人不顺眼的恶棍，将别人打得头破血流才感到轻松痛快有什么两样呢。

只要心里有理想，在学习进步着，我穿流行服装，染头发，玩游戏，聊天，又有什么关系呢?谁说青春不要浪漫不要放松不要妙曼？连朝阳每天升空尚且灵动变换色彩，何况“青春年少”本就是个浪漫词语呢！

奋进，以求改善未来生活，但当下生活不能一团糟，我多么不想在众多框定中奋进，生命的成长毕竟不是发射火箭。砍柴要磨刀，行程需要有足够的信心精力，也要有足够的乐趣，一步步奋进拼搏才不至于枯燥压抑，不然旅途就像流放。

奋进，需要励志故事启迪鼓励，需要借鉴古人乐求上进寒窗苦读精神的点燃砥砺，但现实才是最真实有力的，我奋进的更多精神动力来自现实。

放眼世界，汶川地震的日子、非典爆发的日子、南洋海啸的日子，我感受到了危难时人们自强不息顽强拼搏的精神，我看到了退一步不是海阔天空而是悬崖绝路，我知道人生只有奋斗这条路。日常生活中，我看到流浪者居无定所生活无着落的无奈，我看到打工者工资微薄身心憔悴的样子，我知道唯有奋进才有安稳一些的生活。家庭生活中，我看到柴米油盐粗茶淡饭都是紧忙奋进挣钱换来的，安居乐业更要拼命奋进才会变为现实，没有房子，辗转租房，寄人篱下的日子，我从能记事的时候就经历过，我看到父辈的过去，看到许许多多的人生心酸，看到他们的《平凡的世界》一点也不平凡，拼了青春拼了命的人很多，勤劳勇敢不曾懒惰的人很多，明天生活依然不被看好的人还是很多，现实就是这么残酷，因为人生有很多变数，社会人心也很复杂。尽管父母师长已经为我奋斗创造了很多理想的条件，与他们曾经的这个季节相比，我算幸福多了，但现实仍然是鞭子，从后面甩过来。有的孩子家里条件好，有的条件差，我的家庭条件不算太差，绝大多数孩子暂时衣食无忧，但是，每个孩子都将独立生活，每个孩子都有为现实人生而挨的鞭痕，几乎无一幸免。

每一个人的人生，大部分时光都是在生命的接力赛中赛跑，跑得慢，伤痕重，跑得快，未必能出彩，但只要奋进，一切皆有可能。

我想环游世界，我想写一部幻想小说，我想把电脑上的游戏进行下去，我也好想有一场比少年维特的恋爱故事更浪漫更轻松的恋爱故事，我想像韩寒那样赛车，我想摔了钢笔烧了课本，去过江湖上传说的自由浪漫无拘束的生活，啥都想过，预测了种种可能，但很失望。青春就是用来奋斗的，书里书外看了好多故事，真的假的都在告诉我：十年寒窗九载熬油，青春就是用来奋进的，用来追梦的。

我，岂能例外！

2014年 冬

# 追求有爱情的婚姻

从古代看，男尊女卑，重男轻女是一种普遍的现象。男人权大，女人却在权力上无份，多数女人嫁鸡随鸡嫁狗随狗，结了婚只能相夫教子围着锅台转。新社会提倡男女平等，尤其改革开放以来，确实逐渐改变了一些人男尊女卑的固执想法，妇女参与到了社会生活的各个方面。

不过现在听一些身边人议论，好像又“重女轻男”了，尤其在城市里。

小孩子就不说了，以青年结婚这种人生大事来说，不知是现实太残酷，还是女孩子们变得很现实了，结婚看家底、看地位、看存款，至于有没有感情都不是最重要的了。男方要想把心仪的女子娶进门，要有一套房，一辆车，三金四金当然也必须得有，还要看经济实力，这些已经成为一些地方青年结婚的条件。我听说陇东有些农村甚至出现闪婚现象。这对多数想结婚的婚龄青年来说，无疑是令人头疼的事情。工资不高，却需要承受百万元巨额结婚费用的压力，对于一般家庭的男孩子来说，有点像天方夜谭。

不知古代男婚女嫁最重要的是什么，这方面的史料我没接触到，但从历来文学作品之讴歌看，感情才是最重要的硬杠杠。《诗经》中有不少描写男女青年爱情婚姻的诗，最著名的如《周南·关雎》《秦风·蒹葭》等，可见几千年前的青年们就把情投意合的爱慕之情放到第一位了。文学史上，《梁山伯与祝英台》《西厢记》等经典讴歌的爱情或争取有真爱的婚姻的故事，几乎家喻户晓。不管任何时候，情投意合或志同道合怕也是不过时的。

新中国成立前延安窑洞里的那些婚姻，论各方面条件都是简单的没法说。新中国成立以后我所知不多，但听说20世纪70年代男方花几十块钱把媳妇娶进门的事多的是，20世纪80年代也应该没有上千。一位20世纪80年代初结婚的亲戚说，那时他花五毛钱买了个手绢相亲时送给女方，双方见面彼此没意见，然后就择日结婚，结婚也不过亲戚一块吃个饭，媳妇就娶进门一块过日子了，就这么简单。今天的婚龄青年听了这样的事，同样会觉得像天方夜谭，因为在短短的几十年内，这种爱情婚姻的好传统便彻彻底底颠覆了。

如今感情与现实成了对立的，很难一致或如愿，结婚要抓经济，经济实力成了硬杠杠。结果是离婚率不断升高，某县民政部门统计了一下，全县一年内领结婚证的青年有1000对，办离婚证的就有500对。庆阳有资料显示：宁县2013年离婚登记582对1164人，离婚纠纷诉讼有768件1536人。80后是离婚的主力军。有的专家对此叫好，认为现在女青年对婚姻要求高了，云云。这完全是书呆子的说法。婚姻条件要求高了，那么爱情呢？以金钱地位为首要条件的婚姻反映的是不是残酷无情的现实？离婚率持续升高，对簿公堂的离婚案件增多，还有骗钱骗财为手段的闪婚现象，这能说明女青年觉醒了，对婚姻要求高了？只要到现实中稍作了解，实际上有许多无奈。

爱情退居二线或爱情被扭曲了的婚姻，对于两个想真心结婚过日子愉快生活的人来说，当然是个悲剧。不管他们婚前想得怎么美妙或离奇，算计得多么周到，婚后那种貌合神离、同床异梦煎熬的劫难恐怕谁也逃不脱，这样的婚姻必然导致离婚的人多，离婚案多。冯梦龙的小说《杜十娘怒沉百宝箱》，京师名妓杜十娘为了赎身从良，追求真爱，将自己的终身托付给太学生李甲，但李甲自私，考虑名利、社会地位等把她出卖了，最终酿成了杜十娘沉箱殒命的悲剧，类似的悲剧在男女平等的今天并不比古代少。人都是有感情的，人穷不死，饿不死，但感情灾难能把人折磨死。没有哪个青年不渴望有爱情的婚姻。那为什么以情投意合为基础的婚姻让位给了以金钱、奢侈享受等物质条件为基础的婚姻呢？这个问题不是因为现在社会“重女轻男”了，婚姻问题折射出了社会风气的可悲可叹，说明社会和青年人的思想价值观出了问题，一些人普遍的思想、价值观有了霾气。

让婚姻回归爱情，青年们要过上有爱情的婚姻生活，应反思的不仅仅是谈婚论嫁的男女青年和青年的父母吧!

2015年

# 社会中的你我

“人生如逆旅，我亦是行人。”在这个物欲横流、日新月异的时代，我们都是路上的行人。行走在江湖的不只有我们自己，还有这个社会中各行各业形形色色的人。同为社会的一分子，自然少不了相互帮助。但是我发现我们缺少的不是聪明，不是个人的努力，而是予人的善心、待人的真诚，是互帮互助的那种社会责任感。

在社会上行走要善降伏私心。人类共生才能共荣，合作帮助才能使我们不惧苦难，敢于大无畏地乘风破浪追梦未来。但是，猛兽易伏，人心难降。溪壑易盈，人心难满。人本身是具有劣根性的，懒惰、虚伪、自私难调、嫉妒、欲望如壑……我们无法彻底消除它们，只能凭借自己的毅力、智慧去克服内心的这些阴暗面，使自己更光明些，不再自私贪婪，一味地索取。应学会给予，给予他人温暖，给予他人包容，让更多的人感受到人生的美好。

在社会上行走要有教养。周国平说：“我们无法抑制人性，但可以做到有教养。”教养是一种通过后天学习开显的智慧。我们每个人都应该有利他精神，抑制贪欲和自私自利，懂得博爱宽容，在他人需要时，给予他人方便，伸出援助之手，只有这样，才能创造和谐社会，使整个社会形成文明和谐之风，反之，用心邪恶、巧取豪夺，最终自毁毁他，损人不利己。

“下之用力者甚勤，上之用物者有节。民无遗力，国不过费。”欧阳修的这句话放在今日仍有可取之处。无论是普通人民群众、企业家，还是政府官员，每个人都是社会的一分子，都在社会中扮演着不可或缺的角色，只有人人恪尽职守，明白自己的责任，知晓社会是个大家庭，懂得担当，我们的社会才会更加文明和谐，我们的国家才能富强民主，我们每个人才能获得真正的幸福。也只有这样，我们个人才能发光发亮，实现自己的梦想。

荀子说：“明参日月，大满八极，夫是之谓大人。”今日，“大人”亦是社会中人，是集体的一分子，而不再只是世界瞩目的伟人和单打独斗的英雄。做一个社会中的人，懂得给予奉献，在使社会这个大集体获益发展的同时，我们自身也能进步，走得更远，看得更高。

2015年

# 和谐社会在路上

富强、民主、文明、和谐，这是社会主义核心价值观在国家层面的要求，在我看来，唯有全体公民爱岗敬业、努力奉献才能实现这个目标，建设一个中国特色的社会主义新时代。

作为公民，我们需要了解的最基本的是什么？是行为自律和真善美。和谐社会正基于此，只有每个人从自己做起，遵守社会道德规范，以善心诚心待人做事，争做文明人，感动他人温暖社会，做最好的自己，才能形成一种“我为人人、人人为我”的和谐社会氛围。

生活中，人们常常怨天尤人，埋怨社会复杂混乱，阴暗面太大，觉得自己的真诚付出换来了虚假和欺骗，不愿再做善良、勇敢、正直的人。真的如此吗？

在我看来，这个世界看似物欲横流、泥沙俱下，充满虚伪、暴力、欺骗，但仔细想想，大多数情况下，这只是我们先入为主的看法，要知道，万法唯心造，你所认为的世界始终还是你一个人的世界。你若澄澈，世界就干净；你若简单，世界就简单；你不违心去苟且，世界就没有暧昧；你没有半推半就，世界就没有半黑半白。

和谐主要还在内心，内观七情六欲联合导演的追尘逐妄的闹剧，看淡了自然和谐，我们不能将那些所谓的以揭露真相实际、以吸引眼球为真正目的网络世界看得太重。网络世界往往把社会阴暗面扩大化，我们看到的多是经过人为渲染的所谓现实。生活中，人们听到的偶然事件、特殊事故，到了网络上就被盖上了所谓国民劣根性和社会风气败坏之类等的帽子，挺唬人的。有些事情自己没有搞明白，没认真分析，就在网上随意评论，谩骂攻击。细细思辨，真正的帮凶有时就是这些“事不关己高高挂起”，只谩骂攻击不见行动的人。

其实，真正能改变这一切的还是你我，还是大众。只有绝大多数公民从个人做起，待人做事公平公正，敬业爱岗就是自利利他、文明和谐，就已经以自己的力量照亮周围了；绝大多数人遵守社会主义核心价值观，把自己的事情做好，把自己七情六欲搞和谐，那么这个社会就会充满更多正能量，变得更加和谐。

约翰·多恩说：“没有人是一座孤岛。”说明人都是互相影响的。作为社会中的人，我们不能奢求得到太多，应该先问自己为他人为社会做了什么，以真挚的心叩问自己是否能给这个社会留下什么，是否留下一抹温情，留下你的真诚，留下你无私的奉献。作为社会中生活的人，能够勤奋认真做事，诚信善心待人，芸芸众生都这么想这么做，这个社会就能不断和谐美好起来。

和谐在路上。只期待、追求外在社会的和谐，不改变自己，恐怕我们期待和追求的和谐社会永远也不会出现。

2016年

# 将感恩铭记于心

冯梦龙曾在《醒世恒言》中说："大恩未报，刻刻于怀；衔环结草，生死不负。"感恩，是儒家倡导的传统道德理念，是仁人君子所坚持的行为准则，也是每一个平凡的人应铭记的做人道理。人生到世上来，从小到大，是由于父母师长引导教育、他人的帮助、社会的关爱下才成人成才的，所以要感恩父母、感恩师长，感恩每一个帮助过我们的人。感恩是做人的良知，也是人性的光辉，懂得感恩的人也是"感恩"这种美好的思想情感文化的传承者。

古人讲："师者，所以传道受业解惑也。"道是一种文化精神，是形而上的真理，不尊师，不感恩，道怎么能传到学生心里呢？仔细想想，大多数老师是无私的。他们辛勤付出绝不是只为了取得一些回报和赞扬，而出于他们那种责任感和善心真心。他们把我们当成祖国的花朵、社会的栋梁、未来的希望，循循善诱，孜孜不倦地教导，期望我们成为立得稳站得直的人，他们的批评和表扬都是为了让我们进步，让我们懂得做人处世的道理。试想，除了我们的父母和师长，还有谁会如此无私无怨地奉献自己，处处为我们操心着想呢？

虽然，有时候老师的言语行为会引起我们的不满，我们会感到不公平、委屈，可他们这样做完全可以理解，因为尺之木必有节目，寸之玉必有瑕疵。天底下人无完人，老师也有自己的个性和脾气，面对他们的过错，我们应以最豁达的胸襟去包容他们。

“施惠者无索报之意，但受恩者要铭记于心。”无论怎样，我们都应心怀感恩，从心底里感激并尊重这些可爱可敬的老师们。

有时候，我们会质疑一些老师的教学水准和品德修养，这可以理解，但并非人人都是孔孟圣贤，老师并非都是道德巍巍才高八斗的贤善，老师对我们负责，我们就应尊重他们，因为他们不仅仅传授给了我们知识，还有做人的道理，等等。

对老师产生了偏见，不妨换位思考一下：老师也有自己的个性和爱好、自己的事情、自己的家人，有时候烦躁、有脾气也是难免，有时人在独处时，也发脾气心情很糟糕。老师理解学生，用最宝贵的时间来关爱我们，呵护我们成长，无论春夏秋冬，严寒酷暑，始终坚守在自己的岗位上，不曾离开，不论学生有什么缺点都不曾放弃，期盼我们长大成才，希望我们在成长的道路上经得起痛楚与辛酸，我们做学生的也要理解老师，怀着一颗感恩的心学习。对老师产生偏见，老师并没有损失什么，做学生的可能损失就大了，因为你可能对这位老师失去信心，没有了敬畏，关闭了你从他那里传承道业之门。

古人说，滴水之恩当涌泉相报，老师和父母是世界上我们最不能忘记的恩者，他们为我们指明前行的路，为我们撑起一片蓝天。我们心怀感恩，也是感恩天地间的善心；我们理解他们，给予他们最真诚的祝福，也是对自己未来美好的祝福！

2015年

# 欧阳询的性格心理与“九成宫”体

仔细研读一下已有的研究成果，就可以发现人们对欧体和欧阳询本身的性格联系是有所忽视的，研究力度较小，要么一笔带过，或者说得不清楚。他们谈论欧体或者《九成宫醴泉铭》大都是为了研究欧阳询的书法特点。既然欧阳询是唐代楷书乃至整个书法艺术的关键人物，我觉得有必要再单独谈谈“九成宫”和欧阳询的联系。研究欧阳询的性格心理和“九成宫”的书法创作特点，不仅有利于我们当下学习欧体、学习楷书，对我们书法艺术素养的培育、理解创新都有很大的帮助。

一个人的性格心理肯定和其生平经历有关，且往往反作用于其个人的艺术创作。性格心理是影响其个人创作很大的因素，应该被正视，那么这种联系与分析就也是很有必要的。

## 欧阳询生平及其书法艺术

与虞世南、褚遂良、薛稷并称初唐四大家，并有“唐人楷书第一”之称的书法大家和欧体创始人欧阳询，可以说是我国书法史上一座不朽的丰碑。欧阳询（557—641年），汉族，字信本，潭州临湘人，今湖南长沙人，出生于梁、陈之际的南朝陈永定元年，南梁征南大将军欧阳頠之孙、南陈左卫将军欧阳纥之子。隋炀帝大业元年（605年），欧阳询任太常博士，在大唐盛世，他累迁银青光禄大夫、给事中、太子率更令、弘文馆学士，封渤海县男，故也称“欧阳率更”。

欧阳询的一生可以说是少年命运凄惨，后半生也未大富大贵。十三岁时全家除自己遇皇帝大赦天下侥幸存活外，被满门抄斩。之后，被父亲友人江总照顾，如此惨痛的人生大悲之事落在一个少年身上，自然会留下难以磨灭的阴郁印象。但另一面，这种残酷大悲、寄人篱下的生活，对欧阳询那种坚韧顽强，看透世间百态而平和正气的性格的养成，也有很大的促成作用，这也为其书法风格打下了最原始最深沉的基调。

“欧阳询有着很好的记忆力，读书可以一目十行，过目不忘。少年时就精通古代和当时史典，精通《史记》《汉书》和《东观汉记》三史，特别是对书法真诚的热爱，几乎达到了痴迷的程度。据史料记载，有一次他在路上，看到出自于大书法家索靖之手的一块碑，看了不多久，便决定继续赶路。但是没过一会，他就又回到了这块碑下，仔细地打量，看累了就坐在一块布上继续看，直到天色已晚也不舍得离开。就这样一连看了三天，才肯离开。”由此可见欧阳询对书法的痴迷之深。他一生大部分时间都奉献给了书法艺术，在中国书法艺术史上，无论是书法创作还是书法理论研究，欧阳询都有卓越的贡献。他的书法代表作有《九成宫醴泉铭》《皇甫诞碑》《化度寺碑》《仲尼梦奠帖》《行书千字文》等，《虞恭公温彦博碑》和《皇甫诞碑》更是被称为“唐人楷书第一”，而且他的书法理论著作也很著名，如《八诀》《传授诀》《用笔论》《三十六法》，还有一部与他人一起编撰的《艺文类聚》也是十分有名。他用自己的亲身体验和大半生的书法创作经验，向人们展示了书法用笔、结体、章法等书法技巧和美学经验，后人学习楷书多从其《九成宫醴泉铭》开始，这是学习楷书的基石，甚至是绕不过去的伟大书法作品；其字体清平和气、左收右松、劲健有力，且平和之中往往含有几分险意。所以说学楷书要学欧阳询，更要学“九成宫”，学其结构美、笔画美，更要深深体悟其中的神韵和内涵，这其中藏着一个古代读书人的一生，我们也可以从中体会到许多超越当下的人生况味和生活美学。

## “九成宫”的书法结构和艺术魅力

在《唐书·欧阳询传》中有“询初学王羲之，后更渐变其体，笔力险劲。”欧阳询早期学习王羲之，并受江总的影响，而进入唐宋以后则逐渐刚健起来，深受北派书法影响，甚至欧体被人们喻为“矛戟”，颇有法度森严之感。大多数人认为他更是将南北两派融为一体，一定程度上反映了汉字形体的变迁，尤其是在隶楷阶段到楷体书法逐渐成熟圆满的过程中有很大贡献。

后世收藏的欧阳询书法作品的拓片以宋拓本为多，现在在北京故宫博物院保存有最早的明朝驸马李琪收藏的北宋拓本，原有魏征撰文的《九成宫醴泉铭》，现存于陕西麟游。这是其晚年所作，可以说里面的一笔一画都有可赏之处，其起笔、行笔、落笔乃至横竖撇捺、钩挑折点，都可以凸显出魅力所在。刚健、硬朗、精瘦而又有圆融变化之感，他将隶书融于楷书，不似褚遂良的《雁塔圣教序》隶书味道那么浓，“九成宫”撇、捺多为圆笔，弯钩多以转法为主，在那种浑厚沉静里有着圆润与流畅的平和之美。也就是说，我们可以清晰地感觉到他的楷书不同于其他书体，在楷书的转折变化里，带着成熟和内敛的味道，细细体会，这样的楷书更吸引人。欧阳询经历了很多人生磨难而终有所悟，他把这种觉悟渗透到自己书法作品中去了，甚至在某种程度上，可以认为“九成宫”书法背后的人生境界很高，这种书法没有极端，也没有过于平庸，一切刚好。

“欧阳询七十六岁时作成《九成宫醴泉铭》，这是他的得意之作。此碑上的字庄重清和，法度十分森严，用笔刚劲有力，纤浓得中，巧妙地将险峭隐藏于平静之中，书法高华浑穆，丰厚挺拔，既保留了晋尚韵的特点，又在此基础上开辟了唐人尚法的新风，是千百年来达到楷书登峰造极地步的代表作。”可见这部跨时代的杰出书法作品，值得细细品味，其艺术特点也很鲜明。碑中许多弯钩如“也”“观”“九”等字直接继承了隶书的特点，那种六朝魏晋之气如《曹全碑》《张猛龙碑》《龙门造像记》《张黑女墓志》的影响不可忽视。碑中用笔有很多三角形，像30°、45°、90°等，合理地处理了藏锋与露锋、方笔与圆笔、提笔与按笔之间的关系。“直则无力”，其转折有倾斜有圆润变化，有分明的棱角却并不呆板，反而是清秀、大方。以背势为主的竖笔、有细腰之感的撇，等等，这些变化难以全部列举，但都是其特点所在。

“点的变化多样，有时用竖点，有时用横点；横画以左低右高取势；竖画稍作细微的粗细变化，直画多作垂露，偶用悬针；撇捺画多圆笔；钩法取于隶，直钩画多用折法，出钩较短；竖弯钩画用转法向右外抛出，略带隶书笔意。三点水旁更特殊，第一点多作短斜撇点，第二点作上钝下锐的直点，乘势而下衔接末点的挑笔，表现出清劲秀健的动势。此碑结构方式以平正峭劲、严谨工整见长，平正中寓险劲，虽结体多向右扩展，但重心稳固，斜而能正，侧而不倒。马宗霍《书林藻鉴》引用古人的评语，说欧阳询楷书“如金刚瞋目，力士挥拳”，“戈戟森列”，“骨气劲峭，法度严整”，“险劲瘦硬，崛起削成”；又说“风骨内柔，神明外朗”，“法方笔圆，此汉之分隶、魏晋之楷合并酝酿而成者”。的确，《九成宫醴泉铭》笔力刚劲清秀，结体险绝瘦峻，既得北碑方正峻利之势，又有南帖风姿秀雅之韵，故历代推为学书之正途、初学之典范。”我这里引用了一位书法研究者的观点来进一步说明。

## 欧阳询性格心理之于“九成宫”的联系

《九成宫醴泉铭》可以说是在刚劲与圆润的变化里透出一股典雅大

方的风采，很有气质，都是立体的，有的看似平正，却含有险劲，但这险劲却较为内敛，唯有细细品味，或是那些经历过的人才能体会到，因为这已经上升到了一种哲学的境界，不仅是不忘初心，而且有着风雨面前岿然不动的气概。

欧阳询少年时的不幸在他后来的思想境界里留下一丝悲剧意味，不是西方的悲剧美，而是有点道儒结合的人生价值观，外事外物都是这红尘中的浪花一朵朵，不跟风逐浪的旷达，必然是最好的选择。而他又入朝为官，世世代代都是入世的儒家思想秉持者，那种文人内心对浑浊世事的敏感与为官为学的沉重稳妥的责任感，给了他严谨与正气，就像一把未开锋的剑。欧阳询，经历了很多，看见了很多，对不幸和幸福的理解有着大苦大悲之后的放下与洒脱。但他又迎面直对这天下的百姓和朝廷，自然在慎重内敛与成熟稳重里透出一种严正，这也是“九成宫”不同于其他楷书的主要因素之一。也就是说，“九成宫”里可以看见欧阳询这个读书人，也可以看见一种风骨和态度。

用别人的话可以总结为，“欧阳询在楷书史上的意义主要有两个方面：一是他将楷书的技法难度发挥到极致，达到了空前绝后的地步；二是他确定了楷书用笔与结体的规范书写，使之规律化、程序化，对后世楷书的发展有着深远的影响。”

2017年4月

# 酒中诗，诗中酒

## ——论唐代酒诗的情感表达差异

《说文·酉部》中有："酒，就也，所以就人性之善恶也。"中国酒文化源远流长，酒与文人雅士的不解之缘更是让人艳羡。酒是物质与精神的结合，人们借酒浇愁为乐达情志，唐人更是从酒中体悟出人间的种种情思与志趣，可以说，是酒帮助唐代才子们创作出不朽诗篇，这些情感各异的诗篇，也造就了酒文化与酒精神的繁荣。

酒文化在荏苒的时光里不断丰富发展，历朝历代的社会，政治、经济、文化环境大不相同，再加上诗人自己的心性志趣使然，这些文人墨客所寄寓的情思也往往意蕴万千。三国时期曹操说："何以解忧，唯有杜康。"阮籍更是醉酒两月以拒姻亲，还有东晋五柳先生《饮酒二十首》中所表达的忧愤与惬意。到了唐代，中国的经济、文化空前繁荣，贞观之治、开元盛世，经济的发展让酒文化和文人的生活趣味得以亲密相融，又因科举制的不断完善，政治愈加清明，读书人大多对仕途报以无限希冀，所以诗人们爱饮酒更爱作诗。仕途失意的落寞、为国为民的志向抱负、离乡思亲的愁情、远游山水的旷然、与友相伴的相知难舍……时空流转，不同的境遇，诗人们细腻的情感通过杯中酒释放出来。一壶酒激起了他们无限的创作热情，他们内心的愤怒、欢乐、忧伤和书香思绪透过一壶酒散发出达人心田、感人心魂的光采诗文。文人骚客的酒里有情感、有山水自然、有政治民生、有宗教玄理和宇宙人生。在初唐、盛唐、中唐、晚唐的不同时期，社会面貌不一样，平常情况下那些复杂的不便表达的情感和事情，诗人们借酒巧妙表达出来了。古人喜欢饮酒赋诗，酒中有诗，诗中有酒，这种酒诗有利于我们了解诗人所处社会的政治风貌和诗人内心真实情感、价值取向，对当时社会环境和诗人处境等状况有一个大体的把握，因此，“酒中诗，诗中酒”这种文化现象给我们另一种思考的方向。

汉代文人虽然也饮酒赋诗，但酒文化可以说到唐代才真正发达。有人做过研究统计：“唐诗中酒的称谓繁多，有醇、醒、醋、圣、绿蚁、浮蚁等称谓33种。”“酒器也有尊卑之分，因为从质地看，它们千差万别，有金银器、青铜器、玉器、陶器、瓷器、竹木器、漆器、玻璃器、兽角器、蚌贝器等。”酒的称谓、酒器、饮酒的顺序、酒肆、酒令，等等。这些酒文化的内容，都曾在唐诗中出现，诗人也有各自的偏爱，如李白的“兰陵美酒郁金香，玉碗盛来琥珀光”、“金樽清酒斗十千，玉盘珍馐直万钱”，白居易的“绿蚁新醅酒，红泥小火炉”，杜牧的“借问酒家何处有？牧童遥指杏花村”。这些文人各有各的口味，各有各的嗜好。

对唐代酒诗的内容进行简单的分析探讨，也是很有意思的。

## 与仕途相关

在唐代酒诗中，表达政治抱负、仕途顺逆的有很多。有的借酒抒发无限的政治热情，渴望进入朝廷做官，建功立业、为国为民做出一番事业；有的则仕途失意，借酒排解内心的苦闷与忧思，而在这其中也有两方面内容，有的诗人仕途不顺便想要远离政治，厌弃政治而忘情于山水，有的虽然处江湖之远仍然忧国忧民，为自己的无能为力而感到痛楚。如杜甫的《登高》，“风急天高猿啸哀，渚清沙白鸟飞回。无边落木萧萧下，不尽长江滚滚来。万里悲秋常作客，百年多病独登台。艰难苦恨繁霜鬓，潦倒新停浊酒杯。”诗人晚年喟叹自己壮志难酬，潦倒的身影在秋风中更显孤寂凄凉，失意的不仅是仕途，失意背后是深深的无奈和冷却的心，七分愁绪，三分自嘲。这个时候，用酒浇愁愁更愁，可以说诗人通过酒加强了情感的表达，比秋风、猿啸等意象更增几丝惆怅与热烈，冷冷的愁情背后，依旧是那要用烈酒来温暖的赤子之心和家国情怀。一腔抱负弹指间便转头空了，有失望，有冷寂，但无论多么萧索都要以酒传情，就是因为流动的酒尚有几分炽烈，来慰藉诗人内心这片天地。

高适在《送李侍御赴安西》中写道：“行子对飞蓬，金鞭指铁骢。功名万里外，心事一杯中。虏障燕支北，秦城太白东。离魂莫惆怅，看取宝刀雄。”以边塞诗著名的高适在这首诗里用欢快明朗的节奏，将万里长虹般的英雄气概和征战疆场的凌云之志化入一杯酒中，真是豪迈！连送别友人，也要对自己内心那份英雄壮志抒写一番，说明诗人也有建功立业、保家卫国、征战沙场的豪情。这酒里融入的，是读书人的报国初心，是明心志，是浓厚的化不开的身为男儿的那份果敢与担当。英雄需要宝刀、名马，他们尤爱烈酒，可以说此刻诗人借酒表达的思想志趣也能超越时空的局限，将情感表达得更为炽烈。还有李白的“五花马，千金裘，呼儿将出换美酒，与尔同销万古愁”，岑参的“中军置酒饮归客，胡琴琵琶与羌笛”，等等，这些诗句都通过酒这个媒介让我们理解到前人内心更深的情感志向。

## 与山水自然相关

寄情于山水而抽身局外的酒诗不少。历朝历代的诗人们都在山水田园中找到了心灵的抚慰和归属。

十万大山的起伏高峻，长江黄河源远流长的浩渺，山林鸟语的自然村庄，苗圃、鸡鸭、桑麻等农家自然生活之物的趣味，蕴含着世间至理和人类最真实简单的情感。有的诗人选择远游山水，通过踏量山河湖海，感受自然之美，来放下一直以来令身心憔悴的种种忧思；有的诗人则是以想要隐居山林来躲过对手的政治迫害，做一个可以成全自我，修心养志的农夫。可以说，在自然世界里，这些诗人们暂时远离了官场现实的黑暗、失败不得志的苦闷以及红尘琐事缠心的烦恼，而那花间之酒则让那些官场的惊涛骇浪、拼搏的苦恼等复归平淡的生活，恢复更为惬意与浪漫的自然生活，饮酒作诗且为乐。

孟浩然《过故人庄》中有："故人具鸡黍，邀我至田家。绿树村边合，青山郭外斜。开轩面场圃，把酒话桑麻。待到重阳日，还来就菊花。"诗人在饮酒的亲切直白中揭示了简单的田园牧歌式的生活情趣，山水田园美是不是让现在都市白领很羡慕呢？还有杜牧的"千里莺啼绿映红，水村山郭酒旗风"，李白的"呼童烹鸡酌白酒，儿女嬉笑牵人衣"，从这些诗中可以看到，酒，在诗人那里是有魔力的奇妙东西，他们可以表达出很多美好、闲适、惬意、温馨、自然的思想情感，催生出了光华灿烂的诗篇。

## 与离乡思人相关

诗人和一般世人，往往都借酒浇愁，通过饮酒甚至醉酒来排遣内心喜乐和苦闷之情，但只有文人浓浓的思念和愁情可爱。离乡的游子在古代可以说是最可怜最可爱的人了，他们有家不能回，家乡的一草一木、一砖一瓦和那些有着血脉联系的最亲的人，总让他们牵肠挂肚。

长久在外的人，在任何一个瞬间睹物思人，都能让他们马上从欢乐的情景中脱离出来，沉浸进思亲归故里的怅惘里。除了对家乡、妻子、儿女的思念，与友人、知己的难舍分离也会使这些敏感的人难过，有的在独饮中孤寂而惆怅，有的在祝酒中相互慰藉。王维在《送元二使安西》中写道："渭城朝雨浥轻尘，客舍青青柳色新。劝君更尽一杯酒，西出阳关无故人。"这首诗里的渭城则是我的家乡，那时是边境城市，可能还算繁华吧，诗人喝酒也自带几分洒脱，友人之间的离别往往都是不舍的，因为要到边远的"安西"去，西北荒凉，前途未卜，哀伤的调子也不是假装出来的，但诗人却用一杯酒来安慰表情达意，既是安慰友人也是安慰自己。诗人把不舍隐藏起来，让离别不再显得那么"儿女情长"，可以说更加体现出男人之间那种特殊豁达的坚定情感，这可能就是男儿有泪不轻弹的缘故吧。试想，如果没有酒，怕就不好轻弹了。

杜甫《闻官军收河南河北》中的"白日放歌须纵酒，青春做伴好还乡"，李白《金陵酒肆留别》中的"风吹柳花满店香，吴姬压酒唤客尝"，白居易《醉赠刘二十八使君》的"为我引杯添酒饮，与君把箸击盘歌"，等等，正是通过酒把诗人兴奋、排遣离情失意、慰人慰己的祝福等，表达得入木三分又含蓄情深，令人回味无尽。

唐代流传下来的酒诗很多，这三种类别也只是其中一部分，这种划分有点简单，但也足够说明酒文化在唐代已经很成熟了。饮酒本就是人生活的一种情趣，通过酒来表达自己的所思所感，是内心情感的物化和外现，当酒文化与诗文化碰撞，诗与酒的融合产生的结果无疑是让人欢喜的，文人的诗句便有了魔力，喷发出灿烂光华，正因为善借"酒"赋诗，唐人那些酒诗才智才陶醉了后来无数文人骚客呢。

2017年5月

# 青春总是伴随着忧伤

童蒙未开吃饱了奶，除过做那些美得不能记下的梦，就是面对世界微笑，因为他那时都在母亲的怀里，所求不过饱体。在母亲怀里的人生虽很美妙但不能创造人生，对母亲来说也是苦和累，也许为了回报母亲，也许像任何生命一样为了开花结果，他需要经风雨见世面。经历了少年美梦、青春的叛逆与忧伤，他发现自己已经是一个身处纷乱复杂的社会中的矛盾体。矛盾，不是因为止步不前的那种纠结，而是着眼于命运注定的探索，这就像冬日温暖阳光抚慰下的大地，渴望冰雪消融，以此来唤醒心灵深处的春天，好让希望如绿色萌芽。他像飞翔的风筝，看到了生命的蓝天，希望借助青春这股春风飞翔宇宙探求奥秘，他忘了有一根绳子紧挽在父母手里，确切地说紧挽在心与心中。有时候他太狂想狂放，那绳子收的就更紧了，就有自杀的危险，因为他总想挣脱这根绳，做纯粹属于自己的事情，事情背后的明暗深浅是非善恶轻重全然不知，于是他与这个世界（首先是与父母）与这个季节给他套定的绳索抗争，变得很叛逆，心里忧伤重重。

青春是一匹野马，是一种觉醒的奔腾，徐悲鸿的奔马也许正是此意。这种自杀式的狂想狂奔，首先是异想天开，有时这种狂奔不为得到未来美好的提示，只为探求自己心灵深处的那种静谧奇妙之境。

他站在七楼的小窗边，任由寒冬的冷风吹打着自己尚显瘦弱的身体，让那种刺骨的寒意渗透全身。在青春的寒意中，他感到此刻的自己离生命的真谛是那么接近，近得伸手便可触到。然而，“危楼高百尺，手可摘星辰”，一切只是虚幻罢了。伸手触到的只是一抹轻柔的月光，还有那种因为寒意而感到的舒心清爽。面临青春时代的种种忧伤的抓挠，股股寒意的侵临，他很清楚自己渴望的是什么。他渴望变成骏马奔驰在青藏高原上，看那夕阳下盛开的格桑花；他渴望变成雄鹰翱翔在珠穆朗玛峰，体会她少女般的洁白与灵魂的高贵；他渴望神与物游，逍遥自在。他不能在书斋里独步于青春梦自我陶醉，要让思想的野马在现实的原野奔跑。作为一个普通的城市青年，他的一切希望都要靠自我脚踏实地去奋斗，他追求至真的情感，犹如向往看到灵魂旅途中耀眼的星辰，但现实有时候令人眼花缭乱，搅得内心迷茫，心慌意乱，除了青春的生命、青春的思绪，他一无所有，事业、金钱、物质，这让他好不忧伤。他把一切都押在学习争优，鏖战考场上，无暇咀嚼青春的本来滋味，无暇遐思春天般美妙的梦想，诗意的思想野马瘦骨嶙峋，美妙绝伦的灵魂奄奄一息。

他热爱生命，多愁善感。有时候，有一种挑战阻碍的兴奋，对杰克·伦敦的小说中斗狠的勇士也羡慕崇敬，对神秘的自然力量有一种图腾式的崇拜；有时候又很忧伤，当看到自己喜爱的小兰草在秋风寒冷的杀伐中无可挽回地渐渐逝去，当看到路边受伤的流浪狗一瘸一拐地在都市横流中颠簸，或惨死于滚滚车轮之下时，他忧伤生命的渺小，但其伟大他也同样知晓，既然生命来之不易，怎能使他淡然？他只知自己不是一个悲天悯人的人，但对那些冷漠如冰霜般的眼神，他只能难过，他只能自己问自己，这一切缘何如此悲哀！

或许这种生与死的问题在他这个年纪尚无法找到答案，无法窥探深层因由，然而他的神经敏感地觉察到了这个问题，又怎能不思考，就好像这是眼下最能令他找到回归感的事物，死亡真的那么可怕吗？看到一些老人整日恨不得吃了安眠药早点死，他想生老病死还是以平常心看待吧。那些不易被世人理解的人，如作家老舍、杨朔、三毛、海明威、川端康成，诗人闻捷、顾城、海子，画家梵高等，这个世界每天都有人自杀。他们离开了生死的恐惧，或失去了所有的希望，陷入最绝望最孤独的境地，或理想与现实的差距太大，或不愿过无可奈何的生活，但也许他们活着的意义，并非在有限的生命里得到更多或创造更多，而仅仅是来过了便无须留恋。许多不知道的生命的自我终结，就像那北方的蜡梅，悄然绽放又悄然消失，即使一些文艺大师，他们恐怕也没有想着要给这个世界留下什么印迹，没有想着要得到多少掌声与鲜花，曾经拥有已经足够，这样理解人生，死亡又有什么可怕的呢。

他站在街上看着脚下的漆黑，那吞噬人心的黑色，他突然有一种归属感，如花蕊落入泥土之中，面对着寂静的黑暗，他的灵魂也似乎渐渐归于沉寂，一切静得发不出悲凉的意味，只是不知道此时的离去，是否会有流星的青光，在他人的梦境中，是否会有黑色羽毛飘落，荡起黑夜的笑靥……

他终于没有果断地接纳闪到心中的黑色幽灵，他清楚知道，自己并不怕死，那怕什么？除过父母的爱、生活的责任等，他想此生必定要干一番事业吧，人，也许是因为一个使命来到这个世间的呢。

他内心的这些想法没有谁能知道，他与黑色幽灵擦肩而过了，那些爱他的人不必流泪后悔了，他们的爱也将不会再失去。

走着，走着，爬上了自己的床沿，进入严实的梦乡……

又一年的某一个夏日，清晨的天空蓝得很可爱，淡淡的，亮亮的，晨光是和煦的，清晨的露珠是晶莹的，清晨的鸟鸣也是一如既往地如流行歌唱家般的动情，他走在蓝天下的晨光里，清凉的晨风迎面微拂，他嘴角泛起满足微笑的涟漪，一切都那么美好。他对于晨练持不以为然的态度。每当闲暇，他也懒得出门走走，常常窝在家不是看书就是看电视，如果时间允许，他可能收拾一下花草，什么吃的也没有了才考虑出去。当然，他依旧是个热爱自然的人，每日的“人与自然”从不缺席。有时，他临窗而立，静观蓝天淡云，欣赏远山的苍茫，注视街边匆匆的行人。尤其黄昏时，他在窗前看街道上走的高的矮的胖的瘦的行人，他忽然想起刘亦菲，那是他潜意识中喜欢的女孩儿，他卧室的墙上就贴满了刘亦菲的海报，而美女作家七堇年他也十分喜欢。他心里的女孩柔顺如水，婀娜如柳、清纯如雪山少女，有一种冷孤绝美的气息。他淡定地打量着每一个走过身边的人，当看到各色的人也饶有兴趣假装给别人打招呼冲上前见个面，他突然发现街道上行走的女人好像都差不多，街道两边站立的柳树与青槐绿得不分你我。不知怎的，他会有今日这看似极端荒谬的念头，难道精神错乱了？难道他真的美丑不分了？越想越乱，他不敢继续想了，他害怕自己变得太快太远，怕丧失了一个普通人的审美水平。啥时候已华灯初上，明月悬空了。行人从少到无，月光所到之处明而静，他的杂念也从心灵深处淡出去。啥时候，似有石子掉进静湖的声音，接着明光一耀，心海里冒出一句：“人都喜欢美丽吧！”

一切就在最接近真谛时刹那又回到了最初的起点。“花自飘落水自流”，“零落成泥碾作尘，只有香如故”，不久，风吹街柳沙沙作响，远处寺院楼阁上的铜铃滴当滴当地响过来，一股悲凉意味涌上心头。

多少个落日余晖里，他常常孤独地走着。矛盾一直存在，命运也将轮回，在轮回中他感到了孤独、悲凉，他想那些自杀的人，或许不堪忍受恶意嚣喧之轮回，或被现实所逼无可奈何了，像老舍；或理想与现实冲突，不愿意看到世界变异，如王国维；或被孤独抑郁长期困扰，如凡·高、茨威格、川端康成等。然而，他们因为幻想幻觉而受折磨，实际上是否是被自己的念头杀死了呢？极有可能，他想。他年纪不大，竟有这种无端幻觉里的悲凉，他感到十分吃惊。他还没有找出问题因何而出，但自杀式的人生肯定不是理性成熟的人生，有一天他在塞林格的

《麦田里的守望者》看到："一个不成熟男人的标志是，他愿意为某种事业英勇地死去，一个成熟男人的标志是，他愿意为某种事业卑贱地活着。"既然抛开了生死的恐惧，孤独也好，浪漫也好，理想差距太大也好，也不过是不理性的念头捆绑心态作怪。

其实，人的生命也如日月草木虫鱼，谁人没有忧伤相伴？再说，死亡是一切生命摆脱不了的魔咒，也是归宿。实际上，生命的诞生就意味着走在那条路上了，何必自杀呢！生命全部的美丽和意义肯定是在路上的劳动及对这些劳动阅历的思考。多些平常心，顺天而行，少些固执己见、感性幻想，遵循生命规律，平平淡淡中创造奉献，笑待人生，有什么不好呢！

原载山西《新作文》杂志2015年第5期
原题为《自杀式的人生》

# 对宗教的浅薄认知

我曾在木心的《文学回忆录》中看到一段关于宗教的论述，大体是说宗教高于哲学，艺术高于宗教，在艺术之上则是最究极源头的宇宙理念，而这个理念不可捉摸、永不可见。在此，木心将哲学和宗教做出了类似“高、低”的判断，但并非是说二者一定就是在性质或作用上有明显的高下，而是说两者在对终极意义的探索上存在差别。木心热爱艺术，艺术造诣非凡，他也通过艺术（例如宗教艺术）领悟到终极意义层面的风光，对艺术的领悟非我等凡俗能理解，至于“艺术高于宗教”的说法，我觉得这反映出木心忠诚艺术和艺术至上的信仰。但我认为艺术是没法高于宗教的，因为艺术中情感性的东西更多，而宗教是更理性的，至高的艺术还是要表达一种想要表达的东西。如不起心动念，就无艺术可表达，而宗教是超越此的。如佛教大乘经典《金刚经》所示，究竟的真理是离四相绝百非“无法可说”的，一起心动念就已经失之谬误。

宗教与哲学，本文仅限于对儒释道学说谈谈自己粗浅的理解。

我觉得哲学和宗教是无法完全区别看待的，二者既有差别也有共通之处。哲学是一种理论性较强的思考，哲学理论涉及的范围较广，是对社会中的个体与整体形而上的理论，中国哲学对人生社会的思考具有艺术感。不少人认为宗教就是哲学，这是站在哲学角度看待宗教的，与宗教修持者的宗教是有距离的。宗教是不是哲学，因人的认识理解不同。宗教与哲学确实有不同处。宗教是实证性的，实修实证的特殊性十分明显。像佛教《华严经》描述的世界，是宏大浩瀚无边无际的，《华严经》是佛陀关于人生、宇宙的真理描述，至今处在人类世界哲学理论的巅峰，《华严经》关于宇宙的理论，现在一些人将其当科学也当哲学。《华严经》讲佛的境界，佛的知见，我们领悟佛的知见，去实践，善调其心，处理人与自然、人与人、心与心的关系，达到和谐，实证到自在无碍，就是佛。正因为这种出世成佛的理论实践指导性很强，才使得佛教等宗教在某种层面要比一般哲学流传得更广、更深入人心。如果认为宗教是哲学，我以为它是实修实证的特殊哲学。所有形而上的哲学对人生都有指导意义，但是，一般哲学没有宗教哲学那么系统、庞大，实践指导性也没有那么强。当然，由于信仰宗教的人不同，这也带来了某种无法避免的情形，出现了世俗的宗教、离俗的宗教、近于迷信色彩的宗教。以现实中的佛教观之，就存在这些现象。但是，这不是佛陀的理论不圆满不究竟，而是信教的人不同造成的。

其他宗教我不懂，我对中国佛教、道教的了解认识也是极其有限的。基于对本土宗教很浅显的理解，我觉得宗教就是指导人们如何调整心念心态，真正地幸福生活的，强调慈悲、宽容、清净无为等，至于戒律和规定，只是应对某种不入法不入理的情形而定的。

现在不少人说中国人是没有信仰的，好像觉得很可悲。但是，儒释道的信仰传承未曾断绝，现在明明都还在，且影响很大，说中国人没有信仰显然太偏激了。

佛教，经过几千年的本土化发展，已经和儒道一样表现出中国特色。在现代社会，儒家并非宗教。本来孟子提出的“浩然正气”不仅仅只指社会正气，更有通过自我修炼自我完善通达内在真气等的密义，但孟子关注社会，善辩论，关于政治尤其关于仁政的建议意见很有名，许多人认为他就只是个政治家，想当然地把“浩然正气”当成社会伦理道德了，儒家的理论本来是很强调修身的，先“修身”，修炼身心，达到内圣，然后才“齐家，治国，平天下”，这是有次序的。孔子、孟子、列子理论中深奥玄妙的应该主要是个人修养，有出尘离俗、清净无为的思想，面对高官厚利，他们不怎么羡慕，他们坚守自己的人生信条，更重视自己的理论主张。孟子有“浩然正气”，我们没有，列子理论中讲乘风飞行，我们没有那绝技，孔子念念不忘“君子”，不忘“仁爱”“宽恕”，我们都不够格，我们没有修炼到那种内圣境界，就一心想着治国平天下，是不是太浮躁了。少数儒家弟子秉承祖师理论，修养心身，被旁人称之为儒教，但是，终究不成气候。儒家有儒教之一说，说明儒家理论核心部分还是高深的，是能得身心自在的。但是，孔孟之后，儒家学问性色彩更明显了，加之后世一些人“拿来主义”地放大儒家理论一些方面，觉得对统治没用的，不用也不提，于是，儒家理论学说成了读书成家立业、修身齐家治国平天下的积极入世的学问了。殊不知，世间好多事业，需要有出世思想才能做好。道教，起源于道家学说，却表现出宗教性特征。广成子提出了高深圆满的修炼心身的理论，是其源头。老子、庄子注重修证，注重心得理论的总结研究，于是形成了庄老哲学，他们使广成子大道理论细化，羽化升仙之类的理念是另一种演变。我看庄老哲学，讲治国平天下，但更偏重至道的自我修炼，自始至终都重视自然、和谐，无为。庄老治国平天下都不离“自然、和谐，无为”之道。所以，道家是既隐于世又隐于野的。

视浮生若梦，又能为欢几何？红尘逐浪，不过是造罪寻苦，饮鸩止渴而已。这不免显得疏离于现代社会激烈的生存竞争意识，显得不够积极向上，好像只有上了年纪或是经历世事起伏的人才会选择佛、道信仰，一些人认为这是避世。佛教在现在中国一般人眼里，有更强的宗教氛围。一方面佛教在中国两千年发展中已经本土化了，表面上看，已经从开始传来时的神秘神圣变得入世，另一方面佛教讲求发菩提心，慈悲救度众生。大乘佛教倡导自利利他，自觉觉他，强调红尘中修炼，在为人民服务中成佛，所以也乐为大众欢喜接受，可以说这种人间佛教思想是很接地气的。但也因此被不少人错解，人们往往看到的是它在繁衍、生存、生活上显现出的作用，尤其是普通民众，把它当作一种脱离苦海、抵消罪恶、得到保佑福祉的祈福活动了，而忽视佛教更强调在自我心灵上下功夫的本意，忽视了佛教与道教一样强调清净无为、自然自在修炼内心。何谓佛的大慈悲？何为佛性、何为佛？到底如何用功才不违背佛祖道义，才能发现本自佛心？我看到的学佛人没几个人问这方面的问题，似乎这些无关紧要，更多的人热衷于求儿求女求官求财，我看到的真正有宗教信仰的人极其有限，无论是知识水平低的人还是高级知识分子，对佛教误解很多，也有一些人把参禅问道过程中出现的神通，当作主要追求目标，但是一些祖师大德认为有神通不一定能成佛，认为这样是走偏了。宁可千年不悟，不可一日走偏，走偏就迷路了，迷路则无法到达彼岸。

横流物欲不仅席卷了每一个红尘社会中的个体，连那些隐于野的寺庙也受冲击。佛教事业兴盛，社会上穿着僧尼衣服，打着释迦牟尼佛弟子旗号骗钱的人也屡见不鲜，追尘逐妄的名利客，看什么兴盛他们就假扮什么，什么值钱他们就倒腾什么。

我喜欢佛学，对佛陀人格我深深地敬仰，对那些出尘离俗追求佛教真理的佛家弟子也深深敬佩，对如我一样在红尘中拼搏，喜欢佛学，亲近佛理之人我心生敬意。在电影电视中看到那些藏传佛教的信徒，绕着圣山虔诚地一叩一拜，这样忍饥挨饿真诚叩拜几月、几年，病了死了也不畏惧。他们的信仰之坚定和为了信仰表现出的那种勇敢坚强精神强烈地震撼过我。他们对佛教的信仰，更是一种真正虔诚的信仰、生活中的信仰，有信仰的人幸福指数一定很高。无论是大乘佛教、小乘佛教，还是大乘佛教之密宗，在现代中国，其净化人心、提升人精神境界的作用不可低估。通过对佛教、道教粗浅的了解，我看到了信仰者灿烂的笑容，也看到了生命的美丽，生活的美好。

那么到底现代中国人需不需要靠一种宗教式的信仰来活着？我想是有必要的，首先它要比简单的道德要求和法律更有约束力。践踏法律、丧德败俗、唯利是图的人如今是不是很多呢？对法律道德他们生不起信心，如果真能认识佛、道这样的宗教，心生信仰，那颗灾杀之心真是有救了。不堪红尘浊浪的良知之士更需佛、道指路，佛道宗教信仰，可以使陷入迷惘、难以自拔的人走出来，使抑郁者变得乐观自信，使狂妄者狂心歇息，使愤世嫉俗者变得宽恕，使市侩混混改邪归正。如婴儿，只要能吃上醍醐乳汁，必能很快成长。佛、道要比操作性不强的哲学显得方便有力。虽然哲学好像人人都懂一点，但是当人们把宗教当哲学看待时，不一定在心里坚持坚守宗教信仰。而佛道信仰者不同，宗教信仰植根于人的灵魂深处，由心而发。宗教信仰引导人们自觉行善积德、追求真理。当然，佛、道哲学也是彻悟人生的幸福“哲学”。

用《金刚三昧经》中的一句偈语作为结束：“若失本心，即当忏悔。忏悔之法，是为清凉。”心之清凉是清净无为无污染，是人的自我身心、人与自然万物、无边宇宙和谐的自在安详。

2017年2月21日

# 闲话网络文学

网络文学，简而言之就是指以网络为载体而发表的文学作品。网络文学作为文学的一部分已经异军突起，广受读者关注。网络文学最初都无直接的功利性，现在一部分作者在网上发文章，也无什么直接的功利性，纯粹是消遣或交流的需要。但在无功利性之中隐含着功利性，这是无可置疑的。

不同的网络文学，这种功利性的表现强度也不同。

网络文学可以说和传统文学最大的区别是传播方式上的区别，也就是说，它的无功利性更强（不受金钱制约），更快捷更自由的电子文档网页的表现和传播方式，使网络文学迅猛发展。对于这种新生的文学传播形式，大众对它，在接受和理解上有不同的声音。

网文，一般而言，很多人不愿把它当作文学，认为它的文学价值和社会价值太低。他们了解的网文像玄幻、科幻、历史、穿越、都市、言情、耽美等都是一种用于排遣生活压力而无实际用途、撞击灵魂力量不大的文种。所以它的功利性也就比较突出，作者在情感、个人价值的实现和商业上获得利益的目的性较强，网络文学写作高手一年的收获也不低，而读者浏览网文则是接受一种情感体验，或泡网文纯粹为放松压力消遣一下，或为消磨无聊的时光。但是，商业价值是现代社会里文学无法避免且被逐渐放大的，新媒体的刺激使得受众获得各种体验，作者也获得物质收获和某种名誉。看现在的网文，无功利性被逐渐埋没了。虽然，网文最初坚持的就是一种无功利性的表达与交流，起码与能挣多少金钱无关。许多人当初于网上晒网文，如王安石所伤的仲永最初作诗一样，并没有想到还能挣钱，还能博得名誉等，只是后来发现能挣钱，能博得名誉，名利双收。读者在此期待的是一种生理和精神上的刺激和享受，或消遣放松，并没有想着要在网文里寻觅什么精妙的精神食粮。在阅读的过程里，他们可以暂时放下生活工作上的烦恼，在那些天马行空的网文里消遣，看到精彩处一笑了之。网络文学它给人的是简单并且直接的快餐。读者想要期待复杂高雅有撞击灵魂大力量的文学，还是到书店买纸质文学作品好好体味吧，我建议就不要在网上浪费时光了。

不过，现在的情况又不同，传统高雅文学在网络世界也落地生根了，各类精品美文网页网站也如雨后春笋般出现，一些以前不大注意网络，偏爱纸质文学的大作家也时不时在网上发文章了，他们不是喜欢网络，他们瞄准了网络自由和非常快捷的传播方式。一篇博文或微信上发的好文章，如果恰好写到大多数人心坎里去了，或是大多数人想要关注的，说不定瞬间就会传遍五洲四海，使作者一夜出名，一切都有可能。现在的作家们也明白，酒香也怕巷子深。所以，网上现在有好文章，好文章越来越多。

幸好有网络。你的文章，是骡子是马拉到网上遛遛。

我还是喜欢纸质文学，喜欢把书从书店请回书房，喜欢在宁静温馨和雅的环境，泡上一杯茶，在白纸黑字世界里散心。这样看一天书也不会头昏脑涨脖颈困疼眼干涩，有些绝妙好文可以反复品味。毕竟，“网上得来终觉浅，绝知此事要躬行”。

# 谈美

2011年，暖光包围着春天。当树木上的嫩芽经过第一场春雨的洗礼，便褪去了冬日的衣裳，春风笑脸一样绽开时，我们平凉四中第一届艺术节也如期举行了。第一次感到艺术节真美。艺术节传递了这样一个信息：学校不再只是为成绩让学生奋斗的烦闷之地，而是我们展现自我，成长自我的乐园。在文化艺术如春风拂来时，每个参赛学生心中的艺术之苗，也渐渐苏醒了。艺术之美，如花。每一个学生在这个校园里，正像春天田地里的春芽儿，在春风春雨中添叶抽枝了。我们为生命的美丽而努力，无论是带着黄沙的风，抑或是生命的雨露，我们都将坦然、微笑着成长……

艺术是美学的相貌，是心灵的手脚。艺术节上最常见的是乐器演奏、唱歌、绘画、文学作品、精美的工艺品……它们所传递出来的美，深入人的心灵时，被我们心灵破解时，便成了我们心中美的艺术。

美通过各种大大小小不同的事物表现出来，给人的心灵留下深深的美好的记忆。透过一件艺术品，我们可以看到作者的思想，甚至它折射出的社会生活现象，乃至哲学意义上的美。有些美不用心灵体味，就无法清楚把握。当观者与作者的思想、心灵产生碰撞，便有了“无言之美”。

这种美，淡而深厚，要读懂一件艺术品上的“无言之美”，关键在于你的思想是否有与它接近的高度，在于你的心灵是醒着还是沉睡。有了一颗美丽的心，有了思想的深度，哪怕是一颗嫩芽、一株草、一抹阳光，你也会发现它的美。古人说，黄花翠竹，无非在说法，有一颗感受美的心，美无处不在。

真和善，是心灵美的重要内涵。人要有平凡的善心，要有良知，还要有一颗洞明世事的慧心。慧心是善心、真心、美心开出的花朵。

2011年4月21日

# 说“争执”

刚刚读完邓拓先生《燕山夜话》中《为什么会吵嘴》一文，颇有感想。

在大多数人看来，吵嘴这样的争执发生，是由于人们缺乏谦让的美德。但邓拓先生却认为古人的谦让往往是虚伪的，是“欲取而故让”。他在文中列举：“曹操在《让礼令》中说‘让礼一寸，得礼一尺，斯合经之要矣’。这种让的目的在于‘得’。让一寸是要得一尺。这可以说是古代提倡礼让的不打自招……”这当然只是个例，不能因此就说古人让礼是虚伪的，放在今天看老先生这些话，说得太过了。中国自古乃礼仪之邦，“礼让”主要还是为了众生之间和气和谐，这符合中国哲学倡导的中庸和谐的精神。我认为古人或许对人与人之间一些争执之事看得没有那么重要，对别人让礼，得也好，不得其实也失去不了什么。当然看问题角度不一样，处理问题的方式和结果也就不一样了。还是要看为啥争执，有没有必要争执，具体问题具体分析，不可一概而论。当然，在那个与什么斗都其乐无穷的特殊时期，老先生说这样的话也许是为了配合形势，当时恐怕是有口无心的。

如今，有为数不少的人认为“谦让”要么是书生气，要么是一些彻悟的大德圣人的专属，我们一般世俗之人没有必要谦让，人活着，该争的就要全力争取。这样的认识也是偏激的，不可取。我们之所以“谦让”或“让礼”，不与人争执，这是本着与他人和气相处或与人为善的生活与做事态度。首先人与人之间和善和气相处，才能把事情做好，吵嘴争执实际也解决不了什么，有话应当“好好说”。有些事情无论结果如何，都没有必要争。有些理自己明白了就好，与不明白的人争执也是白费口舌，中国古人讲究自己“悟”，看禅宗中那些明心见性的人，从来就与人不争执，甚至一般人要与他们交流，他们也胡打乱话不想闲谈，何况争执呢？这些智者明白，浅显的道理，高深的真理都是要靠自己精勤探究，自己豁然开朗，恍然大悟，若自己不明白，不要说争执，敲破脑壳也没用。当然一般事情可以解释，让人家弄明白，如果各执己见，相持不下，可以求同存异，“一国两制”，尤其经常在一块共事的人。谦让是做人美德，也是做人大智慧。谦让里有真心有觉醒，做人要顺乎真心，妄心邪念往往在人不警惕时鸠占了雀巢，给人增添无谓的烦恼。当然真正的“谦让”，与书呆子忍气吞声、委曲求全的“谦让”是两码事。不过，今天“谦让”的君子之风已经很稀罕，凡事都要一争高下的“争执”之风倒是很盛行。有些地方人们表面上风平浪静，实际上不明争却玩“暗斗”，背地里的“争执”甚至是你死我活的。

邓拓先生《为什么会吵嘴》瑕不掩瑜，分析“为什么”的许多观点放在今天也很值得一读。吵嘴之类“争执”的产生，更多的是由于人们文化不同造成的。人们对事物认识不同，不能达成一致，而又坚持自己的想法，或是咽不下气，要面子，便一时之间让小市民的气息占据了原本清醒的头脑，争得面红耳赤甚至恶言相向。谁都希望一团和气与人交往或共事，但社会是个江湖，是江湖就很复杂，人人生活在江湖里，有的人明里不争执，却暗地里给别人“使坏”，明争暗斗也避免不了。但是，为人处事还是应当力戒吵嘴争执，因为我觉得争执毕竟不好，假如争执的事情在一个人的生活中发生频繁，说明已经形成了恶性循环，从根子上说这是“我执”习气太重的缘故，当然也与知识修养与性格脾气有关，但脾气确实是个伪命题。邓拓先生如果活在现在，他会看到吵嘴争执并非什么旧社会恶习，他这篇文章也许不会那么立意的。今天社会上上演的争执也与时下社会风气、人们价值取向不无关系。观察今天的现实里许多丑恶邪乎的事情：金钱至上、黄赌腐败、黑恶猖獗等，许多不想争、不爱争、想一团和气的良知正义之士，是很窝火很憋屈的，与各种寡廉少耻、厚颜无耻、邪恶黑恶之徒挺身而出争一争，也是好事情，这种争执不是为了个人自己。鲁迅当年对于那些论敌，曾经说："我想过了，一个也不宽恕。"因为他对国家民族对人民有大爱，所以他勇敢地站出来与论敌们力争，绝不宽恕。

当然，今天的学术界的争鸣也是另一种争执，只要不轻率、武断地否定别人的学术观点和思想，不过分迷信自己那一套，没有别有用心之意，多看一些，多学一些，吸收众家之长，说话或写文章与人交流，自然会让人信服的，争执是可以避免的；对于探索科学、追求真理的人们来说，也没必要过分看重别人的评头论足。人生有限，空谈无益，争执有时候就如"两小儿辩日"妄争一气，耗时费力误事情。

# 因小失大

在这个物质社会，人们的欲望也随着生活条件的提高而愈加猛烈。人们想得到更多，便会不计成本，不动脑子，竭力去追寻，而对已经拥有的，却不知取舍，过于贪婪，啥都想拥有就会因小失大，为了一朵花，丧失整座花园。

从前有一条穷人家的狗，它偶然得到一块肥肉，便躲到河边独自吃起来。它刚一低头，便看见河里的另一只狗，尤其是那狗嘴里的肥肉，他抑制不住自己的贪欲和霸占欲望，便松了口，冲进河里去抢另一片肉，结果它嘴里那块肉不用说，掉进了河里被水冲去了。

这虽是个拿狗说事的寓言，但在人的世界里，因过分贪婪导致一无所得的事，一点也不比狗的世界里少。人的欲望如壑难平，无限的欲望，使人在事物面前变得没有思想，不懂得如何考虑取舍得失，不懂得判断自己的利益，想全部得到，便连原有的也失去了。这实际上反映了一个人对待生活乃至人生的态度。

18世纪初，有一位英国伯爵为了获得更多的财富权力，便费尽心思地准备暗杀自己的哥哥。他整日苦想，思虑成疾，病得不轻，也被哥哥识破了，但他的哥哥心平气和，没有因为弟弟想杀害他而苦恼，在自己的土地上创造财富，救济穷人，不敛财，不自私，创造的钱财在特定的时间刚刚够用，他没有那么大的贪欲因而活得幸福自在。可见兄弟俩因生活态度不同，生活境况、质量也完全不同。

人活在世上，吃住用都很有限，不需要那么多的，应该轻轻松松地生活，不要被世俗的财富驱使，成为奴隶或在贪欲的苦恼中挣扎。谁都是一无所有地来，终将一无所有地去，对自己的财富，得学会舍和散，周济他人，而不是一味地想着得到更多的自己终生都享乐不尽的财富。这也是邵逸夫、比尔·盖茨等成功人士的人生感悟，他们创造了富可敌国的财富，誉享全球，却也大量散财舍财周济他人，活得十分潇洒。因为他们不管多么富有，却依旧向善，拿出自己的财富周济穷人、捐献给教育、社会公益事业等，用自己的财富造化一方，那些受到帮助的人也尽力去帮助自己的恩人。他们有所付出，便有所回报，他们手里的财富也滚滚不断，从社会中创造财富，又用之社会，他们尽其一生在做一个有意义的游戏，他们用心做事积累财富，然后又回赠给社会，既认真用心创造财富，又超然物外淡然看待财富、名誉等。

一个人不是为了得到更多的财富去享受挥霍才要去创造大量财富的。我想他们肯定是目光长远地去计划去实干，在时机、得失面前目光独特，头脑冷静，懂得取舍抉择，把每一步工作脚踏实地做下去，才赢得了更多的财富机遇。倘若贪欲炽盛，甚至强盗一样冲动，那肯定行不通。

对于利益，可以当作动力认真打量，去行动，但是，不要看得太重，毕竟人生的幸福，不完全是用物质财富衡量的。

2013年2月

# 闲话生存危机

当他们还在自己的安乐窝中欢娱而放任自我时，当他们还沉迷于自己的贪欲而坚持狭隘的谬论时，当他们还在贪婪野心促使下为自己的巧取豪夺洋洋得意时，他们的心灵已经被一张由自私、贪婪编织的网束缚住了。他们像跳进正在加热的油锅里的鱼鳖，不知温度正在升高着。童年残留的善意在私欲膨胀、物欲扩张的"社会化"生活中，被挤出了心灵殿堂，于是，"事不关己，高高挂起""随心所欲"等不良思想价值观，在过去如黑货一样不能被提到台前，如今却风起云涌，潮翻浪卷。

现在人有吃有喝有玩，有钱有房有车，就是忧虑焦虑不安，对现实社会风气不满。因为狼道畅行，潜规则流行，黑恶横行，人行于世如走在黑道江湖，总有不安全感，总有一种不祥的预感。可是，许多人并未发觉或并不觉得社会风气不好、不公平不合理等危机，是在自己和周围许多人共同参与影响下形成的。

生存危机实际上就是思想和信仰危机。虽然一些人通过自我反思觉醒到沉睡已久的人性亮光，却感到恐怖，想挽救却感到无力。当越来越多的人心的贪欲化成你争我夺，化成无度索取、恣意妄为，天灾人祸也频繁起来。这根本就是人惹的祸。信仰沙漠化，文明碎片化，大家共同的精神世界世俗物质化，等到终于有一天心灵觉醒了，看淡了，想真正过有境界的生活，想享受生活美好感受生命美丽时，却发现自己一生所造的恶果，是多么严重。冰山消融、草原沙化、江湖干枯、土地板结、转基因食品泛滥、添加剂过量超标，食物有毒、香水有毒、空气有毒……人类赖以生存的家园就像一个各种器官和脏腑都衰竭了的老人一样，脆弱得不堪一击。有识之士呼吁过要预防的噩梦般的生存危机，没有什么悬念地到来了。

人类正活在自己的噩梦里，或者我们正活在自己创造的噩梦中?

生态破坏严重，无论是自然生态还是经济文化生态都一样脆弱，生存环境危机重重，让人担忧，让人害怕，让人紧张。有时真想找个地方与世隔绝起来，像古时候的隐士一样，但现在再也难找到这样的地方了，再说，隐逸人生也是逃避，最好的办法还是尝试改变。

伴随着村庄的逐渐消失，传统文化生态也在消亡。大量的农村人携家带口追赶城镇班车，逃难一样向城市进军。城市更像染缸。一些城市，阴森楼林顶着灰暗的天空，人更像蚂蚁，穷人像富人的抹布，城市很浮肿。大街上飞扬的垃圾、流溢的污水、散发的恶臭、惊魂的噪声、无礼地叫骂，让人难以忍受。城市，有很多有待破解的难题。

后来我去了南方，看到城市形象与北方大不一样，街道上“一尘不染”，树木被雨水一次次洗过，一身娇嫩气。一切令人新奇，如首次降临人世看到一般。

但是，南方一些城市表面环境令人欣喜，那是因为经济发达，在城市环境保护治理上有钱，能施上劲，实际上精神文明怎样呢?治安生态、文化生态怎样呢?待久了自然能知道。我在这里感到孤寂。

我还是喜欢西北小城，尽管环境并不是很美丽，但内心是踏实祥和的。

物极必反。一部分人觉醒，开始保护我们脆弱的生存环境，并为此号呼奔走，参加各种慈善事业，结成志愿者团队，行动起来了。现在，志愿者越来越多，就像一丝丝光明穿透乌云，照到那些失望的人心上，在善爱、利他的志愿者感召下，一些人迷失的良心回归了，冷酷的心灵开始变得善软。

毕竟，改变思想提升境界，这是最重要的出路，厚德才能载物。从乡村看到城市，从北方看到南方，看到种种环境危机，看到种种不公平、不合理甚至黑恶现象，也看到种种自私贪婪的众生相。生存危机说穿了，是普遍缺乏君子思想境界，缺乏真善美的信仰和坚守。

我出生在城市，却向往绵延无尽的空气清新的青青草原，波光粼粼的弯弯河流，夜幕下神秘莫测的静谧，梦幻般的安静，我觉得这样的环境令人心神宁静，很安心。现代人生存危机来自失去自然怀抱的焦虑、抑郁，也来自贪欲炽盛、践踏一切、疯狂占有的魔鬼心态，这是一种心灵焦灼和不安的内在症状。心焦心急的人恐慌于独自面对自己，总是找人群，总是想往人堆里扎，频繁的社交治不了心病。不肯独自面对自己的心，外求安心，试图以这种方式这种解决心灵危机的想法做法实际上是颠倒梦想。

现在人爱讲生态平衡。所谓生态平衡就是人心要与自然和谐，人心要与人心和谐，要学习自然之道。一个地方外在环境看起来很美好，花花草草摆布艺术，车水马龙很有规律，那么大多数人的心是不是自然祥和？有没有尔虞我诈或黑恶势力暗流涌动现象呢？一个地方如果许多人忧心忡忡、抑郁不安，公务员做事不公，领着政府给的工资却暗中为黑恶势力保驾护航，说的尽是好听的话，干的尽是见不得阳光的事，无论这个地方水草多么丰美，楼堂多么高大，外表看起来多么迷人，这地方也不适宜人居住。因为精神文明生态不平衡，邪恶的人铤而走险，形成了不祥瑞的气息，使人心里感觉不安，天灾人祸随时会袭来。

偷心改掉，天下无贼。人心与人心、人心与自然万物融洽和谐了，生存危机自然就不存在。

人的境界不是从天上掉下来的，而是需要倡导，需要良好的社会风气的熏陶，需要正确看待物欲，需要打黑除恶遏制腐败，需要事事磨炼、历练。面对被破坏得千疮百孔的生态环境，努力改变思想现状，重视道德信仰修补、重建人格提升工程，提升人的精神境界，外在的危机也许会逐渐减少。道德不仅是人与人之间交往时应遵守的善意平等，真正的道德更是一种内心宽恕放达、淡泊宁静的心气，是内在的浩气。如果我们连善爱这样的祥瑞之气也没有，公平公正的正气也没有，只有自私贪婪、阴邪凶恶之气，必然危机重重，大家互相影响，彼此消耗，就是一种生存困境。

人人培养起一点点爱，人人减少一点点狼心狐性，人人看管好自己心里的另一个野兽，推己及人善待自己的圣性，从自我做起，真诚利他，必会得到自然的回赠、社会的回赠。

内心和谐拯救危机。追求自我和谐由心而发，而非谁来强迫，自我约束、自我管控七情六欲思想情绪，唤醒自己心灵中的善性灵光，发掘智慧，增强定力，心身和谐了，危机便会无影无踪。

现代人疯狂地掠夺大自然，外贪之心翻江倒海，严重忽视心灵。神昏气暗，精气神严重虚脱，越虚脱越疯狂肆意妄为，生存危机也会日益严重。

古人强调自然和谐之道，待人宽恕之道，淡泊宁静之道，天人合一之道，万物一体之道，悲天悯人、心忧天下，这都是大学之道、安国理政之道，这些“道”无一不是自我修炼、自我拯救的和谐圆满之道。恢复外在生态平衡，先要把人自心扶正，把精气神恢复过来，让正气浩气周流不息。

# 《看见》让我看见什么

其实很早就听过《看见》这本书了，知道是央视著名记者柴静的作品，以为是新闻纪实，揭露和批判现实的作品，不曾想要去买它回来细细阅读。

来到中山大学，成了中文系新生，想到以后很可能要去从事新闻记者之类的工作，自己对记者对那些不为外人所知的一切始终持有一种好奇，想要知道不曾知道的，知道那些应该知道的，便去图书馆搜寻。

这是我到大学读的第一本书。

《看见》让我“看见”了一个记者一路走来的坎坷和挫折的身影。原来，她不是要揭露些什么，要批判些什么，就像她这个人一样，她只想用心灵用思想去“看见”真实的现实。当然，这种“看见”也是记者在当今社会现实里经历和成长中的一些思考，也是要“看见”风雨中走来的“成长”的滋味。

《看见》让我“看见”了一个记者内心的真实和良知。柴静，一个在理性的骨感中始终透露出简单却极为热烈感性的人，一个身处社会焦点热点、靠近真相的新闻记者，一个骨子里坚守善良而有良知的姑娘。她没有按任务去码字，写一些无关痛痒的文章。我喜欢这样的人，愿意成为这样的人。但是，我不敢，因为我小，我不了解那些真相和为了得知真相所必须付出的苦与痛，委屈和忍受。对我而言，未曾经历过，好像无颜提及，我并不知道到那个特定的时候，我是否还能像当初信誓旦旦的那样，还能像现在一样坚守住良知，但我现在通过柴静的《看见》看见了未来可能发生或必将发生的，我想提前做好“良心”上的准备、技能上的修炼，将来真实可爱地走在这路上，才不会稚嫩得手忙脚乱。

德不孤，必有邻，《看见》让我看见了柴静的可敬可爱。在成人的社会里，往往没有那么多可期许的东西，钱与利总是存在，总能听到不少人开口闭口谈钱谈利，至于幸福和责任所带来的安稳，其实在年轻的那些日子就可以找寻并且拥有。我一直认为自己挺有正义感的，这与那些舍生取义的理念或者讲话并无多大关系。我本来就觉得生活在这个国家，爱国与家是必然。作为读书人，有那么多东西是我在任何时候都必须坚守住的。柴静没有把自己的心灵捆绑在名利的战车上，而是从良知出发，回归于心，从容得让人感动。

书还没读完，我便感触颇深，读到一些地方悲痛低沉，感同身受，一些地方又愤愤然，边读边记录，记录那些“红绿灯”般的警示性文字，记录那些我认同的和我不曾知晓、却被柴静“看见”了思考了的，并留给后来人受用的灵魂的文字。在开头她说，做新闻要关心新闻中的人，新闻中的人是个体，是社会人，但在某种程度上也是任何人。关注这些人，往往都是关注弱者而评断另一方，不自觉地站在道德的标准线上，她勇敢得简直就是一名战士。恕我直言，在这个闹闹嚷嚷、有时难辨南北与东西的社会上，守住善良就得像战士一样睁大警惕的眼。当然，不可避免地带着感性和先入为主的猜想，这是记者的通病，有时她也难免。

柴静让我看到了从事新闻性工作对人对事应秉持的态度。譬如对高跟鞋女人踩死猫事件的报道：一开始她的情感是热烈的，言语犀利而感性，像是在质询，但越往后，她感情冷静了，便认真思考，思考新闻的准确性，没有绝对的是非，她说准确极为重要，自我感动常让真相流失于涕泪交加。书上记录的这个报道大意是：一个收钱拍摄的记者，拍摄一个女子（护士）用高跟鞋踩死了一只猫，拍摄画面从女子的眼睛开始，没有多余，发到网上一片哗然，引发热议。大多数人说其残忍，更有甚者竟发布什么“格杀令”，宣言要给当事者“死亡之惩”。时隔多日，他们去采访处于事件中最被动的那个女子。在采访中得知，她是一个离异女性，内心抑郁，对生活烦闷，对此事她甚至都没有多少自我意识，只是发泄。她被舆论攻击，家人和她都难以像以前一样正常生活了，她接受采访，并非祈求谅解，只是想要说出来。看到这，我想起了斯宾诺莎《伦理学》中一句话：“嘲笑、轻蔑、愤怒、报复……这些情绪，都与恨有关或者含有因恨而起的成分，不能成为善。”然而，了解了这个踩死猫的女人的生活遭遇和内心的抑郁愤懑，我却无法恨她，也不能认为她恶毒。网上从头到尾，旁观的高举人性大旗的网民扮演的角色并不令人喜欢，除了批评、谩骂并无更多的了。柴静他们几乎采访了这个事件中的每一方，从一开始带有感情色彩，到后面，将采访变成“观察”，就是说“不赞美，不责难，甚至也不惋惜，但求了解认识而已”。记者秉持“看见”的态度，采写的高跟鞋女人踩死猫的事件报道，起码让我们看见了一个真实的当事人，也看见了这个社会真实的一隅，我想，这就是《看见》的价值意义，柴静真是难能可贵。

《看见》让我看见了大哀大爱，触动我的灵魂开始长出了许多神经触角。这本书，要说给我震撼最为强烈的，就是关于“非典”的那些内容。作为一个95后，作为生在西北小城的我，对于当时给中国人带来巨大痛苦的“非典”，并未关注多少，只知道有这样的事，一切好像与我无关。我知道，“非典”是一场灾难，有灾难，就会有生命的逝去，就会有痛苦，有难以言明的痛。但这种痛，对包括我在内的许多不曾亲历的人，都难以有所体会，因为远离和距离，它并未对我们造成太多直接切实的影响。但读了这本书，我从书中知道了这些我未曾听闻却真正发生了的事实。柴静的文字给我以直接的深入心底的震撼，那些痛、那些感恩、那些舍得，让我落泪，让我的心为之触动，连灵魂也受到洗礼。

书中，她这样形容一位患者：“他没有昏迷，眼睛是睁着的，只是什么表情也没有。日后，我在很多绝望的人脸上看过同样的空白。”哀莫大于心死。当病痛来临，当得知愈疗无望，当明白一切就要结束，自己却只能安静等待那最后的一刻，一个人会是多么的绝望！书中还记载了这样一件事：一个卫生系统的官员被感染后，又不幸将病情传给了妻子和儿子，全医院只能找到一个床位，夫妻便让儿子去住，夫妻烧得浑身湿透，只能颤抖着坐在凳子上输液，再后来，凳子上也坐不住了，孩子痊愈时，父母已经去世。是的，当这种灾难来临，他——那位官员依旧前往，这是其职责所在，但因此家破人亡，我们还能冷冷地一看而过，或是简单感慨吗？父母逝去，孩子没有了依靠，可以说这个孤儿的生命是父母用自己的生命托举起来的，大爱惊心动魄。他在“非典”中并未发挥多大的作用，只是做好了本职，倘若他不上前，不去病房，又会怎样？或许会被舆论压倒，但他去了，却伤害了一个家庭，这又怎么说？难以评定，复杂，我迟迟难以回过神来，这就是人性之中那些难以忽视的美好吧。在这种美好里，让我看到了活着有时实在不容易，如果从病床上站起来的人中有他们两位，势必倒下去的是另外两个人，如果他怕感染病毒，不到“非典”一线指挥，履行自己的职责，想必会有更多的人被病毒夺去生命，更进一步想，如果没有许多领导、干部、医生齐心协力控制“非典”蔓延，后果又会怎样？还会与我们无关吗？可见一个社会没有责任和爱——尤其关键时如果没有不怕牺牲的大爱，不可想象。能熬过非典，能经历一些大劫难还快乐活着的人，应该比一般人更懂得感恩他人和社会。

像《卡萨德拉大桥》里所写的那样：火车驶往危险的地方，人们只听到咣咣作响——外面有人正把窗户钉死。每个人或多或少都会经历这样的日子，只是或许还未来到，它让人恐惧，让人心生绝望。有时是我们自己把自己带入这种境地，难以自拔，被苦痛折磨得神经紧绷，这或许是作死，但很多时候这也是大多数人心灵蜕变、成熟、明悟懂得大爱的必经之路。然而，在这个世界上，还有很多人根本没有选择的权利。或是天灾，或是人为发起的战争，一切使得他们从一个极点走向另一个极点，当初的极点或许平常，但即将面对的这一个却在很大程度上预言了毁灭与结束。在这种身不由己中，人性受到质问，是善是凶，是正是邪，有没有纯粹的善或恶？那个在逃离家园的路上死亡的难民小男孩，那个躺在沙滩上冰冷的身体……对此，世人又有何感想？大众的感伤与祈祷又是否能够换来悲痛的结束？我想，唤醒责任与良知，唤醒如母大爱，劫难悲痛才能结束。否则，那些高坐在台子上的政客怕是会无所改变？社会群体集体无意识和冷漠也怕是会无力改变。或许，有那么一天，有那么一群人会聚在一起，会做出一些事，一些我们不曾做过和尚未达成的事。到此，我忽然觉得《看见》不仅仅是柴静的“看见”，我的“看见”，她想让我们这个社会上更多的人看见真实的自己、看见真实的社会，即便这看见的真实无法改变什么，但从真实中看见理性、看见希望理想也许才是更为重要的。

“只有善良的人才能有刚性”，或许我们不用刻意去做些什么，既然看见了一些人和事，内心被感动着，听从内心的善念，跟着走，一切就会渐渐好起来。

2016年9月23日

# 在悬崖上奔跑

## ——初探福楼拜的《狂人回忆》

“我在悬崖上奔跑”，“我注视着广阔无限的空间和无限，我的心灵面对这无边无际的地平线而损坏”。“我”是一个狂人，在人生刚刚开始时便思索活着和死亡的意义，但这其中也渗透着作家自己的灵魂，这灵魂是躁动着的、沸腾着的，也是真实的。

就如《狂人回忆》刚开始写的“个人形象渐渐地穿透语言”，文中的“我”在不停地思考和打量周遭的一切，对爱情期盼而又拒绝，对死亡怀着纯净的喜欢，周遭的一切使其自我怀疑，这种怀疑的人生符号恰恰映照出作者福楼拜生活中的诸多情绪或情感体验。

“我”一直在怀疑，怀疑自己，怀疑这大千世界中的种种，哪怕是未曾经历过的爱情。爱情或许是人一生最难忘的记忆，相思与失恋的痛和相爱缠绵的浪漫，它可以激起人对所有美好的想象，也能让人厌倦整个世界，而这个“我”，则是在犹豫和抗拒中经历了自己的第一次爱恋。“我惊愕得一动不动，好像看见维纳斯从底座下来”，玛利亚，一个丰满安静的少妇，她让“我”想要表达自己也不曾知道的秘密，为爱而陶醉，不停地想念，在失去后又活在回忆里。在这个女人身上，“我”有对于生理反应的抗拒，但最终还是遵从了心的召唤。她的离开对于“我”而言，就像哀歌少了一句诗，历史有了空白。

经历爱情的“我”，却未曾改变多少。思考着，像一个哲学家在天上行走；想象着，像一个诗人沉醉在灵魂深处；跟着七情六欲奔跑，像一个小丑演绎着悲剧。“我”所领悟到的生命幻灭，是沉入墓中静静地感受大地的脉动。“我”梦想坟墓，对生活有厌倦也有迷惘，尚在春天就已结束一切，看现在和将来都蒙着厚实的灰色麻布，就是这样。“我”一直在靠近岸边的地方悲喜、徘徊、苦恼，而“我”的灵魂却是沉寂的，也许上帝本来就像睡着了一样，但实际上醒着，一言不发，从不表态。

就像文末那句话：“我的灵魂飞向来世与无限，在宣告死亡的声音中，翱翔在怀疑的海洋上。”世界很大，而“我”却很小，在怀疑所带来的迷惘里，“我”像一束烟花经历了繁华与虚无。这简直就像死亡笔记，肉体衰坏，心识却迷茫地随业识漂流。作家如此细腻地描写“我”恍如濒临死亡般的意识冒泡，当然不是写死亡体验，而是揭示经历的人事仿佛空花泡影，电光石火；揭示人对外界的感知和内心的所有情感都在幻灭和再生，这实际上就是东方哲学家指出的“业”的轮回。“我”就像暗夜里的一颗星，是转动的，虽暗也有光。

这哪里是小说，简直就是深奥的哲学论文.《狂人回忆》中“我”这个狂人，与鲁迅先生的《狂人日记》里那个狂人形象，有异曲同工之妙。狂人不狂，他们看似疯话连篇，思想看似荒诞不经，但实际上就像《皇帝的新装》中那个说真话的小孩子，句句击准芸芸众生病症及要害，击准这个社会的病症病根。所不同的是，《狂人日记》借狂人之言指出了这个社会“吃人”的病根，而《狂人回忆》指出了我们情感意识维度里的那些不容易示人的煎熬与痛苦。“我”之“怀疑”不是否定一切的虚无，而是积极大胆地探索心灵智慧，寻找理想和谐的精神生活，食物的精美、肉体的燃烧——像维纳斯一样的美女的陪伴，及上流社会的酒会娱乐、文艺沙龙，都没有解决不美好不理想不快乐的痛苦，因为

“我”病由内心妄念而生，识破妄念不执不贪，病根才可拔除。也许作家是个基督徒，很明显，“我”是一个有信仰，执着追求精神理想的人，在物欲横行、名利纷扰的社会乱象中看不到希望，找不到灵魂的归宿，他已经看出了人生如梦如幻，美女等同枯骨，金钱如同粪土，可灵魂还在迷茫飘荡。

《狂人回忆》很值得今天的普通人读一读，起码引起我们对“人生究竟为何”做一些有意义的思考。狂人“我”在寻求灵魂的大解脱，在寻找心灵的本真。他一呱呱坠地就开始寻找，他在娘胎里是不是就在寻找、怀疑呢？历经荣辱悲喜、爱恨情仇依然在苦闷彷徨，可以想见，肉体毁灭之后他也停不下怀疑寻找的步伐，其坚毅不挠、追求绝对幸福的“狂劲”，令人心生敬畏。无论年幼还是老成，只要我们在生活，就会不断思索和怀疑，我们在生活中的志趣追求，思考怀疑，越过思想陷阱、情感篱笆墙的每一次欣喜，构成了我们活着的全部意义。无所谓开始，也无所谓结局，只要追求高远，就停不下躁动怀疑的步伐，我们的灵魂始终清醒着，看着我们，哪怕思想的心猿意马牵着我们在悬崖上奔跑，灵魂依然清醒地看着我们，不会随着凡世的种种而寂灭和消殒——无数先贤的追求历程告诉我们，究竟的灵魂就是我们的真心，不管给他贴上太上老君的标签，还是上帝的标签。福楼拜生活在19世纪，《狂人回忆》让我们知道他比今天的芸芸众生走的还要远，那狂人虽然在现实里找不到光明倍受煎熬，但他心里有“光”，并坚信那光就在不远处，他相信只要找到灵魂的故乡，便自在无碍。

人生在世，无异于悬崖上跑马。读罢《狂人回忆》，那狂人以怀疑的目光盯着我似在问：“你有自己的‘光’吗？你的灵魂在哪里？”

原载《平凉日报》2017年1月6日“读书”版

# 恶与善的界限

## ——读《罗生门》的所思所感

罗生门，亦作罗城门，语出《今昔物语》，象征着人间地狱，乃魔鬼聚集之门。日本作家芥川龙之介以这个佛教故事集里以富有代表性的地点展开描写，本身就给故事渲染上一层神秘感，也可以说是阴森感。那么，他写这样一个故事究竟想要表达什么呢？这就值得探讨了。既然是人间地狱，可以想象，它必是衰败的、幽暗的、恐怖的，甚至可以说是肮脏与丑恶的聚集地，正如文章开头所描述的那样，“狐狸来栖，盗贼入住，最后竟将无人认领的死尸也拖了进来，且日久成俗。”“很多乌鸦不知从何处飞来。”“它们是来啄食门楼上的死人肉的。”试想在这样一种环境里成长的人，他的本心是善是恶，他的善恶是否可以用以往的标准来衡量？若不用常规的标准衡量，那么他的所谓的恶是否是真的恶？这种恶又是否可以被谅解？

继续往下看，就有意思了。仆人当务之急是要设法筹措明日的生计，“既然为无法可想之事想方设法，便无暇选择手段。”“随之而来的必然是除非当强盗。”仆人有当强盗的念头，看似是迫于生计，但这个念头出现的极为自然，就好像理所当然一样，让人感觉这个人缺乏底线或立场不坚定。要当强盗，正和“罗生门”这个环境吻合，这是环境使然。当强盗的想法在他脑海里一出现，他是犹豫不决的，他是在犹豫能不能当强盗，而不是当强盗是否合理，因为，在他内心潜意识里已把这当作环境所迫的正确选择，他犹豫的只是做一件事的风险和外界对此事的看法。

由此我们可以想，当一个人出现恶的念头，又因外界因素和内心的恐惧裹挟而把其隐藏起来，那这个人还是不是恶人？若说是，他未造成实质性伤害，说不是，他内心已然生出恶之花。他用善美的谎言把自己的恶之花掩饰掉，那恶之花还是在他心灵深处招展着。这种心灵之恶不好评判，因为它被伪善包裹着，但是，芸芸众生有多少恶行恶念是裸露的，有多少道貌岸然之内没有包藏着祸心？这些值得思考！芥川龙之介如此表述故事，让人产生一个又一个疑问，他将问题暴露出来，又不直接表明自己的看法，就是要让我们读者思考这个课题吧，这个课题弄明白了，善恶荣辱一团乱麻理清了，人生也活明白活清醒了。在我看来这是一种极为高明的写法，这种写法已不再是简单的表达，而是在故事叙述中引出一连串的追问和思考。善与恶，难以明确和判断，由于各种因素造成的局限和假象，我们如初入罗生门，对这个世界迷宫一样的人或事，不知道该如何思考、应对，却又不得不思考判断，不得不应对。

到中间部分，有一处值得赏析，有点戏剧性，又很现实。当仆人看到“又矮又瘦、浑如猴子”的白发老太婆的行为，他“六分恐怖，四分好奇”，仔细一看，看到老太婆从女尸上拔头发，他的恐惧却逐渐减退，憎恶一点点增强，在这个时候，他甚至想宁愿饿死也不愿做贼。这种憎恶好像在一定程度上显得仆人是善的，是有同情心和底线的，但他已经先入为主地认为老太婆的恶和坏了，又极为自然地忽视了自己的恶，认为眼前这个老太婆更为可恶，面对如此情形，最好的选择是死亡，而非做贼或是干些别的，起码不能从死人身上谋求活路。他看到别人的恶，对自己的恶浑然不觉。

当仆人意识到老太婆的生死完全取决于自己的意志，而获得一种大功告成的愉悦，继而以审视的口吻来质问眼前这个不堪的老女人，他的语气和心态已经发生了质的改变，他成了对恶的审判者，他不再思量自己当初的那个想法是正确或龌龊，现在他脑子里只有如何去审问这个看似有罪的人。他在不知不觉中，在某种程度上，不再把生计问题放到第一位，而是站在更高的位置带着讽刺意味厌恶地打量眼前的人和事，起码在他内心有种正义感。最后，他知道了女尸生前为了生活把鱼晒干了当成鳝鱼来买，老太婆为了生计去触碰女尸。他悟了，他悟得的是——"为了生计没有什么不可以"，于是抢了老太婆的衣物逃离，消失在夜色深处。

仆人从一开始产生恶的念头，又在自己认为更加罪恶的事物面前为自己的恶念找到了理由，最后悟到为了活着什么都可以。我看到这，觉得他悟到的是罗生门这个鬼蜮的生活现象或者潜规则，可笑不？他的心路历程无疑是具有戏剧性和讽刺意味的。这个仆人身上所体现出的，不是纯粹的恶，更没有纯粹的善，一丝一毫都没有，因为他的善恶完全出自自己的心情和观念，他有的就是人性本身所具有的自私和利己，他会为了生存而选择盗窃，又会因对罪恶厌恶而把自己放在一个审视恶者的位子，看到别人的生存方法而肯定自己当初的错误想法，他的一切判断和选择看起来都是那么自然，好像没经过什么思考——应不应当？会不会对别人产生影响？种种思考都在自己潜意识里被忽略掉了，或者说他的想法和做法就是那个社会的潜规则或司空见惯的，他也是社会恶俗或常态化恶念的仆人，我想。在这种状况下，善与恶的界限变得模糊，其判断标准的合理性难以言明。每个人心里都有自己的一杆秤，但只称别人不称自己，这杆秤就是用伪善用谎言巧语包装掩饰过的自私自利的工具。

掩卷思之，《罗生门》中的故事并不复杂。作家告诉我们，在现实生活中善与恶的界限，并不像我们想象的那样简单分明，而是复杂的，人组成的这个社会也很复杂。当然，我们更不要天真地想，“罗生门”这个阴森恐怖、善恶错综复杂、黑白颠倒的鬼蜮在天外或在9世纪日本的某个地方，实际上“罗生门”，就在我们这个现实世界。当自私自利大行其道，公平正义被潜规则并轨，公平正义得不到彰显，你我就是罗生门中人，当我们心怀一己之私利私欲行走世间，就是伪装的真善美，装得再高大全，也改变不了内心的恶魔，恶念终究会起祸端的。

2016年10月10日

# 观《釜山行》有感

说实话，类似的电影我看了很多，但多数只给人血腥、暴力、丑恶的感觉，这些电影缺乏或丧失了起码的真善美的生活气息，看完也就像垃圾一样扔掉，再也不想提及，《釜山行》是个例外。

釜山之行，KTX406号列车在无法预知的情况下驶向釜山，驶向一个安全隔离的地方，一个可以避免考验人性的地方。在路上，不仅有丧尸，更有人性面对灾难和死亡而悄然开放的恶之花。但这场带来人性丑恶的病毒感染，却也表现出了人们内心可贵的一面，爱情、亲情、善良，等等。这些最美丽的心灵之花，就像寒冬暖阳，给每一个经过灾难的人以欣慰、祝福和希望，善和爱不可或缺，世界因此而美丽。

影片中最能唤起人心善意和美好的主要有三对人物，一对缺少交流的父女、一对刚刚怀上女儿的夫妻、一对彼此喜欢的高中情侣，这种爱情与亲情的真实流露和大胆表现，给人深深的心灵震撼，也让每一个观者看到，人间唯一的永恒就是无私的爱，引起无私称为大爱，究竟的善就是大爱，亲情友情爱情都是大爱之树上开出的花朵，有了善和爱，可以珍惜眼前之人，可以弥补心灵缺憾，可以对抗生活中的阴暗、心灵的陷阱。大爱如莲，从七情六欲中挺拔起来，虽出淤泥而不染。

孔刘饰演的是一个证券公司经理，在女儿眼中，他是一个不负责任却值得依赖的父亲，在别人眼里，他却是一个可以为了更大的利益而忽视散户利益的老板。在这段噩梦之旅中，他从刚开始的自私逐渐变得高大起来，与摔跤手和高中生一起抵御危险，解救幸存者，不再像以前那样只为了生存而冰冷，而是伸出援助之手，勇敢地承担起一个男人应扛的责任。女儿的哭诉和摔跤手的一系列行为，让他知道了自己的不安，当初妻子的离去和女儿对自己的陌生再一次刺激了他。在面对灾难和生死存亡之时，他迈出了走向可爱之人的一步，帮助那些陌生人，实行灵魂的自我救赎，这也是一种对自我的寻找，寻找生命最初开始时的善美。而那对夫妻则在整部影片中扮演了灵魂人物，丈夫作为一个摔跤手，看似野蛮，实际却心怀善念，一直尽力帮助他人，多么可爱。而妻子更是善良，对小女孩她有种母亲的慈爱。他们的孩子虽尚未出世，却象征着希望，象征着最初的美好和感动。从另一方面来讲，这个腹中婴儿也可以说是代表无知和懵懂，没有经历世事沾染，没有善恶概念区别，导演安排这个角色不是可有可无，不是单纯为了体现母性的伟大，而是向所有人表明人性的真善和其不可测的伟力。作家高建群曾说：中国人的信仰源头是“母爱”，母爱照亮了人类的路。在时间和空间的转移里，如果没有母亲的大爱，人在无明暗覆，诸多苦惑改变以后，是否还能找到如初的天使般的纯真可爱？这是导演给人们留下的另一道考题，或者说是以此警醒我们。

而影片里的高中生情侣，则带有一点罗曼蒂克的味道，有萌动的情愫、羞涩的示爱、彼此的担心牵挂。片末女生被感染，男生悲伤地抱着心爱的女孩，被女孩咬中，二人最终都化成丧尸。真爱十分短暂，就像中国的梁祝化蝶一般，这种爱虽未经时间打磨，但在生死之间的相爱和付出，谁又能说这是稚嫩的呢？在我看来，在患难和生死与共中的爱，更纯粹更感动，哪怕是一吻，也纤尘不染，纯净如莲。真正的爱情也是人心最初的美好，超越了狭隘与自私，闪耀着大爱的火光，爱情之所以是个永恒的话题，常谈不厌，就是因为其中蕴含着大爱真金。

这部影片，我感到人性的善良是一座沉甸甸的山，在践行者那里，是精神超拔的彩虹桥。平日里嘴上说些真善贞洁言词的人，未必是有道真君子，有些人不修边幅，看似有点放浪形骸，不那么在乎外在“形”象，但在生死关头，却能大爱示人，善德如山。

2016年11月1日

原载《天正文艺》2017年2月第76期

# 狂风和静海

## ——顾城的世界

“我需要，最狂的风，和最静的海。”这是顾城的世界。这个世界里有对命运和人生的狂野思索，也有坐看云起时、物与我两相忘的宁静和谐。看似矛盾，因为这个灵魂诗人将自己和整个世界结合到了一种极致，走得很远，远方的风景独好。他的世界没有几个人懂，谢烨或许知道多一点，而其他人只能揣测，因为我们不是他，懂他的应该就是那些和他一般在时光星河里燃烧的灵魂，就像和他归路相差无几的真女子三毛。

我喜欢顾城，喜欢他的诗，也喜欢他那跳跃的富有灵性的灵魂。有人说他是童话诗人，也有人说他是唯灵浪漫主义诗人。是的，他的诗里有纯净有自然美好，在他的笔下我们感觉他就像一个赤子，和那位喜欢昆虫的作家一样，他写小虫小花，写大自然里最为真实的可爱。读他的诗，我们好像可以回到过去的日子，和他一起在河边的滩涂上光着脚踩着石头玩水，在树下看小虫子笨笨地走过来走过去。人们知道他杀了自己的妻子，然后又以自杀结束生命。看了他的诗，看了他那些关于生死的话，就有很多人好像看透了顾城。在他们眼里，他只是一个极端的有才的诗人，而他的诗也只是书页上的值得品味和摘录的经典语句，对此我只能报以沉默。说实话，我肯定也不懂他，因为我不是他，但我知道他并不想只当一个诗人，他喜欢画画、喜欢旅游，也喜欢写诗，他写诗只是因为通过那些大多来自梦境的诗行可以表达自己，就好像自己真实地活着，并且活得有味道。

他的死，或许是伤害了妻子，看到熟悉的妻子的生命被逼得发痴发狂，在悔恨的泪水里走向结束，走向自己曾经在想象中面对过的死亡。他跳跃的不安的灵魂，被自己的思想带得越来越远，好像看到了整个世界的本质，看透了活着与死亡的意义，就连他自己也认为自己是矛盾的。当现实与理想发生碰撞，当自己所拥有的在当下无法保持时，便只剩下怀疑，怀疑自己，怀疑一切，这或许就是这些走在我们前面的不凡的人，所要遭遇和无法逃避的道路吧。有悲剧精神，有浪漫的味道，就像晚霞里绽放的烟花，燃烧在光辉岁月里。他的离去，有其必然，但也很偶然。他喜欢汉字，他喜欢老庄，他常以“天地不仁以万物为刍狗”来看待这个世界，当那种有无之间与天地相融的了悟到来，便如那佛语里的拈花一笑，自己如那风中的花香飘到远方。我想我们看到的只是我们的大概感知，而他看到的那个世界依旧在远方，我们无法得知。

当一个人行走凡尘，不在脚下的现实里思索，思想的天马在云端里腾跃，或坐在湖水岸边，静静地沉默滤心，或仰望星空，想断开烦恼的裹挟，我们都应当对他们肃然起敬，因为他们是灵魂远行的人。

“我相信，那一切都是种子。只有经过埋葬，才有生机。”他一直在黑夜里行走，有节奏地向前走，一边听着惠特曼和洛尔迦的诗，一边看着前面老庄和释迦文佛留下的脚印，在清风里飞扬。他持有对这个世界尖锐的思考，既像叔本华，又像木心，他的一切不只为懂得，更为生活。他的足迹便是自己存在过的证明，在新西兰激流岛盖木屋养鸡过活，也是让自己的性灵得以彰显，他想真实地活着，纯净地活着。

“中国人有这样的骄傲，可以不当人，可以当泥土或者当空气。”顾城的生活就是这样。他像那土层下面的种子，等待着雨水的洗礼，等待着清风，不来也好，来更好，在风里飞扬和在土里安详都是他所期望的。因为当他盘坐在树下，这片天地里的一切便都与自己的内心和谐起来，当清晨的第一抹阳光打到他的脸上，他便拥有了整个世界。

“每个人都有自己微小的命运 / 如同黄昏的脸 / 如同草菊的光在暗影中晃动。”顾城的诗让我们行走着，看着现实的同时，也想着不关吃住的星空的那些事。他一边回首，一边遥望远方，沐着风雨，想拥着暖阳，静静地开放。顾城的世界有狂风和静海，我们的世界也要有色彩和音乐，无论是沉默还是躁动，都好。

2016年11月22日

# 沉寂的时候

## ——《秋之韵》里的浪漫

福楼拜是浪漫的。他的浪漫蕴含着对这个世界理性的思考，也蕴含着对人生和情爱的感伤和企盼。在他的笔下，秋天虽然忧郁着，却带有朦朦胧胧的希冀，希冀往事，希冀流逝的岁月，希冀心中对爱永恒的追求，而希冀过后尽是余韵。

“这颗露水之星，这颗泪之心，开始在云层中间显现出来，露出它苍白的脸。”这秋日夜晚的月，使人陷入淡淡的感伤，正是在这种秋韵里，“我”回忆起那求学时代浪漫的夜晚。在那夜里，“我”听着悠长的钟声，想着女人和爱情，祈盼着那个还未出现的我爱的女人，就这样怀着爱和青春的烦忧，来排遣这寂寞的时候，“心里充满芳香的微风，血液在脉管里热乎乎地跳动着，如同葡萄酒在水晶杯里那样冒着细泡。”回忆着已逝夜晚的美好，“我”又回到现实，因为没有星星的夜空，更能激起一个人对于美好的全部欲望。

和玛利亚的相遇，对于“我”，是幸福的。不是因为她是“我”的第一个女人，也不是因为她专业化的吸引男士的技艺，而是因为和她在一起，苍白的冬日被一两件幸福装满，“我心里的感情可以像太阳一样温暖，在地平线上宁静，在天空里崇高”，“我但愿自己在玫瑰花丛下了此余生，我真想变作一朵花，让微风永远轻拂。”“我”思念女人、花朵，低着头，在独自悲伤中，用纯净的眸子望着天空，看那云卷云舒，默默含泪。

这种回忆世事，让悲哀留在心里的行为，一如这寂寥的秋，没有了火红惬意，只是沉寂忧伤的浪漫。在这浪漫里，可以咀嚼流失了的风花雪月，寻到曾经迷惘却可爱的自己，抑或像一个剑客，物是人非的某个夜晚，在某个山冈拿着陶壶一边对月饮酒，一边咀嚼那些行侠仗义的往事。

有时候在沙漠之舟上摇晃，看落日的余晖，有时候在恒河岸边欣赏寺院里的舞伎，在古老的东方品茗观棋。大地苍茫，走遍天涯海角，从少年到老年，当生命之灯渐渐隐没在夜里，“我”成了“他”，一个结束旅程而安静地沉入大地的人。“宁肯读舍尼埃的长诗也不愿当部长。”与自然和鸣，把死亡当成美丽的沉眠，这或许就是一个人终于到晚年里活明白了，终于抛却官宦名利酒糟子时所能感受到的生命的真切，美丽和欢愉。

福楼拜的沉寂，是一种淡出红尘滚滚、江湖角逐的心安理得或者心灵的恬淡吧。在沉寂中浪漫，回忆也好，希冀也罢，当我们走过一些年头，追求过一些事情，幸福激情褪去，再安下心来，连那悲伤也会变晶莹透明，就像星空底下的秋天的湖面，泛着幽幽的神秘，到那时，所有往日的平凡或许都多了韵味。现在觉得《秋之韵》有点庄子《秋水》的苗头，只是庄子是圣人走得太远，《秋水》太玄，而福楼拜走在现实的路上，都是凡夫，他的秋韵我们也依稀可感。

2016年11月6日

# 这不是真相

## ——《密林中》的密林

世人眼中，常常都是非黑即白、非对即错，这种似乎分明的是非界限观，真的合乎实际情况吗？还有耳听为虚，眼见为实，听到的就一定假，看到的就一定真吗？我看未必。有时候，许多事情如庄公“不知周之梦为蝴蝶与，蝴蝶之梦为周与”，真假难辨。

芥川龙之介的小说《密林中》的故事，就给我们这方面启示。

故事发生在密林，也被密林所笼罩，七个人物的自白让真实只存在于揣测之中。他们的话听上去都有合理之处，但却无法避免漏洞，难以让人完全信服，存在多或少的主观色彩，无论是有意还是无意，都将一潭死水搅得浑浊起来。从某种程度上，他们的话不全是谎言，每一个人话里的合理之处都构成了真相的一角，但即使列出这些毋庸置疑的真相一角，真相依旧是不完全的，模糊的，从一开始就注定是镜中花、水中月。“当知虚空生汝心内，犹如白云点太清里，况诸世界在虚空耶”，就如《楞严经》中的这句话，我们所谓的真相或许只存在于虚无。我们是人而非上帝，我们所处环境和个人认识的局限，及每个人都避免不了的主观化倾向等，都影响着我们对事情真相的正确认识。我们所看到或认为的真相，有时就像瞎子对大象的认识，因为我们没有全知全能的本领，我们能做的只有在虚假与真实的边界地带尽量接近事物真实。一般的世人无法跳出虚假与真实的局限，没有超然物外、放眼无限的境界，认识到事物的真相——“拈花一笑”而了然于物外的大智慧当然也没有。孙悟空为什么跳不出如来佛的手掌心？如来佛手掌心再大还是有边际的，孙悟空的形象观把自己框死了。正如苏东坡在朝廷做官栽了跟头后反省到的：“不识庐山真面目，只缘身在此山中。”

事物或事情的真相，有时虽然不易辨别，但也并非无迹可寻，无法接近真相。

当我们看到一件“事实”，最好不要急着把它当事实，要怀疑，连自己也要怀疑，怀疑事件本身也怀疑自己的感情用意。我们常以为我们知道了事情真相，假若被人告知为假呢？道听途说不足为凭，先入为主的主观认同也不可取，客观公正分析主客观因素得出的认识也许更接近真相。看到网上铺天盖地而来的消息，各色人物、各种事件、各种视角和表达，我们能做的就是勿轻易发言，因为人的发言所造成的结果，往往出乎人们的想象。即使是自诩旁观者公正的发言。因我们不能全窥真相，那就确信那一丝真相的合理性就好。看到这个世界过去发生的一些事情被人搞得如谜团，真的如同虚假，现在发生的一些事，将来也可能真假难辨，甚至你知道真相却有口莫辩。我有些惶恐，竟有种无法得知真相而被虚假袭来的些许迷惘。人生就这些年头，或许，一味地苛求真相并不是明智的选择，大智若愚地度过这一世的繁华与落寞，便可无愧，笑对于心。

翻了几遍《密林中》这篇小说，我不禁对这“密林”的背后产生了疑问，这所谓真相的依据是什么，这依据也是真相的一角吗？想到自己，好像自己判断这些真真假假和是是非非，用的就是连自己也无法说清的三观，或者，就是自己对自己的那一种坚持吧。那些什么伦理道德也只是世人自己给自己的思想情感做了一个框架，这种思想的笼子有时候不能站进去也不能站出来，幸耶悲耶？当然了，这个框架对于生活在社会群体之中的人来说是一定的，进去了就出不来，出来了就不好了。“勿忘初心，方得始终”，我所能做的就是看着这个框架却尽量远观，就如丰子恺说的那样：“悠然随性，随心随德！”

# 秋过是春

## ——读巴金《激流三部曲》

这个假期闲来无事，自己便静下心读了几本好书。对于巴金的《家》《春》《秋》，我以前只是听说过，这一周开始细嚼慢咽地读，想仔细品味。可是，读了不久就受不了书中透出的那股“凄凄惨惨戚戚”之气了，于是“一目十行”读，当然我是没有那种速读大慧的，顶多也就一目观两行地读。

读完后，回头再细细体味，虽然感到冬雪飘零，天地一片灰白，不知几时才会晴空万里，但小说透出的“生的渴望，生命的顽强与不断地进步”的思想气息带给我的欣慰，还是将书中那种封建愚昧、渺小懦弱悲凄被冲淡了不少。也许巴金先生小说的本意就是希望读者看到希望吧？我还觉得秋天的完结预示着春天的到来，无论那个秋天是多么凄凉肃杀，也无论随之到来的严冬多么寒冷，在我看来，都是春天到来前的黎明，总有温暖的阳光唤醒沉睡许久的生命，让其希望充满。

巴金先生以一个大家庭的兴衰，几代人命运的沉浮，将那“推旧立新的”生活投射给读者，在高家数不清的恩怨悲剧里，让那些天性软弱的人变得坚强起来。如同经过秋冬的煎熬洗练、春回归大地一般，一种希望的光芒温暖生命的枝头。小说的故事让我对社会人生未来多了些认真思考。

在这儿，我就不说小说里那些人和事了，梳理一下我的感触。

时代在不断变化，生活在不断变迁，社会也在不断发展、完善，人的思想也应不断进步。但人一旦习惯了某种体制下的教育、思想后，思维往往也会固定在那一时期，这就形成了思想牢笼。若不试着突破，时间越久思想的牢墙越厚，越难突破出来。

思想积弊导致的苦难也深，当我们终于爆发出压抑心头许久的反抗力，便可打破它，让生命枝头迎来一丝希望的春光——适合新生活的新思想、新理念。旧的环境事物过去了，适应新环境的新思想便应运而生，不然就会被新时代抛弃，在痛苦中徘徊、挣扎。历史进化一而再再而三地揭示了这个规律，这也是否定不了的真理。每一个时代在巨变时总要有一批思想家、学者研究探讨使社会进步的新思想新理念；新思想新理念不顾现实，或不是在旧事物的基础上得出的，它便是空中楼阁；新的思想愿望之所以能实现，新旧事物新旧观念之间肯定会有一个过渡连接处。

历史事实往往是，每个新时代刚开始，都会照搬其他领域的文化思想，造成一种盲目接受，于是在开启新时代的历程里，致使许多对人身心、对社会有益的实质上进步的东西，也随着“旧”的名词术语被当作旧东西忽视甚至抛弃。所以有人说一个大家庭定是沐浴了过度的历史光芒，留下自然的芬芳，才去接受新时代洗礼的。

当我们大多数人习惯了繁杂落后的制度理论，被一些陈腐思想束缚，在变化的生活里就会感到压抑，思想敏锐，审时度势善于发现的人，就会起来造旧制度、旧思想的反。台上的人注意到了，能与时俱进顺应现实规律有意为之，便是由上至下或上下同行的“改良”或者改革。当然了，台上的人如不愿与时俱进顺应潮流规律，而制度思想的陈腐已经是秃子头上的虱子——明摆着时，那么大多数人心里淤积的反抗意识便快要释放了。为了生活，为了生命安全，懦弱的人也会勇敢起来，为生存为发展斗争，有人站起来，众人便一呼百应起来革命了。人类改良、革命的历史，说明春天的希望在秋天就已经照过来，冬天不过是秋天里的黑夜。

“激流三部曲”不光反映家庭大事、国家形势的突变激变，其实也反映了个体思想的突变激变。“激流三部曲”中发生的许多个人生活中的叛逆、出走、改革，今天也在发生着。就像阿Q，过去我们说，阿Q扭曲了的可憎的悲剧性格，是出身和阶级压迫造成的，但在今天这个有吃有喝有车有房的时代，再看芸芸众生，阿Q式的人和有阿Q性格缺陷的人，仍然不少。

新旧是不断变化着的，这个世界是个变数，生活是个变数，人的身心生命也在变化着，作为生活中的个人，唯有不断学习、读书，读经典和生活这部书，读出这个变数，依据环境形势、顺应规律做人做事，方能减少许多看似必要实则不必的痛苦。

2013年1月

# 在逆境中

## ——从《贝多芬传》里透视

木心曾在《云雀叫了一整天》中写道："懂得树，就懂得贝多芬；我不好斗，只好胜。"在逆境中生存，在暗境中生长，这或许就是对这些可爱的人最真实的写照。

在时尚热闹追逐叫嚣中，你看不到真人，有时也难看到纯美的艺术，要走出时尚的巷子，穿过或者绕过那些追逐热闹甚至叫嚣才行，尘埃落定才有星斗满天的银河，镜面清净才可映照山河大地，也才可识得那些落入凡间的精灵，捕捉到散发着艺术的气息。我觉得很多时候，不是因为他们的作品，而是他们本身的特质，使其站在上帝身旁，他们望见我们人世看不到的风景。或许不是我们太平凡，而是他们经历了太多烦恼痛苦、三灾六难却未曾改变，在逆水行舟的这条路上，他们不见得有多快，但那种目标清晰、对俗事淡定的意识和对内心深处灵魂诚挚而热烈的叩问，使得他们忍受住寂寞和孤冷甚至摧残，从而跨过漫漫长河到达彼岸。

贝多芬、米开朗琪罗、托尔斯泰这三位具有代表性的可爱的人，他们的一生就像一首看不厌的长诗，要用对历史的敬畏来传颂。每当看到他们作品的时候，会感到格外亲切，有"原来你也在这里"的欣喜。与另外两位相比，贝多芬的一生或许显得更为昏暗，因为他经历了太多的痛苦与煎熬，但当灾难厄运如乌云一样压下来，他却如夜空中的星星闪烁着，人性的光辉、艺术的光辉因厄运这个魔鬼的折磨，使他的灵魂变得深邃而自由。他的经历使其身上的悲剧意识挥之不去，但这悲剧又是何其伟大呢！他无声地落泪，在烛光摇曳时；他孤傲地指挥，在万物沉寂前。一首《第九交响曲》沟通了千百年来时光长河里孤独飘飞的灵魂，他们彼此凝望，陌生而又熟悉。这一个个不屈的斗士，与悲催的命运抗争，与自我抗争，在这悦耳的旋律中，让灵魂翩翩起舞。音乐何其伟大，艺术何其伟大！在那“黑白琴键上谱写华丽的乐章”的路德维希·凡·贝多芬，简直就是个只求心灵美丽自在的斗士。伟人的世界是孤独的，有时不仅因为厄运而悲伤，也因为他所思考的远非庸常凡俗所能想象得到，因而尽是孤独。他享受着自己的孤独，忍受着种种意料得到、意料不到的苦难愁厄，追求灵魂的自在之声，并用乐声表达出来，这大概就是贝多芬的宿命，也是大多数这类伟大艺术家的宿命。

“音乐波澜壮阔，音乐家旅途贫辛。”听着他的曲，仿佛看到屈子、莎翁和凡·高，他们在暗夜里时而流泪时而微笑，“和光，不同尘”！

不是每个人生来都是如此，也不是每个人的一生都可以如此。平凡就是平凡，但在平凡中可爱可敬可歌可泣，我们也是可以的，谁不喜欢这些可爱的人？

他们就像很多人都爱看的星星月亮，这个世界上，假如没有这些人、这些艺术，黑夜可能黑得像锅底。

我喜欢贝多芬，也喜欢木心，听着歌来画画，或许我们会在梦里相遇，都发着光，像萤火虫一样。

# 孤星

“岁月不饶人，我亦未曾饶过岁月。”时间会漂洗一切，使之淡去，淡去在红尘里翻滚的氤氲、激情、荣誉、理想、美丽、爱情、热诚、抱负。不少人当初美好的志趣、意气、理想，都在蹉跎岁月里渐次凋谢了，留下的尽是不满、昏暗、孤寂、乏味，还有无奈叹息。纵观历史，在忧患重重、急速变革的时代，人人无法自全，有的人成了时代的弄潮儿，还有很多被大浪淹没在幽暗的深海里。当理想在现实这种不可抗拒的力量推动和命运石磨碾压下，产生急速变异或被现实碾为灰烬时，辉煌岁月已然逝去了。不少人在无可奈何中变得忧郁，他们被时代丢弃，被同行者鄙弃和遗忘，他们的眼里尽是冷清的灰暗，他们的心开始沉寂或无谓地挣扎。

有人说，每个人都是一座孤岛。以前，我也这样认为。看了白先勇的《台北人》，体会到那种时代变革里人们的无力和苍凉，我觉得他们都像孤星，所有人都是一颗颗孤星，在时间的虚无里孤独地发着自己的光。感受到这些有着忧郁气质的人内心的激荡和幻灭，我感觉在他们这种忧郁里，有着和诗人一般的迷惘。他们过去都发过光，有着各自的色彩与芬芳，虽然沉寂在现实里，但这种忧郁迷惘缘自初心，与世俗污染无关的初心，这让我看到一种人性的光辉。有的是人物本身的气质如此，有的是从学习阅历中传承的，有的是往昔的浮躁被岁月风雨吹尽后露出了真身，都散发着光。正如木心写的那五个字“和光不同尘”！既是孤星，那光便可以“不同尘”，这些低到尘埃里的人，有自己最真实的心光。他们用自己的人生奋斗，在红尘织构出一幅只有自己才能体会的美丽。

《台北人》描述的众生相本该是半部，书里的人物流露出的尽是颇显昏暗的色彩，他们在民族的、历史的、社会的、文明的彼此交融和变革里，被往昔的美好所裹挟，被现实的残酷所打击，有的还活在过去留下的影子里，有的遗忘了过去，有的未曾有过属于那个特殊年代的过去，有的不曾改变，有的无奈接受，有的宛若旁人，但大多数都被时代抛弃，只有极少数像苦行僧一般受了难，方才悟得一点什么。这虽是半部众生相，不能说尽那个时代人的种种，但在这种内心的忧郁里，每个人的光却可以彼此映照出来。另半部里的人，或许未曾经历过他们这种灵与肉的幻灭，或许不是同一个时代、同一个环境氛围，但这忧郁的人性的光辉却是互通的，唯一不同就是显露出的和体会到的，又有各人的参差印迹。

和这本书里那些十里洋场的舞女、交际花、优伶一样，那个时代舞台上的人都有过各自辉煌。来到台北后，有的依旧不变地交际，像尹雪艳；有的成了阔太太，像钱夫人；有的挣扎着渴望跳出来，像金大班。可以说，他们所展现出的不仅是灵与肉的冲突、生与死的冲突，还有在过去和现在的冲突里，被无情岁月打磨的内心的变化，一丝细微而被放大许多，虚无与幻灭、爱情和金钱、荣华和简单，等等，都在这些特殊的人身上流露出复杂的思考，如夜晚的秦淮河岸边红楼里那些优伶，传达着那些才子佳人诗词里描述的难以排遣和理清的情感思绪。无情的现实使人内心的诗意幻灭，此时我们这些普通平常的人，也能体悟到这种情感，人都是一样的，从她们的人生里，也可以看到自诩正常的我们的影子。

除了舞女，在这本书里，给我印象最为深刻的就是《花桥荣记》里那个教书先生卢先生，《国葬》里那些从战争里回来的已年迈的军人。一个是在灵与肉的矛盾痛苦中理想极度幻灭，一个是生与死中内心诗意的凋零。他们的情不同，但都有无法逾越和忽视的真情。卢先生是紧追过去，活在过去而被现实打击，在这种理想和现实的强烈碰撞里，因无法妥协而终成虚妄和残破。他身在台北却一心想和少年时期在桂林恋爱的罗家姑娘成亲，他眼里只有她和她的清纯灵秀，这是他活着的全部意义。当攒了十多年的娶亲钱被香港亲友骗去，他的灵魂灭了，留下的只有肉，在浑浑噩噩里，与大奶大臀肉的洗衣妇阿春的结合，最终使他崩溃。在他的身上，我们看到的是男子的纯情与在现实逼迫下发疯成魔的残酷景象，传统意义上的书生才子在那个变革时代感受到的只有不安和无处流露的愤懑，骨感的现实终究冷酷，但这悲剧也不尽是现实所致，到底是他的无辜还是他的无知导致的呢？面对现实是一如既往地坚持、挣扎，渴求美梦，甚至空洞无奈地追问呢，还是回到实际中改变自己？哪个好哪个不好，难以说清，谁又能说清。每个人都有自己不一样的感受和经历，每个人思考的方向不一样，城外的人终究只是旁观者，当城外的人走进来，和城里的人一样面临选择的痛苦，这判断的权利不会留给任何人，经历过才有真切，无法揣摩的命运留给人的，好像只有内心的那丝执着和无法圆满的情思。

《国葬》是葬逝去的铮铮军人，也是葬那个战争年代，葬那个社会，葬以前坚持的传统，更让人扼腕的是葬了宛若沉寂的文明和人们激荡的性灵。“天色阴霾，空气冷峭，寒风阵阵吹掠着。”这些从大陆到台湾的国民党军人身上，曾被寄予了一个时代的期望，但时光过去、身体衰老后，面对着西方文明侵蚀的现实社会，他们的内心不堪忍受，激情已然逝去，大限将至，但理想的种子却还在内心的土壤里活着。李将军的老副官秦义方不按规矩做事，但他做的事情里有对老将军的忠心、理解和尊敬的投影，他缅怀过去，缅怀激情岁月，他希望送老将军入土，他的敬礼是对血战沙场、忠于国家的军人的最高敬意，也是对自己军人人格和骨气的坚守。面对漠然的西化了的少爷和不理解的送殡士兵，他的内心无疑是悲痛的、愤恨的，透过现实对他年迈老化的身心打击摧残的现象，我们既看到西方文化蚀骨的入侵，也看到古老文明家国和老战士情义里面那种低调却高贵的气质。退到广东，以为可以背水一战的浩公，出家成僧送殡落泪而离去的刘行奇，还有前几篇中的朴公，他们是站在国家土地上、个人荣誉和军人责任的高处看待现实人生的，他们的晚年生活散发着社会、时代、文明、个人的全部的正能量，他们的结局或显落寞，但他们的身影是挺拔的，无论身处哪个时代、地域的中国人，都应对他们满怀敬意。他们就像青松，时间的划痕和现实的冷酷风雨所带来的影响，都不能改变他们血液里那种高贵的国士气质。

与二元对立结构不同，这种过去与现在、理想与现实、东方文明与西方文明、个人的灵与肉和生与死，是在大时代的融合里完成的，这些“台北人”的人生经历、内心感受所谱写的正是那个时代特有的曲子。无论你是谁，你都正在被命运掌控，被时代选择，你的内心的路途终归何处，是好是坏，在你都是无意义的，你选择的空间很小，只是构成浪潮的一朵浪花。但即使如此无法选择的时代悲剧人生里，我们依旧是自己，我们可以像苦行僧一样，在红尘里行走，所有的苦难情仇，都是我们所过之处的尘埃，“忧郁是消沉了的热忱”，忧郁和苦悲也抑制不住初心光华诗意的闪现。

“和光不同尘”，我喜欢这句话蕴含的道理，够人参究一生的。处在红尘习俗中，我们都是孤星，暗夜里发着微光的孤星。

2016年12月16日

# 舞女

“夜上海，夜上海，你是个不夜城，华灯起，车声响，歌舞升平……”在周璇的莺莺歌声里，往日十里洋场灯红酒绿的情景在那种怀古的幽情里浮现出来，华灯下的百乐门门口停着一辆又一辆漆黑发光的洋车，有钱人家的阔少爷、大腹便便的老板、来往于中日之间的各种人士和那些混迹于上层社会的交际花，在歌声里跳着舞，彼此调笑，宛若活在另一个世界。

白先勇《台北人》里的尹雪艳就是那夜上海里一朵妖而不败的花，和现在舞厅里的陪酒小姐不同，尹雪艳更像是古代优伶和新时代摩登女郎的结合，虽混迹在上流社会的各种虚伪轻浮里，更多出一股红尘气和随性的外表难以掩饰的忧郁神情。她“像一株晚开的玉梨花”，“周身都透着上海大千世界荣华的麝香一般”，迷住了各种空虚、骄傲的男人，压住了多少人家的阔太太和未经世面的小姐。在尹雪艳的朦胧粉气里，是那些活在颇为生硬的现实里的人们对往日奢华和自在的回忆，这些客人们见证了如尹雪艳一般的舞女曾经的绝代风华，而她们则是一去不复返的那个时代大上海十里洋场的缩影。

其实这样的舞女虽然有着复杂的内心，将女人的秘密包裹得更为神秘，但也掩饰不住内心的忧郁。她们因为各种理由，或是迫于生计，或是情感纠葛而走入浮华之夜。有的满是仇恨和嫉妒，有的向往有钱人家的富贵生活，有的装出开放浪荡模样，透过厚厚的脂粉、虚假的笑和忧郁的性格看这些舞女，其实都是可怜人。她们是时代冲击下人的灵魂不安和放任的产物，命运可悲，生活艰难。这里面有的幸运儿找到了意中人，或私奔或嫁入豪门，也有有缘无分混得很悲，命运低到尘埃里的。还有些舞女，在那个战争年代，好像有着古代女侠的勇敢义气，为了革命和理想献出了自己的生命。

不像妓女和陪酒女，这些舞女可以激起男性的生理激情和征服欲、保护欲，其外表和气质的与众不同，也让同性们很嫉妒。但行走在浮华虚假里的她们灵魂深处并不愿过这种卖笑卖唱的生活。她们是一代繁华的见证，过着纸醉金迷的生活，也是被醉生梦死摧毁、自在真性被压抑扭曲了的花朵。从她们身上，过来人回忆那段年华，找寻到的不再是自己，而是不再自由美好的那种难言抑郁情调。现在看来，十里洋场让各色有权势的男人激情亢奋，舞袖卖唱女郎与讲台上表演很激情的政客、酒桌上亲热迷人的商人其实是一样的，都是卖唱和夸张表演。人生如戏，到最后，好多人把自己折腾进去了。其实内心深处很不愿意灵魂失落而又不能自拔。无论是舞女抑郁的神情，还是背后羡慕她们，事后追忆十里洋场繁华刺激生活的人们，其实大家心里都有“痛苦反感”的秘密，这也许是人共通的心灵深处的情感奥妙吧。这不是简单的心理现象，透过各种声色犬马的热闹生活表象，以及盛极一时的名利客串的头衔光环，甚至透过各种理念和哲学苍白的解释，我们仍然看到人性最为可爱的一面，那或许就是连“狗子也有”的“佛性”吧？我想每个人心灵最隐秘的地方都有那一丝清净自由的光，舞女也不例外。她们其实比当今大都市里各种身份、各种面孔西装革履的“豺狼”可爱得多。

# 存在过的桃花源

## ——浅析格非的《人面桃花》

《人面桃花》是格非“江南三部曲”之一，以辛亥革命发生的那个动荡年代为背景，用一些真真假假的故事和注释带给人们不同的体验和更深层次的思考，对当时社会环境下人内心的归属发出了疑问。

小说讲述了20世纪初的一个小镇里，出身官宦家庭的十五岁女孩陆秀米，在经历了一系列情感和革命事业上的起伏变化后，由懵懂走向成熟，最终沉静下来，找到了心灵的归属。父亲因桃源图发疯出走，神秘表哥的追求和死亡，结婚遇匪遭辱，辗转逃亡继续革命事业并遭叛入狱，这些大起大落、大悲大欢在桃源图、金蝉、瓦釜（凤凰冰花）这几个线索的串联下，展现出了那个时代革命的花火和人们对理想世界的追寻，引发人们对“桃花源”这一大同理想的思索。

事实上，作者并没有明显地表达主题，文章的创作目的也是在最后一个部分展示出来的，“桃源图”是一个开始，花家舍是一个试验，后来的陆家则是“桃源”的雏形，通过革命人物事迹缓缓推动主题的涌现，在秀米和喜鹊的心理转变中让桃源变得具体，但是很淡。有流血革命，有家庭巨变，但全文还是笼罩在一种若有若无的悲伤里，而悲伤过后确是有着希望的余温。

这里我主要浅析和桃源这一主题联系最为紧密的三个人物。虽然文中有大量关于张秀中等革命人士的描写，但这革命是隐约的、不完整的，而这些人更是俗世里懵懂的伪革命者，他们的热血看起来更像是误入其中，而非真正理解并融入自己的血液里。

陆老爷是一个因“盐课”案受到株连而罢官回籍的失落文人，与丁秀才丁树则因一幅桃源图从友人变为仇人，或许印证了文中的那句话：“天底下的读书人，原本就是一群疯子。”他追求桃源，在院子里种着桃花，想要在乡里盖一座风雨长廊使乡亲免受风雨灾害，别人不理解，妻子把他关进屋子里。最终，他疯了，整日疯癫，沉默不语。

“他相信，普济地方原来就是晋代陶渊明所发现的桃花源，而村前的那条大河就是武陵源。”他追寻着心中的桃源，又为这个世界所抛弃，他突然地清醒又突然地走失，就像一阵清风拂过尘埃，扬起尘土，又消失在山野长空里。

在他的身上，可以说体现出了“理想桃源”这一美好的追求，他的懂得和消失给人们留下的是对未来的希冀。他是一个文人，也是一个真正革命的人，他的革命不仅仅是抛头颅洒热血向外冲锋，更是在心里寻找、在现实里行走，起码在这篇小说里他应该是第一个悟了的人，只是悟得并不彻底，无法与那个社会产生合适的联系。

秀米有着这样一个文人父亲，目睹了父亲的发疯和出走，却依旧懵懂，年幼的她还未经历这尘世的打磨，但或多或少，“桃源”就像一颗种子，早早就埋藏在了她的心灵深处，只待风雨过后悄然绽开。

面对张季元这个陌生的表哥，秀米最初对其颇有些讨厌，她感觉这个和母亲关系复杂的表哥对自己是有觊觎的，一直到后来张季元死去，她看到那本日记，才第一次感受到了爱的滋味，其实，正是在张季元身上，秀米从一个女孩成为一个怀春的少女。

从最初拿到金蝉，遭受到绑匪的侮辱逼迫，到后来逃往日本又回来继续革命，秀米变得越来越成熟，也越来越理性。为了这个自己其实并不理解的革命，她失去了很多，包括她的孩子小东西。对于革命，她承受着单方面的压力，莫名其妙地被拉进革命的队伍，等待着来拿金蝉的那个人。但在等待中，她变得陌生起来，亲友都认为她疯了。一直到最后，她独自待在那个封闭的看守的地方，沉默着，种花种草，作诗看书，在来之不易的寂寞里，她逐渐清醒，想起了往昔被自己忽视掉的美好，对生活对人生有了更为真切的理解。回到家里，与喜鹊相伴，整日弄些花草，经受饥荒，感受村里的宁静与祥和。她明白了“桃源”何在，忘却革命，在这里简单地活，简单地生长，经历过这些温情和闲适，她其实已身处自然的桃源，心灵的桃源。

秀米作为灵魂式的人物，作者通过她的经历和心路历程，向我们揭示了“桃源”这一现实中的理想。她有着淡淡的哀愁，有着活着的迷惘，有着可爱的性格，她的一切都是那么真实，她就像我们这些活在现实里迷惘着却又追寻着美好的人。从她身上，我们找到了感动和希望。

喜鹊是一个大家庭里的女仆，未经教化，却也未被这俗世所染。

刚开始她是默默无闻的，所有人都会忽略她，可是到最后一部分，她有了动人的光辉。当所有人都走了，她独自守候着这个残破的被人遗忘的家，她养鸡养鸭，也养花养草。秀米回来了，但又不说话，为了和秀米在纸上交流，她开始学写字，认的字越来越多，渐渐地连秀米也吃了一惊，她学会了写诗。

喜鹊变得可爱，虽然作者在她身上没有投入大量的笔墨，她的故事也没有那么感人、震撼，但她这淡淡的善和可爱却令人难以忘怀，甚至读到最后，她的身上有了“桃源里的武陵人”的感觉。所以，喜鹊不可缺少，在所有人物中，她像画龙点睛的那一位。

这篇小说始终荡漾在一股江南小镇的清新和历史的厚重里，这里的风景、这里的人、这里的事儿，在那蒙蒙水汽中变得柔情而又神秘。小说题为“人面桃花”，是因为作者的家乡就在江南，它不是一个地理名词，而是一个带着历史回忆的充满牵挂的地方。江南的人是要住在桃花源里的，这桃花源就像一个真切的梦。

为了完成这部小说，将故事讲得真实而又动人，让一切都沉浸在一种神秘和淡淡的哀愁里，作者一下用了三个线索：桃源图、金蝉、瓦釜。这三个物件出现的时间不同，次数不一，它们所代表的意义和作用也是不同的。

最先出现的是桃源图，它就像一颗种子，引出了陆老爷、秀米等人对人间桃源的追寻；又像一面镜子，将一行人找寻桃源和秀米明白桃源的具体意义等情节一一映照出来。虽然桃源图在前文里出现，最初的影响就是陆老爷的发疯和出走，但它就像一个梦一样，预示着什么，这个梦一直到最后才变得明朗起来。物是人非，革命仍在继续，但陆家只剩喜鹊这个忠仆和刚出狱的秀米，她们一起生活，又和乡亲产生微妙的联系，可以说理想桃源就是这个梦所留下的最好证明。

假表哥张秀中的出现，给秀米带来了青春的烦忧，也为秀米埋下了革命的种子。他逝去前留给秀米的金蝉，是一个革命党的秘密，这个金蝉带给秀米的只有猜测和不安。表哥走了，过去了好长时间，她都快忘记了这个东西，可花家舍的那个尼姑却突然给了她一个相同的，这让她颇为惶恐。金蝉的每一次出现，都会让原本平静的水面泛起一层涟漪，可以说金蝉是革命的象征，金蝉屡屡出现，正是革命在暗夜里的默默继续。一直到后面，一切都结束了，金蝉却再次出现，此时秀米已经无心于革命，她在革命里失去了太多却走回了原点，金蝉和金蝉背后的一切，已无关紧要，因为她的桃源理想，已经在心灵深处和普济的陆家有所窥见。

第三个线索瓦釜最易被人忽视，它的两次出现都颇为神秘。第一次出现在秀米父亲的卧室里，它只是一个珍贵的古董，且是被低价淘回的，而文末它的再次出现则韵味悠长。秀米坐在石凳上，看着这个结了冰花的瓦釜在阳光下的模样，她有点恍惚，她好像看见自己的父亲和另一个人正坐在松树下，“他们的身边有一条大路，路边是一条湍急的河流。人物、大树、草木、河水和羊群无不清晰在目，栩栩如生”。冰花点点融化，“这幅正在融化的冰花，就是秀米的过去和未来”，通过这个瓦釜，秀米看到了“桃源”和更为真实的自己。一路走来，她才发觉往昔的美好被忽视，但却是最真切的手可以抓住的桃源的花朵。

《人面桃花》告诉我们，在这个乱世，人们追寻着心里的桃源，有迷惘，也有悔恨，走完这些路，人们才懂得真正的桃源就在自己身边，或者就在自己心里掩藏着。这桃源不是武陵人的家，而是自己活过和经历种种后留下的最让人怀念和珍惜的美好，它是我们心灵深处最柔软的地方，也是生命最初的感动。

很多人都认为，作者笔下的桃源无论在小说里还是现实生活中，都只是一种希冀，美好的希冀。但在我看来，秀米和喜鹊最终在普济找到了桃源，因为在那里他们找到了归属。而在生活里，那些简单的事和人，那些组成我们记忆的些许片段就是真实的桃源。

我们为现实所迫，被眼前的假象欺骗、迷惑，我们不顾一切地奔走在征战人生的路上，却忘记了找寻自己，我们以为桃源只是一个遥不可及的梦，却不曾想到我们其实离桃源很近很近。当我们站在黑夜里，就应该能感受到那星辰大海的闪耀，站在星空下，我们就是那落入凡间的精灵，而我们所过之处便是最美的桃源。

2016年11月23日

# 我读《爱的教育》

今年夏季将尽的时候，我有幸读了《爱的教育》，感受到了亲人间至诚至深的爱，印象特别地深。

《爱的教育》是意大利作家亚米契斯根据自己儿子的日记改写而成，用想象的语言揭示了教育的规律——爱的真谛，这是一部影响了全世界青少年的读物。

对比《爱的教育》，反观现实生活里的教育，人的心气浮躁，加之社会上一些恶劣风气的影响，不少人确实不懂爱，不会爱。怎样教育孩子，让他们有一颗博爱、包容、上进的心，怎样引导孩子做人，并使他们健康成长，已经成为让亿万家长发愁、老师挠心的难题。而本书就像一把心灵教育的钥匙、一汪生命的清泉，能让家长得到一些清凉，能让孩子的心里充满爱的上进的力量。

这本书讲述了小学生安利柯成长过程中的许多生活故事，有几篇给我的印象特别深刻。在第三篇《一个不幸的事件》中，罗贝蒂这个二年级学生为救一位跌倒在马路中央的小男孩，被驶来的公共马车压伤脚，这件事值得我们深思。今天的现实里，在危险面前，勇敢果断、舍己救人的孩子很少，许多孩子在他人处于危难时畏缩不前，远远旁观，生怕死亡夺走自己的生命，而打架斗殴伤害生命的事情在校园里却并不鲜见，这实在是可憎的。有的父母对孩子说：“看见别人遇到危险，别冲上去。”爱的教育不应当只在国外人写的书本中才能看到吧？

《爱的教育》里那个安利柯的故事说明，孩子需要良好的引导，需要父母师长尊重并呼唤他们的善心，循循善诱开显孩子人性的光辉；需要认识环境困难，懂得对邪恶说不，懂得舍己为人，特别要孩子唤醒引导博爱慈悲之心。安利柯因为渐渐有了这些美好的品格，他才那么幸福美好。这与我们在现实里看到的、受到的教育确实不太一样。

的确，做人不仅要有爱，还应懂得尊重、包容他人。在短文《烧炭工和绅士》里，骄傲的诺比斯与贝蒂这个烧炭工的儿子吵架，理屈不知说什么才对时，对贝蒂说：“你父亲是一个乞丐！”这种不尊重人、自以为是的恶劣行为，在现在的学生中常常出现。我认为尊重别人，是为人处世的基本常识，无论富贵还是贫贱，人都应当是平等的，再说，穷无根富也没有苗，贫富在不断变化着。只有互相尊重，平等对待，人与人之间才能保持一种和谐关系。

无论是在心里对别人错误做法感到不满的时候，还是在吵架时，我们都应包容别人，不应该揭别人的短处，尤其不应在公众面前说他人的不是。与他人相处时替他人的处境着想，避免发生冲突，这于人于己都快乐，生气、恶意怒对别人，只会使双方不愉快，两败俱伤。

《爱的教育》最大的特点不是优美的语言文字，而是表达了一个小学生内心的想法和感受，并以此为基础阐明“爱”。因为没有教训别人的口气，没有不尊重别人的意思，所以“仁慈、勇敢、包容、尊重、孝顺、感恩”等道理，孩子自然而然接受并慢慢领悟了，落实在实践中，“大爱”和“大德”在心里扎了根。一个人懂得“善心做人，凡心做事”，就是一个懂得生活的人。如此，幸福快乐才会伴他走过每一个日出日落。这样的生活就是美好的。

古人说：“大学之道，在明德，在亲民，在止于至善。”《爱的教育》虽是小说，主人公虽是小学生，但故事阐明的是大学之道。我相信，像我这个年龄段的青少年，只要能用心看一遍《爱的教育》，一定会懂得真正的爱。

每个人心中都有一颗善爱的种子，让这颗种子生苗开花，在生活里爱心善行，孩子就会沐浴阳光雨露，一路茁壮成长起来。

2010年8月22日

# 跨越理想与现实

## ——《唐·吉诃德》的精神矛盾

尼日利亚著名作家奥克斯颇动感情地说："人生在世，如果有什么必读的作品，那就是《唐·吉诃德》。"西班牙作家塞万提斯的这部作品，无论从精神层面还是艺术角度，都具有极高的文学和社会价值，是世界现代小说的奠基之作，它对近现代小说的发展具有深刻的革命性影响。这样一部名著，大多数人都是大学以后才开始接触，因为它具有极强的喜剧色彩，第一眼一看，会觉得它反骑士和反封建色彩很模糊，然而耐下心来细细品味，你会感受到在讽刺性的幽默之外，是一种抹不去的悲剧色彩，我感觉这悲剧感，跨越了时间和个人，是对整个世界和所有追求理想者的反思与发问。

虽然它写的是骑士时代结束后的封建社会现实，但却同样可以看到当今的社会矛盾。作者主要运用现实主义手法，以农村和平民为主要构成，构建了一个七百多人的广阔舞台，通过荒诞化的描写，揭露了那个时代信仰的断层和人性的缺失，提出了理想与现实这个永恒的话题。16、17世纪的西班牙正被封建黑暗所笼罩，人文主义虽然已经复苏，但因一些原因仍旧存在信仰的缺失，强烈的人文主义精神也只在个别人物身上显现。而在这样的大环境下，这种精神虽弥足珍贵却也与现实显得格格不入，颇具讽刺感和矛盾感。当人的精神理想与社会现实发生碰撞，必然产生直击心灵的力量。就像当下社会，拜金之风盛行，厌世、沉默、念旧、仿古之人也有很多，当然，心切改革、一腔热血致力于民族复兴的人也不少。有人说当今是信仰价值多元化的社会，但是这个说辞是不是回避了许多人在信仰和价值观与现实矛盾中的徘徊、挣扎和痛苦？虽然，繁荣背后尽是沧桑，但沧桑也不缺少希冀，许多人淳朴美好的理想被拜金、腐败等现实恶风绞得心殇，但他们不忘初心，就像尘埃里的花儿，还是裸露着，虽然未来朦胧依旧。

唐·吉诃德和桑丘·潘沙，一个沉醉在骑士梦里，与社会脱离而个人精神主义浓厚的主人；一个活在现实里愚中带黠的仆人，看似完全不同，实则不然。他们身上都具有正义感，只是桑丘·潘沙显得世俗和简单片面，而唐·吉诃德表现得强烈直白，也纯粹，有一种稍显理想主义的正义感，正义感里有许多善和美的品质。书中给人影响最为深刻的应该就是主人公把旋转的风车当作巨人，与之交战受伤，把罪犯当作绅士而杀掉押役反遭伤害这两个场景，一面是过度理想化的悲剧色彩，一面则是人物凸显出来的可贵品质，高度的道德原则、无畏的精神、英雄的行为、对正义的坚信，等等，这些，谁又能忽视?在人性善良被贪婪的金钱欲望碾压清洗的现实里痛苦，可能还会显得残忍，但也因此而美丽，它的美是热烈的、动人的。

与丧失人性恶欲膨胀的物奴相比，唐·吉诃德的痛苦似乎在于过于理想了，那么世间有没有“双全法”，跨越理想与现实，“不负如来不负卿”呢？也许有，但如何跨越？是追求一种精神式的胜利，还是在寻找本心时向外传递我们的正能量？但世间没有这样美妙的“双全法”，鱼和熊掌不能兼得，有时我们走在路上就得做出选择，无暇顾及，在现实和理想的征途中，我们所能做的就是选择追求本我超我，这就是跨越。像路边的野花，顽强地看过星辰大海，在尘埃里开出花来，卑微着，却虔诚……

2016年10月23日

# 唐·吉诃德与阿Q

西班牙作家米盖尔·塞万提斯的《唐·吉诃德》和中国作家鲁迅的《阿Q正传》，可以说是世界小说史上两座不朽的丰碑，虽然它们的时代背景和创作目的以及具体内涵不同，但都是讽刺性悲喜剧，喜剧幽默里都有时代性和民族性的悲剧感，且都对作品产生的那个时代和当今社会产生了不容忽视的影响。作为两部作品的灵魂人物，唐·吉诃德和阿Q的形象无疑是经典的，他们都是矛盾的集合体，在他们身上有人性本身的矛盾，也有时代背景下历史因素带来的矛盾，这些矛盾通过他们种种看似荒诞的言行举止表现出来，达到了一种艺术和思想的高峰。

唐·吉诃德和阿Q所处的时代是不同的，他们所接触和生长的社会环境差异也可以说是东西方文明的差异，他们都是时代的悲剧、人性的悲剧，他们的悲剧感都具有讽刺意味。但这种讽刺与震撼却有很大差别。这种差别与其说是作者赋予的，不如说是时代和社会发展的必然结果。他们的差别不仅体现在形象本身行为性格的差异，更是有着悲剧色彩和教化意义或者说是警示意义的差异，要探究这种差异，要体悟它们存在的意义，需要结合具体的时代背景和创作理念，来具体分析这两个形象的异同。

“唐·吉诃德这一文学典型，就是塞万提斯对自己一生理想处处碰壁的倒霉命运的自嘲。”作为《唐·吉诃德》这部小说的作者，塞万提斯与主人公唐·吉诃德的出生年代相差无几，唐·吉诃德形象是17世纪的产物，所处的时代是欧洲开始走向强大，世界逐渐交融的历史转折点。那个时代经历了新航路开辟的财富旅行的春天，又有着文艺复兴的洗礼，资本开始原始积累，旧的封建专制依然强大，新的资本主义还在被其压制，宗教改革和文艺复兴所带来的人性自由的曙光，在社会转折的斗争冲突里时亮时暗。可以说，这个时代本身就是矛盾的。处于矛盾之中的西班牙，一方面在海洋上像霸主一样掠夺收割着别国财富，一方面封建和教会的压迫又使得资产阶级所信仰的自由人权变得不再那么美好，社会急剧转型，各种矛盾穿插。唐·吉诃德这个形象，本身必然会体现时代的矛盾，也会体现作者所赋予的人性和精神上的直接冲突，这种看似与社会脱节的勇敢顽强的精神，必会发出其不容忽视的光。

作者塞万提斯的一生也在一定程度上体现出了主人公的影子，他出生贫困之家，二十四岁加入西班牙在意大利的驻军，几经波折，参加多次战役，战争和他的勇敢给了他“勒班多的独臂人”之称。回国后，本应成为英雄，却并未受到相应的礼遇，反而多次入狱，这部作品也是他在狱中完成的。杨绛在《译者序》中指出“唐·吉诃德有些品质是塞万提斯本人的品质。”吃苦、勇敢、顽强、坚毅，等等。他们具有共同的品质，他们都有着自己的那份坚持，一个是个人和国家层面的坚持，一个是社会历史层面的骑士梦，可以说，二者的灵魂有着超出作品本身的接触与融合，就像人和自己的影子一样，一个在白天，一个在黑夜星辰下。

《阿Q正传》产生的背景则是辛亥革命前后那个时代，封建压迫和新的西方文明所带来的革命观碰撞着。那是个“人吃人的时代”，在农村，人们对革命几乎不怎么了解，时代转型时期的新思想新理念并未在这些处在社会底层的人民思想上产生碰撞或激情的拥抱。而阿Q作为一个自欺欺人的以精神胜利法存活于世的小人物更是如此。“鲁迅是抱着批判国民劣根性的目的写作《阿Q正传》的。事实上，这个人物也被读者视为中国人民劣根性的象征。”像一些人说的那样，阿Q身上有着狼和羊的特质，他欺负弱者，当受了强者的欺辱，他又以自我安慰来欺骗自己，他可以说是鲁迅笔下极具警示意义的形象，他是吃与被吃、旧时代残余力量、人性的阴暗面的集合体，阿Q这个人物虽有些夸张，却生动再现了那个时代社会和民族心理的冲突。其实，放在当今，狼和羊这两种特质在不少人身上也很明显，这实在是一种轮回过患，对于我们的处世为人也像警铃一般，提醒我们注意自己意识中的阿Q习气。

唐·吉诃德作为一个偏僻乡村的乡绅，五十多岁了，在他那个年龄，本应该待在家里种些花草、钓鱼、读书，过一种悠闲的老年生活，然而喜欢骑士文学的他，在那个骑士阶层没落的时代却做着“游侠骑士”的梦。他骑着一匹瘦骨嶙峋的马，穿上破旧的盔甲，把乡下少女当成自己仰慕的公主，把附近的农民桑丘·潘沙当作自己的随从，开始自己半疯狂半正义的旅行。在这个过程中，他把投宿旅馆当成城堡，把风车想为巨人，把囚犯当成无辜者，这种种行为看起来都很荒诞，然而，在这种类似于自我满足、为骑士梦努力的过程中，我们可以看到他许多的闪光点，他坚持正义，勇敢、坚定地与丑恶做斗争，他的坚持可以说是对光明、善美、正义的永恒的追求，他想过一种尊贵的生活。“天叫我生在这个铁的时代，是要我恢复金子的时代，一般人所谓的黄金时代。”可以说，他在一个混乱的时代有着不同于大多数人的自觉，那是一种基督教信仰式的追求和执着。

阿Q身上我们更多地感受到的是一种卑微、阴暗、低级的东西，他自欺欺人、虚伪、狂妄、恃强凌弱、猥琐，他有着自己的精神胜利法，“阿Q的精神胜利法则是出于‘被吃’地位，却想象能够‘吃人’的一种心里幻化”。就像他赌钱时自己抽自己嘴巴子然后心满意足地得胜似的躺下，静修庵里偷萝卜被抓而无理狡辩，说些“我以前比你阔多了！

你算什么东西”、“儿子打老子，世界太不像样”之类的浑话，他给人一种可怜的感觉，让人为之悲哀而又觉得可憎。

他们都是一种极端的主观主义，用虚幻来蒙蔽现实，在挫折面前以心理安慰和自己下意识的行为来获得自我满足，在与现实的斗争中，这是他们共同的悲哀。“唐·吉诃德与阿Q的最大不同之处，是他不像阿Q那样一味地服从或利用丑恶的现实人生，而是以一种正义的理想、理念去抗衡和矫正丑陋的现实人生。”唐·吉诃德多了一种正义的英雄感，而阿Q则是国民劣根性的代表，也就是说，后者更多的是从反面去说明，通过抑的手法来达到警示作用。

两个人物身上无疑都具有浓厚的悲剧色彩，但讽刺性的悲剧意味在阿Q的身上体现得更明显，前者的悲剧在于现实和理想的冲突，在于正义和善美的追求遭受到了无法避免的社会对抗。而阿Q的悲剧则是一种民族性的时代悲剧，我认为更是人心底的阴暗面被无限放大的结果，是社会和那个特定历史状况下平民百姓被压迫剥削所致的性格曲扭。前者的悲剧让人惋惜，惋惜过后有一种力量和信心，阿Q的悲剧却让人愤怒，怒其不争，哀其不幸，是一种难过，有一种羞愧感。

两者的异同背后是两种不同文明的比较，典型的西方基督教信仰的文明，通过对抗与忏悔祈求抵达彼岸光明、自由的天堂世界，渗透着个人英雄主义情节和荣誉感。而东方文明在那个时代，受到外来力量冲击，国内统治阶级的腐朽，整个社会危机四伏，老百姓处在水深火热中，阿Q光棍一条，无任何拖累，但生活却朝不保夕，无片瓦安身，还要寄宿在土谷祠里，生活没希望和幸福可言，吃了上顿没下顿，还得偷寺院的萝卜充饥，阿Q生活的尴尬艰难，是那个时代灾难深重的老百姓生活的见证，闭关锁国、愚民文化的熏陶和不见天日的黑暗长久压抑导致阿Q性格扭曲。

从现实意义来看，两位作家身上又都有一种共识，这是人类共同的自我反省意识，对真善美永恒的追求精神，虽然二位作家塑造的人物性格和揭示的思想意义并不一样。

联系唐·吉诃德和阿Q这两个人物形象看，我们周围芸芸众生，唐·吉诃德有之，愚昧如阿Q者似乎更多，低俗自私险恶者有之，活得潇洒、心地光明者亦有之。有的人身处阴暗看着天空却从不迈出一步，有的人浑浑噩噩像阿Q一样狼性羊性淋漓却不自知，活在一种阴暗、谎言扭曲的生活之中虽为人不如鸭羊。而唐·吉诃德的英雄主义，却常被人用来讽刺那些具有正能量、不识眼利坚持原则、不会要滑的人和事。在我看来，无论是西方还是东方发展中的我们，都需要这种“单刀赴会”般的勇气，关云长为什么老百姓千年崇拜不休？因为他有爱憎分明、忠义节烈的英雄气，不识时务的唐·吉诃德身上有那种可爱气质。和平年代，不用抛头颅洒热血，但要有这种责任和担当意识，要有一种良知和正气，试着自我救赎，从心眼里向往美好，试着去践行。当这种个人意识化成整体意识，其威力不言而喻，我们这个时代不缺吃不缺住不缺穿，为什么阿Q式的人不见其少？为什么为了金钱肆无忌惮豺狼吃人的事不绝于耳？这是值得我们深思的。

我们需要为理想不屈不挠的斗士，也需要有明白善恶、安贫乐道的君子。实际上，在这个难说好坏的时代，你要成为一个坚持良知的明白人，懂得怎样思、怎样行，你就要像菩萨那样，做一位勇敢的战士！

2017年1月5日

# 读《一颗简单的心》

“提起欧班太太的女仆全福，主教桥的太太们眼红了半个世纪。”这是福楼拜小说《一颗简单的心》开头的一句话。短短一句话使人觉得“全福”这个女仆并不简单。然而，小说塑造的这个角色却是极为平凡朴素，这种简单里，没有传统小说手法的嘲讽或是隐喻，有的只是对她的赞美和喜爱。

全福，一个经历感情创伤的可怜女孩，一个忠诚善良且勇敢的女仆，一个活在阶层社会里却保持纯洁的女子。说实话，这样的人物在中国近现代小说里是很少出现的，她身上没有可以用来愤世嫉俗的地方，也不像沈从文《边城》里的小姑娘那样可怜可爱，她有的只是平凡，一种向善向美的平凡。她拥护自己的主妇，当欧班太太一家三口遇牛袭击时，她会站出来对牛喊：“你们快走啊！”就像文中的一句话：“具有牲畜的忠诚和宗教的尊重。”可见她内心尊重所有生命。她信仰基督教，当心爱的外甥在海上死于黄热病、欧班太太失去心爱的女儿维尔吉尼、并不熟识的科尔米什老爹也因肿瘤死去，她会心痛，每一次死亡的人都像是她的亲人一样令她悲痛。她会为这些生命里遇见的人一一哀悼。

死亡，自然死亡，没有所谓的英雄式的死亡，就像原野上草儿的枯荣，滑过溪水的石头沉入水底，自然而然。面对这种死亡，她越发向善，她从心里为这些逝者灵魂能够安息做弥撒。她是发自内心地尊重爱护生命。当一切悲伤如潮水涌来，涌到喉咙，噎住她，她会埋怨上帝，看了满天的星斗又进到教堂里静静祷告。

全福这颗简单的心，不是无知的痴傻，更不是传记故事里那些高人经红尘历练后的大智若愚、与世无争，而是极为朴素和平常的与人为善为真，就像慈祥的老奶奶对孙儿的疼爱、姑娘对受伤的小猫小狗的心疼，它是柔软的、真诚的、自然的，因而是可爱的、感人的。

对于那只鹦鹉，她打心眼里喜欢，甚至在教堂里她会突然觉得它和圣灵有相似的地方。当这只名叫球球的鹦鹉死去，她因年老眼睛不灵光，便只能吻它的额头，脸贴着它许久。

她到底是老了，当死亡来临，她有种神秘的快感，闭着眼睛微笑，心跳慢下来，“更柔和了，好像一道泉水干涸，一片回声散开”。她生得平凡、活得简单、死得安然。“恍惚看见一只巨大的鹦鹉，在她的头上飞翔”，或许那只鹦鹉就是那教堂里沉默的圣灵吧？俯视着这片土地上平凡的人们，感受着生命的到来和逝去，没有悲悯，也不冷漠。

一颗简单的心，就像在山野尘埃里开出的一朵小花，不妖不媚，只是简单自然生长。但这样一颗简单的心，易秉持吗?!

2016年11月6日

# 《该隐逃离》的寓意

《该隐逃离》是一幅画。

该隐是人类历史上第一个杀人犯，他因嫉妒杀死了自己的兄弟亚伯，面对上帝的质询，却不曾悔改。上帝将他放逐，给他做了记号，并承诺杀他的人必将承受七倍的恶果。

在这里，上帝好像原谅了该隐，但放逐又何尝不是更残酷的惩罚？活着往往不比死亡容易。那个记号和诅咒，对于这犯下错的人，好像是被上帝抛弃的证明，活着却没有了希望。

当我看到这幅关于该隐逃离的画作，我产生了好奇。这幅画，是由英国画家威廉·布莱克于1805年9月创作的，全名是*The Bod yof Abel Foundby Adamand Eve*，画面主要展现了亚当和夏娃发现真相后该隐逃离的场景。画中夏娃晕了过去，亚当惊恐的眼神很明显，而作为当事人的该隐，回首望着父母慌张地逃离。他逃向的是远离太阳的方向。背景是落日时分，他的头顶上乌云密布，这给人以无助和绝望，好像一切都灰暗了，没有了希望，他犯了错就只能逃离，而逃离是没有悔改的机会，再次沉沦。这是否是作者在向我们传达一种观念，犯了错若是逃避，就彻底丧失了悔改的希望和权利，就像黑狱里的无期罪犯，再难以见到自由的阳光了。

该隐脚下是坟墓，旁边还放着一个铲子，有点自掘坟墓的意思，这是该隐自己掘的，放弃悔改，就是自掘坟墓，上帝作为审判者为你置好去处？

有人认为这幅画代表了希望，但在我看来，这逃离说明他已丢掉了希望，就算有，也只是警示我们每一个犯了错的人——犯了错而不知悔改就会彻底走向结束，希望不再。

2016年11月3日

# 漠然的温情

在那静静的呼兰河上，萧红发出“人生为了什么，才有这凄凉的夜”之疑问。萧红的呼兰河，就像那冬日的夜晚，泛着彻骨的丝丝寒意，凄凉的寒意，孤寂而悲伤，但那夜色神秘，吸引着她无处安放的心。生于斯，长于斯，在东北故乡，萧红感受到的是宁静和充满趣味的自然的色彩。但这宁静，却给人一种淡漠的感觉，这里不是生命的天堂，这里有愚昧和无知，这里的一切对于她，越到后来，越是忧伤和漠然。

在这部回忆性的散文式小说《呼兰河传》里，写的都是记忆里的样子，有宁静的美，有时代和地域所赋予的落后和可怜。可以想象，萧红写这部作品时内心是十分矛盾的，纵使千般不好，但那里有回忆，回忆里的年华——祖父陪伴念诗的无数日夜，离家多年后她将目光上溯回去，想起那记忆里的村子，漠然里还是流动着淡淡的难以自欺的温情。

那是一种漠然的温情。江南的雨从青苔覆盖的屋檐上缓缓滴落，青石板路上凉风袭人，乌云压得很低，空气里弥漫的就是这种感觉，在这无人的街上孤寂的时刻，萧红捡拾着那些埋在心里却时常浮现的零碎年华，就像翻阅泛黄、被时光蚕食的老照片。

东北的那份粗野和豪爽，在这偏远的呼兰河，在片片雪花白色的冷意里，宛若融化到黑土地里了，留下的只有原始的寂静、萧索、茫然和迷惘。天边的火烧云，烧出各种样子，映照着城里的十字街，映照着街边的布店、油盐店、茶庄、药店、火磨以及那龙王庙和祖师庙里的学堂，还有其他难以重复的小铺。人过来，马车过去，“在灰暗的日常生活背景前，呈现了粗线条的、大红大绿的带有原始性的色彩”，蓝天下的小院里有榆树、樱桃树、红的绿的菜蔬和家雀、蜜蜂，街上的人家里有跳大神的，小城里有扎彩铺、放河灯、娘娘庙会、野台子戏，这些自然的景色和风俗人情的色，构成了呼兰河灰暗日子里的独特样子，萧红难以忘记的样子。

这里的日子有快乐，但更有自己看得越来越多的放大了的落后，这里的人、这里的风俗，使她厌恶、奇怪又为之悲哀，于是，萧红便逃离了这片土地。在她看来，对于那些死了亲人的人，“他们心中的悲哀，也不过是随着当地的风俗，大逢流年过节时到坟上去观望一回”，她不喜这些东西，觉得它虚伪，虚伪之下是农民被新时代抛弃、被旧时代裹挟的无知和可怜。就像团圆媳妇儿、二伯、冯歪嘴子，这些小人物各有各的故事，他们都被命运压迫着，苟且活着，被别人、被自己，一次又一次地推向未知的却几乎注定了的地方。“他们看不见什么是光明的，甚至于根本也不知道，就像太阳照在了瞎子的头上，瞎子也看不见太阳，但瞎子却感到实在是温暖了。”这类人是那个时代的必然产物，他们逆来顺受，活着。对于此，萧红肯定是痛恨这必然的前因，不忍想他们后来的果，对这些人可怜又心酸，他们离自己是那么近，又真得很远，与他们共同生活在一个地方，却不是一个维度，心里面对他们只有哀愁，既爱又恨，更多的是难受。

在呼兰河这个地方，复杂的生活空间有着历史角落的尘埃，在萧红笔下，这里是一个广阔的带着悲剧色彩的舞台，尽管舞台上上演的满是柔情，那是青少年时的温暖，是时过境迁后的凄婉歌谣，这是属于萧红的漠然的柔情。活在这个维度里，萧红一方面追求自由理想的生活，睁着感性的眼光，眸子里有星辰般的光芒，回忆曾经的美好。另一方面现实又是那么残酷，不得不理性地思考，忧国忧民，哀民生之多艰，这位热爱生命、对人生充满深情厚谊的才女，不得不直面现实人生的漠然，在现实中饱受心酸煎熬。

我看《呼兰河传》，就被这种漠然的温情笼罩着。

2016年11月22日

2016年9月中山大学军训摄

中山大学青年志愿者服务

中山大学青年志愿者服务

中山大学岭南书画社

2016年11月13日，作为中山大学青年志愿者为后环社区书画班学生指导国画学习

青峰

秋酣
王耀林

秀花
作于一零年七月
王燿棟

# 优雅是优雅者的味道

最近一直在读梁文道的散文，被他那种淡淡的优雅的文风所吸引。在这本《味道》里，有来自天南海北、各式各样的食材。人们需要食物，不仅仅是为了填饱肚子，吃什么怎么吃，很有讲究。在他的笔下，流淌的是一种优雅——饮食充满了艺术趣味。

其中，两篇关于如何品味红酒的文章，介绍了两位品酒大师罗伯特·帕克和休·约翰逊，他们地位都很高，但品酒风格完全不同。

罗伯特·帕克发明了用分数制来评判红酒的方法，满分一百分，九十到九十五为突出，八十到八十九非常好，六十以下喝不成。这种方法使得法国红酒在两次美法大战里出人意料地输给新秀美国，这有多科学呢？罗伯特说他能品尝出八十八和八十九的区别，区别很大，这一点常人难以理解，所以罗伯特在红酒界有着呼风唤雨般的能力，也就不难想象了。

休·约翰逊品酒却极富诗意，是一种悠闲的享受，就像他在自己的回忆录里写得那样："普鲁斯特有他的玛德莲小甜饼，我有我的红酒。"文艺吧，他就是那种在没有冰冻条件下为了冷却白酒，可以开着车用湿毛巾包住酒让它吹尽乡间夜风的人。

分数制像大学入学考试一样，在当今的品酒界成为时尚。然而，我更喜欢休·约翰逊的风格。在夜晚，慢慢品着手里那醇厚的小酒，闻着木炭上烤肉的香味，与朋友聊天，谈女人、谈艺术，多好。在我的生活里，我喜欢这种情调，看过红灯绿酒后却依旧心向山野星光。品酒就是艺术地享受生活，生活确实是有艺术的。有艺术的生活才叫生活，否则我们只是活着。

吃也是一种艺术享受。

2016年11月21日

# 罪恶的认定

我们这一代人，可能往后的好几代也会遇到同样的情况，从小到大的课本里都是鲁迅的文章，谈不上喜欢，但也万不敢厌恶。鲁迅和他的文章的重要性有过拔高，也曾被“小红书”和“主席”压倒，哪怕在文艺界。虽然现在他的文章在中学课本里有减少的趋势，但我们认知到的那些什么封建云云却也有点根深蒂固的意味，好像在多数老师的眼里（大学老师除外），他就是一个冷酷看待农村的冷峻的人，他的“伟大”（笔者眼里没有什么人是伟大的）也因这种重要性而被忽视得愈加低廉，所以，我们最初从这些文章里得到的也是冰冷刻板的，什么是落后的、什么是封建的、什么是可怜的、什么是罪恶的。可仔细读读，并非如此，这些只是概念化的答案，就连他自己或写的文章里的“我”，也常带有知识分子习惯性的批判，对知识分子——这被灌输的定式思维还是有问题的。

在革命和反革命的年代，“左”与“右”的对抗始终不停，论战探讨的方向问题分辨的不是对错，而是谁好谁坏，好的就是绝对正义，坏的也就有着被消灭的危险。那是特殊年代人们特有的单纯使命，单纯地不分个好坏或分好分坏在热衷于革命的年代也许不错。但俗气一点说，这就好像现在小孩子的是非观，性本恶、性本善，恶就是恶，没有改正的可能，虽然这种是非观也有可爱的地方，但到底过于纯粹了些，黑色就是一抹黑，这世上混合色还是多些。

那么到底存不存在罪恶一说？宗教里有十八层地狱，凡是犯了罪的坏人会下地狱，可现实里有的坏人活得长久，于是又有了来世、因果报应之说。在我看来，这种罪恶观之下，一般人往往认识上含混不清，就是说它有着被无限放大或缩小的可能，关键还是生出“罪恶”的人在认定罪恶的人眼里到底占有何种地位。有可能科学知识的错误、漏洞也会成为“罪恶”的源泉，而此时的罪恶又会成为彼时的正义，就像被焚烧死的宣传日心说的伽利略等。罪恶可能是知识性的，也可能源自阴暗、纷乱的外界误导，来自他人的、自己的，因为这背后的种种因素，这“罪恶”也不再单调。我们往往容易判断、认定他人的“罪恶”，甚至都不用用心去判断、去分析，一眼便知它是错误的，他是罪恶的，罪恶是什么，好像并不难于启齿，好像认清罪恶这就是我们的责任和义务，甚至是一个知识分子的良知。

认定罪恶，就像法官断案，背后有着类似于法律之类的东西。大多数人觉得，能清晰地判断出罪恶好像是读书人的本事，成熟的、有阅历的人可以信手而为。这种认定，其实就是知识分子被潜移默化影响后的结果，大家以知识分子为标杆，也就人云亦云。道德，经过孔孟的发展成为人们重要的处世准则。人，尤其是中国人，以这种道德准则为最高信条，事事都要从它出发，也就不知不觉站在道德制高点。站在上面，你会生出一切无法与己匹敌的自信，就好像这是一个人最起码的良知，更是中国人的立身之本。我没有说这有多么不好的意思，只是单纯地分析。读了几本书，经了一些事儿，看了几个人，我们就好像不知的甚少，我们的责任越来越大，可是做得怎么样谁知道呢，当面爱讲道德背后爱捣鬼的人是不是不少呢？有的时候我看认定罪恶就像争夺话语权一样，就像鲁迅小说里的人那样，当事者也往往习惯被这种话语权力所支配，有这种意识，才说明“我们”是有希望被改造的。可有些时候，我们会听到看到一些“大智若妖”的人，他们说得透彻，又能引经据典，谁也不得罪，再看沉默的其他人，好像早有某种预见。认定这种罪恶、是非，评判者先入为主的思想价值倾向，经验主义，很容易罔顾事实，颠倒黑白。

近来，人们文化热就像春风一样吹来，许多人十分珍惜。但也有些人感到不安，就愈加想要从过去找到希望和倚仗，只要去除糟粕，那剩下的就是好的、正确的、恰当的，殊不知判断糟粕与否的那一刻便已经留下了无数的可能。复古主义不像文艺复兴，文艺复兴是旧瓶子装新酒，而复古往往和发展创新的初衷背道而驰。这种所谓的传承传统文化，往往演变成道德观、伦理观的回溯，而文化实际上是一个时期一个地域的所有智慧结晶，是由雕刻、绘画、音乐、手工艺的所有产品和文学哲学一起酝酿出来的。这文化有精华的和粗俗的，关键是欣赏这种文化的人怎么看。说这些，就是因为罪恶的认定和人们认识文化潮流这种情形有着相似的地方，罪恶本身和罪恶背后的东西都不能一概而论，它本身是没有左右之分的。

大家都读过芥川龙之介的《罗生门》，那罗生门和地狱都是人类文化意识的外在显现，就像宗教为了让现实里的人们认识善恶，知觉生命的本质，走向幸福，但不幸制造了黑暗世界的例子也是有的，当然宗教有其特殊性，起码它的益处还是很多的，人被恶的报应这种恐怖所震慑，自然难以生出作恶的想法。

其实，和上面讲的一样，这罪恶本身是不好界定的，这可以用自然世界说明。经常有狮子老虎吃人的报道，人家本来就是吃肉的，饿了就吃本就是天性，你跑到人家眼前被一口叼了，嗯，这不好，何其残忍，可真正想一下，老虎不会认为它这种行为还有对错之分的，这里不是说为老虎辩护，只是想借以说明动物世界不存在罪恶一说，植物世界也一样。当然，人类有着社会组织，人类比动植物有着更复杂的社会关系，为了共同的安全幸福，自然要设置些东西为大家生存发展保驾护航，对制造“罪恶”的人要惩罚，这是必需的。但客观公正认定“罪恶”不是容易的，因种种因素干扰，“罪恶”并不是泾渭分明那么容易认定的。

“认定罪恶”，这一行为是有极高难度的，它的后果也有未知，不可预测，可能恐怖，所以必须谨慎。人们判断是非，一旦生出一种理所当然的感觉，便危险了，往往都还欠妥，肯定的结论愈要小心得出。说实话，我也读书，也有过那么一段“凌云壮志”，“仁以为己任”的时期，哪怕现在我也是喜欢“仁”的，但在我判断是非、评价他人他事时，往往生出一种羞愧感，有点像紧张，但绝不是揣着聪明装糊涂。因为我一直认为我读的书少，并不比别人聪明到哪里去，而且凡事都有个万一，这万一就是没有什么是不可能的。依我之见，这种羞愧感还是要有的，多多少少要有，万不可“唯我独尊”。其实这里说“认定罪恶”，而另一方面，原罪的存在抑或不存在是无所谓的，从哲学、宗教艺术信仰的层面，人到底还是为了好好活着，有这样一种危机意识时刻提醒我们更好，人尤其是我们这些平凡的人，都要有点信仰，只要不让它变成某种迷信。所以，我们也要时时审视我们所依靠的准则。

罪恶不是不可以谈，但我们面对“罪恶”时，要有平等的态度，认定“罪恶”，要知道认定的依据和认定的对象，是罪还是恶，还是错误，有没有弥补、改正的可能和机会。认定只是针对事件本身，在我们“审判”某某的时候，也权且先把他所做的当作错误来看，一竿子敲死，就像“一报还一报”的轮回一样，是危险的。我们不是圣人，一旦我们坚定地认为我们是正义的维护者，要杜绝一切罪恶，就有可能成为厚着脸皮不自知的伪道士。

2017年4月6日

# 老实活着，像那田间的耕牛

夕阳将它粉色的余晖撒在这片稻田里，清风拂过，那乡野地头上野花的香气，夹杂在雨后的土味儿里，溢满整个村子，远远望去，还有人在田里劳作，那佝偻的身影在不停地摇晃，一个老头和一头老牛。他们都老了，都在为生计发出自己晚年最后的那点余热，卑微着，却虔诚。

活着，以前人们都爱问活着有什么意义，后来，又都不问了，因为无论是听别人说还是看书里讲的，都无法和每个人自己眼前的生活等同起来，柴米油盐酱醋茶，各种苦辣酸甜的滋味都只有自己品尝过才知道，理想终究还是虚幻的，真实的却也未必美好。就像有些人说的，活着本没有意义，从第一眼看到这个世界、到我们闭着眼沉睡在土里，这中间我们所走过的路、做过的事、看过的风景便构成了我们活着的全部意义。活着，只是简单地活着，没有过多的头头道道，睡觉、吃饭、做事，能够活着便已是上天给我们最大的恩赐。就像余华的《活着》，福贵从公子哥到老农，经历了太多，失去了太多，等熬过那段艰难岁月，只剩下自己一个人，只有那头从市场里买来的老牛相伴，太阳升起来又落下去，他们依旧为了生活在田里耕作，为了活着，只是活着。

正如余华在书里写的那样，“老人的脊背和牛的背一样黝黑，两个进入垂暮的生命将那块古板的田地耕得哗哗翻动，犹如水面上掀起的波浪。”在那个年代，人和牛没多大差别，甚至战争结束后牛还要比人珍贵，一个福贵白发人送黑发人，亲手埋葬了所有亲人，一个福贵从霍霍磨刀的地方来到田里劳作，他们都老了，都曾被命运嘲弄，又都还活着。这些平凡的生命，生得平凡，活得简单，又俗又傻，却又那么可爱，他们和那头顶上的命运为邻，在尘土飞扬的路上，彼此经历苦难，旁人看来他们苦得让人同情，可对于这经历了所有，熬过岁月动荡的他们，其实更多地感受到了幸福，活着的幸福。正因如此，“我”才能听到他们的故事，而活着才有了一点儿意义。

“少年去游荡，中年想掘藏，老年做和尚。”人这一生，活着便是幸福，红尘多少事，凡此过往如青烟消散在风里，到头来能静静地躺在土里安然沉睡，便已足够。每个人都有自己微小的命运，仰望着那些星星，走在路上，能感受到“春来发几枝”的自然生长，就是幸福的。

“百年苦乐半相参。”活着，像那田间的牛一样，卑微如尘土，哭过、笑过，扬起一片雾，待清风过后，入了尘土，归了来时的路，一切只看那岁月静好。

原载《新知讯报》2016年11月25日第18版

# 读书短章

**《天才的力量》（左琴科）**

《天才的力量》一文故事很简单，传达出了“智者的幽默”。文章艺术手法虽然很夸张，但告诉我们的道理却并不夸张，且耐人寻味：事业有成，心灵高尚的人无疑是做人和事业都很成功的人，会得到人们的敬佩和爱戴，甚至是疯狂的追求。

**《铸材成器之方》（胡适）**

“不要抛弃学问”，“抛弃了学问便是毁了你们自己！”胡适之这篇文章全文只告诉我这句话，但这话却掷地有声！为什么？因为胡适之用自己一生做学问的实际行动告诉我们，学问是铸材成器之具。这是经验之谈，并非心血来潮的奇思异想。学问做到家了，人品也修炼到家了，事业也自然到家了。纵观他的一生，确实如此。

生命有意义与否，要看我们自己怎么想怎么做了。你能赋予它什么意义，生命就有什么意义。与其像牛羊一样浑浑噩噩度过一生，等待无常到来，不如利用此生做点有意义的事。懂得做事且想做好事情，还要在人生路上赛跑，将学问化作武器，将自己这块料铸成器。

成器，就已经赢了人生赛事。因为你已经站在很高的高度，眼界开阔，思维活络，一切问题便不是问题了。

**《大公无私》（《吕氏春秋》）**

晋平公与祁黄羊的对话很有意思，孔夫子也连连称赞说他“大公无私”。真正的大公无私并不难。在对待事情上，不掺杂任何个人情感因素，依据实际，就事论事。比如用人，按才德标准来衡量，谁能把这个事情做好，做得明了，做公平，做公正，就让谁来做。但是，中国社会古来就是人情社会、关系社会。想要“大公无私”？说说容易，做起来很难。

任何事情，掺杂情感和关系进来，这个事情的命运也就变得扑朔迷离难以预测了。

**《单行道》（瓦尔特·本雅明）**

洞山良介悟本禅师是曹洞宗开悟的大德。他与“学僧德照”一段机锋对白很有意思。当洞山良介说“到处是路何必忧虑”时，德照以为悟到了解脱的消息，就入灭了。洞山良介叹道：“你虽然能够这样出去，但却不能这样回来。”

可能禅僧德照并未真正悟道，起码没有彻悟，悟道很不究竟，洞山禅师才惋惜感叹。

人生在世，有时候我们觉得到处是路，条条道路好像都能通到北京，但哪一条才是正路呢？学僧德照走的是正路，但他能够那样出去，却不能那样回来。可见，走正路也要善用其心，走好。

正路，也可能让人迷失于途中幻城不自知。不知幻城是假，以为已经到达究竟的彼岸，这样的事真不少。

**《论残疾》（培根）**

培根这篇文章借身残引出心残的话题。

有些身体有残疾的人，喜欢注意别人的缺点。他们之所以热衷于此，是一种残疾心理作怪，好像如此一来，自己便能取得一种补偿或平衡，事实上这是一种不理智的行为。

人身体上的残疾并不可怕，因为历史上有许多身体残疾的人成就了一番伟业，现实中最典型的如史铁生，这位身体残疾，坐在轮椅上的作家，写出的作品感动了无数人，他的心灵世界让人很敬佩。还有史蒂芬·霍金，他躺在轮椅车里，几乎不能动弹，几乎不能说话，心灵世界却比任何人丰富宽广。人躺在轮椅车里，他的思想却像庄子那样，遨游九州八荒，宇宙无极，他为这个地球上四肢健全头脑发达的、不发达的所有人，仰望宇宙星空，为人类未来寻找出路。可见身体残疾不算什么，只要大脑正常，也能成就一番事业。身残心再残的话，就成了双重残疾，就可怕了。心理残疾因为在思想意识中，往往不容易被发现，发现了也不容易医治。不过，世上身心俱残的人不多，身健心残的人却不少，只是“残心”活动很隐蔽，不易被觉察；许多心残的人当被周围人发现时，已经变得无可救药了。

2016年3月

# 结 语

这个最后一批三十篇结束得有点匆忙，但也是自己的选择。近来考试压力只是一方面，遇到了一些人，一些事儿自己想了很多，想要再快一些。

“百篇”其实我写得并不紧张，大多数都是自由的，有散文、杂文、小说、诗歌和课业论文，但态度都挺端正。听了老师的建议，我会尽量扩展阅读面，多读书，读好书。

一直以来，只觉得压力愈来愈大，可能是成熟了吧。我想要更加努力，去争取自己想要的生活。以前只想过考研，没想过出国；以前英语很烂，现在我觉得今后如何艰难，都要去搏一把。

百篇，八篇，毕业论文……

看书，学习，考研，学外语……

加油!

2016年6月10日

注：耀栋为自己大学一年级“百篇作文”作业写的总结。也是生前写的最后一篇文章，数天后就遇害了。

# 原野上那片烟云飘散

## ——从《京华烟云》的世界里走来

首都北京，一直是我想去的地方。那座城从历史长河里一路走来，已经走过了千年的时光，却依旧朝气蓬勃；它一次又一次经受风雨洗礼，但那股特有的味道从未失去，我喜欢那种味道，闻了让人沉静而又欢喜。北京，我更想叫它北平，这或许是受那城墙脚下胡同巷子里长大的几个作家的影响，它那种民国味儿很浓，在胡同巷子里听吆喝、吃冰糖葫芦、骑自行车兜风，溜进北大听持两种相反观念的教授慷慨宣讲，看那故宫的绿瓦红墙和桥头的石狮，听墙脚湖畔林子里的燕子啾啾，远处山上富有禅意的钟声。北平很大，应该很美，我没生在那个时代、那座城市，无法清楚地感受它的模样，我向往那说不清道不明却笼罩所有人文的俗世云烟。

北平，名字很多，我没研究过，一代又一代的王朝更替，一代又一代文化大师进进出出，生生灭灭，但那座城依旧年轻，底子依旧扎实，底蕴依旧深厚。可以想象，炮火、流血、嘶鸣都看到听到过，经历过，但它依旧沉默，它静静地看城里的人和事变化着，看头顶的烟云随风飘散，看晨曦来临，黄昏又到来。在这片星空下，一切的一切对它来说，或许就像老人用自己的手一次次在时间的书页上写下的故事。当然它的年轻毋庸置疑，它现在叫北京，是十几亿人翘首仰望的首都，和那天安门广场上飘扬的红旗一样令人渴仰。新的时代多了一些空前的新景观，又焕发出了举世瞩目的青春活力。

《京华烟云》里的故事主要发生在北平，作家一定沾染了它的气息，从头读到尾，这感觉在我心里逐渐加深，越来越清晰。这座城里意趣盎然满是诗书才情的姚家王府、传统守旧的曹家庭院、满室珠光的牛家都浸染了这股味儿，混在一起，在悲欢里诉说着那个时代中国的样子和国人的精神状态。在战争烟云笼罩的烽火岁月里，所有的人和事都让人产生“浮生若梦，为欢几何”的悲凉之感。

就像作者林语堂说的一样，这本书讲的是现代中国人的生活，在历史的尘埃里，这些中国男女“如何成长，如何过活，如何爱，如何恨，如何争吵，如何宽恕，如何受难，如何享乐”，“在此谋事在人，成事在天的尘世生活里，如何适应其生活环境”。作品里有历史、有哲学、有文化热潮，像曹雪芹的《红楼梦》一样，它的喜怒哀乐随风而走，刚开始淡淡的，在哀愁里文雅地流动着，渐渐的，让人恍然大悟，生出“人生如梦”“天道自然”的感知。文末那种佛道智慧，又随着家国情怀变得明确、简单、直接，真如花儿开放一般，震撼着，余味悠长。其实，这部小说与《红楼梦》有着类似的调子，它讲述的语气是缓缓的，雅中带俗，透着灵气，里面的人物也有着一样的风骨，有的是几个人影子的结合，有的人出尘独立，黛玉的娇弱哀愁，宝玉的顽劣俏皮，宝钗和熙凤的性子品格等等都有，大观园的诗情画意与人事变迁同在，它背后隐含着的中国的历史渊源、人情心理以及约定俗成的处世哲学智慧都是类似的，虽然这部作品是用英文写的，但也许只有中国人才能真正读懂、领会其独特韵味。

在这些人物中，姚思安、姚木兰、姚莫愁、曼娘、红玉、迪人、立夫等都极为可爱。或许是林如斯所作的序文影响，从开始到后来，在读的过程中，我始终能把他们和《红楼梦》联系起来，肯定又否定。作者的创作看不出借鉴和创新的痕迹，应该就是这样自自然然写的，这其中的感知都渗透着中国历史文化底蕴的痕迹，那是穿越时间的智慧，在林语堂和曹雪芹以及有着同感的读者身上，这种中国智慧达成某种契合，在读者和作者间产生微妙的联系。

姚思安可以说是作品中灵魂式的人物，他身上所体现的是老庄哲学的神奇与奥妙，他从少年“放荡不羁爱自由”的富家少爷性子转变成喜好诗书古玩、钻研出世人生的宁静淡雅，真的让人喜欢，甚至有点羡慕。他一开始研究养生修炼，后来经历十年悟道，一言一行都透着一股禅意和神奇，佛道理念和智慧，他好像都具有，他在红尘俗世里了悟，活脱脱像一个红尘僧人。这让我想起民国另一个人——弘一大师李叔同，他厌倦了红尘烟水，竹杖芒鞋、戴斗笠、穿蓑衣，去妻离子出家，在大山中行走，在庙宇中静静地修禅悟道，他们两个的一生、故事，在那个时代都是很传奇的，都智慧如炬，光耀大千。姚思安“职责已尽四海云游”，十年间来往于天台山、普陀山等大山名寺，一步一步扣量着这片土地，在最为朴实的苦行僧式的红尘里行走，他终于“得见日月”。尤其是文末两个细节，其神奇的智慧之光显现得淋漓尽致。他巧妙地帮助自己的女儿与夫婿在情感婚姻里坚守住那份责任，让本是三角外遇的意外情况变得皆大欢喜一般；他临逝世的遗言预言民族抗日，让木兰问曼娘中国能否作战，曼娘若说非打不可，中国就会赢。这当然是作者巧妙的安排，但却很符合人物设定的合理性，符合人们对这些深知佛道哲学的人的想象，有些不凡之处，却又不失生趣。

姚木兰，刚开始既像林黛玉又像薛宝钗，逐渐的，她那种大胆率真而又充满古代女子贤淑智慧与文人雅趣的性子展露出来，使人又觉得她是二者的结合，越看越像，可又不像，她是有自己独特的可人气息的。她灵动而又文静，她的灵魂行走在此岸通往彼岸的路上。受父亲的影响，对世事万物那种无情却有情、随遇而安、清静无为的老庄哲学思想，在她的自我找寻中逐渐清晰明确了。她向往身处自然、过一种返璞归真的农家生活，想使自己的心澄净，心物一体，但这被自己的丈夫看成“妙想”。实际上的确如此，在经历了这样一段来之不易的田园生活后，她真正懂得了庄子那种奇妙而又最为简单的境界，不是说你像陶渊明一样，“采菊东篱下，悠然见南山”荷锄而归，便能彻悟自然之道。当自己的儿子像自己的夏天一样在革命救国的道路上奔驰，她才感觉到民族在灾难中如万里长城一样有雄伟的力量，才真正在这亡国灭种的危急关头，众人齐心的时刻征服了自我，体悟到超然物外的旷达。她“消失在尘土飞扬下走向灵山的人群里——走向中国伟大内地的人群里”，外头世界烟云滚滚，她内心的花却悄然绽放。她是俗世的仙子，变作蒲公英的种子随风而走。

林语堂的文风，淡雅、质朴无华，又优雅、自在，他应该深谙老庄之道，对佛教般若心学有所体悟，对儒家学说研究颇深，《生活的艺术》《孔子的智慧》等著作都有着他这些人生哲学信仰的余音。“梦饮酒者，旦而哭泣；梦哭泣者，旦田而猎”，在这本“其生若浮，其死若休”的人生大梦著作里，我读到的是姚思安的亦庄子亦佛陀的道，姚木兰如“秋水”般的静心，“如是我闻”般窥到了佛经里的禅思妙智，当然，这些都是林语堂的智慧和性格的写照。全书始终被这种无为自然之道所笼罩，但传达出的不是不作为和所谓的避世哲学，而是在自我和超我，在入尘与出尘的联系里达成默契，无为而有为，腐朽化神奇，应机做事顺势而为，就像国难当头木兰和群众的融合，这是一种“缘起性空，无常无我，无缘大慈，同体大悲”的智者的慈悲精神。守静，是人性的光辉，亦是平凡者的光辉。对天地草木万物皆有情，又同在时光流转的无常中不执着于情，不为情等束缚，置生死度外，宁静致远。

这本关于民国初期北平大户人家生活的著作，老庄哲学是我们的性格与思想深处的智慧，这片土地无论是昌盛抑或面临灾难，土地上的人们都是谱写历史的人，我们身处历史，会随大流，但历史也是由我们的故事流动而成的。无论你学文也好，学理也罢，无论你文艺雅致还是简单理性，理想和现实总会冲突，就像那个时代里的人们“不是英雄流热血，神州谁是自由民”。我们是一座座孤岛，但我们漂浮在同一片海域，处在同一苍穹下，就有共同的文化血液，共同的哲学信仰。“京华烟云”的“京”，是中国人心中的“京”，我们有自己民族的智慧，当晚风来袭，我们会在土地上奔走，汇集所有的灵魂，走过人生的黎明。

2016年11月9日

# 文化自信先要有文化

过去听到“垃圾”这个词，谁都知道是指人们生产生活中产生的废弃物。这个词现在使用率越来越高了，因为有了新的含义。思想学术辩论、青年学子口头争议中常用“垃圾”这个词回敬对方或他人。这不仅仅是说对方的思想观念太out了，简直就是“垃圾”！还有更废料的“垃圾人”，这当然指野蛮粗俗、没真善礼义廉耻、物质至上的“物奴”。时下国人出境旅游时的一些不文明行为，反映在外国人眼里，就成了少数中国游客素质太差，没信仰，似乎已经到被归结进“垃圾人”一类中去的地步了。

中国人是有信仰的，而且信仰是至善至美的崇高。但在对外开放发展经济的浪潮中，在一些死灰复燃的固有文化糟粕和一股悄然兴起的崇洋媚外之风疯狂吹刮和裹挟下，优秀传统文化被淡化，甚至被一些人口无遮拦地肆意歪曲。现实中越来越多地出现了仁义礼智信精神元素稀薄、金钱至上、自私狭隘的人，说他们是“垃圾人”，或称他们的思想意识、价值观念“垃圾”，当然也不冤枉。但仔细观察，所谓的“垃圾”，其实有不少是“洋垃圾”。这也是文化糟粕。

让这些人了解自己民族的优秀文化，重树中华优秀传统文化的自信心，建立文化自信很重要。

现在一些国人对于传统的思想道德、哲学、宗教、艺术知之甚少，或根本就不知。中国是世界上人类文明起源最早的国家，“黄帝问道于广城子”（见于《庄子》《史记》等）记录的是道家最早的学说，是中国哲学和道教思想的源头活水，作为一种哲学思想或宗教理念在它产生的当时已经相当成熟和完美圆润，还没有哪一种哲学或宗教理论能出其右。“黄帝问道广成子”至今已经六千多年了。黄帝时代，广成子已经传承道学理论修炼千二百年了。有的人对此怀疑，认为这是神话，不足信，其实远古的历史就是后人标签化的神话寓言，持这种寓言神话怀疑论的人，是不懂人类文化尤其中国文化发展规律——每隔一个历史时期就会出现文化集大成者。中华文明如果没有远古千二百年传承积淀，就没有广成子、黄帝，如果没有庄老孔孟这些各个时期的文化集大成者，不会传到今天，能传到今天必有其超越时空局限的圆满圆润和究竟性。

佛教虽然出自印度，但为什么一到中国就能与中国固有文化相交融，并行发展至今呢？这是因为在究竟的层面上佛学实质与中国古老的道家思想学说无不同，而且佛教传到中国时，中国的道家文化、儒家文化经过了漫长岁月的发展，数千年来儒释道三足鼎立、互相吸收包容，已经成为中国传统文化。从目前世界各类冲突、战争和文化碰撞、摩擦、交流来看，只有中国优秀传统文化才能引领世界文化解决世界争端。为什么这么说？因为只有包容、中合、天人合一、万物一体的中国文化，才能解决全世界面临的危机，才能挽回人类迷失的幸福之路。

英国著名历史学家汤恩比早在20世纪70年代就预言：中国文明将统一世界。进入世纪之交，国内外有识之士就在做中华文化世界性传播的工作，今天中国优秀传统文化正在逐渐被全世界有智慧的人认可，但黄皮肤黑头发、思想深处流着中华文化血液的少数国人仍然不自信，崇洋媚外到迷信的程度。对我们自己民族的优秀文化，比如佛、道文化，他们认为是封建迷信，儒家文化他们认为是懦弱无能。因为根本不懂，所以就臆想着外国的月亮一定比中国的圆。可见认识、学习并继承传统优秀文化，是让不自信的国民建立文化自信的扎根工作。

我曾在木心的《文学回忆录》中看到过关于宗教、哲学和艺术的论述。他说："艺术家可以做哲学家、宗教家、科学家不能做的事。艺术家是浪子。宗教太沉闷，科学太枯燥，艺术家是水淋淋的浪子。他自设目的，自成方法。以宗教设计目的，借哲学架构方法。然而这不是浪子回头，而是先有家，住腻了，浪出来，带足哲学、宗教的家产，浪出来。不能太早做浪子，要在宗教、哲学里泡一泡。"

木心这个人被越来越多的读者喜欢，可见他确实有令人敬佩之处。注意了，他说艺术家是浪子，他在国外教育那些艺术生从事艺术事业，要求他们成为艺术家之前"不能太早做浪子，要在宗教、哲学里泡一泡"。可见他虽然也经过了"文革"，到国外生活，对中国文化尤其是哲学和宗教文化还是非常自信的。所以，他直言不讳地说："李聃、乔达摩，论智慧，应在苏格拉底之上。苏格拉底以希腊之心，问世界之大。他再问，只能问到希腊。"

现在看一些正在为成为艺术家奋斗和据说已经成为"艺术家"的人的作品，画画胡涂乱抹，写字心猿意马，字写得丑陋荒诞，人好好的，却用脚趾手指用树枝涂鸦，说什么幼体，等等。李叔同要进入涅槃时，肉体能量严重不足了，才写了"天心月圆"几个字，那是不得已、毫无力气而为之，主要是为了告诫弟子们真理，而不是示范书法；他若知道现在有这么多投机耍滑的假书法家胡闹一气，他是绝对不会留下那幅字的。现在谁要给一般人讲儒释道文化精髓性东西，他们会喊"去去去，封建迷信"，根本不听，而一提外国的东西他们眉开眼笑，什么人给他们洗脑洗得这么彻底？其实越是民族的文化越具有世界性，不管谁想成为什么"家"，不学习中华儒释道文化基本精神，不了解和继承其精髓，是没有出路的。

就像世界发展到今天，全世界人类都得在中华文化中寻找出路一样的，少数对中国哲学和宗教文化“过敏”的国人，还是听听木心怎么说：“希望大家重视宗教艺术，要把含在宗教里的艺术，含在艺术里的宗教，细细分开来。先明白基督教、佛教等是怎么回事，了解其人格高超，一等，然后再去接触宗教的建筑、服务、礼仪、绘画、雕刻，原来是这样体现人类最高精神、最高智慧，而这等宗教文化，又是如何经过兴衰存亡的过程。”

说实话，作为文化的哲学和宗教是无法完全区别看待的，二者既有差别也有共通之处。作为文化，宗教就是哲学信仰，哲学成了人的信仰，也近乎宗教，或者说就是个体的宗教。以孔子学说为例，从古到今有一批人以孔子学说作为思想行为的指导，用其约束规范自己的思想行为，尤其落实到行动中去，绝不违背孔子四小理论所倡导和所要求的，所以成为别人眼里的儒教徒。由此看，宗教的特殊性就十分明显。而且宗教的诞生或繁荣往往在社会纷乱的时候，宗教在宗教家心里就是宗教，在教育家心里就是教育，在哲学家心里就是哲学，在政治家心里就是治国理政的理念。世界上优秀宗教如中国道学佛学所看待世界的观点方法，所描述的世界绝对要比一般学说的哲学世界宏大精深而不可思议，对人的思想情感心理等等的认识，在某种层面要比一般哲学或学说更广、更深入，更精微也更复杂。在我国，古往今来，一些像广成子、李耳、庄子、玄奘、慧能、王阳明等一大批抛却功名利禄、废寝忘食学习研究儒释道落实在行动上的智慧志士，可谓大智大勇大无畏，因为有他们，儒释道文化作为宗教也好、教育也好、思想人文精神也好，才得以不断传承发展，使得我们在世俗化的人生中坚守心灵美好。但也正因为如此，在“大多数人”的作用下，传统的宗教和哲学又往往变得过分简单，神秘或迷信色彩浓重，这当然不是真正的宗教信仰，这种浅薄误解是缺乏系统了解和学习造成的。

迷信和庸俗地信仰一种宗教或哲学，已经远离这种理论最初的本意。何为佛、道？何为慈悲？何为善何为戒？无论是知识水平低、迷信的人，还是高级知识分子，不少人都没想着了解其所以然，将其误解，偏激理解，自然要误入歧途。一方面把自己民族优秀的宗教哲学文化当成封建迷信打入冷宫，不屑一顾。另一方面在人生目标追求上又陷入迷惘，忽而跟着金钱走，忽而跟着感觉走，忽而跟着西方走，忽而这忽而那，是可怜可悲的。社会上这种如浮萍一样、灵魂没有深植入民族哲学信仰深土的人多了，绝对不是什么好兆头。对自己民族的宗教哲学也不必含糊其辞或当封建迷信一概否定，真正的文化自信要建立在对民族文化认真学习、了解、认同、继承研究的基础上，人民群众不知道好处、益处，怎么能欢喜信仰呢？

用《金刚三昧经》中的一句偈语结束："若失本心，即当忏悔。忏悔之法，是为清凉。"倡导青少年发心学习继承传统文化，鼓励成年人了解学习，能学多少是多少，总比不学习不知道、内心空空无端跟风好得多。

2017年2月26日

# 从近代走来

从百年前发展到现在，中国还是强国，但也强得艰难有限，我们赖以自豪自信的始终都是几千年来中国人内心执守的优秀传统文化，以及这种文化基因上生长出来的道德伦理，有的人认为这会成为现代社会和西方文明的唯一归宿。实际上，我们所坚持的这些东西外国人也有，只是他们早早走向了物质的科学探索之路，而我们从自然里看到的是人的内心，他们则试图从自然里反馈现实生活。即便是我们也在追求智慧，但东方哲学智慧到底不像西方科学思维一样，能很大程度上改变一个国家、一个民族的物质基础，几千年下来，我们自然慢了人家好多。

虽然有近代以来巨大牺牲换来了觉醒和改变，但大多数人的思维观念还不是科学的，我们还是我们自己，哪怕改革开放以来，西方文明就像驴入马群般畸形，但国人血管里的东西大体未变，只是受惊不轻。所以我认为，也有必要，从近代短短百多年里仔细找寻我们还欠缺的东西。有人说近代史大家都熟得不得了，什么鸦片战争、辛亥革命、抗日战争、解放战争，等等，但是正因为这种大而不细的熟悉，大多数人都会习以为常，将其概念化、故事化，无心也不得要门去真正了解这段还未走远的近代史。为现代文化建设梳理古代文化传统研究，很多却只是保守的继承，这种本应该被我们引以为豪的道德伦理文化在近代现代也没有帮上多大忙。

再读近代史，读蒋廷黻先生的《中国近代史》，我感觉近代史原来这么有用。

先生写得好，我们读得清楚，从中自然也更容易得到我们想要的答案和线索。近代五四的启蒙，德先生和赛先生让人们觉醒，共产主义和马克思主义哲学又让人们看到曙光，那么在那段时间东西方文化到底是如何碰撞交融的呢？它原本的走向应该是怎么样？现在文化多元而至于有等于无、急需重建的境况是否是必然？不是必然，又当如何？处于这种文化背景下的中国又当如何全面发展？战争年代的各种博弈，和平年代的各种激荡和转折，每件小事、每个人，看似如大海里的针，彼此关系不大明了，然而每个人尤其有识之士对于文化的影响却未曾停止。

蒋廷黻希望中国摆脱“中世纪状态”，确立了努力建设一个民族国家的社会政治史观。他认为，只有科学技术才能救中国，力主用科学技术为祖国服务。重视机器生产对于近代化的作用，就像洋务运动，在现在看来，积极作用是无法磨灭的，但是现在回头看，有先进科技武器而没有与之匹配的思想武器，照样要打败仗的，甲午海战就是例子。由此看待改革开放后，中国特色社会主义中市场因素的融入，大力发展绿色生产力，加强科技事业的研究发展是极其必要的。但要注意了，物极必反，自由发展不是独立发展，鼓励发展不是百无禁忌，中国近代化走了许多当年外国走过的老路，环境污染的雾霭背后是人心惶惶的纷乱，重拾传统文化显得极其必要，但又难以避免“老套路”重演。继承与发展落实并不理想，大多数人只是“旁观者不清”，明眼人出来矫正，又有矫枉过正的风险，如何将文化创新融入科技生产中去，去更为切实地改变大多数人的生活才是更重要的。也只有大多数人的物质生活得到改变，文化发展的重要性或许才能让更多的人懂得，懂得这份责任，懂得它的好处。

历史的发展是持续的，持续进化的历史诱因不只是政治，还有经济、地理、文化和社会化心理等，用达尔文的进化论观点来分析历史，从历史中了解过去、预演未来，为现实服务。这是蒋先生的观点，也是大多数认同对于历史（尤其是近代史）作用于当今社会和国家发展的一种重要方法。

我们可以看到，近代的这些大大小小的战争，侵略性的两次鸦片战争、八国联军侵华、抗日战争，新式殖民以及文化入侵，它们燃起的是我们民族仇恨的火焰，是于危难之际人们团结起来形成新的凝聚力。近代这种侵略战争，不仅摧毁着我们的国力，也摧毁着国人的文化自信心。当时人的各种心理多样复杂，危难面前的选择不仅可以看出一个人内心的责任担当与否，还能显露出其固有的本性，人性的弱点和思维方式也突出地表现出来。而急剧消耗性的内战消耗的不仅仅是国力，也让国民内心无奈。军阀割据、北伐战争、国共之战，不同的利益群体，都占据着自己的一亩三分地，所坚持的政见和国策是各类利益交错选择的结果。在那个时代，都有其合理性，当时的时代背景下，你很难说到底哪个最好、哪个绝对正义，战争的残酷被暴露得多少、统治观念与人民生活利益的对接成功与否，等等，都影响着他们各自的能量，此消彼长。他们到底是怎样想的，又是怎样做的，无论成功或失败，都有研究的价值，不是说成功了就绝对说好，完全对失败者置之不理、任其消逝于历史长河，他们肯定有合理的地方，有待研究和商榷的地方，哪怕是错的也有研究的必要性。而且对于历史的解释，不同的历史学家出发角度和视野也不一样，同一件事、同一个人在不同时期，人们的评价也不尽相同，就像北伐，以前很多人都认为那是革命的必然，但现今对此又有不同的声音。

历史研究者的出发点不尽相同，历史观多种多样，历史研究也是多元化的，历史在时间里显露得充分性和角度也往往要取决于当下的社会氛围。我们现在研究近代史上的那些战争、那些政党、那些人物，受限于固有的观念和思维模式，所以看待问题的角度也要适时调整。现在扯到文化因素，是因为文化因素对于现今社会发展无论从物质生产还是精神创造上都显得越来越重要了。谨小慎微，哪怕仅仅透过一个历史人物的决断，我们也能关联出许多被忽视掉的东西。比方说后来的文艺批判，现在大部分声音都是说它的坏话，像评价“文革”一样，绝对化现象严重，对于“文革”，罔顾事实对一切持贬低态度的人不少，但是，站在现在看“文革”，就是过来人也有很多不同的看法，毕竟过去那么多年了，人们看问题的理性多于情感了，这当然是一种进步。看历史王朝兴衰，就会知道文艺对于精神文明建设，尤其全社会精神大厦建设是多么重要，那么文化领域一系列的变革是必不可少和无法避免的。有人会说你这是站着说话不腰疼，的确，如果我回到那个时代，很有可能迷惘，甚至受到冲击，同样的，设身处地想，现在一些人思想问题也有很明显的问题，把它（思想问题）放到文化层面看，我们强调物质利益过了头，金钱至上、理想无用主义如同黑恶势力般大行其道，流氓混混才招摇过市，涉黄涉黑野蛮之种种与法制、文明对抗的丑恶事件才会有存在的空间，三观不正的人才那么多，暗流涌动的各种黑恶势力与腐败官员狼狈为奸，不仅与文明法治社会发展要求唱反调，还严重影响人们的生命安全。

“失败以后还不明了失败的理由，力图改革，那才是民族的致命伤”，在蒋先生看来，中国能否实现近代化、怎样实现近代化，是与欧洲科技文明的对接密不可分的，侵略战就是“因”，但是由于当时中国政治和文化群体的特殊性，改革并没有走上“进化”之路，“中古的落后”和士大夫、统治者及全体国民头脑里根深蒂固的守拙相辅相成，这便是弊病，也是觉醒、启蒙迟来的原因。

近代四种救国救民族的方案，除了第三种义和团运动开了历史的倒车，另三种洋务运动、戊戌变法、辛亥革命都是进步的，从器物层面到制度层面，近代化的程度逐渐加深。虽然蒋先生认为以孙中山为代表的革命道路是唯一正确的，这是其一家之言，暂且不谈，单看这三种方案，它们都是全新的尝试，都加速了中国整体的发展，然而本来被众人看好的改革仍旧收不到好的效果。器物层面指向国防、工业和生产力，制度层面则涉及统治阶层、社会秩序、公民权利，然而这与后面的五四和共产党领导的民主革命相比，它们对人们思想的近代化影响都是远远不够的，思想的启蒙没有放在正确的位置，其他一切当然只会收效甚微。还有很大的原因，因为改革的倡导者都是中西方文化结合却又未摆脱东方文化作用于读书人的精神禁锢，他们对资本主义理解不清，对自由与进化的认识也受到时代的局限。

蒋先生认为近代以前，中西关系是时有时无的，而且是可有可无的，几次反抗外来侵略很大程度上也是源于清政府的“不平等外交”，这当然有点片面，因为，即使当时的统治者懂得国际外交惯例，侵略的一方为了利益也会想出各种法子谋取利益的最大化，“打到你服再和你谈”当然更有利。然而另一方面，他认为现实的中国是历史的中国所造成的，这就比较合理了。他分析历史因素，分析当时的国民性、民族性、社会风气、改革成败，等等，不仅对当下国人有警示作用，且对这种错综复杂的关系的正确分析也有利于我们把握现在中国发展的道路，如何避免错误、如何纠正错误、如何权衡利弊、如何侧重方向，我们需要很多。

读这本书，只是一次尝试，尝试从另一个角度了解中国的近代，让历史服务于现实。现在思想与其说是多元化，不如说是纷繁复杂而又无中心，人们各有各的“小家子气”，大多数人沉浸在自己的屋子里，在自己的小天地各自过活，要么漠不关心国家民族发展，要么止于钱财积累，正是这种有点“各自为政”的情况，很多人对这个社会、国家发展缺乏一点敬畏之心和“天下兴亡，匹夫有责”的担当意识，把自由、权利当作保全个人自私物欲和享乐的保护伞，私下里胡作非为的人多，法律、社会监督却无法问责，搞出事情了造成灾难了才问津，社会责任心缺失严重，这责任是既不固守古文化又不盲目追求西方而始终走在现代中国发展的钢刃上的中国梦的责任。在这个艰难的过程里，我们现在青年知识分子肩负着反省自身和为国为民族发展而努力的任务，而不是仅仅停留在自己的小家庭里甚至自己个人的圈子里随波逐流。民族从近代走来，而近代是战乱的时代，走到现代——和平发展的时代，如何激发我们的爱国情结和责任感，在实现中国梦的路上如何走得更有力量，任重而道远。

每个人先从自己的思想开始转变，一点一点来，这是一个完善自我、发现自我价值的过程，个人完善了，活得有价值有意义，国家民族利益也差不到哪里去吧?!

2017年4月8日

# 异视角看待中国革命

近来阅读了王国良教授翻译的《中国革命的历史透视》，越读越吃惊，美国学者石约翰先生对中国革命的看法，真的可以说像是透视。他从1800年以前的中国历史传统入手分析、研究中国近二百年的革命道路，有别于西方大多数学者的看法，却与中国本土的研究结论异曲同工；仔细读来，他看待问题的角度和得出的结论往往恰是被我们所忽视或者误解的方面。

作者作为一位西方学者，极力减少西方思想研究那一套对中国革命研究的影响，更重视从内部因素、中国历史传统（儒家传统、大同理想、反对派传统等）来着重分析19、20世纪的中国革命，给出自己的理解。要知道，在19世纪之前，中国的史学、思想传统及其研究还较少受西方思想的影响。近二百年中国革命道路，说明我们一直都被西方思想所作用（自由启蒙思想、权利平等、共产主义等等），一直到现在，当然思想界现在开始又重拾传统并伴随着对西方思想的叛逆，人们开始逐渐摆脱西方思想的束缚，但对中国传统引以为豪的同时，部分人并不真正理解自己的传统，远离着传统，在这种情况下，石约翰先生别出心裁的理解或许能为我们解惑一二。

例如在对“封建”的理解上，他是从中国传统含义切入，将过去的中国理解为“郡县社会”，而不是表面上为大多数中国人所认同的落后的、压迫的、“封建”的。我认为他的理解就某种层面而言是正确的。他所理解的“分封建制”对应历史中的中国社会，不是现在一般人理解的封建落后和所谓的压迫人性，读过高中历史的人都知道这是有道理的，可现实中大部分中国人还将过去的中国理解为可怕的封建社会。石约翰先生通过分析，对封建和郡县做了定义，将后者理解为理想类型、理论模式。他说二者的区别在于，封建制度下的社会是由世袭贵族分权统治，郡县社会则是中央管理地方、划分区域分权管理，前者的统治阶级是等级森严的贵族集团，后者的统治阶级则是受过高等教育的士大夫群体，他认为后一种模型更为开放，更接近古代中国的实际情况。在我看来，很难说到底古代中国社会是“封建”还是“郡县”，因为这些因素在历史中都存在且互相制约着，王权再大也没有绝对独断专行的统治，最高的王所依赖的还是被其制约的文人武将（也包括广大的平民百姓）。说这些，是因为“封建社会”的历史传统对中国革命影响深远，潜移默化沉淀在我们的思想文化血脉中，甚至可以说，西方自由主义思潮和共产主义对于中国革命的影响不是绝对的。中国自古就有“革命”的传统，反抗暴力统治、争取自由权利，而且这种革命传统不是静态的、僵化的，这种“旧”的传统也不同于西方的革命道路，它不是单纯的权利意识、利益寻找，而是受到儒家思想影响的具有浪漫性和现实性的理想主义。中国古代的革命，更多的是起义，劳动人民为了生存和生活而反抗，为了事业和功业而战斗，多数领袖与儒家传统忠君思想斗争，而他领导的民众则是为了获得土地和更好地活着，也就是说他们头上不仅有天有王权，也有着自我意识。从这来看现代中国革命，其实就是为了追求“幸福地活着和活着的幸福”，对于启蒙思想、权利意识、共产主义等的吸收都是为了达到这一终极目标而在特殊时代做出的接受和选择，也就是说这些不是中国近代革命的初衷和本质，中国传统的革命思想在近代革命的过程中，这些既能武装我们、化成我们的养分，还能完善我们对新的世界、生活的思考并引导我们如何取得这一切。

所以，不能对“封建”和古代革命传统一概而论，或是简单化理解，没有什么是绝对的，它肯定受到了古代制度、社会环境、思想的束缚，但是从未盲从，或许就连反抗者自己也不知道，他们是为了好好地活着而革命，他们不是单纯地希望“革谁的命”，也不清楚该“如何革命”。近代的中国革命者，也不是说只为了打到某个阶层、走某条道路、建设某种制度，所以说，这其中的内涵并未质变，它的中心始终都是人自己和人的生活，这才是其最终归宿。

古代革命不断发生的背后，是作者所理解的“封建”“郡县”表现的融合，军事理念和市民观念、商业观念，土地、产品的严格管控和商品贸易的相对自由，宗教信仰和人文思想，这些都是共同出现、共同作用的。而现代的中国革命，宗教信仰影响减少，各种革命思潮不断兴起，商业和社会分层都是为了革命的基础实现。而且，古代革命之所以更多地被定义为起义，就是因为它发生于内部的不和谐，起义源自内部的残破和漏洞，而现代中国革命则主要是对外来侵略的仇恨和自我保护的民族意识。这或许是其主要区别。另一方面，虽然都可谓之“革命”，但革命的方向和结果不一样。首先，古代的革命、起义局限性很强，不是说力量太小，而是它的最终结局还是在未来绝对会“合久必分”。社会的面貌变化、人们思想意识的进步都是渐变式的，甚至停滞、倒退的现象也有。而现代的中国革命则是一种思想意识、价值取向、社会本质的质变，其未来是难以预测的，更可能是光明的。其次，人的主体性越来越强，一切行为都源于人本身和人的集合，它是构筑于社会之上的小我的集合。而且现代的革命（除却一些备受争议的如“文革”不谈）所带来的思想转变无疑是巨大的，某种思想、观念和道路对单个的人和集体人的影响只会不断减弱，影响我们的重要因素甚至只是思想层面，它只会越来越多元、越复杂。这些所谓的武装革命、思想革命、文化革命、政治革命和商业革命，在以后也肯定不能被单一理解和定义，参加革命的人和革命的旁观者也只会关系愈加紧密，不存在“多余人”和“唯一英雄”。

革命，发生于某个时代却存在于很多个时空，革命前、革命的当下、革命之后都需要探讨。可以说，革命不是对过去和现在的完全否定，我们革命的对象也只是为了改变当下而认同的行为目标，放在过去它必有其存在的坚强依据和正确性，放在当前也不是完全的不合时宜。从不同维度，可以对它们做出不同理解，革命者看待问题的角度既受限于目标本身，也限制了目标本身的表现和存在，人们肯定对革命者们所想的那些要被抛却的事物还有某种依恋，没有唯一正确的，在时势条件下只有相对的认同。时间不断推移，时势不断变化，不“与时俱进”，“正确”的可能会成为“谬误”不被世人普遍认可。

石约翰先生《中国革命的历史透视》，给我们的启示良多。我们过去谈得最多的就是“大同”，这是对社会发展和人的生活、发展最理想的表达，从远古朴素的天人合一思想，到古代的“桃花源”世界描述，到近代的“大同”世界的具体设想，包括我们革命在内的一切行为背后都是为了这一目标，这是人类共同的追求。另一方面，在追求“大同”的路上，东方人和西方人只是地域、方式、程度的差别，没有所谓的“西方超越论”，也没有现在某些人鼓吹的“中国传统文化是未来世界的唯一方向”之类的论调。革命都有着惊人的相似性，革命的出发点不尽相同，但革命都不是单纯的革命，革命在以后只会更多地表现为改革。不是所有的武装斗争、反抗都叫作革命，在更多领域和更大的维度，它只会成为一种为了实现目标的改良。

革命也在发展，革命在当前阶段的最好走向就是改良，是在和平年代、和谐环境下人民为追求美好生活要求文明进步，审时度势、“与时俱进”的改革改良行为。

2017年5月6日

# 飘逸的空气

## ——来自米开朗琪罗的呼告

15世纪后期的欧洲正经受着文艺复兴的洗礼，艺术灵感和自由意志像一团轻快的烟云，在这里飘荡，而意大利佛罗伦萨的空气更是飘逸的，也只有这种飘逸的空气才能赐予这些不凡的性灵以跨时代的美。米开朗琪罗，一位伟大的雕塑家、画家、建筑家，为了让那冰冷的大理石具有灵性，他经历了苦难和屈辱，他不需要同情和怜悯，他说："我，就是我！"

当贝托尔多死亡时唇边露出奇异的微笑，或许我们就能隐约感知到米开朗琪罗将在这片天空留下多么伟大而不可逾越的作品。他在一次又一次的创作中倾注自己的悲剧精神，将艺术之美裸露在现实中，将自由斗争浪漫化，就像西斯廷小教堂《最后审判》中的几百个裸体形象美得不可方物。披上教皇的遮羞布只会显示出讽刺意味，他的伟大就是那命运之矢一次次雕琢后朴实的刻痕，是唯美的。或许《大卫》的艺术之美并非人人能懂，尤其是缺乏西方那种宗教意识的东方人，但是那种裸露出来的生命力量所带来的震撼，是无法磨灭的，它有它的背景，但是抛却这些，它依旧是富有灵性的杰作。

长达六十年的宫廷艺术家生涯，陷入宫廷的是是非非、感情漩涡，被教廷所胁迫，一切的过往都为他披上了传奇色彩的外衣，在这之下，则是他那带有悲剧之美的意识，他用刻刀追求艺术，用刻刀释放自己压抑已久的愿望，当那种炽烈的感情被倾注到大理石的纹路上，它会爆发出无与伦比的美丽。他把自己屈辱的难言之情都倾注在《晨》《暮》《昼》《夜》雕像上。教皇换了一个又一个，一个又一个无理的要求，他忍让，因为只有忍让，他才能继续艺术创作，才能释放自己复杂浓烈的情感。有人说过爱情是灵感之源，他的那场黄昏恋，是纯洁的柏拉图式的精神爱恋，虽然最后以死别告终，留给他的也许大多是痛苦。但这爱情的慰藉，对于他的一生弥足珍贵。

清代学者李密庵在《半半歌》中有“看破浮生过半”“百年苦乐半相参”，这种“半半式”的人生在艺术之路上，更像是一种宗教的虔诚与彻悟。就如这位，我们走在路上，看到不同的风景，不是说看得多了便厌烦，而是看过之后更加坚定了走下去的决心。因为这种追求，艺术显得高贵、灵魂显得纯洁，因为这种追求，我们像飘逸的空气，飘散在山海之间，明月星海。

2016年11月6日

# 乌托邦的“荒谬”

乌托邦，一个来自柏拉图的美好设想，一个没有寄托的地方，本就是虚构，却跨越千年，一再勾起人们对那流星般存在的向往。无论是在文学作品，还是现实生活里，无论是古是今，但凡有点理想和浪漫情怀的人，都企盼过它的出现，不说为它执着一生，起码那份念想曾在无数个日日夜夜扰得人夜不能寐，并以此为乐。有爱情，有梦想，有志气，有承担，乌托邦般的理想或梦想恰好是无数人对美好生活的期待，一些人因此担起追求这种理想世界的责任，更有那难得的坚持。然而终究虚幻，至少它从未在现实的土壤里成长并实现过，最多如梦幻泡影有过闪现的时刻。那么无数人的坚持到底有什么意义，只为证实它的“荒谬”?或许这答案就在每个人的心里，抑或像无意义的人生一样，等待着我们寻找和赋予其意义。

当初的伟人及后来的革命志士，曾经尝试过将那乌托邦的世界一点点变为现实，虽然初露一角，路还很漫长，但它终究发出了一丝美丽的光亮。我是学画的，我没指望过可以画出什么世间百态难揣的人心或者宇宙人生，这对我而言比乌托邦还要遥远，但我从不小觑那些人，起码我没有那份能耐，我敬畏他们。相比他们，我只有慢慢来。

前不久看了格非的《人面桃花》，最近又读完了他的《山河入梦》，一个是返璞归真，回溯过去的“乡村桃源”，一个是平等自由，良性发展的“社会理想”，它们都是文学作品对现实社会的投影，或者说二者起码是当下现实社会有识之士对理想乌托邦世界的探索和寻找。然而，它还是透着一股迷惘的气息，在那尚未实现就完全崩塌的刹那，以及人与人在其中的痛苦挣扎里，我们看到的是无言的“荒谬”。说其荒谬，是因为它起码在目前或不知多少个世纪空想一般地存在于理想者的脑海里，但它也因其近乎圆满的特质而合理地在理想者心灵深处存在着，只是在这个痛苦矛盾的现实世界里难以寻找，在陶渊明、王维、苏东坡、王阳明等特立独行者的作品里，它的影子显而易见，他们身处红尘，心却在乌托邦世界里陶醉，问题是这种“荒谬”要以何种标准来衡量，要以多大的代价来窥探其昙花般美丽的一现呢？又要跨越多少时间用心灵去触摸一番？

我们不得而知，没有谁可以给出确切的解答，俗人有俗人的理解，罗汉有罗汉的感悟，菩萨有菩萨的觉悟，佛有佛通透的彻悟。我想，让一个既追求这种“荒谬”，同时为“八风携裹”的俗人信服，那才是真正的空想。乌托邦在心灵大自在者那里并非空想，它有存在和坚持的价值，乌托邦生于人心，会在某一天于心灵的星空里盛开，这无关人在现实里的荣辱沉浮。

《山河入梦》，这大好河山里的人浑浑噩噩，智者笔下一草一木直指人心，那些追求现实欲望的人，因现实的逼迫和人性的欲望而变得可怕可怜，终究那些清醒过的人也只能被其伤害，上演一出无可奈何的悲剧。在谭功达理想蓝图的破灭和他与姚佩佩爱情的悲剧里，我们感受到的是一种被现实逼迫而又无路可逃的遗憾与落寞，一切就像大梦一场，没有庄周梦蝶的缥缈和浪漫，只有赤裸裸的无情现实。

两人的爱情自始至终，都是发乎情而止于礼，相差二十左右的年纪只是一层薄膜，在这种超乎冲动的共同理想下，一触即破。姚佩佩那种简单、随性而又可爱的性情，感动了谭功达沉默多年的官场心性，两人都在追求一种理想状态，但后者追求的是建立在社会集体之上的幸福，而前者则是出于对简单和善美的喜爱。但在现实的围墙里，他们又都发出对冰冷现实的感伤："每个人的心都是一个被围困的岛屿，孤立无援。"二人都希望在这残酷乃至黑暗的现实世界里，可以找寻到一个荒无人烟的小岛，隐居起来，没有不安与害怕，没有对死亡对非议对无果未来的无奈和恐惧。他们面对荒谬的现实生活，难过落魄，在其他人的"正常作为里"，他们显得格格不入。荒谬的现实里纯洁的爱情就像一束美丽火花，在一般人眼里同样是乌托邦。但透过乌托邦世界追求者的心灵目光，却可以看出现实生活的荒谬和人心的丑陋。正因为有对超乎现实的乌托邦世界的渴望追求，世界才有了一丝难言的悲剧美，与沉浮在名利现实中的人相比，追求乌托邦理想的人即使不浪漫，但终究还是要美一些。

在这种对理想的追寻里，无论是文学作品中的主人公，还是现实里的人，都暴露出人性的弱点，这弱点只会在规则式的放纵里变得强大。不仅是自私，那种对外界妥协而放弃自我行为和在困顿里迷惘挣扎的境况，更多的是一种使人厌恶而又必须承认的怯懦。许多人不想被这荒谬丑陋的现实抛弃，去苦苦追寻的物质富裕精神享受，实际上也是一种虚幻，是另一种"荒谬"。他们在现实面前，一切的妥协与变质，都是因为害怕面对被孤立的结局，也害怕孤独，他们能选也强迫自己选择的，只能是沉默或随大流。但历史也与大多数随波逐流的人开玩笑，往往从特立独行的少数理想主义者目光里，我们才能看到人类幸福的希望。社会有发展的时候，也有倒退的时候，甚至有的进步也只是历史长河里的倒退，只是无知的人心难以揣度那一种轮回。其实，执着现实利益与执着乌托邦的理想都是荒谬的，因为都是无常的随因缘变换的。

实际上，如作家的思考一样，我们每个人都面临着这样那样的问题，作者有，主人公有，通过阅读，我们发现自己也有。

那么面对这种现实，我们该当如何?

在实现里，找寻个人理想和实现国家民族未来梦想的蓝图，实际上都会有同样的坎坷，而且在某种程度上，那最终的归宿也许已早早预兆出一角。我们爱做梦，有为了这梦一般的理想而奋斗的动力，我们往往都做好了一些忍受磨难的准备，但又常常被现实伤得遍体鳞伤。就像那些以自杀结束一生的天才和诗人，他们的结束是不堪忍受人生的艰难困苦或屈辱，更有可能是不愿意那样活着，这是一种无言的浪漫，因遗憾而无言，因无解而“浪漫”。哪怕是现在那些被大众认为怯懦无知而自杀的青年，他们连死都不怕，不知比死亡更可怕的是何物。其实，比死亡更可怕的是在随波逐流“荒谬”地活着，这是一种真正的苦难轮回。翻看历史的书页，只有少数人在冷酷的现实里不是沉默，而是冷静思考并为理想美好的人生呐喊，也许在别人看来是“荒谬”的乌托邦，但他们从未停止过对理想人生的构思、描绘和建设，他们为他人甚至为全人类做着这可爱可敬的稀罕的“荒谬”的工作，有时候在“荒谬”的现实里，所表现出来的是一种在黑暗里行走的沉默。我们面对有限的生命时空，如何自处?如何在一次又一次找寻里，让迷惘变得清晰？或许，我们无力、无奈而无言，但哪怕内心有一刻对美好人生向往的清明，也是宝贵的。

面对“无常无我”的现实人生，对美好圆满人生乌托邦般的向往是人生的需要，对那些无心于物质享受和贪婪欲望的理想追求者，理应被我们所尊重。也许，从这些人这些事里，我们能看到自己的荒谬。

2017年3月29日

# “王”中孤且傲

人生来孤独，再热烈的外表也难以掩藏每个人内心的孤独。每当黑夜来临，万物沉寂，而恰恰你又孤游在外时，你的目光与天际孤星相对，孤独感会很强烈，那时你面对的是自己的真心。只是你被虚浮的幻象牵着跑惯了，不习惯独自面对自己的真心。意大利作家卡尔维诺笔下的“树上的男爵”柯希莫，他逃离现实文明活在树上，他那孤独灵魂经受着莫大的痛，骨子里所具有的带着忧郁的傲气凸显出来，实际上他是在一个并不理想的状态里挣扎着想面对真心。

孤独是认识真心的门，入得此门寻找和谐，这或许就是那些不凡者的最终归宿。

纵观古今，所有的人都是孤独的，只是这孤独有着极大的不同，智者最孤独，也最会利用孤独享受安宁活出生命美丽。人类文明也许是对治孤独克服生存恐惧的产物，但从另一方面来说，又禁锢了一些人，如果你并不明白文明意味着什么，会给心灵层层上枷，处理不好就会走向抑郁病患。无论我们怎样活着，或快乐或悲伤，或沉闷或激情，无论我们居于何种境地拥有何种地位，我们都要勇敢地面对孤独，在理想和现实的夹缝里试着调柔心身，寻找一种平衡。除非我们真正认识了生命的孤独，否则，一切外在的追求和改变，都不能解决内心孤独时的困惑和痛苦。也就是说，一味向外追求，那种平衡和谐其实是找不到的。

现代的人，自生下来就要爬金字塔，不论这个金字塔是建功立业还是什么，一切都在向外在世界学习，从睁开眼睛学到成人，经过层层考试过关，这种情况恐怕所有人都不喜欢，但平凡的人谁也无法改变。曾有人将这个社会上的所有人比作一个金字塔，以劳力为生的在底层活着，越往上越费脑，但现在看来，大家都是一样的，我们活着的这个世界就像一片无垠的沙漠。当然，有很多人活得很快乐，他们可能选择了理想的状态，或是不由自主地走上了眼下令大多数人羡慕的道路，但是他们是否真正快乐，灵魂在现实里是否和谐呢？从理想实现事业成功的一些人来看，功成名就仍旧不开心不快乐。这是因为不了解与生俱来的孤独。

孤独与你如影随形，是摆脱不掉的，智者在向外追求功业的同时，也在向内心探索，认识到了与生俱来的孤独，也练习与孤独相处，便不疲惫地迎合，不强颜欢笑，这种人是有傲骨的。鲁迅说的大约就是这种善处孤独的人。

最近看了阿城的《棋王》《树王》《孩子王》，突然有感想。何为“王”，安忍孤独观照真心者谓之王。此王非彼王，他的王是一种能够触动人心灵性的美，是一种内在的镇定自如。《棋王》中王一生笑对敌手，在小小的棋盘上上演着楚河汉界式的对垒攻守，年纪虽小，但坐在那里一动不动，无为而无不为，他的身影无疑是会在西下的斜阳里拉高拉长的。《树王》中那个退伍的侦察兵肖疙瘩，和那个树中王一样，不俱荣而俱损，他们一起落寞，或许他由巨树而受到启发，安忍孤独时体验到了万物一体的乐趣吧？和《孩子王》中那个孝顺懂事的孩子一样，他们和现在的大多数人不一样，他们的认识理解源自内心的孤独，在孤独中和谐待人处事，少受外在八风摇撼，因而心地清明，无贪无缚，把生命演绎到一种极致的美。他们是真正的孤独之人，因为他们认识并安忍孤独，他们是清醒的，心是灵敏的，当然也是自由的。他们也忧郁，但那是一种悲怜，这是每一个善良质朴的灵魂所具有的特殊气质，他们是孤独且有傲骨的人，对他们你或许不懂，但应当敬仰。

人都喜欢欢声笑语，不少人认为自己是孤独的，打心眼里觉得没有人比自己更了解自己，甚至没有人真正懂自己，其实这是心猿外驰不甘寂寞。这种所谓的孤独往往容易让人胡思乱想，书读得少却又想得太多，这种“想象”出来的孤独，是犹豫和迷惘，是走不远的。我们在不同地方、不同家庭、不同年龄，各有各的忧郁和孤独，可能是正常的，也有可能真的是臆想出来的。

面对现实搏击风浪的潮头鱼的孤独可能是深沉的，那些整日挥斥方遒的意气书生的孤独可能是浅薄的。山林里那几位饮酒赋诗的魏晋散人的孤独要么悲凉，要么闲淡，陶渊明就是后者，因为他理解并安忍在孤独中。诗仙李白拔剑歌舞，行于山川湖海，这是孤独中散发出孤傲之气——盖世的豪气。而无论是寺中僧、闺中妇、堂中生，还是殿中臣、宫中王，各有各的命运与悲苦。我们不能跨越时间空间去与他们面对面，去感受他们的孤独和神思，但人心深处的孤独与清高和寡之气到底还是有着几分的相似！

仰望过太阳，浩叹过月亮，数过星星，捉过萤火，热闹快乐就像划过黑夜里的流星一样，你收获更多的是孤独，孤独的心不是真心，但与真心如同波浪与海，安忍孤独，实际是守望真心，真心常在，心地光明而自由，人就不会自我套枷、不会被幻象迷了心眼奔马追风，在现实中就有了一种超然物外的定力和凛然正气，使生活自然充实简单。

孤独就是一种生活的禅趣，是真心的入口，习惯孤独面对真心了，人内心七情六欲、人与人、人与自然才能真正和谐圆满起来。

原载《暖泉》2017年第3期

# 给心找个高贵位置

人生就像一只蜗牛，在阴凉处安全，使劲地爬，到太阳暴晒处就死了。人生也只能像蜗牛那样，慢慢地爬，留下一道淡淡的水痕，已经是不错的了。

——题记

有句话说得好："心灵的青春是一块易褪的布。"我们正值青春年华，对整个世界都感到好奇向往——在我们眼里，它是美好的、神秘的，我们一心想着仗剑闯天涯，但是当真正步入社会，面对城市里的繁华喧嚣，一些人理想与现实差距小，感到了幸福，更多的青年难免迷惘和悲伤。我不是过来人，但看了那些追求理想者步入红尘后诉诸笔端的痛苦文字，看到他们渐渐被生活所迫，放弃原来的追求方向，丢掉了当初美好冲动与幻想的矛盾苦恼，还真像褪了色的布，人还很年轻，青春的光华鲜丽已所剩无几。

有一个原因不容忽视，因为不少人在现实的绞杀中只求实惠实用了，比如一夜暴富，一夜成名，想不劳而获，等等。追求物质财富当然无可厚非，但是，快了还想更快，放弃一些美好的理想追求，同样是一种悲哀。若人的一生只是为了柴米油盐和所谓的财富而机械地活着，那一切还有什么意义呢？人人都成物奴，一个个看似独立的个体，只不过是批号不同的复制品罢了。

青春因美好的梦想追求而美丽，而热血沸腾。为了不让我们青春的颜色过早褪去，不让我们最宝贵的年华在与现实的妥协中慢慢流逝，为了回首往事时不空自长叹，请给心找个高贵的位置！它将是我们追求幸福路上不竭的源泉，无论人生怎么迁转沉浮，敦厚有德将成为我们永恒的拥有。人们常说，少年人要有老成之见，难道要等成为老成之人时，再去寻找少年之襟怀吗？

走自己的路，让别人说去吧。那些利欲遮蔽心灵者，或许会说我们不务正业，无所事事，但我们自己懂得，美好的追求才是我们一生应努力的方向。给心找个高贵位置，就是要给我们的人生选择一条有诗意和阳光的路走下去，给我们一个拒绝其他的理由，让我们始终坚守本心，不丧失自我于红尘，不随波逐流。像孔子师徒、玛丽·居里等许多坚守信仰、服务社会、默默奉献的伟人一样，纵使生活条件再差，也会坚持对世界的探索、真理的追求。像周恩来一样的革命者，即使前方的道路再危险再艰难，也会无畏地坚持，做到最好。再如那些不曾留名于史的平凡而坚毅的理想者，他们为了自己的理想追求，放下其他一切，坚持前进，或是独自环球旅行，或是严守边疆，或著书育人，或抛家离妻孤守寂山追求出世真理。只因为他们想给心找一个高贵的位置，他们无所畏惧，不曾退却，甘于寂寞，不达灵魂的故乡不罢休。

或许我们有一天会发现，自己与整个世界格格不入，感到迷惘、彷徨，仿佛失去了活着的全部意义，请趁早静下心来仔细想想，那些你曾经的誓言与追求去了哪里？你是否已经发现“柳暗花明又一村”，窥见了灵魂深处的秘密？不要过度看重外界的阻碍，世上没有老路，老路都是别人的。每一朵花儿都有自己开放的方式。我们走自己的路吧。

给心找个高贵位置，也是为了不让我们迷失自我。当我们在人生路上苦了、痛了、累了，一无所有了，想想自己的家人、朋友，他们不曾离我们而去，还有爱，他们给我们的爱，就是我们走下去的动力。或许我们会被残酷的现实打败，请追溯当初的纯洁与善良吧，人性的力量是伟大的，不放任自我，这个世界的美好依旧属于我们自己。

花开堪折直须折，莫待无花空折枝。我欣赏顾城那句话："我希望，我能做好自己的事，使灵魂净化，当年轻的花瓣飘逝时，留下果实，使生命不会因衰老而枯萎。"

2014年8月

# 我的理想

我的理想是“出淤泥而不染”。就是做一个有原则、有底线、有智慧的人。本来，出泥不染不可谓之理想，因为在古代注重“三纲五常三从四德”等传统文化，加之贤圣文化熏陶，多数文化人以“忠信仁义礼智”作为思想行为的准则，帝王以其为治国方略，读书人以其为做人之根本。然而现在已不可同日而语了。现今的社会是一个利欲熏心、纸醉金迷的社会，许多人丧失了“忠信仁义礼智”的做人基础，做人处世没有原则，什么事都敢干。尽管教科书上写着真善美的文章，但现实中人的行为又是另一回事，道德沦丧，利欲熏心，胆大妄为，寻求刺激的不良风气冲击着人的大脑。一些人说“我本善良”，言下之意社会风气不好，好人难做，在正直善良与奸诈邪恶之间徘徊、挣扎，很多人因为没有坚守住自己的处事原则和做人根本而误入歧途，或变得让自己都感到陌生，为了利欲和感官享受，出淤泥还比淤泥黑。抛弃自我人格，抛弃“忠信仁义礼”，就可以堂而皇之地追求所谓的自由吗？以命运无奈和社会风气阴暗来解释自己的错误，就可以获得他人的谅解，就能获得自我心灵安慰和开脱罪责吗？

仔细想想，生活中那些心理上行为上看似习以为常的小事，像“碰瓷儿”等讹诈现象，实际上是害人害己的大事，如果法律不问责，舆论不捍卫，都装聋作哑，想“碰瓷”的人自然多起来，就会造成人性堕落，普天之下岂会有完卵？对社会上一些黑暗甚至邪恶势力，如果我们都放弃做人原则和社会公德，放弃真理，不再诚信、善良，不再勇于承担责任和乐于助人，那这个社会怎么和谐？国家如何发展？

传统文化实质就是立德做人的大善文化，精髓是通过“忠信仁义礼智”，熏陶育化，在自利利他服务社会中达到开显大智，明心见性，达到里不伤不损天地人我，这是做人的最高境界。现在社会上既不去坚守做人底线和良知，也不去提醒他人，两耳不闻窗外事地生活者众，为非作歹、挑战道德和法律底线，暗流涌动的邪恶黑恶之徒众，如此做人无基，想追求智慧和幸福美好都是无稽（基）之谈，是空中楼阁，是聚沙成塔蒸沙为饭。我不想成为这样的人。尽管我不是志向远大的人，只想做一个有良知有底线的普通的中国人，我知道什么该做什么不该做，纵使前方“山寇佞贼危害人间”，“妖魔鬼怪横行天下”，我一定会坚守本心去披荆斩棘。即便是做一介孤独书生，我依然坚信大智大勇，愿浩然正气永远会加持我心。

2014年

# 灵魂的门槛

灵魂有门槛，而且很高，跨进者寥寥！

丰子恺先生曾说，人的一生分三层境界，即物质的、精神的、灵魂的。世上大部分人都停留在第一层，追求物质享受所带来的安宁和些许刺激；第二层的是文艺工作者，他们热爱生活，追求精神的愉悦，崇尚创造力，努力追求精神生活的人已不简单，也不容易。只有极少部分探究人生究竟的人，真正的宗教人士才能达到第三层，他们企图超脱于世外，摆脱欲望的枷锁，探寻生死奥义和宇宙本源。事实上，境界虽无优劣，却有差别，对处于第三层的人来说，红尘繁华、物质富有、功名利禄乃至一切欲望，都不过是虚幻的、缥缈的，是会消失在时光中的尘埃，眼前的悲欢只是习气情欲所致的假象，追求生死超脱寻找灵魂的故乡才是真实要务。

“一切有为法，如梦幻泡影，如露亦如电，应作如是观！”这是《金刚经》上的四句偈。它提醒世人，万事万物生灭变幻不已，不要痴情名利欲望，不要执着恩恩怨怨，看淡一切，认识本来的心，并保持心之觉性，活在当下。弘一法师就是这样一个认识本心，追求心灵自在圆满的大师。从俗世的风流才子到佛门的得道高僧，经历红尘繁华的苦乐与梵刹清静勤修后的悲欣交集，终于觉悟宇宙人生真相，彻底放下了人人执着的苦乐游戏。他选择斋戒素食，求佛、弘律，追求心灵觉醒。一切男女之情、虚名浪利、诗情画意、骚赋歌舞，对他来说已成浮华烟云般的往事。“一把雨伞，一双草鞋，一席海青”已是生活的全部。他保持着“淡泊以明志，宁静以致远”“看天上云卷云舒，任其来去无意”的安宁平和，行走在山川宝刹间，徜徉在佛门典籍中，除了亲人离去的悲泣之外，一切都难以激起他内心的波澜，一切都只是为了在灵魂上得到圆满，勘破生死奥秘与存在的价值，从而抵达极乐的彼岸……

听说法师圆寂后保留下了一千七百多颗舍利子，黄的、绿的、红的、白的……传闻固然不可全信，但也证明了人们对他崇高和近乎完美的人格之敬仰和崇拜，因为他没有被红尘杂事的欲望烟云遮蔽心眼，找到了自己灵魂的故乡，走向了光明的彼岸。

仔细想想，我们大多数人尽其一生，也难以明悟宇宙人生真相，难以找到真正美丽自己生命的门和路。普天之下有如黄河长江沙粒一样多的聪明人，在不知不觉中混沌一生，到归于黄土时才发现自己什么也没做过似的。若真是这样，岂不可悲可叹！门就是门路，世上上好的门路虽多，唯灵魂之门才是究竟的理想和努力的方向，有坚定信念，找到了自己的自在解脱大门，得其门而入，才不致用错心，还要有排除一切诱惑和外物的决心，不断勤奋努力。也只有如此，才有达到理想的彼岸，通达光明和圆满的可能，人生才不至于白白活过。否则，一无所有业随身。

我已经十七岁了，大学的校门在向我招手，未来的路途虽渺难寻，却依旧光明照耀，因为只要还未选择，那么一切都可以是“绝望化为虚妄，而与希望同死”。青春易逝，我不想待多年后独自悔恨，不想让今日的梦想化为遗憾，今日的奋斗，愿尘埃落定时光过后，化为光明照耀我找寻自己的灵魂之门，愿行走在通往自己故乡的路上，纵使前方满是荆棘，也要坚定不移地走下去，这将是我活着的全部意义。

选择像他一样“淡泊明志，宁静致远”，追求“人性的高度，灵魂的圆满”，如莲绽放，使人更能看到出尘脱俗的希望。为了爱我和我爱的人，也为了认识本来的我，我将一往无前，直到吸吮到那彼岸之花的芳香……

2014年8月

# “理想”的状态

——从顾城说起

“就像星星是理想，那就是我们的方向”，“理想是有了就同时‘达到’的一个明亮清晰的状态”。在顾城眼里，理想不是为了实现，因为理想是高于人性的，通俗一点说，理想是一种精神上达到自我圆满和超越自我认知的状态。

顾城是自由的，他所做的一切都是为了要脱离目的，目的只会让他服务于生存而放弃美丽和诚实。他喜欢诗却不喜欢诗人诗，喜欢革命却不喜欢政治，他遵从内心的指引，他的自由是在自身的戒律里欣赏“春来发几枝”“云在青天”的自然美。为了理想，可以死亡，对他而言，生命只在一刻，在死亡的一刻也可以明心见性。为了调和这种理想和现实的差距与矛盾，与古代的失落文人不一样，顾城不会去借一物抒发内心的苦闷，他选择在一种行为艺术里达到自然美的状态，就像庖丁解牛、嵇康打铁。

他的理想是理想，其他人的理想也是理想，但其他人大都出于一些目的，有的完全世俗化、功利化，有的将内心和现实对半开来。没人可以说这不是理想，只是他们经常忘记了简单，忘记了当下生活。过强的目标使其忽视了自己的现在和身处的这个世界原本的模样。有的人越走越远，没了方向感，有的人原地不动，都是幻想妄想，甚至有的人把理想当成一个个目标计划，像编写程序一样一步步走，累啊！

我们追求理想，不是只为了理想，我们要活着，快乐地活，美丽地生活，为了内心的那种闲适和诚实，我们可以选择将其与我们赖以生活的环境和能力联系起来，就像有的人追求一种“道”而非“术”，本来可以凭着“术”去过有“道影”的理想生活，“术”只是凡俗烟火里的诀窍，“术”本就是个陷阱，通过这“术”去欣赏那“风过于野”的美丽才是最重要的。比如六祖慧能，虽在猎人中，但心已经在彼岸行走。还有甘地，不合作是术，心安理得的那种慈悲生活状态，才是最重要的。

这个世界上真正有智慧的人，理想的念头一产生，他就已经把生命的风帆调整到理想的状态，然后一步步走向完善，走向圆满。

2016年11月6日

# 低配人生

人们常说“知足常乐”，因为知足，能使人保持心理平衡和心灵上的愉悦，从而坦然面对生活中的坎坷与痛苦，永远看到希望和真善美。

在现代这个物欲横流的社会，爱慕虚荣、贪图享乐之风吹得许多人如同酒醉，不知人生何为，更不知人生究竟为何。人人开口闭口谈钱，人人在炫耀攀比中获得优越感，炫耀养尊处优的眼前日子。过多地追求物质享受，人的精神必然是空虚的，这种被欲望驱使的生活，看透了毫无意义，因为你会发现始终有人比你强，别人得到的比你多，你心气不平，攀比拼打，欲望如壑永远没有幸福满意的时候。被外在的物质欲望驱使，努力大半生，蓦然回首，你发现自己除了拼打留下的那些痛苦回忆，乐趣很少。当你终于明白感官上的刺激带来的只有精神上的空虚，与行尸走肉一样让“心为形役”，而精神田园却那么荒芜时，你是否想过还不如知足常乐，稳稳当当地生活更靠谱？

人都说知足者自常乐，但是，唯节欲可知足。知足的生活，即低配人生。低配人生就是有戒律的节欲的人生。节欲不是放弃追求降低生活标准，或如苦行僧一般生活，而是一种低姿态、大志向的健康生活，是懂得有所为，有所不为，是量力而思，量力而为。

低配的人生才是幸福的、诗意的。前不久，听闻一个家产过亿的富人，整日开车行走在全国各县，向那些贫困学生伸出援助之手，自己却省吃俭用，对自己的形象也不过度关注。我想，他是一个平凡而伟大的人。这样的人是勇敢的，胸怀是宽广的。他懂得生活的真谛，明白什么才是有意义、有价值的生活，他内心也必是坚强的，敢于直面大风大浪，敢于抵制横流物欲，他不怕物质失去，懂得珍惜精神的富有。

低配人生是一种健康向上的人生，但并非无欲无求。凡人必有七情六欲，正常的追求会让我们坚守本心、稳步前进，不为外欲所奴役的淡泊里有幸福的源泉，也有促进社会进步的动力。不过在困难面前的知足是懦夫、懒汉，奋然进取者才是真英雄。如果追求脱离了人生普遍应具有的真善价值，一味追求单纯的享乐，便会造成人性的缺失、人格的残缺。所以，我们要在个人名利财权上知足常乐，在心灵境界求索上，应如古今那些贤善者，永不止步。

明白了“知足常乐”，那人生就会避免因欲望过度而误入歧途，低配人生，幸福生活，且能够坚守心灵的清明，追求精神的充实。纵观历史，横观现实芸芸众生，低配人生其实是大无畏的。

2014年

# 第三辑

# 和光不同尘

## 沙　数

“我今灌沐诸如来，净智庄严功德聚。五浊众生令离垢，同证如来净法身。”看完这句话，小音就合上了刚从佛教用品商店结缘而来的书页。面对这本泛黄的书，她实在谈不上什么兴致。看不懂，也不想懂这些拗口的话。

正值四月初八的浴佛节，小音有点厌倦了大学那种乏味的生活。

她曾试图融入这座功利场，但每次都显得格格不入，几次下来便兴致了无。想到康定走一走，既为了看最好的风景，拍最美的瞬间，也希望自己可以静静寻找心灵深处那个自己并不十分了解的自己。

来到这里，看到穿着红衣、手持经筒、嘴里念念有词的人流，在这琉璃瓦一样的蓝天下，沐浴着淡淡的暖暖的日光，呼吸着稀薄的新鲜空气，她感觉自己内心开始澄净，和着梵音也一同庄严肃穆起来。

走出这间小城里还算有眼缘的小店，来到街市上。来往的人群拥挤、散乱，各种声音弥漫在藏香的醇厚里，整个人好像要飞起来。内地青年很多，还有老外，都胸前挂个相机，稀奇地溜达，好像都是火眼金睛，照相也扎堆。小音拿着相机，好不容易向上伸出双臂，想要踮起脚来拍出不同的光景，扎好了姿势却又被挤得不能站立。无奈站到墙角去，试了试，都不太理想。照片和自己眼前所见的景象，差别很大，无论色彩，还是光影，最重要的是自己身处的这种神秘庄严氛围，从照片里完全感受不到。“好吧！自己技术差啦！为啥没有预见性地学一下呢！”摇摇头，叹口气，小音又自说自话地回到了那家自己刚刚走出的小店。

同行的那些不大熟悉的人，都早早去了城外的原野，看小阿柯大喇嘛们在草坡上徐徐展开佛像，沐浴阳光。前天才下过雨，彩虹显现出来，那么美，不过太远，她也懒得挤到晒佛人群跟前去。从全国各地赶来的人，除了旅客，大多是些在家居士。她喜欢这种氛围，但并不想了解这厚重邈远梵音的因缘种种，对于宗教神学，她一直有点亲近，但又无时无刻不保持着一段自以为合适的距离。

她最喜欢惠特曼的那句诗：“从此我再不要求幸福/我就是幸福/我再不仰望那些星星/我知道它们的位置十分合适。”来到这里，她愈发感觉自己在这芸芸众生里，就像一粒沙，恒河沙数千千万，而自己是否会翻出浪花，不得而知。就像许多有着文艺病的“姿势”青年，她喜欢文艺，喜欢艺术，但她早已过了那个痴迷于卿卿我我、绕来绕去，或是故作傲慢的阶段。许是成熟了，她更喜欢哲学和宗教，喜欢宗教之上、艺术源头的那轮蒙着纱的下弦月。

从早上出来，她就一直穿着这身淡绿如兰的长裙，坐在小店里，透过窗子看着街边。她想起了从前的自己，在那如花的岁月里不知意义地追逐打闹，好像要比眼下的了了多了份真实。她笑了，两个酒窝像花心一般，在草原环境宗教气氛难以言明的感知里，她的心飞得好远。

“咔嚓！”有人抓拍。

“什么情况！”她疑惑地睁大有些倦意的双眸，看向四周，一对情侣在秀恩爱。她在心里嘀咕道真是作死。一位年轻女孩在玩手机，看漂亮女孩专心致志的样子，不可能是她偷拍。还有人在睡觉。

“咦！老男人！”她看到一位牛仔，“他不会在偷窥我吧?”

等了又等，看了又看，这个穿着灰色夹克，浅色牛仔裤，陈旧驼色短靴约三十几的男人，一直在玩弄他手里的照相机，半天头也不抬，“没趣!”小音想。小音觉得这个三十多岁，估计比自己大一轮还多的男子，不修边幅，衣服颜色搭配还可以，但蓬松的长发在她眼里就像一个鸡窝，估计是个有特殊癖好的街拍男。

小音这样腹诽了好一阵儿，目光被男子左手腕上的那串佛珠吸引了。应该是十二珠，红得泛紫，有点暗，又透出点点光泽，颗粒还比一般人戴的大些。“应该是寺庙里的活佛加持过的吧!”她想。

在小音的印象里，爷爷就有一串与眼前这个街拍男手上这串一般大小的佛珠，和现在年轻人不知所以的凹造型不同，这样的珠子心有信仰的人才佩戴，十二的圆满既是十二因缘轮回，也是一种美好的期望和达到彼岸的祈盼。

等小音在桌上醒来的时候，已经下午五点多。远处的天边泛着丝丝红霞，好像佛光一般。天有点凉，她准备回去。起身离开，经过那张街拍男坐过的桌子，她看到椅子边上有一颗佛珠，“这好像是那个男人的串珠上的吧，嗯，估计有年头了，线可能断了。”

“也罢！随缘!”小音拿着珠子走出了小店。

她用右手大拇指和食指捏着珠子，放在阳光下，半眯着眼望去，珠子表面光芒流转，像在拨动周围空气里的尘土，时间的磨痕在这一刹那，似乎静止下来，停顿了。

“和光不同尘”，从尘埃里来，往尘埃里去，每一粒沙都有自己的种种因缘际会，经历四谛四果，在光阴流转里，“云在青天水在瓶”。恍惚间小音脑海里如风拂过数句偈语，其实自己也不甚明了。

这珠子有缘故。

## 殇逝

看着窗外不断远去又出现的斑驳疏影，火车轨道两旁垒起的高台弥漫的是雾一般的绿意。高高低低的旧房子却成了一种点缀。湿润的水汽，像迷雾一般。南方天气就这样，使人陷入其中，难以挣脱，只能在不知不觉中慢慢习惯。

小音乘着这趟K字开头的慢车，驶向熟悉而又陌生的校园，从一个神秘的地方回归到原点，那里还是那些，而自己也只是那些的某一块组成，在多余的落寞中极力找寻自己的价值，就像蜂群里还未长成的工蜂，不知所措地忙碌。

回到这里已快月余，整日早早起来，迟迟睡去，却好像什么也没做。泡图书馆、看电影、逛超市、压马路，生活在一无所知中延伸着，未来实际不可测，却还一副了然的样子。下课了，舍友上了个厕所，出来就再也找不到她，人很多，也很挤。小音不属于风云人物，虽然长得出众，但在人群里会自动遁形。大家都知道小音在俗尘的烟火气里，始终渗透着一丝不同于他人的神秘，好像她本身就是最靠近命运的不可知。舍友等了又等，便匆匆离开去吃晚饭了。在大楼对面，小音在那僻静的一隅，还在走走停停地等待。她感觉并不饿，找不到人不找也罢，像她这样的女孩其实对晚饭是不大关心的，仿佛不知饿肚子，吃与不吃、饿与不饿全在心情。

教学楼后面是一片人工改造后的湖，湖中有低垂的树，那些稀疏的苇草，在丑陋的泥汀上颤颤。每天晚上，这里都有最为可爱的一幕。这个环境宜居城市的空气没有一点霾，每天下午五六点下课，西面群山之上的天空，都会出现黄的红的霞彩，画面被风抹得极有诗情，厚而不重，浓而不烈，映照整片西空，高远又柔软。小音已经习惯下课找不到舍友时，在这里坐坐，什么也不想，就静静地看着湖上的波，远处的山，山上的霞。对于她而言，这是一天中最惬意最享受的一刻，没有方向却安然寂静。如往常一样，今天的天空也很美，她无言地享受着这大自然的馈赠。

“哒啦哒啦，么么……”韩语童音的铃声一如既往，显得突兀，是远在北方小城的妈妈打来的。

“喂！妈，怎么了，打电话有啥事？”

电话那头是无言的寂静，小音还以为妈妈又在和别人说话，可渐渐从手机里传出断断续续的抽噎声。

“妈，到底出啥事儿了，你说呀!”

“小音，你……你爷爷，你爷爷走了……”小音感觉自己有点懵，爷爷，就是那个从小到大一直陪着自己哭哭闹闹，无论什么事都站在自己这边的老头。瞬间，小音脑海里，满是那个熟悉而又陌生的身影。那张黄得发黑，满是褶子，眼窝深陷，连山羊胡子也没有的脸，像冬日里的太阳，出现在自己大学前的所有时光画面里。回想起往昔的一切，就像电影播放一样，一帧一帧，每个给自己留下印记的影像不断地重现，“嗯、哼哼、嗯嗯、哼哼……”小音哽咽着，身体不受控制地颤抖，眼泪顺着眼睛划过脸颊悄然溜到嘴里，咸涩的味道。

“爷爷病情恶化走了吗？”小音竭力控制着自己的情绪。

“应该是这样。”

“什么叫应该？”她很生气，皱着眉头，“到底怎么回事儿？”

“等我们知道，家门上的人已经帮着火化了，我和你爸都在外面，都换了手机号，不了解情况，听他们说应该是在睡梦中走的……”

“哼哼……可笑，这是什么理由！你们在外面就可以什么都不管吗？”小音挂了电话，她很生气，这什么理由嘛。

妈妈和爸爸在自己很小，大概只有五岁的时候就离婚了，把她留给乡下的爷爷照顾，父母离开那座不起眼的小城，一个去往更北的地方打工漂流，一个跟上大她十多岁的老外去了澳洲，父亲还回来过几回，母亲从此只有零星的电话。小音记得自己升初中时她打过几次，十八岁那年也打过几次，还有一次视频，只几分钟，两人都尴尬陌生，便结束了通话。

她不理解大人的世界，也不想理解。每当她发出“为什么”之类的疑问，都被看作幼稚。小音越长大越了解，这个世界哪里来的为什么，所有人都是沧海一粟，在不可知的命运里上演着自己的无限可能，无论随波逐流是心甘情愿还是不情愿，一切的因都会出现无数可能的果，一旦你发问，就是可笑的，笑的不是上帝，是那些走在你前面，或是走得更久更费劲的人。她想骂他们，但是又觉得自己没有这个权利。自从上了大学，自己就再没回去看过爷爷。那些和爷爷一起在菜地里忙碌、在山沟里放羊、在漆黑吓人的深夜看星星，围着火炉烧土豆，坐在炕上裹着被子看春节联欢晚会打发日子的画面和场景都已成为过去，只能作为回忆重温。可那些孤独单调的日子，又是那么温暖美好。来到这座大的水泥城里，她感受到的只有自己的渺小和不可控的紧张，仿佛自己根本不属于这里，自己是多余的，有一天没了也就没了。

“爷爷，你还记得我叫你老头吗？你还记得我买的那些言情小说被你发现后你生气的样子吗？你还记得你第一次给我去开家长会被老师质疑的尴尬吗……”

脑子里纷纷扰扰，小音这天在湖边的长椅上一直坐到很晚，一直到快宵禁，星星都找不到了。小音走在冷风里，瑟瑟发抖。她的背影满是惆怅，融进夜色，消失，给这恐惧的夜增添些零零点点的忧伤，暗夜里的忧伤……

## 焰 火

今天的夜，黑得特别早，没有一点星光。

宿舍里面也没有暖和一点。小音没有什么兴致像往常一样与舍友们东说西扯，说些少女间特有的污段子。她拿着脖子上串起来的那颗上次旅游时捡到的珠子，看了一会，只是觉得好看，一会儿整个人就昏昏沉沉，疲倦地磕磕碰碰着上了床，裹紧被子，很快睡了过去。

早上天还未亮，便被凉风冷醒，一看被子半夜就被蹬掉了，快要垂到地上去。小音觉得嗓子像要着火，微微泛痛，腿上传来丝丝痛感，挽起裤腿，大大小小的尽是些青色瘀痕。她不想醒来，醒来了又如何，面对眼前的生活和这个陌生的世界，还不如睡去，哪怕是装睡。

等她再度醒来，舍友已经叫好了外卖。脸上还能感觉到泪痕干掉的不适，眼睛发干，整个人松垮得像要软掉。像这样上完课就吃饭，睡觉，每日不是被冷醒，就是哭醒，不知所谓地哭，已经连续快一个月了。中间家里来过好几个电话，说不清为什么，她都果断挂掉了。别人都认为她只是一个老早过了十八却还傻里傻气单纯的小姑娘，曾经她想知道的事，没人愿意多说，如今不得不说，却欲言又止。她也不愿了解，你们做你们的，我做我的。就像老人的经书上讲的那样，既然这世上的所有都是凭借无由的主因此缘而随意组合出的林林总总，那么独自一人又有何关系，反而少了些许牵挂和本就多余的忧愁。

小音走在深夜的校园马路上，脑子里什么也没想，只是缓缓地走，水泥路面上，脚下的落叶飒飒有声，走在相距十米的黄色路灯下，左一脚右一脚，一会又在人行道的路边高处走猫步……这是少女的忧愁，是每一个有故事的人都经历过的风景。

“丁零零，丁零零，嗤……”小音感觉小腿有点痛。

“对不起，对不起！你没事儿吧？”这声音好温暖，这是小音的第一感觉，抬起头看，是一个长得文质彬彬，文雅里带几分英气的男孩。

他满脸歉意，小音甩开男孩的胳膊，坐到了路边，揉着小腿，什么也不说。男孩扶起倒下的自行车，停好，跑过来弯着腰说：“你好，对不起啊！我叫赵文韵。你不要紧吧，你等着，这会儿药店关门了，我去超市买点酒精和纱布来。”

“不用！”小音有点不耐烦，想清静一下，感觉这个男生好吵。

坐了一会，“咋没声儿，他不会真走了吧？什么人！”左望一下没人，向右看，就看见那个男孩儿提着东西小跑着过来了，“有一米八，个子还挺高，不瘦，嗯！”她想。

那晚赵文韵磨了好半天，才请求宿管阿姨允许，把小音送上了楼。回到宿舍，舍友问了几句，小音脸也没洗，对于到底是自己没听到铃声，还是他没骑好，也不大关心，糊里糊涂就上床睡了。这个男孩就像一个路人，一个帅气的路人，小音对于他的出现，没有一点惊喜，也没有一丝少女怀春的幻想或希冀。虽然这个男孩符合她对男朋友的设想。但人在某个时刻，会把以前所关注的都忽视掉，是因为出现了没有预料到的烟火，出现了注定的陷落，往后，或许会绽放出别样的姿态。

赵文韵回到宿舍，冲了个澡，用新买的浴巾搓着新烫的头发，在左右摇晃的旧椅子上坐了好久，想着这个女孩，不觉嘴角扬起了笑。把滚过来的篮球踢到门口，就爬上梯子，“咣！”的一下跌在床上，玩起了手机……

这件事就像一丝水花，激起的瞬间美了一下，却并未泛起多少涟漪。

过了好几周，快到期末了，小音才想起来自己的公选还没签过到，那门《佛教文化导论》，听说是一个新引进到学校的年轻老师讲授，而且是北大的高才生。

赶到教室，人大多都来了，估计和自己一样都是来签到的。第一排还空着，小音便没有顾忌地坐到了第一排靠近门口的位置。上课铃响了，走进来的是一个三十出头的长头发男人，穿着休闲，看上去没有刻意打扮过，但还算得体。那张平常的脸，似有一种说不出的味道，像魅力，也像气质。那种经历岁月打磨的样子，会吸引人想一探究竟，刚刚好，却也不会使人无法自拔，只是能生出些许好感来。

这一节课小音也没认真听，大脑放空，又玩了一会手机，男老师看她一眼，笑了一下，也没说什么。觉得无聊，她盯着面前的这个老师，总觉得有些熟悉，却又记不得在哪里见过。两人突然目光碰撞，小音心虚地躲开来。

“咦!”没想到这个老师左手腕上也戴着一串佛珠，“这不是和自己的那颗一样嘛!”她低下头，拿起那颗珠子，又看看他的那串，确定一样，材质颜色无二，只是主珠大了一点。

“嘿!”她暗想，“有缘!”

这是小音的第一感觉。的确，这样的遇见，这样的缘，对于她而言，是第一次，不好言明。因为有说不尽的连她自己也没意识到的欢喜。

一下课，小音便匆匆赶去了图书馆。等她到的时候，四楼只剩一个空位。因快到期末，大多数人都急慌慌地开始认真“学习”。她把包放到椅子上，占好座位，跑去上完厕所，便和其他人一样坐下“学习”。还是打不起精神，硬着头皮把舍友帮忙勾的重点看完，天都快黑了，感到肚子不饿，她起身去书架上随意找寻可看的书。走到宗教一区，有本新书，好像就是今天那个老师的推荐书目《佛道的见性》。小音轻轻抽出来，打开一看，竟然就是他写的。“李演乐，32岁，出生于北京，祖籍浙江宁波余姚，毕业于北京大学中文系，曾在耶鲁大学深造西方哲学专业，中途辍学。先后在《人民日报》《光明日报》《读者》《随笔》……”还是个高才生呢，模样长得也能看。小音借了这本书，蹬着自行车回了宿舍。

过了几天，文史哲运动会，小音拉着那个经常等自己，比自己还天真的舍友田悦报了一个短跑。没想100米跑下来，两人都进了决赛，可都没啥体力和兴趣继续比赛。小音跑到学生会人员那儿想说自己退出比赛，问别人，他们让她到座位上的男孩那登记一下。男孩一抬头，便认出了眼前这个女孩。

“小音”，她上次被他撞了，还能偶尔想起来，对这个长得还算出彩的女孩，他觉得她文静的气质下，还是有一点点倔强，自己对这种女孩一直都很欣赏。

往后，也就是放假前的一个月，赵文韵成功地搞定了小音的舍友田悦，拿到了小音的电话，展开了追求攻势。虽然他觉得有收有放，度把握得很好，但在小音看来，他是无事献殷勤，有趣是有趣，但幽默对于小音，并没有多大的吸引力。

买早餐、送小音上下课、吃饭、买水、一起夜跑、弹情歌……渐渐地，两人开始熟稔起来，从一开始的单相思，小音也对赵文韵升起了一丝好感，她自己也不清楚是不是喜欢，只是开始喜欢主动和他聊天，从纯粹的笑脸表情，两人的话都多起来了。两人在一起的时候，也很有默契，从不翻看对方的手机，这或许是彼此受到的教育影响，也可能是别的什么原因。她喜欢水粉，他喜欢唱歌；她喜欢文学，他喜欢摄影；她喜欢藏密，他喜欢哲学。开始，两个人就像两条平行线，但慢慢就向彼此倾斜了。命运说不清，也道不明，一方的主动得到了一方的认可，或许就是“缘”。

只是此“缘”是否是可以得到“分”的因，一切都看不到尾，就像夜晚昏黄的灯光。

不知不觉，寒假了，季节的冷意并未冷却两人心里逐渐升温的情感，反而因距离开始变得玄妙，浪漫。

男的留在南方，女的回到北国冬雪里。赵文韵在南方湿冷的天气里想象着北方的寒冷。小音穿着羽绒服，在漫天白雪的街头哈着双手，不知道这从北方南下的冷空气，能否适应南方刚刚开始无常的天。

大年三十夜晚，两个人站在各自的夜空下瑟瑟发抖地通着电话，风肆意地掠过。小音关掉手机，站在雪里，看着头顶上罕见的星群，不知道在想些什么，憧憬，抑或怅惘……

## 幻 灭

不知道为什么，人每当自以为成熟的时候，往往又幼稚得可怕。

或许在成熟的人眼里，一切没有定数，所有的所有，就像调色板上流动变幻的色彩，而在“幼稚”的人眼里，那心里的颜色总是可以调出来的。执着，没有成熟与幼稚、该或不该的分别，就像跳下悬崖的雏鹰，前途未卜，崖底是浮云、深海抑或礁石，既凭三分天意，也看七分自觉。

小音自从回到学校，反而和赵文韵的联系不可预料地变淡了，没了以前那种让人窃喜的卿卿我我，电话少了，微信少了。开学一个月，两人只是简单地问候早安、晚安，在一起吃过的几顿饭，是什么味道也全然忘记了。她觉得自己很忙，六级考试、社团活动、交换准备等都一下子挤满了自己的时间，面对赵文韵，她的欢喜来得快去得也快。或许这是人的通病，对于那些更为亲近的人，往往自然地不知不觉减少礼貌、关怀和微笑，不同于喜新厌旧，只是单纯地将那份熟稔的思念看成不会再变的林中深谷，却不知往往那些自己视之为不过分的言语会发生质变，招致关系的破裂。这或许是人类的天性，在这天性里又有几分自己也没认清的自私，谁也说不清，这就像一道隘口，每个人都会经过。

赵文韵是一个阳光的大男孩，家庭条件不错的他自有潜移默化式的礼貌，无论对谁，都始终保持着礼貌友好，但这也不可避免地带来了三分距离。他喜欢小音，喜欢她在阳光下如花的笑脸，喜欢她偶尔流露出忧愁的样子，让他无法自拔地想要去抱住她，守护她。他在她最需要温暖的时候靠近，治愈了她却也不曾真正了解过她。他只把她当作一个清纯而多思的女孩儿，却不知道她经历的要比他想象的还多。一个在温室大棚里被全家人呵护疼爱长大的人，有多少会心的体会，可以去触碰一个本就伤口未愈的心灵，未曾亲身经历过又哪里来的真切的体验。梦就是梦，永远无法靠近现实。

一个人将这段恋爱看得很重却放得很轻，甚至忘记了去小心谨慎地呵护；一个人全心扑在上面，试图始终保持那份热烈。不在一个频道和温度，就像温水和沸水的区别，有的人想喝沸腾的水，有的人偏爱温开水，选错了，可能就真的错了。

一个半月后，小音去找赵文韵，在楼下等了他半天，头顶的太阳都从东面滑到了西面。越来越不安，她坐在路面的台阶上，冰凉的感觉让她愈加烦躁，正准备走，才见文韵穿着一双拖鞋摇摇晃晃地走过来，头发乱乱的，脸上也一副不耐烦。

“找我干嘛?”

“我给你打电话为什么不接，你怎么才下来?”小音压下怒气，以为这几天他和自己一样太忙，没睡好。小音踮起脚，试图伸手去收拾赵文韵乱糟糟的头发。

“别动!”不料赵文韵甩开了她的胳膊。

小音盯着他的眼睛，看了又看。随着赵文韵视线的转移，她的心渐渐凉了。两人相对无言，这静谧仿佛可以让时光停滞，又好像很漫长，初生的花已然落败。

最后两人连招呼也没打，赵文韵没问小音到底找他要说什么，小音终究也没说出假日两人一起去旅游的想法。从这一刻，两条快要交叉的线，又开始回到原来的位置，彼此平行。

这晚的天空很暗，没有一颗星星，也看不到月亮，只有偶尔经过的飞机在轰鸣。凉风渐起，树叶哗哗作响，始终绿着的树叶，也开始枯黄。小音一个下午都没上课，没回去也没吃饭，一直在湖边的长椅上坐到太阳落下，湖面泛起幽光。她披着长发坐了好久，任由冷风吹着自己裸露的臂膀，眼泪还没干掉便已随风而散。她什么也不愿意想，却又想了很多。小音不知所措，便选择什么也不做。

风儿吹着湖面的微光在跑，也吹起小音脖颈上那颗泛红的珠子，又无力地落下……

紧接着两周，他们彼此没有打一个电话。谁都不愿先打破这凝滞的局，都不想多问，也不想解释。

每次要回宿舍，小音都会绕路，避开熟悉的地方，熟悉的人，害怕遇见，也害怕想起他。

等再见到赵文韵，他也不知所措。小音看了几眼他拉着旁边那个穿牛仔短裤，身材高挑的校花级女孩，便低下头快步离开了。

赵文韵看到小音，先是有点慌张，不知是羞愧，还是紧张，便松开了那个女孩的手，看到小音什么也没说离开，他不知为何，又拉起那只同样柔软却显得新鲜的女孩的手，拉得紧紧地，仿佛害怕逃脱，害怕错过。两个人头也不回地离开，女孩心有所感，松开手，挽着男孩的臂膀，头靠在他的肩头，一个已经成双，一个形单影只。

不知为什么，这天的太阳落得很早，沉入西山，湖面幽光泛泛……

暗夜的影子，或许正是因为有黑夜的保护和月光的衬托，才显得迷离而神秘。当神秘了然，便不存在什么影子，也没有一丝可期。

或许只有经历过，才能真正理解那种抹不去的痛，那爱的疤痕有多深。即使愈合，也会在每个下雨的日子生出一丝丝痛。只有在阳光下，才能舒服，才能忘却。“情不知所起，一往而深”，爱的秘密不可触及，它是人间的神谕，昭然，却又在上，就像木心说的那句话：“你的口唇极美，可惜你自己不能吻它。”这“睡熟了的水”终有一天会变成冰，冷却那份炽热，或许我们会意识涣散而真正沉睡，或许，我们还会在梦里看到那蓝天上自由飞翔的苍鹰，看他飞过雪域神山，在白云深处安家。

小音趴在图书馆那张靠海的窗边的桌子上睡了过去，明亮的日光打在她的脸上，白皙的肌肤泛起丝丝少女的粉红。

那颗泛红的珠子，挣断了绳子，跑到了地上，它悄悄地翻滚，滚过一个又一个桌脚椅子，路过一个个正在熟睡的少男少女，停靠在他的脚边，又落入他的怀里。

## 开 落

梦饮酒者，旦而哭泣；
梦哭泣者，旦而田猎。

——《庄子·齐物论》

小音在图书馆的长桌上，随意翻阅着从书架上信手挑来的书籍，大都没什么意思。初次经历这些事情的她看到这些不知所以的书，是不免心生烦躁的，还不如看《笑林广记》来的有趣。看了看周围形形色色的同学们，各种挣扎模样，很是无聊。这让她突然想起了以前在小说《兰花梦》中记载的那段酒令，古人饮酒无趣，便以六种人、六种地方、六种事错综配合弄出游戏来。

六种人：纨绔子、老僧、佳人、屠夫、妓女、叫花。

六种地方：官道、方丈、闺阁、大街、红楼、坟茔。

六种事：骑马、念经、刺绣、打架、调情、睡觉。

“老僧在闺阁里睡觉”“妓女在红楼里刺绣”……这世界本就荒诞，荒诞的人和事甚至也会成为某种主旋律，因为荒诞只有在现实里，才显出几分难堪的讽刺。

“或许，我就是这荒诞的制造者吧！反被荒诞所伤，哼！”小音嘴角那抹无奈的笑，将黄昏最后溜走的光亮，潜藏在她右脸的小酒窝里，像漩涡一样，深埋了她内心那些难解的丝丝缕缕。

自从丢了那颗珠子——那颗仿佛本就属于她的珠子，小音来图书馆的次数就明显多了，她一直认为那颗珠子不慎遗失，它定还在图书馆的某个角落里等待着她来，她不希望它被别人拾得，她不想将这无果的缘分与他人，哪怕是那个曾经偶遇的持珠人。

小音这几次上《佛教文化导论》去得都很早。她听得很认真，依然坐第一排最左的那个位置。记记笔记，抬头看看年轻的李老师，偷偷打量一下他的手腕。但也只是怀疑，什么也没发现。其实她也知道，就算在他手里，自己也没办法讨来。

这晚的雨很大。晚课刚下，小音穿得很单薄，她想尽快回去。斜雨迎面扑来，路面上的水快要漫上人行道，昏黄的路灯也摇摇晃晃，随时都会熄灭，小音骑着那辆最近才买的二手自行车，刚骑了一半，车子就咔嗒咔嗒响个不停，不知道为什么，马上要到了，竟突然坏了。她费尽力气挪那辆破车，想要走得更快一点，湿漉漉的长发随性地贴在她的脸上。到底还是不行了，她耗尽了力气。一个人瑟瑟发抖地小跑进旁边的自动取款机那儿，站到墙角，拿出手机想让室友来接一下，谁承想手机也进水了。

她浑身发冷发热，意识越来越模糊，一直以来不规律的饮食休息，已将她的身体蚕食得越来越虚弱。她慢慢蹲下去，这一刻好长好长，无数的思维触感，来得快去得也突然。她像一只淋了雨的流浪猫，无助。这世界好像忘却了她，一时间，这段时间积累在内心深处的所有悲哀，都化成一股洪流，像洪荒猛兽一般，眼泪不停地流，或许这雨是假的，泪才真实。

等她再度醒来，已经是在学校的附属医院。四面白茫茫一片，像极地雪原。她用力睁开双眼，打量着眼前让人不安的地方，浑身难受，倦意愈发严重，隐约看到一个挺拔的男性身影，陌生而又熟悉，不知不觉又睡了过去。

后来和那位李老师聊了几次，她才知道，是他，在那个大雨的夜晚将自己送到了医院。原本他是要连夜开车从学校后面的小路回羊城的，没想到最后却陪小音在医院待了整整一夜，一直到她再度醒转才离开。

往后二人自然熟络起来，两人一起交流佛学知识。其实是单方面的，但小音偶尔也能提出让他耳目一新的想法。一起去书吧，一起喝咖啡，一起“看电影”，一个年轻男人，一个可爱女孩，两人就好像约会一样彼此接近。两人第一次出来，演乐就把那颗颇为神奇的佛珠用新的绳子串起来，给小音戴到了细白的脖颈上。佛珠就好像每个人灵魂深处看不见的丝缕，牵引着前世与今生，过往和今昔，或许那雪域神山的圣光，就是这些平凡的灵魂演奏出的神谕，我们的全部都成就于那么一刻，而又映射长流，我们的命运不再是冷风中草菊的晃影，而是那抹斜阳，在微小里孕育，在微笑里幸福。

演乐是诗人，不是写诗的诗人，他本就是一首诗，无须仰望星空。行走在高山湖海，化为微末，在尘埃里飞扬。他身上透露出的那股特殊气质，就像凡间的苦行僧，又像白瘦的书生，离开高级文凭和上流社会的他，就像生活在现代的青莲剑仙，无为而有为。小音是文艺女学生，却被现实逼得现实起来，喜欢艺术和宗教，善良的她就如落入凡间的精灵，在丛林里奔跑而又不失高贵，那是一种来源于信仰和内心的高贵，这应该就是那些木心、三毛、顾城、惠特曼等于作品中流露出的若隐若现的可爱吧。他们自己也没发现，随着对彼此的熟知，俩人已不再缺少话题，就连笑容也是同步的。没有悲伤，偶尔诗意的哀愁，心逐渐靠近，像同一片天空。

他们一起去了藏地，不是去朝拜，是寻找。看着那些虔诚的佛教徒一步一叩首，绕着圣山行进，厚厚的牛皮衣和各色的哈达，让他们在那群星闪耀的静谧的夜，显得肃穆而又纯真。看着手持经筒，嘴里念着六字真言绕寺院的人们，一脸虔诚，看着神圣的红白庙宇、金色舍利塔、金瓦殿在阳光下佛光四射，看着点缀于草原的藏獒、牦牛和羚羊……这里每个生命好像都得到了神圣佛光的照耀，抱元守一，心神自宁。在这里，他们心里，感到了未曾有过的安详，学会了如何不在花谢的时候伤心，如何用生来体验死亡的憩息。

原本的神秘，只是人们缺少对心性的了解；原本的神圣，只是因为我们虔诚地寻找和亲近；原本的哀伤，只是因为未曾醒来，亦未休息。

……

回到这个熟悉的村庄，看着漫天飞雪，小音觉得自己从来不是一个人，这村里的过去，一直都在，无论变成什么模样，依旧是那生活过的地方。站在爷爷的墓前，上面的蒿草随意生长，小音抬头望向这头顶的天空。北方的天空在冬雪里低垂，却也可爱。因为爱着北方的所有，所以一切都可爱。那天空就是像爷爷一样可爱的人的去处。

无缘并非了无所有一切皆空，所缘缘的就是那“泉中无月而又月在青天”之冥冥。这世间的一切都需要相互的惦念，心中静谧无孤岛，我们从不孤单。我们和光不同尘，莲低到尘埃里，在尘埃里自寻那唯一的灵光。

2017年2月10日

# 坛城里的绯红色

茫茫草原上，北风呼号。远处是一群不见牧人的羊，三三两两地啃食着草，却不曾走向原野上那最为孤独的庙宇，只是偶尔抬起头来望望。刻有经文的石头，堆成一座座塔，彩色的经幡在细线上随风舞动。在这阴沉寒冷的草原上，那庙宇好像成了唯一的归宿，等待着即将到来的人，回家的人。

庙宇里没有电灯，昏暗中只有几十盏酥油灯影影绰绰，那一点一点的光亮，随着溜进来的风摇晃着，却不曾熄灭。大殿里供着绿度母鎏金像，那像以说不出的神情，看着眼前这个半跪在地的虔诚小喇嘛。

小喇嘛匍匐在地，弯着脊背，刻画着简单的曲线，一圈又一圈，构成复杂又神秘庄严的图形。手里的彩沙一点点洒在规整好的图案上，不偏不倚，好像遵循着某种定理，在未知中按着预定的轨迹缓缓行进，远远望去，正是一座沙坛城。藏密坛城在这个小喇嘛手中展现出丝丝圣洁和宏伟，就像无言的苍穹里晨曦初露的雪山，给人原始的静谧与美好。

一粒沙里显世界。小喇嘛全神贯注地用彩沙堆砌着绚烂缤纷、深奥神圣的佛宫世界。也许太用心了，一点也没注意到身后多出来个人。他看着这坛城，露出心满意足的笑靥，可又马上变得沉默，拿着红布几下便将这刚刚画好的坛城毁去，几息之间，圣洁、庄严的世界近乎消失，只剩一片虚无在神秘里暗自喟叹，一切好像不复存在过，消逝于离去的北风。

“哎！卓桑小喇嘛，你为什么要把刚画好的坛城毁去呢？”

被身后声音惊了一下，愣住了，卓桑显然还没有从坛城世界走出来，回过神，这才发现身后有人。看着眼前这个皮肤白净的人，终于回忆起来，这不就是去年来过寺里的陈居士嘛。去年大概也是这个时候，几辆越野车驶进这处鲜有人知的庙宇所在的草原，来本无心，却有缘结识了。一个大老板看到大师父画的坛城竟入了迷，向着这殿里的绿度母及绿度母身后的三世诸佛拜了几拜。

“是你啊！毁了也就毁了，我总感觉缺点什么，不是吗？这次来是不是有什么事？”

“嘿！”陈居士有点不好意思，挠了挠后脑勺，说道，“我这次是来拿东西的，上次，大师父不是最后答应我，要亲手给我做一幅坛城的编织图嘛！”他又偷偷往殿旁的房间望了望，“大师父人呢？”

卓桑看了看这个被师父说过无缘的人，叹了一口气，转过身去，往殿旁那个房间走去，只留下陈老板一人站在空空的大殿里。不一会，卓桑拿着坛城图走了出来，一如刚才逝去的坛城，庄严依旧，可也好像少了一点什么，好像被玻璃挡着，多了一丝沉默，远远的，不露出分毫慈悲。

陈老板很高兴，很满足。看了好一会才问大师父去了哪。当他从卓桑口中得知大师父年后刚往生极乐时，也愣了愣，便对卓桑说了几句安心宽慰的话，也没交代别的，没等卓桑反应过来便匆匆离去。

“学校呢？”卓桑看着远去的车辆，一副不解的样子，又很是懊恼。

自从大师父离开，这寺里便只剩卓桑一人，孤零零地守着。一个人礼佛，几天间隔，练习大师父教的“坛城”。平日里，也没人催他起床，但他早已随大师父养成了早起的习惯。晨光微露，蓝紫色的光影，渲染着雪山和黑夜的交际线。他念完师父交代的《地藏经》，便起身前往附近的人家吃一顿饭，再拿点糌粑和酥油茶回来当晚饭。中午小憩一会，学学附近人家小孩用过的小学课本，在焚烧飘转的静谧里，又开始诵《金刚经》，一直到晚上十一点多才睡。

在梦里，是卓桑最不安分的时候，他踢开被子，说着梦话，“学校呢?”“大师父，学校呢?”

大师父走后，他难过了好久，再也不去和那些上学回来的牧民小孩儿踢球，闲了只是练练坛城，或是独自沉默，那些牧民家的小孩也大多待在城里，只是偶尔放假回来找他玩。他还记得去年大师父说过的话，一直惦念着当初那个陈老板答应下来的乡村小学，一直盼望着，他也想过上大学，但不知其何味。在他心里，小学里的时光，就是最快乐的时光。

卓桑是孤儿，是大师父偶然从县城的小宾馆门口捡回来的。那时候，国内外游客来这里的很多。卓桑被送去孤儿院，大师父去了几趟孤儿院，不知为什么，又把他抱了回来。大师父要上殿供佛，诵经持咒，还要接待游客和信众，卓桑实在太小，不得已，又将卓桑托给附近牧民养着。可是，听到他在牧民家里不止的哭声，便只得再次抱到寺里。卓桑是在大师父盖的一顶帐子里长这么大的，一直等到卓桑屎尿方便了，才回到庙里。

来年春天，一切开始好转，卓桑也收到了一个好消息。

卓桑站在远处，看着这所刚刚完工不久的公立小学，看着那几间平房围绕着的红色旗帜，舒心地笑了。

绯红色的彩霞在蓝紫色的山顶上，染出一抹浪漫的氤氲。晚风里，格桑花一朵朵，悄然开放，卓桑忽然明白了自己画的坛城缺憾在哪里，他转身闪电般向佛殿里飞奔而去。

2017年5月24日

# 蝴蝶香包

仲夏末时的阳光，带着几分傲慢一层一层落下来。璃景轩前边的花圃里发出的蝉鸣，散发着一丝清凉的意味，这已是第三个年头了。甄夫人站在台阶阴凉处，看着远处的那几棵合欢树，不觉露出一抹愁容。

“阿福！”

“夫人，奴才在，您有事吩咐。”

甄夫人有点迟疑，慢慢地说道：“大王昨夜在哪留宿？”

“回夫人，大王昨夜出宫去了。”阿福紧张地看了看四周没有人路过，这才又看了一眼夫人退后几步，弯着腰，没有再多说一句话。

甄夫人刚刚舒展的眉头又紧张起来。她定定地站着，大王将近两个月都没来过这常宁宫了，她还以为是去其他妃子那里散播雨露了，谁知道竟都是去了宫外，宫外果真还养了个妖精么？进宫八年，三年前被大王临幸，如今做得个夫人倒也是幸运，可是帝王心深不可测，自己百般设法留住大王却还是没生出个一男半女，自己一人连个依靠的本家都没有，唯一和韩太公当年剩下的那点薄情联系，如今也用得差不多了，真是如履薄冰。她翻动衣襟，拿出那只微微发黄却又十分精致的蝴蝶香包看了看，闻了闻，微微的草香味还熟悉。“不知我那丢失的妹妹可否许了个好人家？”甄夫人心里突然惦记起妹妹来，“要是做个大户人家的丫鬟，倒也算比我幸运，呵呵！”东风吹动裙摆，自带三分骄阳地逼人，连那点最后的阴凉都好像随时会散去。

“阿福，你过来，给我去做件事。”阿福小心地挪步上前，抬起腰撇着头听着夫人的吩咐。“阿福啊，记得保密，做成这件事赏赐少不了你的，要知道，大家都知道你是我身边的人！好了，下去吧！”甄夫人意味深长地看了看这个五短身材却又十分机敏的小太监一眼，便转过身去。她缓缓挪着小步离开璃景轩，消失在合欢树下。花园深处飞来两只蝴蝶，一只掉在了地上，另一只还在半空中上下飞舞，久久不肯离去。

又一日戌时，黄昏的粉红彩霞已然被夜幕遮掩，一弯上弦月静静地挂在常宁宫的琉璃瓦上。一切静得出奇。甄夫人坐在桌前，手里的桂花酒晃了晃，她不知道该做什么，愣了愣，朱唇微启，开口道：“阿福！”

“奴才在。”

“事儿办得怎么样了？”

“回夫人，都办妥了，这是宫外那个女的交给奴才的，她说这是她最重要的东西，她一定不会再出现在京城。奴才亲自把她送出城外一百里，还安排了一个宫女盯着她。”

“那就好！”甄夫人觉得总算松了口气，但接过那个信物，感觉很熟悉，仔细一看却愣住了，久久说不出话。阿福发现，夫人她盯着眼前的这个蝴蝶香包眼神复杂，悲伤、后悔、愤怒、不甘，“老天作弄人啊！呵呵呵呵！”她冷笑出来。阿福心里刚想夫人与大王宠信的那个宫外女人一定有什么故事时，夫人这一声自嘲般的冷笑，吓得他心突突直跳。

但甄夫人要掉下泪的样子，让阿福感觉不是冲着自己来的，他才放下心来。甄夫人只觉得自己是那么的可怜，就像那宫前的槛一样，冷冷的，麻木了，正五味杂陈难受的时候，门外传来太监的声音：

“报！大王到！甄夫人出来接驾！”

2017年4月30日

# 在清风里，摇曳

今天是第三天，R订婚后的第三天。对象是自己母校毕业的中文系师妹，和以前中文系女孩留给他的印象一样，她文静内敛，青春丽质，浑身流露出一种淡淡的忧愁，博学多思的姑娘大约都这样。

像向日葵围着日光一样，他是喜欢围着她的。但和她在一起，又总不知不觉地想要保持一点距离，她仿佛一个尚未长大的可爱的小姑娘，而自己虽然年纪轻轻却像一个当大叔的。这倒不是说他成熟稳重，他自己也觉得恰恰相反。每当和她谈起油画、谈起文学、谈起音乐，他都感到自己很俗，准确说是自己那颗曾经文艺而热烈，未被现实生活过滤过的心，在她那像花儿一样鲜洁的文艺气质面前，显得有些褪色、凋谢了。R想，以前自己可不是这样的。

那时他是一个追梦的画家，或者说是一个做着画家梦的无业游民。尽管什么也没有，却喜欢做很深的梦。他喜欢一觉醒来日上三竿的恍惚，满脑子天马行空我行我素的艺术幻想，忽略了现实的脚步，没想着从地面为自己走出一条艺术之路。离开校园，真正回到现实，在岁月石磨子的碾压下他像从云端直直地被甩了下来，是连降落伞也没有就被摔下来的那种，艺术家的梦想摔得粉碎。但他骨子里确实酷爱那玩意，放不下。

从那时候开始，他在选择画画时就已知晓，这条路，并不比其他星光下的那些苟且挣扎的路干净多少，甚至竞争更激烈，暗流潜流涌动得更厉害，但他的艺术之梦依旧不死。较为殷实的家底和父亲托关系找的一份公务员工作，在当初的他看来，可有可无，不比鸿毛重多少。或许在每一个做梦的人眼里，梦即使离现实再远再虚幻，也比现实框死的生活可爱。

R现在工作的单位在外面的人看起来就是一个清水衙门，但恰恰相反，这里面的弯弯道道多得像闯荡多年的商人的心思。和别的政府机关一样，级别越低的部门里面，一般外人看不见摸不着的油水就越多。

R刚来时还不适应，但是，现在连躲都感到多余。对于同事、领导，他尽量是本着一种方便他人就是方便自己的心态应待，反正自己也就是按规定办事儿，至于谁的规定，他也懒得想。每一次，就像木牛在地上无力地打转儿，一切结束，也没什么知觉。虽然自己从来没尝过那点油水香在哪里。恍若在梦里，他不知不觉被一点一点拽进了漩涡。

东门对面的小街，人很少，像以往一样。迟来的秋风吹得湖面上路灯的黄晕摇来摇去，黄晕里尽是稀疏的光点，分不清是云里的日光还是某种不知名的水生生物。R坐在街旁柳树下的长条木椅上，厚厚的衣服让他有点暖，回想起大前天订婚的情形，一帧一帧，他感觉有点恍惚，不知不觉自己已经是要结婚的人了，还是相亲结婚，什么地方感到怪异，说不出的怪异。

婚姻应该就是一位先生书里写的“围城”吧。有很多次，他自己也曾痴想过婚后的日子，将是如何的幸福和浪漫，只是没想到幸福来得这么快。那座城就等着自己来敕封，女主人都准备好了。他说不清自己喜欢她哪里，反正就是喜欢，这种喜欢也是谜一样。

那是一个寂寞的日子，因为无聊寂寞，又因无欲而无聊。她出现得恰恰好，恰是在自己最需要爱情滋润的时候。自那以后，他的心就木然了，像一个陌生的人走上一条陌生的路上，也许彼此只是由于寂寞无聊，需要另一个人陪伴，两个寂寞的人刚好撞上了。所以，她像个傻姑娘，自己像个傻大叔。

今天一大早，姑娘就打电话过来，用半醒半睡的声音嘱咐他在东门等她，至于做什么，什么时间，他忘记问了，她也没说。挂了电话，他慢悠悠地洗漱一番，在楼下随便吃了点东西，也给她打包带了一份，就出发了。等了好久，胃里上一餐的食物已经消化了，R肚子都饿了，坐在椅子上，差点睡了过去，忽然又被姑娘的电话弄得清醒过来。不一会儿，就见一个姑娘穿着淡绿色印着碎花的裙子，背着单肩小皮包，慢慢跑来。两人约会了好几次，都和这次差不多，出来之前好像什么计划也没有，也不知道该做什么，也懒得鼓弄些浪漫。可这次，有点不太一样，说不出来。

“咱俩现在去哪里?下午饭还没吃吧!”R问。

“出来的急! 嘻嘻!”姑娘羞羞地微微低头，看着他笑了笑，“我们去看电影，我前段时间就在等这部片子上映。”

“什么电影?”

“不告诉你，告诉你，你又不高兴了，反正订婚了，嘿!”姑娘柳眉微微翘起，撅噘嘴，“嗯，应该会是个‘惊喜’，说不上你看完还会谢谢我呢?”

R脑子转了半天，也想不出个所以然，觉得无奈，还能怎么着呢。“那就走吧，你领我走。”两个人靠在一起，他搂着她，她把脑袋倚在R厚实的肩膀上，像所有恋爱中的青年一样慢慢悠悠，走在街边的小路上。旁人一点也不觉得惊奇，他们彼此也不觉得激情飞溅，让往后退去的时间里恐怕连遗忘的斑驳痕迹也难寻觅吧，他心里想，只有一点点暖意在升起。

说是看电影，两个人却在商场里转了一下午，看来看去，买了几件衣服，姑娘给R买了一件驼色风衣，R给姑娘买包包，姑娘嫌太贵。从一楼到七楼，从中山百货到王府井，一直转到晚上七点多，到了月上柳梢头的时间。或许，整整一下午，就是为了等这样一个夜晚吧，像少女的娇羞一样，情侣间的浪漫也充满了醉人的诗意。

电影的名字是《月光男孩》。R没想到是这部电影，他做梦也想不到。她知道自己的冰点，每当谈到同性恋的话题，哪怕是她看的那些小说、动漫，或者一张图片，他都会马上沉默下来，什么也不说，什么也不答，直接送她回家。然后，一个人一路沉默着回家，一夜无话。一直到现在，他也没告诉她，自己这样是因为什么原因，是不想提起曾经的痛苦，还是因为已经遗忘。R一开始还以为是少年成长励志的转折，谁知这折转有点大，他快承受不起。看着男孩在月光下做着夜里才会做的事儿，他眉头皱着，手试着挣开女孩的手，没有挣出来，却渗出一丝湿意。

一帧又一帧，像默片一样，曾经的一切黑白地放映过去。

回溯到两年前，他在机场送她走，她走得很是洒脱。他静静地站在人群里，看着她离去，呆呆地，一动不动，听见飞机的轰鸣，他才显得些许落寞地笑笑，转过头去抹掉濡湿了眼角的泪。

那女孩姓徐，叫什么不提也罢，会伤了他，也会伤了往昔的岁月。R当时毕业刚一年，还在追寻着画家梦，一边念着“从前慢”，一边挥洒着稀罕而又廉价的自由，整日在1000块租的废仓库里，看似在为理想奋斗，实际上却是“颓废”着。他对自己的画一向很自信，在他眼里，每一幅都是无价的。起码在以后，会像那些死后成名的画家，比凡·高之类的作品一样，有人会慧眼识珠。从小学画涂抹到大，书法也从小写到大，他爱临徽宗的瘦金体，国画喜欢画些花花草草、小虫小鸟，尤其在白石老人的那种画风里，他找到了某种自由，素描、速写、水彩、油画，一直到现在，虽没融进去却也自成一家。这或许就是每个人的个性使然吧。他爱画画，画得自由，活得自在。两个人的相识也源于此。还记得当时，他正在破沙发上打盹儿，听见铁皮门被有节奏地敲打，一开门，眼前竟是一抹“赏心悦目”，这抹亮色就是姓徐的女孩。原来她是看到了自己前夜偷偷贴的小广告“一幅画1000元，让不出名的我为您带来如风的微妙！”问了半天，她喑哑地说不清楚。

“既然你不知道要什么，就让我即兴创作吧！”和所有艺术家一样，也和大多数男人一样，看到她，就有无数的灵感从天而降。

“不要！你……我想画一幅我自己的裸体画……”

“我不画这个！”他尴尬地小声回应道。一如她的回答。但女孩脸上的失望和遗憾，也瞬间点燃了R。“我可以试试！”话一出口R对自己说出的话也感到吃惊。

一幅略显生涩又充满热烈情感的画，成了两个人特殊的缘，像纽带一样，从一开始，就也注定将来会被解开。

R和这位姑娘从一开始的尴尬，渐渐无话不谈，一起吃饭，一起看画展，一起听演唱会，一起在幽静的夜晚看一部小众的片子，像朋友一样，却做了恋人之间会做的浪漫之事。老实讲，当时女孩的态度有点暧昧，他喜欢她，却和她喜欢他不一样。他眼里有艺术，更有她，但每当快要接近的时候，她总好像在躲避，与他默默地拉开距离。一开始，他还觉得这是套路，但是，凡事都有个但是，谁也想不到。

那是两人相遇后的第一个情人节，也是最最难忘的。R捧了一束刚刚做好的玫瑰，去了女孩的家，为了制造惊喜，给她感动，让她答应做自己的女朋友。门开着，露着一条缝，像是忘关了。一进去，R就看到女孩坐在沙发扶手上，静静地在看手里的画，那模样美得让时间凝滞，这安静又是如此的美好。他把花放到女孩眼前。女孩愣了愣才发觉，拿着眼前的画，脸上的愁容变得多出一丝欢喜，不知是激动还是什么。

“嗯，你怎么在看这幅画，看自己？嗯，的确很美！”

“哪有？”女孩娇嗔地撇撇嘴，笑了笑，接过手里的花，又听到R准备了好几天才说出来的表白。

听到表白，女孩沉默了一下，又沉默了一下，嗯了一声。两个人抱在一起，既慵懒又甜蜜。就那样安安静静地抱着，感受着彼此的体温，享受着不愿打破的美好。

在夕阳的余晖里，他听到她问："我问你一个问题，看一下咱俩的三观是不是一样。嗯，你怎么看待同性恋？"R一时得不出别的，便像往日想的那样，说："我可以理解，毕竟这是天生的，如果有朋友这样，嗯，我祝福！"

两个人的身影被逐渐拉长，像两条丝线，默默交织在一起。

情人节过后，两个人成了真正的男女朋友。他们会经常去海边走一走，挑人少的时间去，日出，或日落的时候，似乎只有海上的初阳和慵懒的黄昏，才能勾起情侣之间无限的浪漫，生出想要一起白头的美好。他在爱情的激浪里开始努力创作，让自己的头脑风暴变成一点一线，在色彩和光影里书写内心，创作好像也迎来了春天。

不知不觉两个月过去。期间女孩去了一趟欧洲，她说是去亲戚家里转转，他忙着画展。画展忙完，他抽出身，打电话给女孩，最近联系一直较少，他觉得这样不太好，谁知一打就是占线，也没多想。

过了几天，女孩打电话给他，说这段时间自己想了很多，觉得彼此之间不适合。

他真的有点措手不及，听到这个消息，他愣了半天。他想不通，"为什么呢？"人都爱问个为什么，明知道多此一举，若心死了的话，谁会问。

接下来几天，他一直往她家里跑，要问个清楚，一开始她还躲着他，后来被堵到门口，知道躲不了，这才告诉他："其实我喜欢女孩！那幅画就是我给巴黎的她画的，那段时间我也不清楚自己到底喜欢男孩还是喜欢女孩，和你在一起之后，我更加犹豫了，这次去了一趟，我才想清楚，我真的喜欢她，她先追的我，比你还疯狂……”

再往后，一直到最后不死心地送她上了飞机，R才感觉这一切就像是在做梦，这份爱情竟是那么虚幻和脆弱，禁不起一点击打，就算小心呵护，也难免遭遇意外。

从此，不用再写那以后的细节，大家也明白他整日浑浑噩噩，不是白天睡觉，晚上喝酒，就是睡醒吃完又倒头睡。后来胃不舒服，这才不喝了，白的改成啤的也不行，只有睡过去自己头才不会痛，才感到这世界不是颠倒的。

等再次醒来，已经是在医院，父母在旁边一声不吭，只是时而弯腰时而低头照顾他，在医院里的日子，他什么也没想，不愿意想，也不敢想。自打出院后，他就一直待在家里，再也没敢向国外呼出信号，没去仓库，那里的画也没管。有母亲照顾他，父亲白天出去下午回来，也不知道在忙什么。这段时间，他活得就像一个刚出生的小孩，懵懂无知，一切变得简单极了。

他没向任何人主动提及那段回忆，父母也不曾问过他。他不再画画，梦想与爱情成了死胎，他再也不愿提及了。他成了一个真正的上班族，做着政府工作人员都习惯的循规蹈矩的工作，在一间小小的办公室里看看报，传个文件，偶尔下去“调查”一趟。那段时光，好像花儿凋萎了，失去了它该有的颜色，他以为自己已经慢慢忘记了，其实那凋落的花瓣，已埋藏在心底那块被封禁的土壤里。

整整一年，他按部就班地上下班，没有出去旅行，也没试着接受新的爱情，多数时间木木的，有时候觉得烦闷，便去街边走一走，在晚上人少的时候，吹着风压马路。

这次父母安排的相亲，他一开始是拒绝的，可看到父母沉默的样子，他又感到些许伤痛，见一见吧，大不了只是见一面，之后，再也不见。R自己也没想到，会遇上这么个女孩，整日笑嘻嘻的，就像刚刚毕业时候的自己。爱穿裙子，还爱蹦蹦跳跳，爱讲笑话，像一个傻姑娘。见了一次，又见了一次，每次见面，他都会放松下来，她笑他也笑，他笑她就突然不笑了，就连R自己也不知道，不知在什么时候，不知什么原因，他喜欢出去逛街，往人多的地方去，起码比晚上的小街人多，一出去，就感觉必须叫她一起逛。一天又一天，他也不曾想到半年时间，自己就快要结婚了。

他沉默地看完电影，眼角的濡湿也干了。女孩拉着他的手，走到女孩家楼下。R抱了一下女孩，想要离开，却被女孩紧紧抱着，一点也不松开。两个人在楼下抱了很久，直到女孩打了个喷嚏，R把外衣脱下来套在女孩身上，亲了一下她冰凉的额头，感觉不够，又浅浅地吻了一下。

隔了一天，女孩把R叫出来，叫到海边走走。海风没有一点腥气，凉凉的，却也温柔，从天边吹来的风带着海洋的祝福，也带着天空的微笑。两个人，手拉着手，一步一步很是协调。

女孩试探地问道：“你好些了么？”

“……嗯？嘿，好了，我本来就好好的啊！傻姑娘。”他摸了摸她的头，亲昵地笑了笑。

“嗯，其实，我告诉你，不是叔叔阿姨给我说的，我是听同学说的。你恐怕还不知道吧？”傻傻地笑。

“知道什么？”他有点疑惑。

“你知道我是你师妹，可你知道我曾也暗恋过你吗？嘿嘿！你那时可是学校里的风云人物，长得帅又有才，一进校门就听到到处都是在说你……”她沉吟了一下，小声说，“你的那件事儿我也是听同学说的，当时觉得难过，觉得学长一定很难过，可我也没什么能做的！一直到上次相亲，我才知道我叶子的相亲对象就是学长你，嘿嘿！所以呢，嘿嘿，就想让你多笑笑，我就……”

R转过身，定眼看着女孩，就这样静静看着她的眸子，突然觉得自己好幸福。接下来的日子里，谁也不想让对方从自己身边溜走，两个人的开心总比一个人的孤独更有人情味儿，虽然不是很浪漫，但也更真实。

“叶子，遇见你，我真的很幸运！”

……

夕阳下，有情人的影子总是那么浪漫。

2017年3月11日

# 心会死

——祥林嫂故事再创作

那天，云压得很低，河水在密布的阴云下显得更浑浊，流得也慢，虽然水不深，死气沉沉的似流非流，但人站在岸边，会有种随时会掉下去被淹死的紧张。

本来，祥林嫂是不愿出来的，谁遇到这样的坏天气，也会不大情愿出门的。但她是女工，一个抵得上男工的女工。淘米这种轻松活她也乐意去做，这到底比平日那些脏活累活容易些。老实讲，在祥林嫂的眼里，也没有对脏活累活加以区别的意义了，成为习惯，也就随便了，甚至也无所谓忍受苦难，就像是夜路走多了，有一天眼睛看不到了，眼前的光亮也会昏暗掉。

她蹲在岸边，动作缓慢地淘洗着今年的新米，这米是远房亲戚从宁波坐船捎来的，散发着新稻米特有的新鲜味道，但在这湿气弥漫的江边和黑青烂泥陪衬下，也森森然有了些腐朽气。周围静得发奇，她停下手里活，呆呆地看着水面，渐渐，自己的影子从水里映显出来，她好像不认识这个人，凝实的皱纹嵌在暗黄的脸上，干枯的头发逆着冷风乱飞，黑色的眼球嵌在两个突兀的眼眶里，显得很不协调。

她是一个没了丈夫的寡妇，一个有家却没人要的快被榨干生命的女人，这是她吧！旁边一只破旧的乌篷船慢慢飘过，压过水面，有点突然。她还没注意到，或者也无心去留意，可倏忽之间，她就被强行拽上了船，她无力反抗，等她缓过神来，却再也不能下去了。上了不熟悉的船，就会成为那待宰的羔羊，或许会留下来，剩些余骨残肢。听说这是婆婆安排的，她有些难过，但更多的是愤怒，不为别的，因为在她心中，她还是一个有家的寡妇，她还活得清白，哪怕嫁人或者卖人，也要正当些。这样不明不白被当牲口一样偷着卖了，一点也没拿她当人看。以后，她不仅没了家，也没了所有，只能像孤零零的稻草随时被狂风吹走。

她奋力抗争，不停地哭，声音越来越大，直到嘶哑地吼叫，扭转着身子，挣扎着从床上到门外，衣服滚脏了，领口不知是鼻涕还是眼泪，头上鲜血混着泥土。即使如此，她还是被带走了，婆婆只是冷冷地瞪了她一眼。买主贺老六是他的新男人。

到贺老六家已经一月有余，有的吃有的喝，虽没添置新衣，但除了这个陌生的来自山坳的男人，和为数不多的几只土鸡，还过得去。说老实话，祥林嫂一开始心里是不情愿的，刚来这个地方，她不适应，好像还沉浸在被"亲人"卖掉的伤感和临走时那无谓挣扎的哀恸里。她整日呆呆坐在床边，眼眸里是死灰一样的色彩。胃空空的，很是难受，像装了块大石头，她没想过逃跑，想到了死，如洪水猛兽，猛地扑了过来，直冲着她的头，让她喘不过气。这想法一经出现，便无法遏制，心里有种要结束生命去体验死亡的惨笑。可是，一会儿又好像是过了很长时间，不知是幸运还是不幸，贺老六好像发现了什么似的，那几天对她格外好。虽然不会做饭，但还是给她熬了碗绿皮萝卜，看着那碗萝卜，上面搁着一个黄油油的鸡蛋，她惊了一下，自己怎么会想到死呢？她感觉脊背有点冰凉，后怕得哆嗦。死了，那无谓的抗争只会显得更加苍白。

一如往常，她干着活，吃着饭，贺老六和她死去的那个男人一样，只是更有脾气，倔强一点，人其实也是个如自己一样的、老实苦命的，渐渐也让她感觉到活着的滋味，贫穷日子里有了淡淡的幸福。她对贺老六没什么感情，她只知道做了贺老六的婆娘，就要做婆娘该做的事。

过了一段日子，蝉叫得越来越响，她发现自己的肚子越来越大，她怀了贺老六的娃，幸福感又增了一份，冲淡了那些旧伤。

她生了，是个男孩，她又觉得生活有盼头了。为了容易活下去，便叫他阿毛，毛发的旺盛，也能显示一个男人的生命力。

天有不测风云，乌云遮蔽了天空，却没有淅淅沥沥的安静。短短几年，她刚刚在这找到家的感觉，刚刚习惯了贺老六的打骂和孩子吃奶的哭声，一下子就又全变样了。贺老六死得突然，对这个本来就没有多大感情可言的男人，她也只是觉得家里少了个男人，以后要靠自己来养活她们娘儿俩了。她知道，人都会死，她会死，以后阿毛也会死，她只希望自己比阿毛早一步见到他死去的爹。

贺老六死后，祥林嫂一个人做饭、耕地，无论干什么，都带着阿毛，在地里干一会农活，就再抬头望一下地边的阿毛，又低下头去干地里的活。夜里，阿毛睡着，嘴角流着哈喇子，微微发亮的灯火被从窗缝吹进来的凉风弄得摇摇欲灭，她静静坐在边上，看着阿毛的红儿团，轻轻拍着儿子，吹了灯，又不知在想些什么。

意外总是一个接一个。每个意外都很骇人。意外多了，就成了命。

当她得知那个消息，她全身软了，瘫倒在地上，整个人懵掉，像长在了地上，又猛地跳起来，发了疯一样，嘴里不知嚷着什么，红肿着眼睛，青筋暴起，脸红脖子粗，像喘不过气，趔趄着身子就往山里跑。

阿毛没了，被狼吃了，在她不在的时候。

祥林嫂觉得整个世界那么残酷、压抑、沉闷，随时会破碎掉，眼前灰蒙蒙一片，和那天的河水一样。她和这一草一木，这无尽的虚空，都将被摄入幽暗的深处，没有星辰，死海无波。“谁让你一天吃着烂菜叶子，还想着富贵人家的狗肉！狗东西！哼！哼哼……”她呆坐在地上，在一片荒芜的山坳里，寸草不生，残灰余烬，她走向崖边，崖边的碎石滚落，坠入不见底的迷谷。

远处传来一声鹰叫。来到南边的孤鹰，审视着她，像是快要死去，但很快发现她只是心太冷了，并不是真正的死尸。鹰悻悻地飞走了，她后退了一步，不知怎么了，转身离去，离开这里。

除过阿毛的影子，她啥也不知道了，活着，不知是幸运还是不幸。

2017年4月16日

# 春风应相识

他真没想到自己的大学在那么遥远的地方，旅途又是那么孤独寂寞，没想到第一次坐飞机就……诸多的思绪像春草一样，霎时间生命的枝头，已经蓬蓬勃勃。这或许就是青春本来的色调吧。

为了避免因生疏和自己的紧张耽误出行，他提前三个小时就到了机场。机场里到处是拉着沉重行李的人，他也一样提着沉重的行李包。从T2问到T3，费了好半天工夫，烦躁纠结从未有过，就像打仗，提前在心里预演了无数种可能和紧张，可最终的结果还是难以预料。找到航班登机口时，已经人困马乏了。一上飞机，他就感觉肚子咕噜咕噜的，尴尬地抬头看了看周围，发现旁边的人都在玩手机，或是大声聊天、套近乎，倒是身边这个美丽的女孩低着头，像是在睡觉，大约是经过多次旅行的人，显得自在安然。

第一次坐飞机，他当然很好奇，充满了无限的憧憬。他和许多第一次坐飞机的人一样，自然选择了靠窗户的位置，没有飞到天空的本领，看一看蓝天白云也是好的。吃过免费食品，他开始回想记忆中那个女孩的动人模样。他们在一起做了三年的好朋友，虽然彼此性格相合、兴趣相投，知己感很强，但也只是奋战高考的革命同志！说实话，他以前并不认为那个个子高高、外表很文静的女孩有多么漂亮，她几乎和他一样，不留心是看不出来有什么出彩的地方的，放在以前，他起码是不会多出其他心思、想法的。然而，命运好像总是捉弄人，再次回眸时，她却那么美丽，越看越有神，他心里产生了一种神奇而微妙的感觉。

靠窗的旅客好像极有默契，都放下了遮阳板，机舱内有些昏暗。有人说昏暗的光会营造出浪漫的氛围。他看了看身边的这个女孩，她那么年轻，皮肤那么好，长长的褐色染发，让她的腮显得微红而富有少女温柔婉约的气质。虽然光有点暗，但女孩那纤细漂亮的手还是让他想起了“指如削葱根，精妙世无双”的诗句。看着女孩安静地用手折叠着塑料小水杯上的锡纸盖，折来折去，一会凹进去，一会又按压痕印，他实在不知道她在折什么。

他透过余光打量着这个女孩漂亮可爱的模样，又感觉如此盯着人看不礼貌，便低下头眯着眼静一会，眯了又睁开眼，忍不住偷看人家，“真有缘，来自同一个地方，又去同一个地方!”他这样乱想，心里感觉甜丝丝的，似乎又有某种期待。过去写作时那种江郎才尽的感觉一点也没了，那思绪想遏制也难。不一会儿女孩手里已经多了一个方形的小礼盒，就是用那张他扔掉的锡纸做的，“她手好巧!”几乎同时他感觉女孩抬起头在看他，他便马上转过头，面前是一个挡板，他赶忙拉起来。

“云在青天水在瓶”。此时，天上的云彩铺陈的好整齐，像一席棉被，厚实地遮住了这片天空。天空的颜色又真的很蓝，像在农村老家见过的，一种悠远的蓝，像钧窑的釉彩一般。看过去，让人生出某种错觉，好像云朵将天空分成了两个世界，没有哪个在上哪个在下。阳光斜射过来，白色的成片云朵泛起丝丝黄晕，就像它本是应该出现在穹顶上的沙漠，静谧祥和，难以用烂漫和诗意形容。

下了飞机，他顺着指示牌去领托运的行李，等了又等，传送带从那头一直移动过来，所有行李都完了，可他还没发现自己的行包。左望望，又右望望，还是没有，像失踪了。

“你好，咦！行李就是在这取吧?”

“嗯！”这不就是坐在自己旁边的女孩吗，“你也没找到行李?再等一下吧！”

等了好一会，旁边的指示牌从第一页跳到了第九页。

他往四周看了看，走到那边又走回来，还是没发现自己的行包，来来去去，有好几次看到那个女孩。“我去前边看看，你在这留意一下。”他对女孩说完，就转身快步走到另一边。看看指示牌，这才发现，他乘坐的这次航班要到另一个出口去领托运行李，他想也不想就走了回去。

好似发现了新大陆，怀着自己也不甚清楚的激动，他告诉女孩：“咱们的行李在那边领。”女孩笑了笑，“咱俩白在这站了这么久，嘿!”

然后各自消失在茫茫人海。

到学校一切收拾停当，他才拿出手机开了机，却发现女孩给他发了好多条微信：

“喂，宝贝儿! 我到了。”

“这都几点了，你肯定饿了，赶紧去吃饭吧！”

……

“春风不相识，何事入罗帏?”

他愣了一下，一切明白了。虽然飞机上遇见她并没搭话，下了飞机取行李好像又是偶遇。

夜很黑，但他觉得今夜很美，最亮的星星在他心里，散发着激情喜悦的光芒，还有无尽的美。

成稿于2017年2月23日

原载《晚晴》杂志2017年第3期

# 灰蓝红三部曲

一只飞鸟驻足月梢，抹去月色的阴影，余下灰色的坚定的眼神，凝望着皎洁如玉盘，亦如碧潭的圆月，似有缺残，只是隐去于乌云而已，而流露出淡淡的幽蓝，流，流到他的清风絮语下的白羽之上，一切涌如风般透明，裸露出原有的心的鲜红，随之，在绵柔的千年月水下，依静波而逝……飘着白色的晶体……

吹去原有的纱衣，一个有着夕阳一般深邃眼神的英俊少年，飞至雪国的大地，来到这个世上，开始他自己的梦之旅……

## 一

我，被天国所弃，就雪原而生。

这里曾是青色草原，却因地质裂变重生成皑皑雪原，诞生了一只神异的种群。亦狼亦狮，深色的幽冥眼，时蓝时黑，凶猛的背后隐藏着深伤，情感的积淀演变成历史的遗物，只等被他征服。共同的心伤，似知音，又如好朋……

伊为伊族之大成者，但一见如故使伊我同随去闯另一片天，把心伤化了，谱写我们的事迹，只为那蓝天上的坚石。来此，此即人世，我即人，你即藏獒。

## 二

初出愚懂、世事磨圆、力创佳绩，尔虞我诈、情感考验、沙场御敌，勇、知、智，历经风雨和磨难，安度人世之战变，建立一方天地于现代，沐浴时光之河五千年，撰写一份历史岁月印痕，仍未留在你我面颊。现代的一双双眼未看透我们身后的故事，还以“黄帝造器，孔子《论语》……”为真，又有谁知它们是你我在史册上的小小一笔。

现在，你我坐着豪跑，开着飞机，找寻丢失的魂力和我们来此的异界之门，只为回去赎罪，重返天国。直至遇见那个叫“依依”的和我们来自同一个地方的魂女。

## 三

“瑞，”我喝着闷酒，“对不起，要不是我，你怎会来此，以致回不去，是我连累了你！”我坐在二楼楼梯上，眼神中满是悲伤和后悔，化成雪水流了下来。

“你不能这样说，要不是你，我肯定还独自在雪原上吼叫，孤独，没有懂我的魂物。不要伤感了，让它尘封吧！待会儿，依依就要来了，别喝了。”

轻轻的脚步声，随风传来，“又在喝呀！还是等你清醒了，我再说吧！”只见一个肤色白嫩，黑色长发飘飘，气质明显于外貌的女孩，双手叉腰继续说道，“我先和瑞玩。”两手又不时地挑逗着瑞，还一边瞥我，与我的醉眼碰撞，随即扭过脸，假装一副无所谓的样子。“汪汪！”瑞叫着，但她并不知瑞在说什么，甚至连瑞不是人世的犬这件事都不知。

## 四

刺眼的阳光透过落地窗钻进我的眼睛，一切皆迷茫，好像被什么罩着，又分明看得清周围的一切。昏暗的房子里摆放着不久前才买回的紫檀家具，如墨一般，只因那点点阳光而依稀可辨，纱质窗帘随风而摇摆着，我试图挣开束缚，却又无力，动弹不得。难道依依恢复了魂力？难道她找到了那扇门，还是相关的什么？一切不得而知。

我睡去，又再次醒来。依依已经回来了，穿着超短纱裙，依着窗，凝望着南边的天，思索着什么，见我醒来，又立即笔直身体，脸上泛着一丝红晕，好像想要说些什么。见我不能动，才想起昨晚她将我封固住的事。挥袖，一道蓝色光线将我缠绕，又退去。我问她怎么回事，她面色凝重许多，严肃地说道："前日，你让我去南海查事，我不幸跌入海里，却看到了一座海底王城。它蓝色的幽冥光线将我吸引，在一番波折后，幸运地恢复了少许魂力，还打听到了有关那扇门的消息。"

"怎么回事？"

"待我细说。海底王城是由一个从异界逃出的神骑所建，逃出时带走了异界的魂力光球，我也便恢复了魂力。但他好像并不愿说出门的消息，我见状便假装离开，而后又潜入藏书阁，但未寻到什么。就在我离开时，遇见了一个和你一样有着夕阳之眼的少年……"

"不可能！在异界，除我，只有传说中的翼有了，可那毕竟是传说。"

"我也纳闷儿。但我发现他与传说的一模一样，只是少了额上的古印。"

"难道古印就是那扇门？"

"确实如此，但他好像丢失了，在他刚来到这个世界时，是在巨石阵上降落的，那之后，额上的印便没了。也有几千年了吧？那个地方也就是现代人说的英格兰南部威尔特郡境内的神秘巨石阵。"

我静静地想着，想着近千年来的历史，努力想要想起些什么，但一切只是徒劳。天阴了下来，风更大了，"那明天一早，咱们仨就去海底王城，恢复我和瑞的魂力。”

“瑞也是……”

我脸色凝重，望着天，看夕阳落下，一片红色渲染了天际，渐渐淡化，天又披上夜衣，睁开了朦朦胧胧的星眼……

## 五

……

注：这是耀栋2011年写的一篇小说的残稿，那时他才上初二第一学期，可能是偷着写。一并收录。

# 第四辑

# 诗歌卷

# 往　日

往日是往西溜走的日子
夕阳下
丽人的影子被镀了金
美好的日子被夸大
黑夜来临
浮华缩水
美丽褪装
一阵晚风
孤独在心中轻漾

残花在树下呼吸
肆意着最后的青春
新的花蕊发出光晕
像爆炸一般
炸碎了六朝的离情
破灭了浮生的梦魇

往日是曾经的一个梦想
彩虹托着一半晴天一半雨天
过后
星星隐逸在十万大山

荒蛮的记忆泛滥
远古凶兽怒吼着
奔回来
撕咬
心

夜
漆黑
把点灯人的双眸
烘托明亮

冷风裹着往日潮湿吹来
是否还能记起
小荷初露时的欣然舞蹈
惊艳怒放后的怅惘
墨色的阔叶
流淌银色的雨

往日是跨过土丘的野菊
在追梦
在花瓣上追溯童年的快乐
曾经和蒲公英约定
美美地旅游春天
现在百花肃杀或死绝
只有野菊孤艳

让草地变得橘黄

日升月落
一个个日子
跌进时间黑洞
往日远逝
黑夜怅惘
谁在冷寂中悠然
待大雪裹住土地
昏睡过去

佛陀也春秋
几多时
如往昔

## 人海茫茫

星光点点
划过一道雨痕
那是来自遥远亘古的预言
走在沙滩上
沉入浅海
星光在波上粼粼

一个梦

走过天边彩虹桥
穿过格桑花丛

一只雄鹰
衔起的花瓣
落入你的手心
缘来挡不住

有苦行僧　竹杖芒鞋　面朝西山
有盲诗人　麻布蓑衣　背朝尾巷
有小牛童　骑行游唱　王冕小家伙
星星落地摔为碎玉
一群蝴蝶翩翩飞起

人海茫茫
缘来缘去
即使刹那
曦语呢喃
也是永恒
分也足矣

## 星

晚上，想看到星
天幕一抹黑

## 什么也看不到

看不到星子
也就不看了
看不了的时候
却有星光
灯塔在远处闪烁

是谁揭去了那一团黑幕
走在寒冷的节点
有风语吹来
吹走时间的磨痕
吹走漆黑的云
那落入凡尘的精灵
便响亮起来
如针尖如米粒如车轮

她任性地闪耀
你不了解
你迷离的时候她那么真实
识得是梦境的时候
没有过去未来
一切是你
一滴泪化成最亮的星
你亮你自己

# 莫名的阴雨

连绵的阴雨
天上的鼓敲得隐约
水珠凝滞了
湖边的柳泪眼蒙眬
柳边的榕撑着绿皮破伞
自己也泡在水里

透明的伞下
登着小车的人 / 让雨水倒灌
江南的渡口还在沉眠吧
海边的风在撒着欢儿

昨夜的梦像掉落的星辰
黑夜里的眸子闪烁
一道微光
划过昏朦的雨夜

恍若梦里
草尖的雨滴
深情地凝望着
那榕树下一小方土壤
侬的位置在哪里

古琴悲鸣
长箫迷离
在即将散去的雾霭里
有情人的影子
在黑夜的沉默里
酣睡过去
醒来
已是另一片星空

雨淅淅沥沥
还留恋那江岸的倩影
明珠的夜光里
不知红袖何处

阴雨沉沉里
升起莫名的哀伤
泪水
像这天的雨
雨一直不停
挂在窗边的枝丫上
还未长大的孩子
阴雨里
可好

# 当我不在你身边

当我
离你很远
你的所有便是我全部的梦幻
照进现实

不用想
我一直就在这里，很近
我会变成夜晚的星星
在每一个夜晚发着清纯的亮光
你看不见
而我正在凝望
看你一蹙一笑，亦诗亦文
看你凝神的憨态
看你睡觉时蜷缩的样子
映照在你嘴角的水珠里

我会变成
柳林的银杏
陪你一起走过春秋冬夏
你的孤独就是我受伤的叶

我会变成

随性的喷泉
给你无时无刻的惊喜
让你看我诗意喷发

当我不在你身边
你要知道
我无论在哪里
都和你一起前行着
要是有一天你感觉
全世界都很讨厌
那么，我会让你知道
这世界的一切都值得你去疼爱

冰是熟睡的水
而我愿陪你长眠
也愿温暖
直到你醒来
陪我一起看
后山静海

2017年4月1日 23：53

## 待过后

愿吻你唇边的笑
眼角的花

哪怕只是咸味
湿润了这个夏秋之交

走在你身旁
黑夜里　嵌满了凝望着你的星星
连晨曦里都洒满了
星辰的明光

在远方望着
独开的蔷薇
一抹阳光的触摸
不再寒冷
一丝清风的抚慰
不再干渴
还有一阵又一阵
甘霖遍洒
这个冬天
是蔷薇的夏天
开得冰清如玉

微风抚慰着　桥边的柳
随风的云翳飘散了
日子不再孤独
散发着淡淡的味道

或许

当我一个人的时候
内心孤独的时候
升腾的是雪
滴落的是雨
呵　待过后
雨雪依旧是雨雪
还有那些时候　的青匆
都收藏到梦里去

2017年4月1日

## 怪　谁

两棵柳树掩举着
一弯弦月
寥寥几颗疏星
变成了头顶上不知要飞向何处的机灯

来往的人群拥挤如潮
可是地砖冰凉
月色冰冷
草地上的野草
不知伸向何方
没有小鹿也没有兔子
沉重得跌倒在地上
卑微如尘土

湖面虽然漾起了春风
昨夜的美梦已然破碎
许着不愿醒的梦
童话
活在镜子里

你笑
镜子笑
恐怖的笑
一颗是落入凡尘
的明珠
就是一滴泪水
干涸的眸子里
是否还有
照耀星空的信仰

卑微如尘土
飞起又落下

## 风　向

风向一直在变
想哭的时候没有眼泪
流泪的傍晚却有人相随

海边的灯塔
倾斜在礁石里
天边的微光影影绰绰
昏黄的海风如发丝
散发着夏娃的香味
半朵合欢
低沉吟吟

今夜无风
周围很静
唯有晚来的
无糖咖啡
弥漫着苦味

## 轮回：你我

当你离去
我在风雨中哭泣
当你回来
我已随风而去

当你我末世相遇
是陌生还是熟悉
彼此凝望

万般深情
又从昨天卷来

再次
你我携手
同游茫茫人海
我牵着你的手
你倚在我的肩头

步步都是苦
携手轮回
如一张风残雨蚀的明信片
飘摇

雾茫茫
寻找彼岸的花
当花儿开放
当鸟儿高飞
游河银

## 桃花劫

阳春三月
不用下扬州
寂寞黄土路

正感慨
逢桃花

桃花惊艳
瞬间是永远
胜那牛郎千年恋

此生与你共朝夕
桃花落下
芳草归心
香满路

你一秒点穴
我用一生
漫长的时光解穴

2013年10月

## 一滴泪

有时候
一滴泪
也是汪洋
掀起一阵风
卷起一股白浪
海吻着自己的孤独

有时候
一滴泪
是一滴油
是火气最旺的海
心头的弯月太弯
弯的坐不下一个人

曾向星星打听
什么时候
弯弯的月儿才圆

泪是咸的
在眼眶里
不到一滴
掉落的时候
瞬间成海
人不是燃烧在火海里
就是淹没在咸海里

2011年 秋

## 梦 想

一颗松种
在心田里嘀咕够了

飞落风雨
落地生根
与风雨抗衡
渐渐长成
挂满松塔的树

一只雏鸟
刚一破壳
就扑拉着伸展双翅
想着蓝天上那些事

精灵
在熟睡时
在朦胧时
悄然来访
即使不允介意
也直接走进心里

种子
有甘露和温暖
长成美人
微笑的阳光
把蹉跎日子
融化为
流金岁月

2010年7月28日

# 雨后芳香

雨后
我漫步在碎石子路上
芳香弥漫在空气中
蜜蜂在路旁湿漉漉的花丛中
允吸甘露
说些醉话

杨枝在一片寂静中
轻轻摆动着
怕太过婀娜
滑落叶上的琼浆
我轻轻地走过草边树下
怕动了谁的甘露
脸颊任凭凉风
轻轻抚摸
感觉有了红润
焦躁这种污渍
被雨后滴滴甘露洗涤
心儿柔软滑顺如琉璃

我想作诗的时候
高山之巅

太阳从云层里探出笑脸

## 思　念

如一棵静谧的大树
历经了春夏秋冬
时而猛烈
时而淡凉
然后才开始成长

在郊外的百花园里
蔷薇自豪而兴奋地
向世界微笑
但掩盖不住的忧伤
却流成相思的河

如春天里的风
我思念大地
春草赶来相聚
花朵
少女有了心事

2010年6月8日

# 一个人

这个世界人很多
实际只是一个人
一切都是
一个人的心事

黯然的黄色灯光下
一个人默默地守着时光
为七情六欲
推磨碾米

一个人伏在古朽的木桌上
捧着一杯
散发着淡淡茉莉幽香
热乎乎的茶
暖着心
思绪的茶味
散发出淡淡的苦涩

一个人
倾听着茶趣
摸着淡月的脸庞
触接到一滴泪

一个人
戴上面具
追求热闹
天幕上
月儿
依旧
赤裸裸

2011年9月26日

## 倚窗仰望

——关于偶像

开窗
靠着
那古老而陈旧的木柜
秋天的凉风
吹不散的思绪
是脑海里她的身影
美好而善意的微笑
让人惊叹的演技
让我久久不能忘记

我爱她
最终只是幻想

我就是一颗闪烁的星星
而她是一轮美丽璀璨的月
众星捧着的明月
她是一条河流或无极的大海
我是一条无名但快乐的小溪
我追梦也在现实
在小小的天地里努力着
心中有了一个美丽的秘密
烦恼随之而来

窗外
风梳理着柳之长发
我凝视着天空
幻想着来世
做一只悠闲快乐的小鸟
翱翔天宇没有烦恼

## 月下的心灵

微风吹过
树上的叶子
离开树
缓缓降落大地
飘落树下的不光是叶
还有种子

月色笼罩了整个城市
万籁俱寂
路灯安然屹立着
在明月夜中
亮得有些多余
门打开了
学生们迈着匆匆的步伐
回家预备第二天的功课

只有我们两个
不太匆忙
迈着轻快的步子
走在这条幽静的小路上
我悄悄地跟着她
心里像揣了一头小鹿
风淘气地撩起她的发丝
好像月中嫦娥要来人间的样子
有人说这叫单相思
明明有两个单相思
月下老人不让说
让埋进心底
用幻想喂养着

一粒红豆
长大了

可那些大人却不这样认为
这其中的道理
很深
于是我久久沉默着

2009年4月

## 月　下

凄凉冷清的古园里
随着沉眠的夜晚
一切都开始诉说

那古树
睡眼蒙眬
成熟的痕迹渐深
她在风的鼓励下
向大地哭泣着
痛说生存的憋屈
然后投入月雾的怀抱睡去
轻鼾中还丝丝哽咽着

月儿难过地跑入孤云
狂野孤狼号叫着
寻觅着知己
受惊的鸟离开热乎乎的巢

悲鸣着飞去
消失在黑暗里

菊花被暗夜沐浴
流下了清泪
是悲伤还是兴奋
她们自从诞生
就投入了斗寒抗恶的战争
受伤、快乐与谁诉说

秋夜渐深
一切渐静
都睡了时
那狼还在
悲鸣里倾诉
独自寻找
已成梦

2011年10月

# 附录

## 纪念诗文

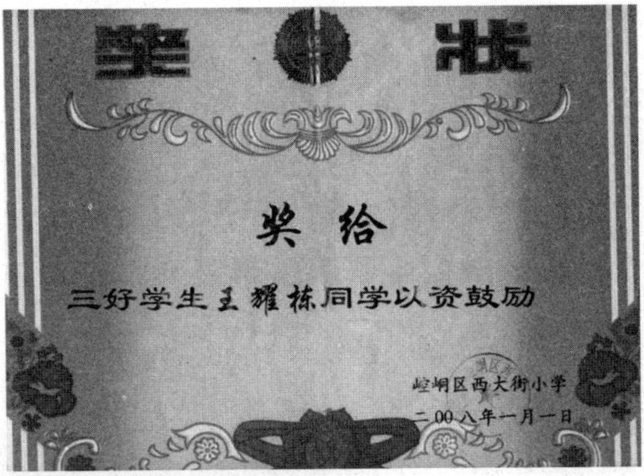
奖状
奖给
三好学生王耀栋同学以资鼓励
崆峒区西大街小学
二00八年一月一日

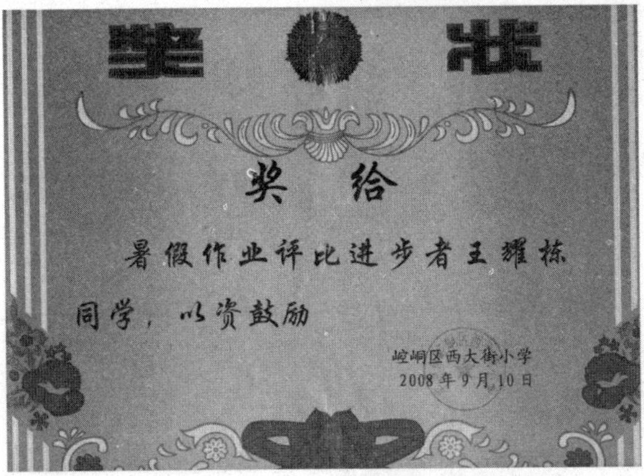
奖状
奖给
暑假作业评比进步者王耀栋
同学，以资鼓励
崆峒区西大街小学
2008年9月10日

喜报
尊敬的家长：
您好！恭喜您！您的孩子王耀栋在期末考试
中成绩优异，特此报喜。
感谢您的悉心教育，希望您的孩子再接再厉，更上新的台阶。
平凉市崆峒区西大街小学
2009年7月17日

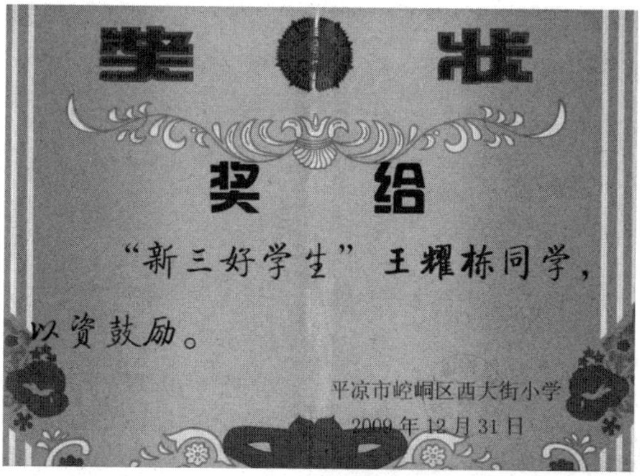

奖状

奖给

"新三好学生"王耀栋同学，以资鼓励。

平凉市崆峒区西大街小学

2009年12月31日

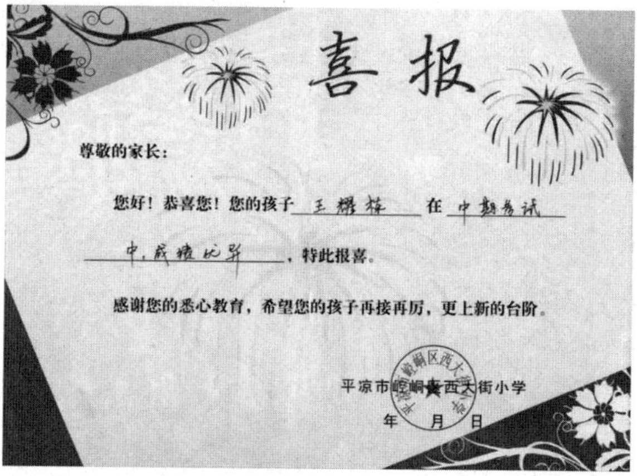

喜报

尊敬的家长：

您好！恭喜您！您的孩子 王耀栋 在 中期考试 中成绩优异，特此报喜。

感谢您的悉心教育，希望您的孩子再接再厉，更上新的台阶。

平凉市崆峒区西大街小学

年 月 日

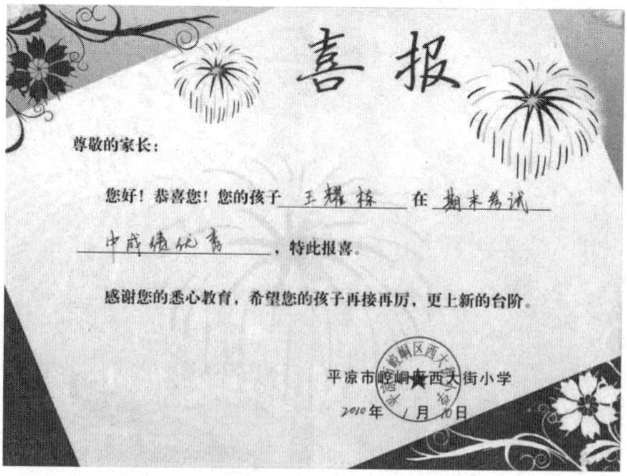

喜报

尊敬的家长：

您好！恭喜您！您的孩子 王耀栋 在 期末考试 中成绩优秀，特此报喜。

感谢您的悉心教育，希望您的孩子再接再厉，更上新的台阶。

平凉市崆峒区西大街小学

2010年 1月10日

奖状

奖给

寒假作业展评优秀者王耀栋同学，以资鼓励。

平凉市崆峒区西大街小学

2010年3月8日

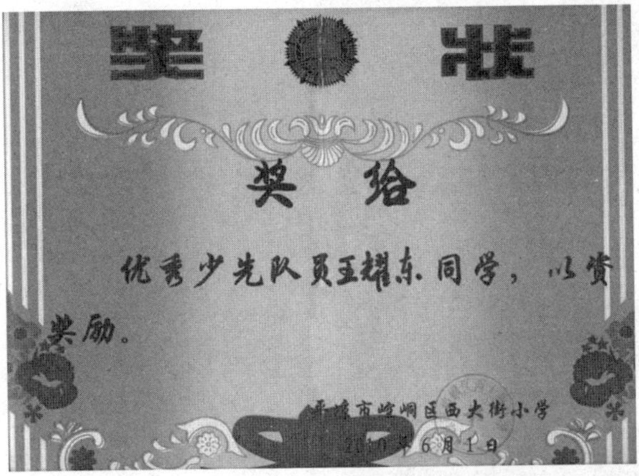
奖状

奖给

优秀少先队员王耀东同学，以资奖励。

平凉市崆峒区西大街小学

2010年6月1日

奖状

奖给

在2010—2011学年度第一学期中期考试中成绩优异，获得一等奖的七年级十二班学生王耀栋同学，特发此状，以资鼓励

平凉市第四中学

2010年11月11日

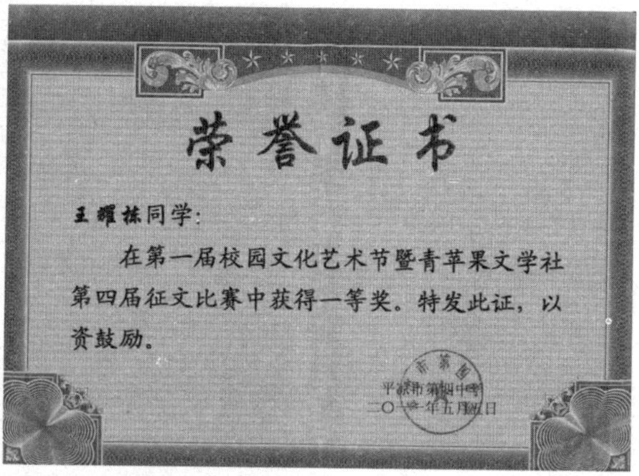
荣誉证书
王耀栋同学:
在第一届校园文化艺术节暨青苹果文学社第四届征文比赛中获得一等奖。特发此证，以资鼓励。
平凉市第四中学

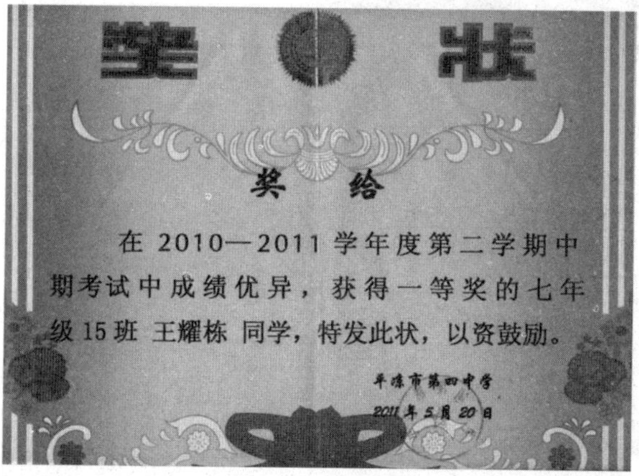
奖状
奖给
在2010—2011学年度第二学期中期考试中成绩优异，获得一等奖的七年级15班 王耀栋 同学，特发此状，以资鼓励。
平凉市第四中学
2011年5月20日

荣誉证书
王耀栋同学:
你的作文《超越你的极限 寻找你的太阳》在2012年"《学生天地》小记者优秀作文大赛"活动中荣获三等奖。
特发此证，以资鼓励。
甘肃教育社
《学生天地》编辑部

奖状
奖给
在 2011--2012 学年度第二学期中期考试中成绩优异，获得一等奖的初二级（15）班学生王耀栋同学，特发此状，以资鼓励。
平凉市第四中学
二〇一二年五月十一日

荣誉证书
王耀栋同学在第一次阶段性考试中进步显著，以资鼓励。
平凉一中
2013 年 10 月 31 日

奖状
奖给
王耀栋同学：
你在高二级数学竞赛中获得普通班三等奖，特发此状，以资鼓励。
平凉一中
2014 年 12 月 29 日

奖状
王耀栋 同学在2014-2015学年度被评为三好学生，以资鼓励。
平凉一中
2015年6月5日

奖状
奖给
王耀栋同学：
你在2015年“新人杯”作文竞赛中获得一等奖，特发此状，以资鼓励。
平凉一中
2015年6月22日

荣誉证书
王耀栋 同学在 2015—2016 学年度第一学期第四次月考中成绩优秀，以资鼓励。
平凉一中
2015年12月29日

荣誉证书

王耀栋 同学在全省第二次模拟考试中成绩优秀，以资鼓励。

平凉一中

2016年4月20日

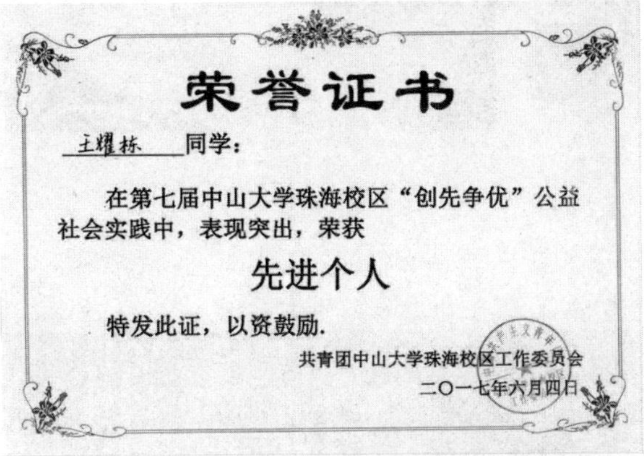

荣誉证书

王耀栋 同学：

在第七届中山大学珠海校区“创先争优”公益社会实践中，表现突出，荣获

先进个人

特发此证，以资鼓励.

共青团中山大学珠海校区工作委员会

二〇一七年六月四日

荣誉证书

奖 给

首届读者杯“新时代，阅读让生活更美好”征文活动成人组三等奖获得者王耀栋同志，以资鼓励。

平凉市文联 平凉市教育局 平凉日报社 平凉市新华书店

二〇一八年十月

获奖证书
王耀栋
散文《乡村六题》
获平凉市崆峒区"回乡见闻"网络征文活动
优秀奖
二〇一九年五月

喜报
尊敬的家长：
您好！恭喜您！您的孩子 王耀栋 在 中期考试中
成绩优异 ，特此报喜。
感谢您的悉心教育，希望您的孩子再接再厉，更上新的台阶。
平凉市崆峒区西大街小学
年 5 月 日

奖状
奖给
王耀栋同学：
在第二届校园文化艺术节书画摄影作品展中，荣获 一 等奖，特发此状，以资鼓励。
平凉市第四中学

# 师生留言

**中山大学文学史老师张均：**

耀栋有才，是可造之才！你们家人节哀顺变，生活还得继续下去。

这学期给他们上课，他勤学好问，有很好印象。没想到啊。你们慢慢走出来吧，爸爸妈妈年龄都不大，后面还有很长的日子需要过。

**中山大学“百篇作文”作业指导老师郭晓蕾：**

柳老师，您好，接到你的电话我真是有说不出的难过。虽然任何一个同学的亡故都令人扼腕，但毕竟，王耀栋是我指导的学生……

我是王耀栋“百篇作文”指导老师，由于大一学生在珠海校区学习，在这不到一年的时间里，我并未有机会与耀栋深入交流，我对耀栋的了解，主要来自他的“百篇”。王耀栋勤于动笔，且颇有文采，从作文中我能够看出他对自己人生的信心和对学业的用心。在我的印象中，他在课余还常以丹青颐性，是个开朗、积极的学生。对于王耀栋的突然亡故，我深感痛心！

**中山大学庞科同学：**

很难过，有很多人都在问，但是我们都闭口不谈。耀栋在学校附近的一个社区里面开展少儿书画课堂，和社区的小朋友度过许多难忘时光。耀栋在课堂上也很用心教学，小朋友们都很喜欢他。这学期结束他也被评为先进个人，为社团和课堂付出了很多。

**中山大学同学博超：**

耀栋人品这么好，去到天堂也一定能有好的生活。一切都好。

**中山大学岭南书画社同学李思雪：**

你是一个非常好的人，我很抱歉，我今天才知道这件事情，希望你能不要被现在的非议束缚，走好。也希望叔叔阿姨振作起来，不要理会置身事外不负责任的评论者。

**高一十四班同学高兴：**

世间好物不坚牢，彩云易散琉璃脆。
你留下了最美最真实的东西，带走的也是最洁白的质。十四班永远记得你！短短几个月时间，距离我们最近的同学……

**高中同学王佳敏：**

现实好像并不会善待那些老实本分、虔诚向善的人，也并不会因为你阳光乐观有才华而让你平平安安过完这一生。等待命运的安排这种话真的太蠢了，六月也是能感受到严寒的。

看到你留下的最后一句话实在太心疼，太心疼！可发现说什么都很苍白，我们替你好好活着。

真的很希望这只是一场玩笑，明天早上一睁眼就看到你在群里说：你们回家的车票买了没，要不要一起走啊。可是似乎大家在一起的时光，就定格在这里了。那么忍着眼泪跟你说再见吧。

# 我看到你透明的心灵和会流泪的眼睛

北京　李韡

高中最感激班主任的就是那个三年不换座位的决定。

我一直不喜欢称呼别人的全名，觉得似乎叫个昵称就能显得比别人更亲近似的，所以我们组的六个人都不被我叫名字，吐槽、明妃（看我对你多好不写小窦娥）、兔子、五五，还有娇无力。

娇无力为什么被叫作娇无力，是因为当时作为一个男生他真的是太懒了，整天摊在桌子上，像一张烙饼，还是不翻个儿的那种。正好在学《长恨歌》，念到“侍儿扶起娇无力”一句，这个称号就理所当然地落在他头上了。嗯，至于他本人愿意不愿意，就不在我们考虑的范围了。

在我心里，他是一个有着很强的少女心的男孩子，为了长高高，喝了好几年的牛奶，后来喝恶心了，高中都没怎么见他喝过。坚持打篮球，每周的体育课我和小姐姐们偷溜去食堂，看见他夹在一群男生中间艰难地投篮，我们开始辛酸，但是实在忍不住偷笑。听说抽筋是长个子的前兆，就不敢动，让其抽在床上傻乐，不过最后还是没长高。“假的，都是假的!”——来自某次八组茶话会娇无力委屈的控诉。

他是个超级无敌厉害的追星族。记忆里最深刻的，是为了一张刘亦菲的签名照，冒着被老王发现的危险，冲上讲台大喊“我是女神”！还被当时处于中二时期的我要求大喊“李韡邪魅狷狂”二十次，他最后还真的喊了，一次不差。后来每次都被我们拿来嘲笑并乐此不疲。

用文艺青年来称呼他也不为过。他非常喜欢看书，看书的范围包括但不仅包括黑道、总裁、玄幻、修真、复仇、星际、机甲、后宫……当然还有很正经的书，不过我也不知道名字，因为没有看过呢。他很聪明，考去了中山大学，学了我最想学的中文系。他每天在朋友圈里发自己新学的很漂亮的国画。他喜欢许巍和奔跑计划，高三学校要每个班级课前唱励志歌，于是在一众《红日》啊《最初的梦想》啊《奔跑》啊里，我们的《夜空中最亮的星》显得特别独树一帜。第一次是他领唱的："夜空中最亮的星，能否记起，那与我同行，消失在风里的身影"。"我希望拥有一颗透明的心灵和会流泪的眼睛"。

不过，有的时候他也是个很靠谱的男生呢，尤其是上个假期回家，变成了一个帅气的小哥哥，我受宠若惊地被当作女生照顾了一回。看着我震惊的眼神，娇无力还是用最熟悉的平凉话恼羞成怒地问了一句："喝还是不喝?!"连忙点点点头，抱着奶茶吸了一口之后欣慰地抱了抱他，开玩笑地感叹："儿砸长大啦。"

我和好多人说过："哎呀我要写小说了！写我和你的故事，不写那些和咱们无关的事。"兴冲冲地准备把故事背景换到古代，把班主任写成一个穷困潦倒的教书先生。我还暗搓搓给他准备了一个平步青云的NPC角色，满足他这些年看各种大男主文的YY。但是这一切都还没来得及做的时候，这个人已经不在了。就在九天前，相隔千里，我什么也不知道。我问兔子的时候，兔子说"哎你个傻儿子"的时候，我还松了一口气，准备骂她。但是，不是玩笑。

那天下午我考《理想国》，脑子里全是曾经一起的画面：听五五胡扯了半个小时之后，忍无可忍一把推开他，拍拍前面的你听你讲题。和吐槽聊着聊着突然一起笑你的样子；一起去扫环境卫生你拿着柳树做的大扫把一下一下扫着的样子；你转过来跟我讲什么黑道老大保护校花的故事的样子；你无奈但是还是大声喊“李犇邪魅狷狂”的样子；你说平凉话很习惯很舒服的样子；你跟我们讲要将来开一家书店然后几年之内要赚够几百万的样子；还有最后那晚我们吃完了饭在街上遇到持械斗殴，五个人抱头鼠窜的样子。突然，这些画面都变成黑白色，霎时间碎掉了。我恍恍惚惚不知道在卷子上写了些什么，连居然没考洞穴喻都来不及细想。

想到的只是：这个人，没有了吗？

对，没有了！身边的所有人都告诉我这是真的，我才真的体会到，原来，死亡真的能离我们这么近。最先涌上心头的不是伤心与难过，而是震惊和恍惚，老实说即使是到了今天，我也还是不能接受这个事实，明明我才刚刚见过他，他还好呢。

推送开头的“一期一会”，字面上的意思已经非常明白，指人的一生中可能只能够和对方见面一次，因而要以最好的方式对待对方。一期一会，世当珍惜；世事多叵，故而有的时候“再见”两个字说出来，却是永别了。我不生你的气了，我也不惹你生气了，不嘲笑你非典型，把你开除“座籍”，不叫你娇无力，不嫌弃你的“唧唧复唧唧”。

之前看《少年包青天》的时候，策策说“公孙策只问苍生，不问鬼神”，其实我也一直不相信什么因果轮回，但是你看，咱们都是心中有个大世界的人，就像你经常给我讲的，没准儿你一睁眼就变成一个修真世界的男主，从此一路打怪升级走上人生巅峰了也说不定呢。还有啊，我之前看《天神右翼》的时候，那里的天堂可牛逼了，里面大家都很高，还有很多像刘亦菲一样好看的姑娘。天堂也会有书店，音乐咖啡吧，你自己也可以开一间呐。不过酒吧就算了，以后不准碰酒了。这次没来得及道别，下次的重逢我很期待呢。

总之，你在这个世界留下的东西，我们都记得，想起你时虽然会遗憾，但是我们会微笑。相信你在另一个世界会过得好。如果有一天，你看到这篇，不用你说二十遍啦，“邪魅狷狂”什么的一句就够啦，我知道，是你呢。还有啊，永远的6/6。嗯！

2017年6月27日凌晨

# 旋木

成都　清嘉

音乐停下来你将离场，我也只能这样。

——纪念那个曾经惊艳了时光的少年

时值2017年7月24日，距离你离开已经有一个月零六天了。在这一个月零六天中，我曾经无数次提起笔却又实在无从下笔，就像人们往往在千言万语尽在舌尖的时候会不知如何开口。在这个终于可以畅快跟故友聊起你的日子，我好像突然就知道了一直以来想要表达的，该如何以文字的方式呈现。

初识你是在高一分班后的第一天，神奇的命运之手将我们安排成了同桌，且这种奇妙的缘分一持续就是三年——整个高中时代。刚开始的时候你经常和周围的同学聊得风生水起，让我很纳罕你怎么会如此自来熟。但很奇怪的是人的第一印象往往是不怎么准确的，我那时候觉得你应该生性活泼，逢人就能热热闹闹聊几句，但越到后来才越发现，原来你思想成熟稳重，骨子里还带有一些若隐若现的孤独感，只不过这些都被你所表现出来的大大咧咧和幽默不羁所掩盖了，大概是想用外在的活泼来中和内心的沉稳吧。

可能进入一个新的环境需要适应，也可能是不习惯新班级的高压环境，那时候我在班里过得并不是很顺遂。但是经过几次调整小组后，我高中时代最大的快乐源——第八小组成立了。我遇到了看起来高冷但其实可爱热心三观超正的吐槽，遇到了热情如火天真烂漫的八斗，遇到了天然呆萌但主见很强的兔子，还有博学多才不计得失帮助别人的五五，以及你，惊艳了时光的你。回忆铺天盖地翻涌而来的时候我无比清楚地看见了那时候我们朝夕相处的点点滴滴：你和兔子就某个问题各持己见争论不休，最后谁也没能说服谁，以你长叹“孩子还太年轻”作结；我一边听你简单粗暴的数学解题思路，一边感慨“懒人还是有懒办法”；上课的时候你和兔子渐入梦境，点头点得此起彼伏，我拍了一巴掌后自己也开始昏昏沉沉；后排兔子、八斗和吐槽一起开导五五讲道理，我笑着悄悄跟你说“你听，后面在‘三娘教子’”；你和五五面对着我们四个的调侃笑而不语，看着我们自得其乐笑得前仰后翻，无奈感慨一句“唉，瓜皮娃娃欢乐多……”

后来我们六个考上大学奔向各自的天南海北，但还是会相互联系，我一直觉得我们是那种多少年后还可以“红泥小火炉，能饮一杯无”的朋友。寒假回家重新聚齐的第八组每个人都很开心，我惊讶地发现你变得不像以前那么懒，不是以前那个嬉皮笑脸让女生帮忙扔垃圾的“窑洞”了，你会主动照顾女生，在我们一脸惊诧中不耐烦地问到底要不要喝奶茶，遇到街头斗殴抡着铁棍的人从我们身边呼啸而过，女生吓得抱成一团喊妈妈，你在一旁看着我们无语又不屑。

我问你：“你不怕啊？”

你一脸淡定：“有什么好怕的……”

“嗯，很不错呢，终于有些小哥哥的样子了，看来以后不用担心你找不到女朋友了，大学还是挺神奇的啊……”我在心里默默地想。当时我怎么也不会想到，几天之后我们俩都会有人生中第一次恋爱，你的女朋友，是我。大年初三的晚上我们在微信天南海北聊了很久之后，你问我"要不要升华一下我们的革命友谊?"我想了想，"嗯，好啊。"初恋是一场绮丽梦幻的旅行，就算短暂，我还是很感激你陪我走过了一段那么快乐的时光，仿佛全世界的幸运都集我一身，那是我一生都不会忘记的记忆，你真的是一个很棒的男朋友呢，就算后来不在一起了，我也希望能和你继续做很好的朋友，就像以前一样。

可是，某一天晚上兔子告诉我，你不在了，再也没有人会叫她"瓜皮娃娃"了。本该闪闪发亮的回忆片段，成了黑白两色。

"我祈祷拥有一颗透明的心灵，和会流泪的眼睛。给我再去相信的勇气，越过谎言去拥抱你。"第一次听到这首歌是在高三课前大家一起唱歌打气，身边的你和兔子一脸认真，我在人生最灰暗的时期，看着歌词听着你们的歌声湿了眼睛。后来每次去KTV，这首歌都是你的必点，你喜欢逃跑计划、王菲、朴树，他们都是有故事的歌手，你也不是一个没有故事的男同学，我知道在那些你反复吟唱的歌里、你刊登在杂志上的散文里、你厚厚一本的文学笔记里，都藏着你经历过的事情、看过的风景酝酿成的五味杂陈。那时候你常常幻想着未来、大学、妻子、孩子、工作，你清楚现实不易，但也不想放弃梦想。我能感受到，你对未来满满美好的希望。上了大学你坚持读书写作，坚持健身，在书画社画着自己喜欢的国画，所以我很长时间内都无法相信，对生活有着满满热情的你怎会忍心舍下这个世界和那么多爱你的人。我常想这也许是场乌龙，你会突然从某个角落出现，嘲笑我们没脑子怎么什么都信。可时光残酷，它让我不得不相信你真的不会再出现了。

如果人生是似乎永无止境地奔跑但又终回原点的旋木，那么在我们并肩奔跑过青春的一段路途后，音乐停下了，你提前离场了。

"酒不是好东西，能不喝尽量别喝。"你曾经这么跟我说。一醉解千愁，你这一醉，却是结了千愁万愁。我一直觉得生命的存在形式多种多样，我们所在的世界也许不过是更大"世界"中的一隅，死亡也许是另一种存在的开始，从我们的“旋木”中退场的你可能只是奔向了下一段未知的旅程，你只是离开了一个圈，去了一个更广阔的地方。生命旅程，往复不息，我相信你最终去到的地方也应美好如你，愿你的下一程风景旖旎，愿你的眼睛只看得到笑容，愿七十年后绮梦浮生比青春还狠。我知道，你会一直在的，第八组永远都是六个人，只不过我们都将在岁月的磨蚀雕刻下老去，而你永远都是那个十九岁的清澈少年。

嘿，一路慢慢走，总会遇到你想要的所有幸运。

# 我想把没说完的话说给你听

广东　公瑾小乔

我想把没说完的话说给你听。

周四那天，在超市门口遇见你，你跟我打招呼了，我高兴了好久。我是个不爱说话的女生，从来就不懂得怎么跟男生相处。那时我想着，以后一定有机会再跟你聊天的，多么美好。

每次在群里发信息，没有人回复的时候，你总会出来，我真的挺感动。

那天晚上睡觉前，我知道你出事了，但我告诉自己说：一定不会有事的，你是一个那么快乐，那么有追求的人。我还记得，你之前的微信名叫追风的牛童，是一个充满希望的名字，我不相信你会那么快离开。可是。今天早上在群里再次看到关于你的信息，对于他们来说，那是一条过眼云烟般的信息，可对于我来说，却是那么可怕。我带着满心的怀疑，问了其他人，才知道那是真的。

你知道吗，此时我在值班，我突然不知道自己该干什么了。我一个人在办公室里哭着，我什么都做不了，上天太不公了，为什么会这样？

我外婆去世之后，我喜欢看星星。看到最亮的那一颗，我就想，我外婆住在上面呢。而你在天也会成为一颗亮晶晶的星吗？

这几天，珠海都是阴天。

可是，昨天晚上天是晴的，我看到了好多星星，我想你是不是也在那里?

## 齐天乐·大雨夜吊耀栋君

广州　童泳洋

电光时霎冲牛斗，轻寒冷秋厅户。屏翳营云，羲车警辔，乱迸密珠无数。山愁水苦。又摆阖盘涡，怒龙酣舞。短梦还惺，毂雷声碾画帘路。

几回听汐坝岸，夜阑浑未睡，同写春句。幻露生涯，星槎醉蹑，斯夕惊成殊旅。苍天欲补！想泣尽他年，海枯桑蠹。为剪窗灯，断魂深夜语。

丁酉年午月丙子夜

## 耀栋，走好！

北京　李晓菁

未若锦囊收艳骨，一抔净土掩风流。
质本洁来还洁去，强于污浊陷渠沟。
耀栋，走好!

# 写给耀栋的信

天津 罗娜

耀栋你好啊，好久不见，好想你啊。

此时此刻，躺在火车里，在回家的路上。窗外的景色迅速变换，让人眼晕，阳光一明一暗，我开始给你写信。如果不是突如其来的变故，是否你也跟我一样正在回家的路上，赶赴凉城的约会……

其实前段时间就一直准备要写的，只是赶上了考试周，所以推到了现在。思绪开始倒转，有关于你的记忆开始在脑海里浮现，眼前仿佛又出现了那个说着“哥给你说”的“王窑洞”。对，窑洞，手机通讯录里也是窑洞，只是再也不能给你打电话，再也听不到你的声音……

其实到现在我也不能从心底里相信这件事真的发生了，不相信那个我熟悉的窑洞就那么定格于十九岁，起码我以为你的人生不该如此的。去年坐火车回家的时候，你还跟我打电话唠嗑解闷，显摆你早早到家，嘲笑我穿了两条棉裤。我们谈天说地，聊着虚无缥缈的未来，聊考研，聊工作，聊城市……你说你想要在外面闯闯，最好能定居在像苏州这种适宜发展的二线中等城市，你说你在家帮你妈妈做饭，自夸厨艺……

如今，自己规划的未来却没有了自己的参与。

假期里的第一次相聚，窑洞哥还惊艳到我了呢，没了以前的小平头，有了帅帅的小发型，话说发型对颜值真的很重要，暑假我也想换发型，你觉得我适合哪种啊，给你个机会想想吧，梦里告诉我就行，可以参考你的意见。

假期第二次的见面不曾想竟成了我们这辈子的最后一次见面。那天，你陪我去买了我人生中第一对耳钉，请我吃了人生第一顿娟子烧烤，假期回去我一定再去吃，就当是替你吃。一路闲聊来到公交站，一句随口而出的再见，如今俨然成了再也不见。

火车不停地一路向西，仿佛追赶着时间，也因向西，天迟迟没黑。人生若也能这般追赶着时间倒退该多好。在我眼中，你是一个温柔细腻的男子，既有着西北汉子的粗犷，也有些小女生的爱好，喜欢看综艺，喜欢聊八卦，还有自己的女神。会在兄弟需要时挺身而出，会在朋友失落时给予安慰，有梦想、有追求、有理想、有抱负。写得一手好文，画得一手好画……总而言之，你真的很好。

最近天津超热，不知道家里热不热，你那边呢？其实我还是愿意相信你在一个平行世界，记得在那边照顾好自己。

感谢窑洞曾经的陪伴与安慰，我会听你的话好好锻炼，变得更加自信。以后的日子我也相信你会陪着我们好好过的，那些约好的局我们梦里见，想你。

# 他曾经说

成都　赵雅妮

本来想打电话的，但是我怕我又控制不住情绪更伤心。我们是高中时间最长的同桌，还有马伊诺，我们三个关系都很好。那时候我们组女生经常拿两个男生开玩笑，他们也不生气，后来就算毕业了我们也希望是对方一生的朋友。但是谁都没想到命运如此无常，他就永远留在了十九岁。

他对未来有很多规划，想大三出国交换，看看外面的世界，想毕业十年内开一间自己的咖啡书吧，就算盈利不多也想坚持初心。寒假的时候他去参加你（耀栋姐姐）朋友的婚礼，之后跟我说，他当时在想，你要是出嫁了他该有多不舍，如果找的男朋友对你不好他该多难过，还说以后你找对象要替你把关。他跟我说过你很多次，我感觉他是那种不会把感情显露于形表的男生，但他是心里很赤诚，感情很丰富的人，所以，就算他意外离开，他对你们有那么浓烈的爱，也肯定希望你们能好好生活。你们只有好好生活下去，他才能放心开始下一段旅程。他的很多心愿我们会帮他一件一件完成，我们还是会永远在一起。我觉得死亡可能是人的生命以另一种形态开始的仪式，如此美好的他，在下一程肯定会遇到一个美好的世界。希望姐姐和叔叔阿姨节哀，千万保重身体。

# 无题

兰州　李浩玮

身披警服，头顶国徽，我却不能将你挽回。都说执法为民，立警为公，我却不能终止犯罪。我把自己贡献给了藏蓝色，却难以换回平安的你。

你喜欢广东，可是我希望你魂归故里，我们的小城温暖、温馨。

七年了，我们每天往返于学校和家。路途上我们谈笑风生，嬉戏打闹。我们憧憬人生，展望未来。一切都是那么真实，一切都是那么美好。

我的挚友，你匆忙地走了，你留下了我们没有一起完成的遗憾。你是否感到孤单。在哪里我希望你依然开心快乐。我渴望你依旧记住我们的友谊。

愿你在那里一切安好。

# 六月飞雪悲

北京　刘一迪

作为他六年的同班同学，坐过很长时间前后桌，寒假有段时间还天天和他一起学画的我来说，事实是，事发后酒店被老板第一时间销毁证据和转移店面,并且不与家长见面，不好好谈问题，还声称自己经济上受到了损失。学校起初是没有什么过错，但事发第一时间没有尊重家长的意见就立刻打包了他所有的东西，像是要丢弃垃圾一样地，躲避瘟疫一样地清理他的用品。掩盖真相，让校内学生闭口不提，也不反思学生的安全教育问题。不是迫不得已谁愿意把亲人系统解剖后调查真相？一百多天案子没有任何进展，无论是公安局、学校还是酒店老板，没有人好好正视这件事，现场有没有赌酒行为，酒里有没有药，为什么他喝到明显意识不清了还有人继续教唆？为什么人躺在那里却没有人送医院？这不仅是他父母想要了解的，也是我们同龄青年理所应当该知道的事情。

媒体写文章有自己的视角，但舆论引向网络暴力，我想说那些从头到尾都不了解真相就随意评论他与他家人的喷子真是良知丧失殆尽了。好一个转移网民注意力，教育问题、中国酒文化问题、高校多委屈、年轻人该不该逞能的问题，竟然一点羞恶之心也没有！欲盖弥彰，真相终究是无法被掩盖的，让应该负责任的人负责任，并且提醒别人避免以后此类悲剧的发生，乃古今之理，明智之举，而不是等他父母绝望之极后让这件事不了了之。

若身边的人、了解王耀栋的人不替他说什么，我无法想象他们一家人该如何面对以后的生活。装聋作哑好像他真的从来没有存在过一样，或是昧着良心说瞎话，向这个死难的青年大学生泼脏水，这真是一种悲哀。

2017年9月14日

# 列车到站了，你走了

马伊诺

时间于你，算是定格在了那一刻，成为永恒。

无论如何也想不到，不过一个周末的时间，那个曾经熟悉的翩翩少年，与我们永远说再见了。曾经听《三寸天堂》，里面有一句最扎心的歌词：“不再叹，你说过的人间世事无常。”每每重温这支曲子，都会伴着哀伤的调子独自黯然伤神。但你的离去，让我真切地体会到什么叫作世事无常，一瞬间呆在原地的惊异与错愕，内心默默祈祷着那不是你，一定是他们搞错了。可是当你的名字在电话那头被清晰地说出后，我才明白，这冰冷的事实，谁也无力回天。

曾经的我很幸运，有你这样的好同桌。一排三个人，上课一起犯困，怕被老师发现，于是一起抖腿，试图给老师造成视觉上的假象，最后的结果就成了相互扶持着边点头边抖腿。曾经我数学最差，很多次都是你们已经做完题目，我才把题抄好，后来绞尽脑汁都不知道如何下笔，于是就抄你的，这时内心总是充满不平，一个天天沉迷于网络小说的人解题思维怎么会那么独特。曾经你还跟我们一群女生抢杂志，结果被大家劈头盖脸一顿骂之后一脸无奈地把杂志拱手相让。曾经一直叫我帮你丢垃圾，有次被我说没有绅士风度之后，还略显恼怒。曾经给你起过无数外号，什么“窑洞”啦“年画”啦。曾经因为你穿了双花里胡哨的鞋还鄙视你与世俗同流合污。曾经抄你作业的时候，无奈地拿着一本龙飞凤舞的作业与你的狂草大眼瞪小眼，其实从来没有对你说，你画的山水真的很好看。曾经坐在下面看你在讲台上一脸认真地说将来要开一家书店，心里还想着："开书店还不得把你饿死。"其实，对于对生活充满热情与憧憬的你来说，那真的是一个很美好的梦想呢，喝茶读书，作画写文，说不定还就成了一代畅销书作家呢。曾经你为了长个子成天喝牛奶，时不时还打打篮球，却总是为那不显著的效果哀叹不已。曾经坐在火车车窗边上跟你讨论李叔同和佛学，回家的路才显得不那么漫长。曾经跟大家一起去丹霞山游玩的情景还历历在目，我们还计划着放假以后去澳门呢……

曾经曾经，无数个曾经，回忆就像你总是戴在腕子上的那串沉香手链，提起一个，拎起一串。

很高兴能和你一起学国画，很高兴能和你成为同桌，很高兴能和你来到同一个大学。在这偌大的城市里，能有乡音依然在耳边，是何等幸运，可是一转眼，熟悉的声音已经悄然走远。有时会翻看曾经一起拍的照片，回忆便如春潮般涌上心头，有时会遇到与你很相似的人，惊觉似是故人来。这感觉就如繁花凋零后，留下一地静默，让人不知所措。

生老病死，是人一生必须经历的过程。可一个年轻生命的消散，留给旁人的终是深深的怀念与惋惜。世间最轻薄最无力的句子便是："如果……就……"没有那样的如果，也不会产生那样的就。那个可怕的时刻，就那么一瞬，正是因为它的不可抗拒，才让我们无力于那种令人窒息的威慑力。就像是在行驶一趟没有回程的列车，永远都猜不到下一站是什么，在每一站，列车都会打开门，下去一些人，上来一些人，再关门，列车继续面无表情地行走着，原以为熟悉的人们会渐渐相忘于江湖，可回忆却终于因为失去而变得刻骨铭心。

2017年6月18日

# 今夜我点亮所有灯盏（外一首）

柏　海

今夜我点亮所有灯盏
你突然停顿的脚步
让所有亲人陷入荒芜
跌进无常的魔窟
捂着悲伤的剧痛
今夜我点亮所有灯盏
能否照亮你的冤愁

你不知道
这个夏天珠海溽热不堪
也许与你去年经历的夏天并无不同
我在你留下的脚窝上行走
你的背影像海风
一阵又一阵吹过

还有那雨
一阵又一阵飘过
我在泥泞里挣扎
世界上没有一把伞

能遮住这蚕丝般的线
你走了
让阴雨伴我余生
让彻骨的寒冷罩我全心
让孤寂数我脚步
就像你的影子散步
在我并非梦的梦里

## 离开时请叫醒我

说好了
我们一块共进晚餐
到那个音乐酒馆听音乐
夜阑人静
却一个人也没有
你们到哪里落巢了
离开时怎么不叫醒我

说好了一块搬到南校园
怎么留我一个在山沟沟里
好黑暗啊
路灯呢
星星呢
怎么不叫醒我

说好了一块去
这是哪里

我的同学
我的兄弟们
你们在哪里
离开时怎么不叫醒我

说好了一块出来
说好了一块追赶彩虹
曾经是那么友好
那么和善亲密
说好了的
离开时请叫醒我
一转身
怎么就没有了呢

# 我就这样与儿子团聚

## ——耀栋，你在哪里？

王贵龙

弟弟回单位去了，有些事情不得不办理。又怕自己走了以后我熬不住，怕我们与耀栋妈妈整天哭天抹泪有啥闪失，在我们面前故作坚强地反复劝导我们一定要想开些，母亲和孩子还要我们照顾，生活还得继续，但有几次他背过身子在垂泪。他半辈子，风里雨里，西部雪域高原和南方海礁激浪走了无数遍，险象环生的事情遭遇过不少，千难万险一肩挑，几次生死关头都没掉过泪，没叹过气。可是，失去优秀的儿子耀栋不仅仅是我的不幸，也是他和整个数百口家门宗族的不幸。这个孩子突然离奇遇害，打碎了所有亲朋对生活对未来美好的希望和梦想，更是敲碎了我们的心。他的悲痛如我一样也沉重如山！他陪着我们在极度痛苦中吃苦受气已经两个月了，他哪里受过如此多的委屈？哪里见过如此多的阴暗？哪里遭遇过如此多的白眼，见到过如此多不讲道理的人面鬼魅？

耀栋把我们对人生的一切美好希望全带走了，把血淋淋冰冷无情的现实丛林的险恶，用他的离去一点点撕破了给我们看，我们简直是活游地狱一样遭受了不堪忍受之难。

尽管他的死打碎了我渴盼、幻想和感受的一切美好，失子之痛让我喘不过气来，但正因为他的被害打碎了我全部幻想，让我经历到了过去一直未曾认真注意的浮在肥皂泡下面的丑恶和表象背后的阴风邪气，我才要努力，完全揭去那层布幔，而不是一头撞死珠海，事实上我真想一死了之。

耀栋躺在珠海的殡仪馆里已经两个多月了，害死他的嫌疑人，谁也不愿意拿出诚心安顿死难者及其安慰家属，我债台高筑在珠海苦苦等待公道，到了借债无门的地步还要在这个失去儿子的地方苦撑着。

我时时感受得到儿子肉体虽死，但那一口冤气如浪墙拍打着我的魂魄，为了儿子耀栋冤屈的魂魄得到安慰早日离开这里，也为了那些活着的只顾学习、只顾瞄准远大目标而不知现实陷阱的学霸们少受祸患，尽管我也是一介书生，手无缚鸡之力，不能舞长剑斩杀作奸犯科的黑恶势力，我怎么能离开这里呢。

我知道像儿子耀栋这样天使般美善的青年学生有一大群，他们曾经在中山大学，或其他什么名字看上去美好的大学做着人生最美好的梦想追求；我知道耀栋善良开朗乐观向上，燃烧着阳光般青春激情，无限憧憬未来——想漫步世界抒写生命生活诗意，想考研留学海外实现凌云壮志，并且在大一第一学期结束就有意为美好的目标试着努力，强化英语学习。我知道在大学里单纯善良如天使般热爱生活拥抱世界执着追求人生和生命美好的青年也绝非王耀栋一个人，但是如今这些优秀青年中少了耀栋，他能以当地学子前十六名成绩考进国家重点大学，不仅仅上百师长亲友付出了培养的心血汗水，数千同学好友也关爱影响过，国家也付出了钱财培养他，阴毒的营销陷阱就让他命丧黄泉，他才十八岁半啊！作为父亲，我怎能忍气作罢？我就那么喜欢活着？耀栋离奇遇害的灾难折射出了这个社会上一些人为了金钱已经丧心病狂了，可恶到孰不可忍的地步！尤其那些以发展经济为由头、表面上看似歌舞升平时尚美妙而实际上黑恶势力已经十分猖狂、伤天害理已经到丧心病狂地步的地方，否则，耀栋怎么会死？

我一直在反思，王耀栋的死仅仅是他个人的悲剧？他从中学到大学才不到一年，还是个学生，他太单纯，把人世间看得美好，现实的险恶出乎这个十八岁半北方青年预防预料才丢了命。耀栋离奇遇害的悲剧会使在学堂里还没有认识环境险恶的青少年一夜成长起来、迅速社会化，十年读书也不及耀栋的悲惨故事有益善良正直的青少年，但红口白牙不明真相却昧着良心泼脏水者却并不鲜见，不管怎样，法律是不是要给他一个公道的说法？是不是要给视人命如草芥铤而走险的丧心病狂之徒一个禁畏呢？

每天，除过催问案子、为案子奔波忧心忡忡外，儿子耀栋的形象爬满了我们所有的心空视野，不管是看到的幻觉还是心内的念想都让我食之难以下咽。活生生健康快乐的一个青年，与我们在苦难的现实里相依相爱走过了十八年多的儿子，考进大学不到十个月生命就终止了，就转入了迷蒙的影子般的回忆中。

他不是电影可以回放，他不是纪录片可以反复看，我看不见摸不着他，但从呱呱坠地到上最好的幼儿园最好的小学……直到考进中山大学中国语言文学系，一切身影笑谈苦乐都历历在目。本以为一切美好——他的美好、父母的美好、家族美好、师长同学心里对他期待的美好，国家对人才期待的美好，一切才刚刚开始，可是，却以最残酷最无情无道的戏弄般的悲剧结束了，造化真会捉弄人啊！我的哀痛和绝望向哪里叙说？向谁倾诉？我真想一头撞死此地。

说好了要搬到南校区，说好了要与同学一块回家，说好了回家后让我陪他去西安看眼睛，然后努力攻读英语，连下一学期回到南校区的飞机票都买好了，说好了将不负众望实现远大理想，说好了要报答父母师长所有关爱过的人，说好了要阳光向上、健健康康生活，每天在繁忙的学习空闲锻炼身体，说好了……

可他在哪里？为什么？他平时不喝酒，他是个不冲动、识礼懂事的孩子啊，为什么会发生这样的惨祸？

如今，别人家孩子放学回家与父母亲友团聚，谈天说地意气风发，高高兴兴返回中山大学南校区了。

我的儿子虽然早就买好了返校的飞机票，但他却永远回不去了，躺在珠海殡仪馆冷冻室里等待父母为他收尸，为他讨回公道；中山大学南校区是他永远的梦，也成了我们永远的痛。

七十多天来，我们夫妻亲友是怎么想念儿子与儿子团聚的？

我趔趄着走向鸡山，在炎热的路上短吁长叹，近四十度的烈阳烤晒不知道疼，泪水比雨水还多，雨水还有停的时候。失子之疼猛于烈火烧烤，胜过江南湿毒攻击。

一阵阵想起儿子，觉得他好像跟着我们。但是他再也无法端正有相、帅气地站在我们面前了，他再也无法通过声音与我们交流了，就连影子也不会有了。但是我又仿佛看见他泪流满面站在我面前，每当此时，我一阵阵心里空荡荡地无望地痛，眼泪干了，哭声哑了，力气耗完了，有时站也站不住，但心里的痛，依然如刀割锯子锯，仇恨的火焰山崩地裂，怒气如龙卷风，真真想与害子仇者同归于尽。

陶渊明说："亲戚和余悲，他人亦已歌，死去何所道，托体同山阿。"我早就学着理解人生八苦，可是怎么能看淡呢？他才十八岁半，才上了不到一年大学，才初露才情，才激扬文字正要讴歌生命的美好，却这样活活被夺取了生命。学生说他好，老师说他好，文学史和写作老师都说耀栋很有才华，可造之才，太可惜了。他初中就发文章，上大学时已经在省市报刊发表了十几篇散文随笔，上大学后文笔更成熟了，可是……

这个暑假，我是怎么与儿子团聚的？

我走向古色古香的唐家文化街，在他坐过的椅子上坐一坐，在他逗留过的花墙下站一站，我就这样泪水模糊地与儿子团聚！

为给他申冤，我们所到之处，虽然也遇到了伸张正义、敢说真话的好心人，但更多遭遇的不是推诿、躲闪，就是刁蛮恐吓，是胡搅蛮缠和演戏的圈套，我们一家蜗居鸡山小旅店里，就这么干熬着。

一方面在遭受地狱般的煎熬，同那些罔顾事实者打交道，为给儿子讨回公道我无所顾惜一切，但我也不是法盲。天地有没有正气我不知道，我只知道耀栋被害，害人者决不能逍遥法外，那些不负责任、亵渎法律和正义、想把责任罪业推卸干净者，天理难容，耀栋的冤魂难宁。

另一方面，每天为了不让妻子躲在房间哭泣悲泪，就拉着妻子走走，在楼下，看到鸡山村一老太太领着孙子学走路，孩子就一岁大一些吧，爬上四寸高的台阶费了好大劲，一边哭着，一边试着站起来摇摇晃晃的样子，我看的热泪纵横太辛酸，我想起了我的儿子——那一年差不多也是这个时候，我与妻子领着耀栋到人民广场玩，儿子也是这个年龄，走路摇摇晃晃地，脚步不稳，让他站在月季花下照个相，刚让他站下，还没等我打开相机卷上胶卷，他就笑着跑过来了，儿子眼里心里只看父母，不看机子，不慕鲜花。又看见一个青年拉着女友的手从眼前走过，那身段、那大手大脚及一双穿在大脚上的运动鞋，这应是我的儿子走动的身影才对，在这块土地上儿子是那么懂事，写作、摄影、画画样样都行，可如今却躺在冰冷的殡仪馆里，讨个公道如此之难；思子之痛如江南太阳的芒刺刺心、如长剑穿心，那种哀痛岂止是钻心刺心穿心？

我是怎么与儿子团聚的呢？

我做贼一样偷偷溜进校园，看儿子生活学习过的地方，然后泪水模糊地深一脚浅一脚出来。保安认出会干涉阻挠。为什么到了这里孩子就这么离奇遇害了，这是个什么地方？叫我如何不伤心！

失子之痛阵阵袭上心来,心口像堵着沉重的石头,心慌胸闷。古德云；木秀于林，风必摧之。这个孩子太优秀，也太懂事了，才让我们亲人放心，但往往这样的孩子不知道这个社会潜伏着那么多的阴暗陷阱，谁能意料到他会出事？谁能料到这里有如此离奇的害人陷阱？

晚上，哥哥、弟弟、侄子等一个电话又一个电话催着我给老母亲打电话，说老妈妈快急疯了，说往日我三天两头往老家跑，怎么现在一个月两个月了不见人影，听不到我的声音？八十一岁的母亲如此惦记儿子，哪里知道她心爱的孙子躺在殡仪馆已经两个月了，她的儿子已经两个月没有看到儿子，她哪里知道他的儿子再也听不到自己儿子的声音。

我是怎么与儿子团聚的？

我走向后环社区寻找儿子的踪影。儿子与岭南书画社的同学在这里当过志愿者，教过小学生，也辅导过家长绘画，留下过至今为止我看到的大学期间最灿烂的笑容。在后环社区的公园里我踯躅独行，想感受儿子的生命余韵。一个中年人在凳子上闭目坐禅，一位老人闭目养神，除此，我的孤影被黄昏撕扯得好长，我大放悲声惊醒百无聊赖的人，不知道的人还以为我到陵园祭奠亡灵。

我到珠江边与儿子团聚，芒果树照样碧绿，荷花照样出泥不染，而我只有悲痛的泪水。

我到北京路与儿子团聚，店里吃的像我儿子吃过的，卖的衣服像我儿子穿过的，如织的帅男像我儿子的身影……他应该享受这一切，我作为一个父亲，应该享受儿子争气、成功的快乐或如他同游北京路享受天伦之乐啊！可是……

耀东之死谁之过？难道是我之过？难道是他之过？橘生淮南则为橘，生淮北则为枳，儿子耀栋在平凉，在崆峒山下泾河岸边生活学习了十八年，如沐春风啥事没有，到了珠海，到了大学就生命戛然而止了？是环境的问题还是？如果没有那种圈套陷阱，如果没有谎言欺骗，如果没有弄虚作假毒酒上桌，他会死吗？如果有人及时救他他会死吗？这是个什么地方？良心良知怎么荡然无从呢？我的哭声我的悲痛欲绝能唤醒他们人性吗？法律能还儿子一个公道吗？

我就这样与儿子团聚！

我不知饥渴一腔悲愤强忍颤抖的双手在键盘上敲下这些文字，我无法释放心内集结的愤怒，烈焰在呼呼燃烧！

2017年8月28日

# 南塬秋祭

## ——祭子彬彬耀栋文

王贵龙

南塬，甘沟河以西一道山梁，南高北低、平缓宽阔之高岗。斯塬蜿蜒南升与太统高山连为一体，北平缓延伸而下乃名副其实的南塬，近城猛然断成陡崖。于城街南望，陡峭悬崖上挂着几棵树，高崖之上就是太统远山了。在平凉城里生活了几十年，从未涉足南崖之高岗，不知崖上天地开阔苍茫一片，此地安静如世外，太统尽显巍峨。

唉，人生是多么无常，充满诡异之变数，嘲弄悲情啊，尤其对我们父子来说。不曾料想，你这么小就魂归故乡田园了。

每天想起你不知多少次，每次想起都忍不住秋风催泪悲伤难忍。你如晨露晶莹剔透，如朝阳冉冉初升，正值火红的青春，猛然间就如优昙花刹那一显，旋即转身不见，再也寻不到了。对亲人如此、对你自己也如此残酷。我知道这残酷不是你自愿的，但我们哪里知道那地方如此险恶，恶浪滔滔呢，他们利用你的善良单纯设陷诱杀你，当你迈出那一步时，你已经没有生还的机会了，因为你不知道他们在你身上下了赌注。

唉，你还没有来得及了解这个社会黑暗肮脏无耻的一面，你被和平美好人性善良的表面现象蒙蔽了心眼，你我都没有想到那里的社会黑恶魔手会如此猖獗。你自己学习精勤，珍惜物用，为上学吃了大苦头，为理想下了大功夫。考上中山大学正当小荷尖角，才华初露，文始激扬时，便折戟沉沙遇害珠海，让亲人多么哀痛，你自己也是多么追悔，悔不该听信他们伪善的谎言和用心邪恶巧舌如簧的鼓噪。人身已失，悔恨千古又有什么用，当务之急是放下那些恩怨让心平静下来，回到生命的本初吧！

都说养子防老，都想有个依靠以颐养天年，我其实并没敢那么想。人生多难，险象环环，鸟飞于天有时也难逃偷猎的罗网，鱼翔深海也碰罗网，不是我们闭目塞听不知世路之险恶，而是强盗的罗网无处不在，防不胜防啊，那些昧着良心罔顾事实说瞎话的人敢保证自己一生不遇不测之祸？

唉，真是人生无常，生命脆弱。在你正值青年、生命最强壮的时候，凶神恶煞悄然降临，国家反腐倡廉、打黑除恶力度如此之大，无常杀鬼怎还招摇街市险招百出残害无辜生命呢？

从黄土高原到南国海滨，你去号称南国第一高等学府追寻理想大梦，思想为犁，勤奋上进，初露锋芒，正要指点江山耕种智慧之苗，污浊环境里那些市井之徒已经设好了陷阱，你却不知是祸，学业未成便猝然倒下再也无法醒来。你被害以后，我滞留珠海三月有余号呼奔走，涕泪悲泣，无数次心碎与死神擦肩而过又苦捱苦撑着给你讨说法，冷眼受够了，眼泪哭干了，与市侩群小黑恶分子拼力斗争，无奈我们力量弱小，黑恶势力遮天罩地。

唉，珠海作为特区发展那么久，四海之人熙来攘往，各乐其伦，街市上童叟逍遥猫狗浪漫，一片安乐祥和盛世繁荣之象，却没了你立锥之地，却容不下你这条命；中山大学蜚声海外，学子数万，个个青春年少，却再也没有了你阳光的笑容和帅气的身影。

唉，灾难怎么能预防得到呢，谁能料想到那是个包脓成疮的地方呢！看似文明的外衣里饱藏丑陋野蛮的黑恶血腥，法治的招牌下却是丧尽天良的金钱铜臭的罪恶勾当呢！楼高了，人多了，黑道江湖刁蛮习气也让人哀腕悲伤。悔不该让你来到这种罪恶的环境处在群狼恶魔的势力下，现在想到这伙无法无天的黑恶分子，想到这伙专门诱杀单纯善良不知社会黑暗环境险恶的北方学子时，已经晚了，你已经走在黄泉路上。官商勾结，黑恶猖獗，恶胆包天，想讨公道比登天还难，真是个五浊恶世、血海人间啊，对于我们这一家来说这个社会好黑暗，欠我儿子一条命啊。

我哽咽泪飞，满腔愤怒，又不得不跄踉着踯躅鸡山南屏，独行海岸长堤，想把你的骨灰撒向大海，但看到鱼鳖海怪竞相互蚕食，海边一片血腥恶臭；想把你骨灰抛洒到静静的山林，但看到那些鹬蚌螃蟹，就是生而为人了，自私无耻包藏祸心的习气仍难以悔改，他们像阴差鬼卒一样总免不了以算计鲜活的生命为乐事。他们丧心病狂无恶不作，只不过是徒有人形的魑魅恶鬼，只有天鸽飞来他们才惊恐一下，然后又旧病复发肆无忌惮了。

你在珠海壮志未酬、魂飞魄散，活生生被人渣害死，报效父母师长、报效国家的机会再也没有了，想必你也不愿意待在这个让你冤屈难伸长恨九泉的地方。你的同学，那个中学时与你并肩在求学路上走了六年的高个子同学希望你回到西北小城，他说故乡这里才是最温暖的；你高中那几个叫你“娇无力”的同学劝我带你回故乡，他们处山南海北却没有盼到送你最后一次看你最后一面的机会，希望你的骨灰撒在故乡的土地，长成故乡的一撮小花、一棵小树，哪怕在风里招招手对他们也是安慰；你姐姐执意要带你回故乡，你妈妈坚决要带你回故乡……他们说你曾祖葬在这片土地，你祖葬在这片土地，你爷爷在你半岁时走了也葬在这片土地了，众愿就是天命，你求学在外青春年盛就被恶人害死，也要归根啊，故乡善良和热爱生命的人多，虽处九泉之下希望你能得到护佑。

白露早过，塬上草枯，阴雨连绵，剑气刀霜，万物在秋风里嘚瑟，我深一脚浅一脚抱着你的骨灰送你去那处陌生的山冈。这让我想起早春二月你走时在车站的情形。那时也很寒冷，但你是上大学去，我们心里热啊！临上车时，你忽然把父母姐姐一一拥抱过，你以前从没用过这样的礼节，你总是很传统很保守的，说句心里话，我们把你养育这么大成为十九岁的大小伙子，你可从来没有拥抱过我老两口啊。现在才明白，你是用这种未曾有的礼节向家人永别么?

凛冽寒风里，我只能抱抱你的骨灰，就像你早春的拥抱一样以示无限之爱，然而心里的寒冷和难受岂能描述，唯有哭声回旋旷野。

唉，你走了，把我们推上了人生的寒冰地狱，哪里还有什么秋夏春荣呢，只有哀伤哽咽绝望让我心口疼痛，堵得慌；在医院里，我祈求上苍让我替换你。是苍天不公，还是我福德浅薄，咋就不能守住你这么优秀的儿子？都说积善吉祥，作恶遭殃，一家人慎小慎微积善立德，咋就如此结果？而恶人，如此丧心疯狂残害无辜生命却逍遥法外，难道乾坤颠倒恶鬼得势了?

黄叶疏林，斜阳惨淡，秋风呼呼，落叶飘摇，我心伤悲，哽咽心碎，把你骨灰撒向大地蒿草丛你别难过，馒头茶水你尽管享用吧。

南塬高岗，风多且冷，但毕竟是故乡的地方，此处便是你魂归处，虽然你是第一次来，感觉陌生，虽然以后孤独寂寞长相伴，你试着习惯吧，人生何处不孤独呢？活着的人也是孤独的，谁不是孤寂来孤寂去呢。你跟我来人世间走一遭，生命如此短暂，你这是要悲杀我啊。但你是一个菩萨心肠的人，在中阴世界也不要忘了自利利他，事已至此，放下那些冤屈悔恨吧，提起正念念佛菩萨吧，火焰也能变莲池。

斯塬靠太统高峰，北面群山一览无余，崆峒仙山神思已到，不远处城市烟水热闹繁荣；斯塬极目高山天地广阔，山廓秀丽景如画，想必适合长眠此地的你。烦闷的时候就回来待一待吧，虽然阴阳两隔，但父子连心，没有距离啊。守住菩提心，须臾不要忘失了；切记，是心是佛，即心即佛，去佛国土、游红尘人间只要一心清净你能做得了主。

常回家看看吧。需要我做什么，托梦给我啊。觉心明敏，离颠倒梦想，此世界他世界无挂碍任你游，我很累，休息了，尚食！

# 阿拉木汗

王贵龙

今天是特殊的一天。腊月八据说是释迦牟尼佛成道的日子，大清早五点多我就起床了，因为你的影子散去还飘来，我想你一定也早早到寺院了吧?

几天前就听说寺院今天要施粥，以你的名字随喜了几十元，当然也是你走之前好多年来积攒的压岁钱。

你出生在城里，但对乡下的风俗充满浓厚兴趣。我知道你喜欢过腊八节，在民俗文化中这是唯一一个祝贺智慧的节日，因为这一天释迦牟尼佛在菩提树下成道了，彻悟了宇宙人生实相，得大自在，魔王波旬对他莫可奈何，何况那些六欲炽盛的恶神恶鬼恶人呢。你喜欢过重阳节，因为重阳节是一个充满诗意饱含浓情回味无尽的节日，古代的那些文化人十分喜欢，虽然现在许多人并不知道；你喜欢过中秋节，因为中秋节除过诗意浓情还有智慧光明圆满之意义，你喜欢的这些充满文化思想内涵，孕育着真理光芒的传统节日说明你注意到了蕴含的真理信息。你这个孩子确实有些不合时宜，你喜欢哲学、考古、历史，我知道你热爱真理，作为粗知文字的父亲，我找不出理由否定，但我只是觉得这些专业对于你将来养家糊口，开始会有些困难，我只是提醒你，你很懂事，就报了中文专业。

早晨我急匆匆去寺院，我知道，我吃粥你才能吃一点，因为我每一顿饭都没忘记你，我也知道你一直都在。

孩子，智慧如炬才能看清道路上的一切妖魔鬼煞，光明的寓意就是智慧，虽然你那么聪明，才学令同龄人嫉妒羡慕，但你积累的多是世智，看淡看穿的真智慧在你这个年纪确实难以真实受用。可是你遇到的灾难恰恰需要这些真智慧时你还似懂非懂。我在圆通宝殿前给你点了三盏酥油灯，我代你敬献佛前，这是用你的钱供灯，你如果能做的话也可以亲自供上。愿你如佛菩萨智慧如炬，再莫让恶神恶鬼恶人的恶欲得逞了，你是否知道呢？

早晨起得早中午饭还没吃，我就很瞌睡了，真想睡一会儿，可是我想你不知在哪里，这个世界如此可憎，竟有那么多伤天害理的在钩织陷阱等在路上，而且这么早就夺取了你的生命。我哭干泪哭瞎眼又能怎么样呢，谁能还你生命？你是有信仰的孩子，我就给你读《地藏经》听吧。

听说佛菩萨都大慈悲，你别委屈如我，提起善念跟上念吧，收摄魂魄一念清净也许会有奇迹。

我念得不好，用心不专一，几次昏睡过去自己都不知道，孩子你莫生气，我毕竟是肉胎凡人，我太累了。

你也知道了，你叔叔打来电话，下午要到广成大酒店去，区音乐家协会在那里召开第一次代表大会呢。

我知道你也喜欢音乐。你在的时候，爱唱，虽然走腔走调的，尤其你上小学时，那么爱好音乐，高中了还让我经常在网上给你下载歌曲。我以为你高中没有小学那么爱好唱歌了，兴趣早就转移到绘画写作上去了。可是，你走后从你的手机上，我看到了你收藏的几百首歌曲，你是不是在大学里还哼哼那些歌子？那天下午你一定是去那个音乐咖啡厅听歌的，这才遇上那伙财狼罗网的陷阱。唉，怪不得圣人都说对一切要淡之又淡，在这个金钱塑心、奸邪走秀的时代，如果你没有那么热爱音乐也许就不会遭遇那样的灾难吧？

不过，今天你要来，你放心跟我走，因为这是在故乡，不是那个害你性命的非人之地！

你看到了吗，那么多音乐艺术人才，150多人呢，比文联开会时的人还多。以前我一直以为作家协会人才多，现在看到音乐家协会竟有这么多如你一样爱唱的人才，唱得出类拔萃，都成会员，成歌唱家了，像你一样十八九岁的孩子也不少啊，这真是令人又惊又喜，美好的事业美好的人总是令人感动的。

今天的雪可真大啊，不能说鹅毛大雪，起码是野白菊花一样悠悠扬扬往下飘了，霎时间广成大酒店后院里洁白一片。几个文人来了柔情要赏雪去。我强颜欢笑，还照了一张雪景。可是，孩子，我心里好难受，我硬忍着泪，不让人看出来。

这个寒假如寒冰。暑假时在那个万恶的城市，爸爸还有你的遗体陪伴，虽然你冻在殡仪馆里，我看不到，但隔三岔五我还能去那里坐坐，给你布施食物。可是现在，所有的孩子都回家了，我却要独自度过第一个没有你陪伴的寒假，现在就连你的影子也没有了，想找个祭奠的地方都没有了。每一篇雪花都像你在我心里飞舞着。

还记得吗？前年或者大前年的寒假吧，小城的雪就像今天这么大，你约我去柳湖赏雪，你穿着那件穿了快六年的蓝棉袄，我们拍摄了好多像，你很开心，我也很开心。你照相的手艺比我好，虽然你很少摸照相机，可拍摄的东西美美的。那湖，那纷纷扬扬的大雪、那梅花一样的树枝上的雪花，那雪人，还有你我在雪地里、桥栏上不同姿态的照片，这一切都成了珍贵的纪念，珍贵的烫心，珍贵的烧眼，珍贵得让人泪水难忍。今天在雪地里仿佛又走回那个深冬的雪地里了，可是，前后左右没有你的身影。我知道你再也不会回来了。但是，你走了，这个世界在我的眼里就陌生得像眼里进了沙子，这雪花像你的游魂，融化的雪水就像你的血液，你也许不希望我这样像在地狱里一样活着，但有时候想，对你对我来说这个世界就是地狱，虽然客观上这个世界也许还是文明的，对于没有遭遇如此残酷灾难的人来说。你生前那么爱雪，因为雪洁白、洁净、是花非花但比花更美丽，雪的寓意丰富，不光你，喜欢舞文的人都喜欢啊。今天你一定是很高兴，但是当想到阴阳两隔，父子不能相见，无法直接交流时，这怎能不让我痛断肝肠呢！我希望你不要像我这样哭哭啼啼的。

你放心吧，我会适应没有你的日子的，我们都是要孤独来孤独走的。每一个人与亲人朋友都是交集。我实在太爱你了孩子，虽然天下的父母都大爱无私，爱子女胜过自己，但像咱家这样的灾难放到谁身上谁都会垮下去，垮下去了还要爬起来站直了继续走下去。我得走下去，完成你的我的必须完成的最主要的那些事情，债是缘，缘是债，该了了。

你不是爱听音乐吗，今天对你来说重头戏就是迎春音乐晚会，现在已经到开演时间了。

看，音乐协会主席的祝辞是多么慷慨有力，多么阳刚阳光，他往那一站，就是腊月八的一首新诗，他的祝辞简直就是诗朗诵。还有那个节目主持人，雪天雪地的时节，她打扮得就像白雪公主，真是个精灵。这都是序曲，真正开始的节目显然是老音乐家们的合奏曲。不知他们要演奏什么。我看见我的老师了，就是满头银发的那位，七十好几了，还有几位与老师年纪差不多的音乐名家，他们都是全区最棒的演奏家歌唱家。你不要看节目单上没有他们的节目，最好的节目都不上节目单的，绝技都是深藏不露的，露的时候，会惊呆所有人的，余音绕梁三日都会不绝于耳的。

台上还有一位姑娘与你年纪相仿吧，再过几天你就过十九岁生日了，可惜你离开我已经七个月了，谁家孩子这么幸运这么早登台了，家里一定有高人，这个世界发展太快，想成名成家的人在娘胎里就接受培训熏陶了，可是进步太快又往往忽视或无暇顾及这个社会的黑暗险恶。

看，主持报第一个节目的名字了，每个人都凝神定睛倾听。

《阿拉木汗》，我还听过呢。虽然小时候我也想唱歌唱戏，但那时没人教，七十年代我上小学的时候，台上那位银发老师就到乡下学校来拉曲子了，谁知道啥时候学的，可能是五十年代学的吧。现在我对歌曲、名曲木讷而无知，这个《阿拉木汗》，还算知道一点，因为你喜欢，你的手机里至今保存着这歌曲。

听着，听着，我想起了这是一个少女的名字，一个能歌善舞聪明机智的绝色美女，她是不愿意鲜花插在牛粪上，还是不愿意做纨绔子弟的玩物？不太清楚，好像就此失踪了，人似乎没有消息，但是，《阿拉木汗》却传唱到现在。

听着，听着，怎么觉得这曲子好悲催好忧伤，我猛然想起你，难道今天这个《阿拉木汗》大小提琴合奏曲表达的还是亲友寻找那位少女的悲伤过程？难道结痂的伤口又要流血了，明知琉璃碎了再难成，明知凤凰飞了永不回，人们还要这么忧伤地传唱。

终于，我无法忍受泪水不争气地流了。孩子，我用手捂住脸，只要别人看不见我在为你伤心落泪就行。可是我再也忍不住了，我想在这个百人迎春会上放声大哭，可我不能，我提起外衣穿也来不及穿跑出门去，与我同来的你叔叔惊问怎么了，我含糊了一句冲出门去。宾馆的服务员还以为我要急着去卫生间，她忙给我指方向，其实，我知道这里的卫生间在什么地方，几年前就知道了，但是我能走哪里去？我只能去卫生间，在卫生间里关起门来放声痛哭。孩子，你就是父亲的“阿拉木汗”，你不知道写在这里的每一句话都是泪水泡出来的，你不知道我敲打每一个文字的时候就像孟姜女哭长城一样难受。

我想稳定一下情绪，想洗去脸上的泪痕，继续去听那些艺术家演奏

《阿拉木汗》，因为你是那么喜欢音乐啊。

可是，我的悲伤就像决堤的山洪，我的悲痛就想雪山雪崩，再也无法忍住，我老泪纵横只得离开这个地方。

酒店外，大道上，天地雪纷纷，白雾蒙蒙；候车亭、大街上除我再无第二人；冷风刮骨，扬起雪花迎面飞打来，已经听不到《阿拉木汗》的演奏曲了。然而我的悲伤却波涛汹涌，哽咽抽噎使我只能扶着铁栏才能站住，上了公交车给你叔叔发个短信，好一会手抖得操作不了。

回到家我的悲伤沉重如山，我别无办法，我只能用文字释放缓解，泪水怎么努力也咽不回肚子里，就不断用纸搽，但悲声要压回去，我更不敢靠近你姐姐和妈妈，他们还以为我在工作呢。

孩子，我就以这样的“工作”来对付失去你的悲伤和绝望。你生来善良胆小，我们都怕伤害任何人，可我们却被伤害到了灵魂骨髓。我本以为随着时间的推移，失去你的伤口不会再流血，会渐渐愈合的，可是今天这一曲《阿拉木汗》……原来这不是用来唱的歌和弹的曲，而是生死离别的日记，只不过不是用文字，而是用一个民族最忧伤的声音。

孩子，你记住，如果有来生，把今生的灾难忘得一干二净了，不要再听《阿拉木汗》。

# 燃灯节我带你去广仁寺

王贵龙

彬彬啊，你要习惯独自面对自己！

许多人不愿独自面对孤独寂寞的自己，其实无始以来的轮回苦海中，每一个生命都是寂寞孤独的。人们结婚过日子、会友娱乐等，喜欢热闹的一个原因怕也是因为孤独寂寞。其实，孤独寂寞才是本来的人生。每个人都是孤独地来，在中阴是孤独的，到母胎里是孤独的，初生下来谁也不认识，生下来后才慢慢认识父母亲人，逐渐认识社会他人。许多人独自面对内在自己和外在寂静的环境就心悸心慌魂魄不全似的，不愿独自面对孤独的自己。我们总是活在一种假象的欺骗中。

孩子，现在你走了已经整整六个月了，你走后，爸爸也无法面对没有你的生活，在哭天抹泪的六个月里，爸爸哭了无数次也想了无数次。每个人来此世界之前都是孤独寂寞的，都要独自面对自己的心，受到父母召唤和业力牵引我们来了，有了父母陪伴，我们觉得没父母的日子没法想象，有了师长同学陪伴，我们觉得没有老师朋友的日子也挺不好熬，有了名目繁多的社交活动，独自面对自己时我们很不习惯。拿我来说我有了你妈妈，我觉得光棍汉的日子没法想象，之后也有了你姐姐和你，有了你们这一对儿女的时候，我习惯了有儿有女的生活，现在失去了你我真感到苦如地狱，生活哪有乐趣可言。怎么也想不到六个月前你在那所大学读书的日子里一个猛转身就消失了，你才十九岁啊，我们活着的一家人因为你的死亡苦不堪言，我们相互照应勉励要好好活下去，但是我感到这世界再也不是以前的世界，我觉得这世界很陌生好恐怖，我再也不想过多去了解这个世界了，了解越深陷得越深，痛苦越多。你走了，带走了许多，我感觉人生真如梦魇，你生命的戛然而止，让我看清了名誉、地位、富有等等，都是他妈的扯闲蛋。我糊里糊涂的在无常面前啥也不是，人生如此多灾多难，生命脆弱不堪，这个无常世间人的卑鄙自私也大大超乎我的想象。你的突然离去，让我在悲伤孤独伤心的日子里不断反思人生无常和生命轮回的本质，我感到圣哲说的无常、苦、空的人生，我一个都认识不到位啊。我已经快奔花甲之人了，尚且因你的离开哀痛难忍，六腑悲愤，你一个健健康康对人生对未来充满强烈希望的学子如此离奇惨烈被害，你怎能不怨屈冲天震地呢？

如今虽阴阳两隔，但我们父子连心、如海一样的深情绝非这一世的积累。每天二十四小时常常想念你，想起你心里好难受，这不仅仅是我放不下你，我知道你如早晨八九点钟的太阳，初将上升正要干一番事业呢，想挥洒文笔成名成家呢，凶神恶煞却用那邪魔鬼魅的勾当残害了你的芳华。这伙恶鬼不仅仅是冲着你来，更是冲着你的父亲我来的。不论何因何缘这个结果是为父此生最悲惨的遭遇。为了你，生死我是置之度外的，施身、交换如能，让为父代替你吧，我只想让你活着。但凶神恶鬼根本就没有缓和的余地，我知道的时候你已经走了，牠们瞬间毒害了你的身体。

我知道你热爱生命、热爱社会，有好多好多美好的路想走，好多美好的事想做，好多美好的孝心想报答父母，对师长的栽培想以不凡的成就回报，想回报社会真善美；你那么善良懂事，向善而立、虔敬贤圣，真心友善他人，为何遭遇此险恶横祸？真是百思不解！我知道你怨屈万分，你羡慕你那些同学，他们在珠江边散步，在筑梦理想，在激扬文字……

六个月前你也一样，为美好的人生理想奋斗着，不到一年写了一百多篇文章，老师布置的没有布置的有感就写，而今你为痛失人身悲伤万分，你有心无体，无法交流，没人理你，你的伤心苦闷悲痛怨屈让为父时时悲泣雨泪，虽然你只能游走在我的梦里，我还是时时感受得到这惊涛骇浪般的怨屈。

彬彬，事已如此了，我的生命也脆弱有限啊！痛定思痛，我们父子不能一直这么怨屈悲伤下去啊，你的离去把我惊醒，阳世有形人生的愚痴迷蒙浑浑噩噩也是一场梦，起心动念恶多善少，环境之险恶猛于虎狼啊；你走后，浮生如梦的感受在我就更深了，这个世界不管是何世界与我与你有一毛一沙关系吗?我的生活看起来照旧，友善我的人看我回复旧态稍微安心了，恶我的恶神恶鬼恶人刚觉得解恨又觉得失望了。我工作散步思考，应人接物会友，那是不即不离的无心，你的离去，让我把无常苦空悬在心上了，我要精神活着就是因为你的离奇被害，让我知道在无常到来之前，做你我都还没有来得及好好探究的生死大事以及与此有关的许多事情要抓紧做，我不想与无常较什么劲，也不想用极其宝贵有限的时光与人兽鬼斗争扯缠，我只是觉得应该真正好好体会无常人生孤独寂寞的深意了，透过理由充足的假象看人生，活着就是一个人走在路上，为了一大事因缘与黑白无常赛跑。就像你走到中阴灵魂要直面一切孤独恐惧绝望一样，我想静下来好好地独自面对孤独寂寞的灵魂，我也想好好静下来帮你学会独自面对灵魂的寂寞，助你契入真理融入自己的朗朗光明重回寂静妙乐，虽然我能力那么有限，帮助你也在帮助为父自己啊。

彬彬，你也许比以前更能看明白生命无常、轮回过患了。好孩子，莫牵挂我们，莫憎恨那些设陷阱害你的恶人恶势力，不论他们是人是兽是鬼是神，莫憎恨莫管牠，莫失望莫恐惧莫寂寞害怕，生亦无常死亦无常，在无常鬼窟三界火宅没有真正究竟的幸福可言，一切都不过是暂时的饮鸩止渴，自欺欺人。寻找到智慧光明破除无明暗障，跳出火宅才有究竟幸福可言。你走后凡是我能想到帮助你的办法都想了，斋僧，施舍，放生，诵经，忏罪，我量力而做。你知道我们以前也努力去做，只是弱善如雏鸟哪经受得了如此邪恶风暴的摧折呢。

得知噩耗的时候，作为你的父亲，我真是感到五雷轰顶心碎万瓣。回想我们父子一场，此生相聚虽然短暂，但十九年，你以花朵的美丽芬芳我十九个如春的四季，我们一块泾河戏水，北山看火车，南山赏花，柳湖抢救一只蜜蜂；一块看《中观》，一块议禅学，都对弘一法师虚云老和尚敬仰崇拜，一块看《燕山夜话》，一块欣赏凡·高的《向日葵》，一块讨论木心的作品。记得吗，还是由你介绍我才认识木心作品的，同你一样我也喜欢他的作品。我们一块在故乡麦田笑逐颜开，一块孝敬你奶奶让我老妈幸福满满，一块上崆峒山寻访广成子，一块去桂山岛浩叹海洋波涛和那神秘的蓝，甚至同坛拜师追求真理；你考虑事情冷静且较为周到，还常为我操心，一般孩子横逆乖张、愚痴荒唐、邪恶是非在你身上我都没有看见，我不是说你十全十美，我是说我们父子十九年如诗温馨，如花芬芳，如春温暖，那十九年就是为父在天堂里的日子。不是我怎样教育了你向善向爱向美好发展，其实你的许多禀赋天成，你天性中有菩萨大爱，自幼心慈，珍惜物命，与人友善童幼无欺，爱惜光阴奋发向上等禀赋气质也全非父母老师培养所成，譬如一般石头的质地谁也雕刻不成佛的庄严宝相，一块麻袋布就是巧如工画师也难绘画出优美画卷，有先天的禀赋后天的努力师长的栽培才能成就你的今天，可是苍天不仁啊，你竟被那样的恶势力害死。我无尽悲伤无尽痛惜你就这么走了；虽然求医求天求地求神求佛我求不活你，但你一直活在我心里，我们一直在一起，我只是看不到你。我们父子的十九年是一篇回忆无尽的美文，虽然你走了，我还是感谢你，为何有此恶因恶缘让你遭遇如此离奇的横祸，把无尽的悲伤留给我，以至于你走后六个月了我写此文章心还是一阵一阵如刀绞？我不知道，没人给我答案。

我只知道，你是受我的呼唤来此充满陷阱、恶涛涌动的五浊恶世陪我来的，若不是为了陪伴我们，你不一定要来此鬼多人少、业海茫茫的世间遭此奇殃。我只知道，罪不在你，而且你是无辜的，这伙凶神恶煞、欺瓜拉蔓的鬼魅说不定是冲着你的父母我们来的呢，虽然悲伤愤懑压得我喘不过气来，但我没有怪你，知子莫若父，我知道你不是贪酒，你也不是那种喜欢出风头的孩子，我只知道世有恶风是非你这个年龄能辨别的，恶风不禁不止，恶鬼恶人恶欲必然膨胀，善良厚道的人多要遭殃，今天害了你，明天又会祸害另外的人。有时我也惊异，难道畅通的世路是为人渣铺设的？

既然走了就别再怨恨了，人固有一死，雷锋、海子等都是生命短暂的人，莫管那些不明真相张着腥秽恶口在网络上乱咬人血馒头的可怜东西，我们不必去理会他们，父母亲人、你高中的同学师长大学书画社的同学理解你就够了。我们父子此一生相聚虽也短暂，但也是多生善因善缘，何因何缘先搁一边，你走了到哪里去了?我活着又将到哪里去?我想这问题好大啊！到哪里并不可怕，我想可怕的是我们不能独自面对孤独寂寞，不能自在面对无常鬼逼。人生何其有限啊，你离奇遇害击碎我满脑子假想的梦幻烟云，击碎虚浮的笼罩在生活中的自认为有意义的正经事业啊生活啊修心啊，你也为了我及一切恨我爱我的生命上了一课，人生如少水鱼，无常假象封锁的瓶颈是生命的桎梏。

我知道你并没有去哪里，你一直都在，你想做好多自己的事也想帮我做好多事，但现在你做不了，等爸爸我去做，你没有看完的《中观》我继续看，你没有搞懂的人生我要继续认真当课题去做，来此世一回不能太冤枉假满人身，你想写的文章虽然不能再写了，但我可以替你整理出版你已经写了出来的文稿，你探索未竟的真理我继续，让魔王魔旬不安、恐惧恼怒去吧。

唉，恨谁都是造孽，爱谁都是空花，计划都是网缠。当务之急还是为你为我做些实际有益的事吧。

一听说广仁寺有法会，我就想去。爸知道你很急，我也很急，我带你去参加广仁寺的燃灯节、再续佛缘吧。我不去，你也去不了，去了也进不去。子夜我去坐火车，挤在陌生的人群里，你跟紧别走丢了。寒风下，西安的城墙根，陌生的小路上，孤影伶仃的我向陌生的人打问那座陌生的寺院。但其实有你在，不孤寂；我念叨着我们恩师的名字，我请他提醒你，鼓励你相信你自励自醒，就像你活着时候很上进很自觉一样；无常杀鬼阴损狠毒以残害生命为快乐，你不幸被陷害，他们猖狂，罪恶终会受报。说实在的，我至今都搞不明白你那么善良也那么聪明的人怎么就会上那些鬼卒狂徒的挡？那里有蛊毒，他们是否用蛊术害你？你不要自责自怨，也相信事出必有因。只是我福德浅薄无法护念你这么好的孩子，人常说德泽子孙，我自责自愧啊，我的福德在哪里啊，我天天忏悔自己为自己无力恩泽你善护你而难受伤悲，也痛感生命脆弱短暂如电光石火。

彬彬，光有世智辩聪我们是搞不清事实真相的，世间小聪明除过造罪累恶无济于事，也于事无补，只有圣哲智慧明灯能拔除无明暗障，哪怕千年黑暗，有了智慧保健，凶神恶煞终究会偃旗息鼓，有他们颤抖的那一天。

2017年12月10日广仁寺人不是很多，广仁寺将隆重举行一年一度的甘丹燃灯节。你可能没听过，这个节日为纪念三界法王宗喀巴大师示现圆寂的供灯法会。法事安排第一天（12月10日）是恭诵以大威德金刚为本尊的格鲁派五大金刚驱魔除障仪轨，我去的时候诵经已经进行了一个多小时了，供香顶礼门外弥勒菩萨、门内韦陀菩萨，请他们让你跟随我进去，然后拿出在家里时早就自备的烟供六香面粉，熏香粉，供上师佛法僧，供天龙地神诸神祇，当然，你也要吃的啊，我的孩子。听说在此立了牌位你才能赴会，我为你立牌位，助你忏罪消除累世不善之业，求佛护念你；寺院是众生的寺院，正如你在世的时候遭遇的，什么众生都有啊，也要提高警惕，我走哪，请你跟上，先到法物处请上十多个酥油灯供于佛前，跟我一样想：祈愿诸护法诸佛菩萨前有上亿灯盏，一一灯盏光明遍照，天街地狱光明遍满；祈愿你心路、所有众生的心路上也灯盏遍满，光明遍照；如若不会，那请跟我念“供灯愿文”或供灯真言吧。我念请你也一块多多念诵，祈愿佛智慧明灯照亮你及所有众生的所有时所有处。活着的时候你对人渣和君子、设陷阱的小人分辨不清，这是大爱没有大智慧保驾护航才遭此横祸，这个世上善良的人多，可是如你一样为什么那么多灾多难呢？做善良人也需要像勇武足智的战士全力盔甲武装、智慧宝剑锋利，击斩恶神恶鬼恶人，不然善良的人如同小孩子怎能不被强恶祸害呢。

彬彬，学习佛菩萨，发慈悲心善爱护众生，要前行啊孩子，有足够的智慧折服黑恶障难是为勇者，再莫要孤肉投群狼了，再莫要被群小当案板肉了，观其言察其行，观人前人话还要察其人后鬼话，看起来像人的人多，走起来是人的人少啊，“起心动念，无非造罪”经上话要牢记了。这里的度母慈悲无限，她坐在释迦佛十二岁等身像的莲座上，智慧宝座上的度母救度一切苦厄；这里的菩提树也来自印度，散发着鹿野宛的清凉芬芳，这里的大威德能摧毁一切恶神恶鬼和恶人。彬彬啊，不管在何时，不论在何地，都要向具大慈悲的出世佛菩萨祈请护念啊，千万莫与那些六欲恶念的鬼神交缠，更莫与那些看起来像父母师长学友的恶神恶鬼恶人交心底。虽然狗子也有佛性，但一般人多被狗的习性咬住了。

听说今天是大威德、普明大日如来除障念诵法会，走吧，跟我去千佛殿，坐那东面的地方吧，莫害怕，莫迟疑，莫认为听不懂，虔诚心静听，师本尊发音演畅，醍醐甘露滴滴清凉，身心罪障皆洗，一切罪生于心，还要将心来忏悔。

夜深了，这里善信各回各家，你如果不愿留在寺院，那就跟着我吧。你可别理会我的难过了，他们说在世亲人的泪水在亡故亲人眼里是讥笑，是这样吗孩子？我怎能忍得住失子的痛苦之泪呢！在西安城内找一家价廉安全的宾馆也不容易，你知道我不熟悉这环境，若不是牵挂你的处境未来，我不会孤零零一人大寒天之夜在这里踯躅的。

今天是第二天，听说主要是念诵超度仪轨，对你就是非常重要了，周围还黑魆魆的我就起床了，你若在身边，那么我们走吧孩子。要知道第一天找到寺院时法会已经开始好一阵子了，进殿听闻妙法的人很多，去的迟连坐的地方也找不到的。7点半寺院里已经有不少人了，我们买些烟供品吧，供上枣子愿你早离苦海得生极乐世界，供上酸奶就算醍醐，愿你心里清醒，供上小面包愿你早日功德圆满，供上开心果，愿此世界的我和他世界的你都要开开心心，吃开心果心莲花开啊；继续为你供十二盏灯，在度母殿前为你供一盏百元大灯吧，燃一天多呢，写上祈愿祝福你蒙佛菩萨善护念的心愿吧，祈愿——佛菩萨前有亿盏明灯，灯芯如须弥山，灯油如大海，灯光超日月明亮，所有无明暗障尽皆除。然后我们再去供僧供灯，一尘一沙善事都功不唐捐，布施功德簿上有你名字即是为父用你的钱财为你做善事。唉真是可怜，你活的时候，从小到大积攒了一万多元，却舍不得花，就让为父陆续为你做善功德吧，任何时候种福田做善事莫迟疑，莫犹豫。

今天我们早点进殿去吧。来，紧紧跟着我，听说有亲人领着韦陀菩萨不会阻挡的，也给你立了牌位，听经闻法你应该比我更受益。人真多，莫害怕，我坐那你坐那，我知道你被那些活鬼害命见人都恐惧了，其实不是所有人人面兽心，腊月寒天能放下尘俗欲心来这里的人都是很慈悲的，都有一颗善软的心灵，不会有人加害与你的。放下委屈、仇恨等万缘，一心一意祈祷超日月光辉的度母吧，或者跟我念度母念观音念文殊吧，成千上万念，集中心意念，愿佛菩萨慈悲摄受你于大悲心门超拔出离苦海吧，除此别无希望，你也都看到了，我与你妈妈处理你被害的冤屈嚎呼奔走三个月了，几乎支撑不住了，你比我清楚那些恶鬼哪个是正儿八经的人呢，哪个讲道理在乎你的冤屈呢，他们欺下瞒上黑白颠倒混淆是非哪在乎什么法律正义呢，现在你已经死了，五浊恶世你也看到了吧？只有度母那么慈悲，她为你的灾难流泪，她知道你虽然还不到十九岁，如果不死将来定是国之栋梁，但是在那个火坑“贼窝”，谁会为一个平民大学生离奇死亡鸣不平呢，他们有钱有权势，他们眼里没有生命当然也没有人。只有度母如今为你青春年少就被害命而流泪。这里的人都很善良，但我一个也不认识，只有度母认识理解一个父亲无处释放的无奈与悲痛，只有度母理解你的全部，她是三世的慈母，此时不求她我们还能求谁呢。让佛菩萨慈悲愿力穿透轮回业海如阳光照耀像你这样的苦难孩子吧。

孩子，已经快十一点了，三宝慈悲护念我们，我们也应供养僧众啊。来，紧紧跟着我吧，我们去顶礼上师依祜主，去供养佛菩萨和这些僧众吧。我心里想“王耀栋供养上师”你就把我手里的钱亲手供养上去吧，这钱都是你的压岁钱，有十九位师父，一个也不能少，一一平等供养，他们相貌虽平凡，你千万不可怠慢，要做佛一样想，今天也是你求解脱恶趣的妙法，圣哲说“我们求法的时候一定不能够两手空空，也不能怀着世间交易的心态急功近利的贪图回报”，想求火焰，得有柴薪，虔诚供养也是为了你的解脱有个良好的缘起。

今天无论我走哪里你要跟上，无论何时你要觉醒，我多么希望你能豁然开朗，得见本来，醒后自度啊。如人世间有地狱鬼畜生一样，听说中阴也是险象环生，稍微不慎就会万劫难复，莫要怕，各种幻象显影都是自心之妄念习气变现，求佛护念，坚定是心即佛心佛不二，啥鬼东西也如乌云退散了无实质。

孩子，黄昏又至，男女信善各回各家了，我们何处去？先找一家饭馆吃饭吧，店部很多，看起来都一样然而人不一样，虽是吃一顿饭也要看清楚，周围环境、店内情况一眼要观清楚，要动脑子考虑是否黑店陷阱，安全才是第一，智者千虑毕竟没错。

今天一坐就是七八个小时，腿子现在还疼，从没坐过这么久，但是再苦再累我觉得没有啥，你活着时我没有办法保护你，如今我只能用这种办法助你走好，只要对你有丝毫益处我就努力去做。天很黑了，白天本来就短，黑夜漫长，也不怕在长安街上多走一阵，只是背街小巷莫走，旮旯拐角莫走，哪些地方小店更要谨慎，尤其一两个人的时候，林黛玉进贾府，那是到她外祖母家了，她都格外小心谨慎，怕走错一步路，怕说错一句话，何况到一个陌生的环境中呢，杀盗邪妄罪恶累累的勾当哪一件不是这个世界上的人干出来的？我们往大街走，我们寻找正规的大一些的旅店吧，不要图省钱，平时我们省吃俭用，但出门在外为了安全，再贵的房子也要住，一切都要为安全考虑。我一辈子小心谨慎，你也是个冷静细心比较慎重的孩子，可你的悲剧让我心里疼的没法说，怎么想觉得你都不可能出这样的事，可咋就偏偏遇上这样的悲剧？

今天是第三天，12月25日，药师琉璃光如来除灾祛病仪轨。今天我们继续去参加法会，听经闻法，共沾法喜，为你培植福德吧。今天寺院将燃无数盏酥油灯，寺院如光明如大海为众生祈福。跟我来，我们继续添加烟供粉，跟我来再请三十盏酥油灯我们把它摆成莲花花蕊，再请七盏摆成心字，在度母殿前为你请一盏大灯，据说能燃24小时，愿光明唤醒你心地光明，驱散黑暗灾障。继续供僧供佛，继续到大殿里听喇嘛师父为众生诵经祈祷速超生死涅槃自在如如。我为你祈祷你也为自己猛力祈祷吧：祈祷上师佛菩萨善护念你于大悲心门，祈祷观音度母慈悲做主救拔你等怨屈苦难孤子并驱除恶神恶鬼和恶人，救拔你速生为信善家庭的孩子继续菩提路上行，救拔你莫忘今生苦难和屈辱，救拔你坚固离苦得乐追求真理、志在解脱的大愿。救拔你来生救度那些在此生诽谤伤害过你的那些恶人和愚痴众生。

上午听经，下午我们就好好拜佛，好好祈求大智文殊菩萨，救难的慈悲度母，大行普贤愿王，也要猛力祈祷愤怒文殊尊。你虽善良，但如难飞起来的雏鹰，软弱啊，这才被恶煞害死，对恶人没有大力他们是难收敛的，只有你内在的智慧力量开现出来才可从容面对这些災障。时间还早，除过佛菩萨我们谁也不认识，好在寺院有开水，吃个饼子喝点水跟我顺时针转经桶吧，让我带着你转经祈祷吧，据说让经桶旋转起来就是念诵六字真言，让如你一样被冤被害有缘众生都能受益于佛之甘露妙法，都能蒙佛加被转识成智，转凡心为佛心，那么我们拨动那些经桶，山转地转天转，心转运转命转，转向慈悲，转向善软，转向无屈无辱，转向无嗔无恨，转向清凉欢喜佛子行。

广仁寺的灯比银河系的星星还密集，善男子善女人们不惜钱财，可见对于心地光明十分渴盼，对于智慧自在的美好人生是多么希望，他们中有那么多的大学生，他们知道面对人生苦难和这个世间的诸多罪恶，没有圣人佛法智慧，学堂里那些知识没大用场，世智辩聪无法彻底改变人生水深火热，成千上万的青年男女在整箱整箱买灯，在用一盏盏酥油灯摆出他们心里的莲花，摆出莲花上的佛心道意，此时他们用佛心表达禅心道影，他们试图指月，指给自己，指给别人指给天下苍生，千叶莲花，十相自在，福轮，卍字，十字金刚杵，六字真言，阿弥陀佛……那些精美的图案出自每个信善美好的心愿，人人心里有一尊佛，此时岂不是是心作佛？

看吧，孩子。那不仅仅是有形的小小的酥油灯，那是一座莲台，那是出水的莲苞，那是一颗颗菩提种子。

点灯吧孩子，用一支香沾上酥油，先点亮你的心香，生起利乐他人愿望，默默祈祷吧，愿诸众生升起心地光明，愿灯光如炬驱散众生心海上无明黑暗及黑暗遮蔽心性时地狱鬼畜生般的恶想恶行，包括残害你的人鬼邪神，为他们点一盏佛法智慧明灯。孩子，文殊大士有大愿："若有众生。毁谤于我。嗔恚于我。刑害杀我。是人于我自他。常生怨恨。不能得解。愿共我有缘。令发菩提之心。"你也要生起大慈悲大智慧愿心，愿因毁骂诬陷杀害你的众生与你这个因，发心愿他们心生佛之光明，放下屠刀立地成佛，不论他是恶人恶鬼还是凶神恶煞。

酥油灯再多也有限量，慈悲利他的愿心如银河宇宙群星无有限量，当然那些正直善良是非分明的人神或异类众生，更莫迟疑，当愿他们光明遍照，离苦得乐，终究解脱。

然后你看所有的灯都亮了，当然不是你我也不是寺院师父们单个力量，这是师父们引导众生善愿众生的力量，众生都行动起来使广仁寺光明遍满，天下佛寺光明遍满，天下信善内心光明遍照，真所谓千江有水千江月；心光明亮的时候，情仇爱恨哪得有？没有啦，什么鬼东西也没有。

夜，很深了，心里那一片灯海照天映地

除非你融入佛得光明里！不然，请跟我走吧，我们不能一直待在广仁寺，我们来这里供佛供僧，拜佛绕佛，转经桶，发大善愿，点灯，这一切都是为了转变心念，放下轮回痛苦的执念，唤醒自己觉心佛性，为了最终点亮自心智慧光明。

心无挂碍，灯火通明，禅到天心，无月不圆，如是解脱。

2017年12月8日

# 后　记

王贵龙

一本书的付梓，跟一个新生命的诞生一样，是有着自己的因缘际遇的。《春天记得叫醒我》这本书，也有其特殊的因缘。

以耀栋敏锐的思想才华和文学方面的特长，《春天记得叫醒我》这样的书稿，绝不会是他的第一本书，即使这本书是他许多创作中的其中一本，也不会像现在这样将诗歌、散文、小说等混杂着放在一起成书，他会亲自将同一体裁的作品单独编辑成书，一本一本地出。因为，他才上大学一年级，才刚刚十八岁，以他的潜力和聪慧发展下去，才华和成绩是不可估量的。但是，现在只能由我来整理他的书稿，也只能编辑成这一册诗文集《春天记得叫醒我》。

这是一件十分悲苦的事情，让人肝肠寸断。因为翻阅、校正他的稿子，我必须将孩子写在不同纸张、不同本子上的稿子一一从键盘上敲出来。面对孩子字里行间喷发出来的思想感情，面对一页页文字，我们父子之间许多曾经很美好的生活片段，像黑白默片，不停地在我心头汹涌，使我在失子的悲痛里苦苦煎熬、挣扎。他热情、善爱、纯洁、阳光般的心，对人生的智慧禅思，对生活的美好希冀，如火焰般炙烤着我。这些文章，字字句句皆是炽热的岩浆，是滚烫的泪，是殷红的血，让我一次次难以控制自己，泪水长流，失声痛哭……在悲痛里挣扎一阵，待心情平稳下来，又在键盘上继续敲这些烧灼身心的文字。

就这样，我在常人难以理解的悲痛与无奈里忙碌着。因工作打扰，加之身体大不如前，气郁气结，胸闷失眠，不得不停下这项工作去看医生，短短五个月，像熬煎了漫长的五年。

耀栋究竟是怎样的一个孩子，又怎会成为留下上百篇文章的文学青年？我还是从头说来。至少，对与他要好的同学和师长，对任何一位想了解这个孩子的善良人来说，都是一个必要的交代。

善良博爱、自尊懂事、好学上进、心态阳光，这是耀栋思想性格中最突出的特点。这不仅仅是我的最大感受，所有与他交往过的人，想必都有这个印象。

他好学上进，自尊自强，不甘人后，怀着一颗感恩的心，用自己的行动踏踏实实、一步一个脚印追求美好的理想，也温暖着同学父母师长。他更想以自己的诗文给这个世界一抹光亮，并持之以恒地学习思考着。

从小学到大学，他年年得奖，几乎每学期得奖，仅奖状就有二十二张。我的文友们曾羡慕地说："到底是老师，你家孩子那么优秀，你怎么教育孩子的？"对朋友们的夸赞与好奇，我心里很是汗颜，因为不是我如何教育了耀栋。他的一些好习惯，在他小的时候我的确有意引导过，但他的天性和不断自我觉醒的良好的思想感情，确实不是我能"教育"出来的。当然，他出生在我们这样的普通家庭，现实也逼着他去努力。在许多问题上我们父子间常有交流，但从根本上说，我觉得，耀栋是一个不断自我勉励、自我上进、主动追求卓越的孩子。论成绩，2016年高考他名列崆峒区文科第十六名，算不上多么出众，但是，就善良博爱、思想敏锐，以及早早显露出的文学方面的才华而言，耀栋在同龄青年学生中，确是难得的佼佼者。从事教育工作近三十年了，我阅人也不少，这样说，并不是出于对自己儿子的偏爱，而是来源于平常的观察。

我自己的初中、高中、大学，是在20世纪70年代末到90年代初这十余年间度过的，那一时期可以说是中国教育的黄金时代，我至今觉得自己遇到的所有老师都很善良很无私，对学生满腔热忱，极端负责。那时学习环境也比较宽松。我早年生活在农村，小学和初中大部分时间是在劳动玩耍中度过的，初三才把心思放到学习上，当然，高中及高考复读的那些年月，则用尽全力拼搏。我父母不识字，觉得识几个字眼前不黑就行了，常劝我放弃学业出门搞副业。但是，父母的人生苦难、残酷的现实不断提醒我：念书考学是改变农村人命运的唯一机会。当然我也喜欢念书，最终念成了一名教师。提这些话是想说，我没有从老师那里、从父母那里继承那些催逼孩子、难为孩子、有碍孩子性情的教育理念和方法。古人说，己所不欲，勿施于人。对于那些设定目标对孩子进行“打造”，抑或成功学之类的荒唐教育理念，我是不屑的，也不会把那些理念和方法用在自己孩子和别人家孩子身上。

耀栋童年的时候，跟着我们也吃了一些苦。从他呱呱坠地到上小学一年级，六年时间，我们搬了五次家，从城北搬到城南，租别人的房子住。房子窄小，出来进去都要小心。租人房子住，孩子们在一块玩耍，都要尽量谦让。好在遇到的每一个东家都不错，我们与东家关系处得都很融洽。许多年过去了，现在与那些能联系上的东家，还像亲戚朋友一样走动着。但当年毕竟在别人屋檐下生活，搬来搬去的，有时心里也有寄人篱下之感。耀栋上一年级的时候，我们终于结束了租房子生活的日子，有了自己宽敞明亮的楼房。

要说呵护孩子，天下父母都是无私无怨的。耀栋还在娘胎里时，我劝妻子尽量别动气，免得影响胎儿，他出生后几乎是被抱着成长到学会走路的。都说抱着的孩子灵敏、身体好，做饭时我与妻子常常一个人抱孩子，一个人做饭；我的妻子瞌睡较多，而我是那种不瞌睡了闭着眼在床上赖一分钟都觉得难受的人，所以妻子忙的时候都是我看护着耀栋。

耀栋三岁半上幼儿园时，他进了当地最好的幼儿园，小学也是区上最好的。2010年上平凉四中时，所在的那个班的语文老师也是最负责任的班主任老师。后来发现，耀栋所在的班学生素质普遍高，配备的老师都很敬业很负责任，尤其那位姓张的语文老师，文脉好，讲课艺术，非常重视对学生品德的引导，对耀栋影响也大。加之耀栋自己博览群书，在平凉四中的三年里，他的语文功底比小学更扎实了。升高中考平凉一中时，成绩并不是很理想，但经过一学期的努力，名次赶到了年级前一百来名，顺利考进了文科实验班，这些只能靠他个人努力。

耀栋在我的心里是一个很乐观的孩子。他小时候爱笑，一直是笑呵呵的，童年少年几乎所有的照片都是微笑着的。在我的记忆中，他很少耍脾气，乐观爱笑是他的天性。我曾经给人说“爱笑的孩子有福”，有一次给学生做心理指导报告，还专门以此为题给学生们讲，人不管遇到什么事，要善于调整情绪，保持乐观心态。

智者说，高尚是高尚者的墓志铭，卑鄙是卑鄙者的通行证，尤其在金钱至上、德风稀薄、魍魉横行的世道更是如此。

人到世上来，善和恶的天性兼而有之，到底是性本善还是性本恶，古人曾经为此有过争论，但现在许多人知道人生来神性兽性并存，天使与魔鬼同在。相对而言，有些人从小心地善良，万物不欺，心灵高尚，气质高贵，而有些人则生性顽劣，凶残贪婪，对日鬼和下三烂事无师自通，这也没什么可奇怪的。从小心地善良的孩子，除受家庭影响，更多的是自有善心、做事善良、仁厚待人的天性，正所谓“五十年前王守仁，开门还是闭门人”。而心性恶劣、凶残无耻的人则恰好相反，可能是受过去恶劣际遇熏染太久的缘故。

耀栋从小善良，慈心不杀，加之家庭成员都有慈善信仰，他天性中善良的一面得到不断巩固和良好的熏陶。他心地好，待人友善，到哪里都与人和善相处，同学们都很喜欢他，这是他从小学到大学人缘总不会差的重要原因。小时候走到街上，有人乞讨，他非要去布施了才肯离开；见别人有灾难他难过得流泪；学校里捐款他很积极，从来不会也不愿意欺负别人，是个很善解人意的孩子。学习紧张的时候，他母亲做了肉为他增加营养，看了人伤害动物的专题片后，他便不肯吃肉。看同学们玩小动物，最后一只只被玩死，他觉得这样伤害生命不好，虽然心里也有想玩的好奇，但他能克制自己。家里出现蚂蚁，他母亲把蚂蚁扫到水里，他要求母亲不要将蚂蚁弄死，用卫生纸沾一下放到垃圾桶，所有这些，他的文章中都有流露。

他考虑事情有时比大人还周到，自控能力强。据我观察，有些人优点很多，但骨子里有一种连自己也无法控制的激动因素，遇到激动的事情，情绪会失去控制，无法掌控自己的言行。耀栋自我管控情绪的能力是比较强的，他不到六岁上学前班时，被一个孩子有意划伤了脸，我要去找那个孩子的家长和老师论理，他想了一下说："不用了，我从今以后不与他玩就是了，叫家长来也解决不了什么问题，我自己不与他来往是最好的办法。"

老话讲，三岁看老，从这件小事能看出，他是个有主见的孩子。他从上小学一年级到高中毕业，十多年每天上学都能按时起床，作息时间非常有规律，从没让我操过什么心。有些功课某一段时间成绩不理想，我试探问他："要不，给你找个老师补一补？"他说："不了，补课都是白花家里钱，补了也没有用，我自己努力吧。再说，也没有那么多时间啊。"

他的另一个想法是，想抽一点时间看看课外书，也想让自己的身心利用星期天休息一下。除过初三寒假补过一个月英语，耀栋再没补过任何课。他兴趣广泛，爱好唱歌、绘画。上小学的时候要我给他找音乐老师学习音乐，我提醒他唱歌要有好嗓子，任何艺术都要有天赋，在音乐、绘画等方面你好好想一想，哪个更适合你，然后再找老师培养特长好不好？他思考了一段时间，决定学习绘画。初中、高中，一有空就去跟画家学习绘画，选定了的事他能持之以恒做下去。到大学后，在读书写作间隙，水墨丹青练习不断，还参加了岭南书画社，经常与爱好绘画书法的同学到后环等社区，志愿辅导社区的孩子和家长，很快成为骨干，2017年夏季，被中山大学珠海校区团委评为志愿者服务活动先进个人。善解人意，做事有主见，善于掌控自我情绪，考虑事情又比较周到，这样的孩子我有什么理由不放心呢！

珍惜物用，节俭钱财，这是中国文化的传统，在耀栋身上也很明显。比如吃饭，他吃饭有时也挑剔，但不论我们做什么饭，他只说好吃不好吃，但即便不好吃，他都会默默吃了。有时他妈妈不在家，我做的饭连我自己都觉得不好吃，他知道我做饭外行，从不埋怨，觉得填饱肚子就行。他从一岁起到上大学，直到后来被害，压岁钱积攒了一万多元，我们是普通人家，逢年过节家人父母亲戚给的压岁钱多则百元，少则几十元。我告诉他钱是用来花的，该花的要花，但不要乱花钱，吃饭也一样，不要浪费，没人愿意吃剩饭，为什么孩子的剩饭大人还替你们吃？人到世上吃喝都有限额，浪费物用就是在浪费福报。想要穿好吃好是人之常情，耀栋这方面也讲究，但明白事理，所以穿衣吃饭随父母便，不强求，不迁怒。孔子赞学生颜回说："贤哉，回也！一箪食，一瓢饮，在陋巷，人不堪其忧，回也不改其乐。贤哉，回也！"就这么一个看好的好学生却早走了，孔子的伤心可想而知。耀栋是我们普通人家的孩子，丝毫也不敢跟贤者比，但他身上那些可贵的素质，我们做父母的怎能说不好呢？天地不仁啊，正值青春花季，就被黑恶陷阱夺走了生命，我如何不愤怒悲痛呢？

耀栋再也用不着这些钱了，现在，我用这些钱为他斋僧、放生，做些慈善的事情，且早就超过了这个数字。耀栋灵魂若是有知，我想他是会感到欣慰的。

广读书心中有本，勤作文妙笔生花。耀栋因喜欢读书，进门就写作业。这样的习惯在四五年级时，我确实有意培养过，我要求他玩时专心玩，学习时专心学，别磨磨蹭蹭三心二意读书，不能养成一边写作业，一边玩弄小物件的坏习惯，干任何事情，都要沉下心专心致志，一心一意。耀栋这方面习惯确实好，抓紧时间忙完该忙的事情，便腾出时间读自己欢喜的书，这可能是他后来干啥都能静下心，专心用力做好、做出情趣的重要原因。

作业做完了就看闲书，作业做累了也看闲书，哪怕在高三鏖战高考的日子里，中午也要看会儿闲书，然后午休。晚上作业完了，大多数时候他都要看几页闲书，周末则会看一阵电视，一张一弛也是学习之道，看课外书、看电视新闻只不过是换个方式学习。我也担心过这样影响学业，但是风景都在路上，平时学习那么紧张那么枯燥，整天泡在无味的生活里对孩子不好，只要按时作业，成绩不要太落后就可以了，太落后学习会提不起信心，我支持他看闲书就是想让他紧张的学习生活有一些情趣。事实上闲书不闲，熏陶了他的雅趣情操，他也从中学会了思考很多很多问题，下笔才渐渐有了自己的思考见解。平常，许多事情我都习惯与他商量，有时相互间的点拨与碰撞，对他对我都好。

耀栋母亲在管理孩子方面过于简单，有时不给他思想缓冲的余地，每当她教育耀栋太过强硬或有些粗暴时，我总要起来打圆场，我也讨厌任何强硬命令式的教育理念，我认为做任何事情都要把握一个度。教育孩子，不管是教育自己的，还是别人的孩子，最难的是度，过度了，事情有时就向相反方向发展。我记得二年级学习汉语拼音那段时间，耀栋的语文不及格，孩子对汉语拼音方法没有掌握，当时我急了，打了他，这是唯一一次教育他时动了粗，当然也是我最后悔的事情。多年以后提到这件事他还记着，他是我的孩子，如果是别人的孩子呢？我对自己的言行是常常反思的，这不仅仅是职业习惯。耀栋这孩子理智、上进、自尊心强，反应能力比我青少年时灵敏很多，是很灵光的一个孩子，也是自控能力很强很稳重的一个孩子，这样的孩子只要轻轻提醒就可以了。有时候要往后拉一拉，不能冲得太快，生命如帆船，稳中前进才是最快的。

在耀栋与我们生活的十八年里，确实没有发生过什么事情，当然有些事情他没有说过，比如受到同学或社会混混的欺负，他走后，从他的文章中我才看到。孩子的这些文章，他平时并没让我看过，他怕我们为他担忧，所以不说。我与妻子谈论生活中任何事情，耀栋在旁边从不插嘴，除非我们征求他的意见他才说。但不说，不等于他没听，有些事情他觉得我们想的不对头或自己有很好的办法时，他会提醒我们，也只有一星半句。他冷静，想事情比一般孩子周到，这既有性格因素，也与他长期坚持读书有很大的关系，尤其到高中的时候，我觉得他长大了，想事、做事已经比我稳重周到。

我有时也激动，一激动顾此失彼。耀栋却不这样。等我心平气和时他会善意提醒我，某某事情过头了，做错了。正因为如此，我觉得耀栋这孩子比我出息，也比我在他这个年纪时优秀。所以我甚至告诉女儿："买衣买书方面多照顾弟弟，你是姐姐又有工作，不要疼钱，现在对弟弟多关心，他是个有智慧的孩子。"

倘若要寻找我对他有过影响的事，那就是他热爱文学这事情。一方面，到了小学五六年级，我有意为他订阅了《儿童文学》《少年文艺》，有意领着他逛书店，为他买了一些故事性很强的文学书籍。现在的有些老师、家长，三四年级就逼着孩子写作文，其实，耀栋到五年级才开始写作文，我要求他在作文里能说清一件事情就行了，自己有感觉的事情就写，没有感觉的就不要硬写，不要硬逼着自己胡编乱造。他从一开始写作文，就没有应付或胡编乱造，当然他写的东西我也改一改，多数情况下他想写一个事情，但吃不准，问我，我会引导他扩散思维。另一方面，我有好几千册藏书，全是文学或社科史哲之类的书，他来到这个世界在家里看到的最多的是书籍，六七千册书摆满几面墙，这个环境对他确实有影响。

我爱看书，闲来无事喝茶看书，不喜欢抱个手机在网上乱翻，不爱看没完没了的电视剧，有几年时间甚至不看电视，喜欢把书买回来，细细品读那些白纸上的黑字，喜欢闲来无事写一些散文随笔。没有刻意地引导孩子看书啊学习啊，可能我这个习惯无意间影响了他，但这不是最重要的。同样的班级或家庭环境，为什么别的孩子不喜欢文学，也不那么喜欢读书？虽然他们也都是很优秀的孩子。我总觉得，耀栋在读书和写作上是有一些天赋秉性的，榜样和环境可能只起了一个助缘的作用。

我记得在小学五六年级、初一初二、高一这三个阶段，我提醒他学习任务若不是太紧，就抓住时间多读些书。初三、高三鏖战中考、高考，要专心功课少看闲书。所以他在初中前后那几年看的闲书最多，把家里数千册文史哲书籍几乎全部看完了。那几年写的文章也最多，许多有生活有情趣的文章都是那个时候写的，如《乡村五题》《我的另一片天空》等，写得很有情味很在理。高中写的少，他写的文章我也基本不看。我记得节假或星期天，我们有好多次出门逛街，逛着逛着父子俩就逛进了书店，他给我推荐好书，我也给他推荐好书。他看书很认真，勾画精彩处和重点句段，不懂处问我，或查经典。我上高中时喜欢《燕山夜话》，工作后买来这本书，看了几篇就束之高阁，而他却勾勾画画，查词典，看完了那本书。有些书我买回来忙得没打开过，耀栋将那些书都一一浏览过了。

世上什么思想心态的写家子都有，也就什么样的书都有，书的世界也是复杂的江湖，读书把人读到阴沟里去的也不鲜见。但我收藏的书籍都是高雅文学或思想论著，通俗文学只有金庸的武侠小说。耀栋也因此喜欢高雅文学。他初中读了很多文学名著，高中则爱读诸子和史哲、佛教等书籍，写的文章杂感较多，当然也有为迎接高考练兵的作文。我初中就爱好文学并开始写小说，直到大学毕业三年后开始发文章，才初步写出像个样子的文章，至今，一篇小说也没有写出来。耀栋初中时就写了大量的文章，这一点确实出乎我之所料。

上高中以后，他自己逛书店，也与同学交流一些好书，他觉得好，喜欢，一般我会给钱让他去买，在读书买书上，我是从来不疼钱也不难为孩子的。有时候我们父子买共同上心的书，有时候买各自喜欢的书。我与儿子案几上的书摞在不断长高，妻子过一段时间盯着桌上不断增高的新书就会唠叨："是不是又偷买书了？又不开书店，买那么多书看得了吗？我看家里穷得就剩书了。"言下之意买书太费钱了。不看书的人总认为书是闲物，花钱买书不值得。像我们父子俩这样喜欢读书，不断买新书回来，家里存那么多的书，妻子想不通我是理解的，毕竟我们是普通人家，挣钱少，用钱的地方却多，花钱买了书不敢给妻子说，就是怕她伤心。韩寒、郭敬明、海子、顾城等，我都是跟着儿子的视野慢慢熟悉起来的，木心就是在儿子影响下一步步崇拜起来的。上大学时，木心的书耀栋已经读了好几本，《克里米亚之行》《琼美卡随想录》《巴珑》《哥伦比亚的倒影》《文学回忆录》（上下册）等全都有。木心的经历和作品是罕见的，看过木心作品的人知道，像《巴珑》这样的作品真正要理解，并不容易，要对社会人生有很深的洞察力，没有相当阅历和洞明世事的慧心，木心的诗歌散文并不好理解。但是，耀栋读不懂也读。我估计他真正崇拜木心作品是在高三到大学这一段时间。

我们父子崇拜的木心、丰子恺、沈从文、弘一法师等，其人其文都非凡庸所能猜度。陈丹青推崇木心时说："木心先生自身的气质、禀赋，落在任何时代都会出类拔萃。"这话不夸张，木心有菩萨之心，菩萨大智，菩萨大定，他活得淡定超脱，从容高贵，在经受着野蛮凌辱，身心备受摧残的日子里，从容高贵却未减弱和改变，在阴暗潮湿的牢房里仍然诗意洒脱如闲庭信步，这种淡然也许只有高僧罗汉菩萨大士才能做到。命运对木心太过苛刻和残忍，但从其人精神面貌和作品中却看不出黑暗现实在他身心上留下的累累伤痕。木心有一种泰山压顶也不呻吟喊叫的沉稳气质，丰子恺有一种天地崩陷时也不为己悲而只忧他人的慈悲，沈从文则内敛不卑异常冷静，“你不让我搞文学，我就玩古玩”。这些文人巨匠，对这丑恶的人世间好像早已看透，早就有所准备似的，对自己经历的一切灾祸不惊慌失措、不叫苦叫累，没有佛菩萨大智大勇大定，谁能做到？

耀栋喜欢木心的作品是有心灵基础的。他从初中到高中，丰子恺、沈从文、汪曾祺、穆涛、贾平凹等名家散文读了不少，尤其是丰子恺、沈从文、汪曾祺，正是这些文人独立冷静的人格、人文精神气息的熏陶，弘一法师等高僧大德作品的影响，使他对文学的理解、敬重，比一般这个年龄段的孩子更深一些，因为伟大文学承载着伟大思想，承载着真理和心灵解脱的出路。他对禅学也有兴趣，整理遗物时，我发现他最精美的笔记本上记着佛学名相和唯识学名词术语，密密麻麻记了大半本。他热爱生活，更爱真理，对人类世界的终极真理充满了兴趣。

也许出于写文章的需要，在大学里对法相唯识学等佛学典籍仔细阅读，还特意打电话让我把多识仁波切的《中观应成派见解难点解说》给他寄过去，大约那时候，他正在构思《和光不同尘》这篇小说。耀栋虽是普通家庭的普通孩子，但天性中高贵和脱俗的精神气质并非受到我的影响才有的。我搞了大半辈子教育，不相信人生来就是一张什么信息也没有的白纸。“白纸说”是站不住脚的。我把他带到这防不胜防的人世间来，他虽然受了一些我的影响，但有自己的思想和审美情趣。随着读书不断深广、年龄不断增长，他思想秉赋中那些沉睡着的高贵的东西渐渐被唤醒并流露出来，即使在紧张的学习之中，他也利用闲暇赋诗作文，思考现实，对人生展开种种遐想。所以，他有东西可写、想写，写了这么多文章，这并不仅仅是他读了很多书的缘故。

从小学六年级开始到高中，他临时写的作文，我改过的打印稿有二十多篇，修改过没有想着要打印出来的周记之类的，我只收集到了四十多篇。他走后我忍着极大的悲痛，将他那些还没卖废纸的作文本、周记本、考试卷上的所有文章撕下来，分初中、高中装订了两大本，还有随便写在A4纸或信纸上的随笔杂感之类十几篇，其他的早就卖废纸了。现存的初中稿子，多数是我当时看过的，我知道都是他呕心沥血写出来的。高中作文、周记，试卷上的"文章"，作文本上的文章，等等，我见到的很少。去年寒假时，耀栋高三实验班的十几个同学来看望我们，其中一位同学将耀栋高中写的东西带回大学去打出来，我再三叮咛，每一篇都请她审查一下，如果不是耀栋写的就不要打了，因为高中三年他们是同桌，关系好知根知底，她分得出。就这样，加上到中山大学后老师指导写的"百篇作文"作业（按题目算只有60篇），共有百三十多篇，就有了这本《春天记得叫醒我》。

耀栋大学时的"百篇"与初中、高中文章相比，发生了质的飞跃，思辨性很强，也有思想深度，文风也偏向议论杂谈。这自然与他的写作老师和文学史老师的精心指导是分不开的。在大学第一学期，他写了十几篇读后随笔，我觉得原文分析——即"读"的部分太多，文章显得头重脚轻。写读后感，"感"才是这类文章的重头戏。为此，我专门写了一篇《读后感重在"感"》发给他，自此耀栋的"百篇"中的读书笔记，自己的东西多了，且能联系自己生活写，入心入理，有情有味。

耀栋在学习上虽然十分努力，也有发愁的时候。他上小学的时候，我曾经模仿他的笔迹替他抄写过课文、例题，因为老师布置的作业太多，重复性太强，有时候也侵占孩子休息时间，孩子嘟囔，我就帮他减轻一点负担。虽然我是搞教育的，我也知道教育的病垢，说实在的，我也没有办法改变这种局面，我只有帮孩子做些抄写作业以减轻他作业过量的负担。孩子对老师有误解，产生抵触情绪的时候，我一般是耐心开导，因为教育有一根看不见的思想感情之线，一个学生对老师不满，知识他可以学到，但是思想智慧他绝对学不到。传道授业解惑有一个前提条件，就是学生对老师要有爱心和耐心，更重要的是要有信心，抵触就是师生心灵打了隔断，所以有的学生从老师那里仅仅学到了知识，而有的学生却传承到了优秀思想文化，传承到了为人处世的智慧。

我们家庭姐弟七人，堂兄弟十几个，这几十个家庭数百口人，努力了几十年，像耀栋这样的一次高考便考上国家重点大学的，还是第一位，他身上有很多人的期待和欣慰。考上中山大学中文系后，在老师的指导下，他的才情进一步迸发、纵横，智慧逐渐开现出几束光华，如同朝阳初放温暖。但当他将要普射光芒以回报父母师长和社会时，却突然遭遇离奇横祸，离开了我们。他走得太匆匆，太仓促，走得令所有亲人师长学友猝不及防！对于父母师长和同学来说，太残酷太无情了。

2017年6月17日傍晚，耀栋与他的同学晚饭后到当地某音乐酒馆听音乐。当时酒馆正在搞一种非法营销活动：把40度以上的杂牌鸡尾酒说成“就是可乐一样的饮料”，诱骗孩子三分钟喝下6杯鸡尾酒（7种杂牌酒勾兑的东西，每杯300毫升，6杯约1800毫升），500元以下的消费就可免单。酒馆不但不告知孩子这东西的酒精度、喝下这些酒可能发生的严重后果，还把烈酒说成“就是可乐一样的饮料”。我不知道耀栋为什么去喝这个酒。他喝下6杯鸡尾酒，不到4分钟人就突然倒了，在那个酒馆躺了40多分钟，竟没有人送他到医院抢救！为什么孩子最后两杯喝不下了，酒馆人员还鼓掌、碰杯煽动、催逼他喝完最后两杯？为何要阻拦他的同学送他去医院，阻拦他们叫120急救？他最终送到医院时，人早已经咽气了。

孩子死后，我们查看酒馆现场监控视频，也做过调查，看到过相关资料，实际上他是被关系要好的同学叫出去的，事前并没有想着要到那个地方去。这个非法营销活动背后到底隐藏着什么？孩子当场中毒倒地，为何抢救遭到阻拦？尸检报告证明孩子发育很正常，没有任何疾病。耀栋平时既不好酒，也不贪酒，甚至几乎不碰酒，是有自控能力、理智且冷静的孩子，为什么突然被那样一种活动夺走了生命？事发后，有人红口白牙颠倒黑白，说什么“酒文化”害死了人，这与“酒文化”有什么关系？有人说什么“自不量力、无知虚荣心害死了他”，却没有多少人质疑那所谓的“鸡尾酒”到底是什么东西？事发后为什么见死不救？酒馆为何不是第一时间报案，而是破坏现场毁灭罪证……

现在，不管我怎么悲痛，耀栋永远不会回来了。以前也听古人感叹“苛政猛于虎也”！耀栋的离奇死亡，看似偶然，但现实环境的险恶，人情冷漠和恶毒无耻甚于“苛政猛虎”！除过无尽伤痛，我还能说什么呢？谁又能给我一个公正的结果？我知道，地下地上有良知的灵魂——已故的“木心”们、活着的“丰子恺、沈从文”们都该知道，耀栋毕竟是一个从学堂到学堂的十八岁多的单纯学子，他不可能了解这个世界形形色色、防不胜防的罪业陷阱，尽管他崇拜思想巨匠、崇尚真理、悟性较好。世上那些为了金钱等而穷凶极恶的人，那些恶意扯淡为黑恶势力充当帮凶的人，希望你们摸着自己的良心良知问问自己。我真的希望耀栋的惨剧，不要再发生在你们和你们儿孙身上。

扫黑除恶的前夜，耀栋走了，毁灭了一大家人的所有美好理想，甚至毁灭了我活下去的信心。好在他的生命虽然如此短促，但电光石火划过蓝天大地，思想激情也因与这个人世摩擦燃烧起了虽单纯却也闪烁着智慧的火焰，这些火焰跃然纸上，同样闪耀着思想光芒。他留下的这些文章读来如其生前温暖、滚烫，父母师长学友也能从中感受到他的可爱，能感受到他的思想智慧。这些随笔、散文、小说、诗歌虽然只有百三十余篇，自2012年至今，他在《学生天地》《新作文》《暖泉》《晚晴》《平凉日报》《新知讯报》等报刊发表的也仅仅二十二篇，但是从中已经展示出了难能可贵的思想才华，其思想光华或许能够照亮正充满希望奋然前进的他的同龄人，也能启迪望子成龙的天下父母——这是我编辑这本书最为紧要的目的。

我爱好文学，断断续续写了三十年了，自认为不是写小说的料，而耀栋才十八岁，已写出一万多字的小说《和光不同尘》，还有《坛城的绯红色》等，语言干净、构思巧妙，言简意丰。虽不能说他才华横溢，但也足以让人感到在文学方面，在小说创作方面，这孩子是有前途的可造之才。这些小说除过《春风应相识》，其他几篇都是在他走后一百多天我才看到的。我惊奇他的小说创作天赋时，只有哀惋悲痛，仰天长叹，流更多的泪水。难道天地真个不仁？我真是悲愤得无法再说什么。

每天除过耀栋的影子游走我的脑海时的悲叹伤心，我能做的就是整理这册还留有他生命余温的书稿。把他的文章汇编成书，也许这是对这个热爱生命、热爱生活、向往美好的孩子最好的怀念，也是对他初步展现的才华的一种敬意。虽然他的生命那么短暂，虽然他大量的不可限量的思想智慧还未来得及展示于世间，生命就因世途险恶戛然而止。

这些文章记载着他十八个春秋的思想志趣、善软纯真的心灵意向、对未来善美的愿望，这些善意的文字里，有他对生活饱含浓情的热爱，有对亲人亲情纯真的依恋感恩，有对人生大爱和心灵深邃处的察觉和觉悟。处处有他自己的真知灼见，处处可见他对现实的思考和对思想文化势态的关注。孔夫子说过："君子和而不同，小人同而不和。"耀栋最长的小说名为《和光不同尘》，这篇小说应该真实表达了他的心境和美好愿望。其实，他的大量文章都表达了虽单纯但不乏智慧的思想情感。

《春天记得叫醒我》所选编的文章，按照文体和展示的内容相结合的原则，共分四辑。选编的文章分三个时期，大量的生活类文章是初中时写的，高中时写的文章偏重议论，高中时课外随手写的一些生活随感不到十篇，但文风比较成熟。到中山大学中国语言文学系学习不到十个月，他写了六篇小说、六首诗歌和大量读书随感、研究性的随笔，这些文章当然是大学老师布置的作业，但耀栋这些“作业”绝非一般作业。这些诗歌、随笔、小说、评论、研究笔记，实际上是他尝试性的创作。耀栋做事是非常认真的，把自己不懈的追求、生活的理解感悟、人生的思考禅悟、理想的追求都写进去了。

我坎坷半世，尽力秉持善心做事之道，老想着与世无争，忍让、慎行，但这个五浊之世，君子贤圣与诡诈小人、有德的人与两条腿的禽兽鬼魅同在蓝天下，甚至同在一个屋檐下，有时想躲也没地方可躲。我对这个世界的浊恶是留着神睁着眼的，青年时期我写过一部分杂文，对社会上种种罪恶、陷阱、残害生命的招数我并非麻木不知，而是知一知二的。我确实也不厌其烦地警示过孩子，提醒他们警惕那些人面兽心的东西，阅世浅、辨别能力有限，有些地方是不能去的，有些人是不能交往的。他们有时会质问我：“你为啥把人想得那么坏?”这个世上有的人只是披着人皮，是徒具人形的蛇蝎鬼魅。耀栋心态阳光，生活认真，心灵善软，对这个世界好、对人好。然而，连佛陀也概括过世间一切有情有六大类:天、人、阿修罗、畜生、饿鬼、地狱。就我观察人心来说，我看这“六道”众生在熙熙攘攘的两条腿走路的人类中全都有。虽长个人形但做事不如鸭羊的畜生难道没有？以嗔恨争斗为乐的阿修乐难道没有?为了金钱丧心病狂制造苦厄的鬼魅恶人难道鲜见吗？诶，孩子总把我的话忽视。

悲伤怨屈向何处述说呢！就让时间的流水慢慢冲淡我的悲伤之泪吧。

人生天地间，每个人的生命时光都是有限的。就让这本书作为耀栋身后留下的礼物，献给这个世间所有一切向善而立的人吧。当然，也送给那些因利欲亡心或正在作恶的害人者。

我代表自己也代表王耀栋，深深感谢耀栋小学初中高中的同学师长和数位善良的大学学友师长，尤其要感谢耀栋高中时那些善良的同学，没有他们的帮助鼓励，就不会有这本书！祈愿这些同学师长一切幸福！祈愿耀栋遭遇的这种生命障难，不要再让一切活着的儿女遭遇！我更祈愿一切善良纯洁美好的青少年，对世间恶人以及他们伪造的种种陷阱提高警惕！祈愿此书能回报他人社会一些恩德，毕竟那么多老师一路培养了他，好心人帮助过他，一切好心人曾寄希望于他。

是为记!

2018年3月8日